卓越教育丛书

泰州师说

2022

丛书总主编 万永良

主编 魏本亚 陆瑢

副主编 李剑秋 王雪飞 胡唐明

凤凰出版社

图书在版编目（CIP）数据

泰州师说. 2022 / 魏本亚，陆瑢主编. -- 南京 : 凤凰出版社，2022.10
（卓越教育丛书）
ISBN 978-7-5506-3754-2

Ⅰ. ①泰… Ⅱ. ①魏… ②陆… Ⅲ. ①教学研究—泰州—文集 Ⅳ. ①G420-53

中国版本图书馆CIP数据核字(2022)第177180号

书　　名	泰州师说(2022)
主　　编	魏本亚　陆　瑢
责任编辑	王淳航
出版发行	凤凰出版社(原江苏古籍出版社) 发行部电话025-83223462
出版社地址	江苏省南京市中央路165号,邮编:210009
印　　刷	江阴金马印刷有限公司 江苏省江阴市滨江西路803号,邮编:214443
开　　本	787毫米×1092毫米　1/16
印　　张	24
字　　数	359千字
版　　次	2022年10月第1版
印　　次	2022年10月第1次印刷
标准书号	ISBN 978-7-5506-3754-2
定　　价	42.00元

(本书凡印装错误可向承印厂调换,电话:0510-86626799)

序

万永良

古代圣贤曾说，得天下英才而育之，乃人生一大乐事。迈上现代化建设的新征程，泰州赓续历史文脉，不忘教育初心，致力以最好的资源、最强的改革、最大的关爱支持教育，努力把教育办成老百姓想要的样子。教师作为知识的传播者，思想的承载者，是立教之本、兴教之源。其学识能力水平、思想观念意识和教育教学理念都决定了其胸怀和眼光，决定了其思维方式和教育方法，并最终影响学生的思维习惯和行为作风。加强教育人才队伍建设，是推动教育改革发展、办好人民满意教育的关键举措，是建设教育强市、率先实现教育现代化的根本保证。泰州始终牢固树立“教师是教育的第一资源”的理念，搭建“泰州师说”交流学习平台，聚焦薄弱环节重点发力，针对突出问题苦练内功，让老师在“说”中领悟，在“说”中收获，在“说”中提高，不断提升队伍整体水平，让更多的优师、名师、名家脱颖而出，以教师培训的务实举措赢得教育发展的优异成绩。

这里汇聚了“最好的资源”。最好的资源必须是教师最想要的，也是课程改革最急迫的资源。随着“双减”政策落地，作业该如何设计？随着课后服务的实施，学习活动该如何指导？随着学习方式变革，学习方案该如何制定？这些都是一线教师亟需的学习资源。“泰州师说”植根于“教育之乡”这片热土，服务于全市4万余名教育工作者，聚焦老师所需所盼所惑，放眼全国，集结众多教育专家能手，为广大教师提供了有价值、可借鉴的学习资源。每个课程都凝结着教育工作者的智慧和汗水，展现着“春蚕到死丝方尽，蜡炬成灰泪始干”的育人精神和“玉壶存冰心，朱笔写师魂”的高尚师风。2022年的《泰州师说》课程开发历时9个多月，共邀请近百名专家及优秀教师参加，选用了200多个优秀案例，拍摄了84个视频。教育是边学边做的哲学，这些经过实践验证的资源定能够给一线老师教育教学工作以更好的启迪。

这里践行了“最强的改革”。2022年全国教育工作会议强调，在“两个大局”背景下，教育内外环境发生深刻变化，必须跳出教育看教育、立足全局看教育、放眼长远看教育，准确识变、主动求变、积极应变，抓住重大机遇，开创教育新局面。在深入推进基础教育改革、全面发展素质教育的今天，唯有顺应新时代教育变革才能赢得未来。《泰州师说》聚焦新课标、新课程、新高考，提供了一系列具有创新性、可操作性的实践路径。针对疫情期间如何授课的具体问题，袁振国教授介绍了他线上线下融合教育的最新研究成果；针对全市不少教师对表现性评价认识不足的问题，周文叶教授介绍了表现性评价的内涵与特征及促进学生深度学习的策略；针对我市教育科学研究中存在的方法性问题，刘正伟教授分享了他在教育科学研究方面积累的宝贵经验；针对师生心理健康方面存在的突出问题，李梅教授以案例分析的方式介绍了心理压力管理经验和建设策略。本书还深度解读了 2022 年教育部新颁布的义务教育课程标准，对新高考、新中考、新教学给予了具有前瞻价值的引领。这些国内知名教育专家对实践的认知有高度，对实践的引领具有前瞻性，广大教师可尽情地在《泰州师说》这个盛宴中汲取营养，不断充实自己，更好地服务于泰州教育。

这里倾注了“最大的关爱”。泰州是有温度的教育热土，用最大的关爱支持教育，为泰州教师搭建学习交流的平台，这是一份责任。教育专家们一如既往地帮助、支持《泰州师说》，这是一种教育情怀。受新一轮疫情影响，市外专家无法来泰，视频拍摄遇到了前所未有的困难。特殊时期，外地专家给予了最大的支持。他们拿起手机，架起摄像机，自己在家里拍摄视频，用实际行动支持着泰州教育。正是有这么多专家的鼎力支持，《泰州师说》才能够与大家如期见面。当前，疫情防控趋于常态化，部分师生产生了心理焦虑，如何缓解心理压力，如何强化心理疏导，营造宽松的教学环境？心理学专家精心录制心理管理有效策略的讲座，引导教师自我调节，指导教师为学生解压纾困，将负面的压力转化为正向前进的动力。

《泰州师说》是泰州教师谈师论道的平台，这里有经验的分享，有问题的剖析，有理论的探索，有实践的反思；这里凝聚了专家学者的智慧与心血，汇聚了一线教师的思考与实践，新思想、新理念、新举措交流、碰撞。我们衷心希望泰州老师能够从《泰州师说》中汲取学术营养，为教育教学改革增添新的动力。

是为序。

2022 年 6 月

（万永良，泰州市委教育工委书记，泰州市政府教育督导室主任、教育局局长，二级巡视员。）

泰　州　师　说

让泰州教师说

让教育大家说

成　就　学　生

发　展　教　师

变　革　教　育

目录

“双减”来了，是简单的减量，还是需要减量增效？这个问题不言自明，但是出路在哪儿呢？一线老师用创造性实践做出了自己的回答。

马　洁

泰州市幼儿园园长，正高级教师，江苏省特级教师。

“双减”背景下的幼儿园有效活动设计

2021 年 7 月，国家出台“双减”政策，要全面压减作业总量和时长，减轻学生过重作业负担。“双减”减的是过重的学业负担，减不掉的是教育教学质量。办人民满意的教育，就是要尊重教育规律，让课堂教学回归本真，让教育回归校园。提到“作业”，幼儿园老师都知道，我们的“作业”不同于中小学的纸笔作业，指的是融于幼儿一日生活中的各类学习活动，它可以在幼儿园、家庭等不同地方进行，所以今天我要和大家聊的话题就是“‘双减’背景下的幼儿园有效活动设计”。

促进幼儿身心健康成长，提高幼儿园教学质量的前提是有效的活动设计，衡量活动是否有效的标准应该是学生有无进步或发展。如何让幼儿园的活动更贴近儿童的经验和需要，真正做到以儿童的视角进行有效设计？在实践中，我们基于幼儿需要，通过记录、表征丰富幼儿体验，在资源利用中拓展幼儿经验，以此促进幼儿在活动中得到发展。下面我就以大班活动“如果不吃青菜”为例，从三个方面与大家聊一聊幼儿园有效活动设计的问题。

一、选择内容，调查梳理，关注儿童需要

《幼儿园教育指导纲要（试行）》（以下简称《纲要》）中指出，教育活动内容的选择应体现以下原则，即“既符合幼儿的现有水平，又有一定挑战性”“既符合幼儿的现实需要，又有利于其长远发展”“既贴近幼儿的生活来选择幼儿感兴趣的事物和问题，又有助于拓展幼儿的经验和视野”。教师选择“如果不吃青菜”这一内容，是因为进餐是每个孩子的现实生活，每个班都存在特别挑食的孩子，几乎每个孩子都有自己喜欢吃和不喜欢吃的食物，所以这一内容与幼儿的生活习惯密切相关，也存在着问题，而让幼儿愿意尝试甚至有点喜欢自己原来不爱吃的食物，对于大班的孩子来说也是不容易的，具有挑战性，与孩子健康饮食习惯的养成也是相关的，是有利于其长远发展的。因此，从内容的选择上我们看到了老师的思考。

为了更清楚地了解本班幼儿饮食喜好的具体情况，活动前，老师设计了一份“食物喜好调查表”（见表一）。

表一：

食物喜好调查表

班级：__________ 姓名：__________

喜欢的：			不喜欢的：		
最喜欢的：			最不喜欢的：		

孩子们在完成这样一份调查表的过程中，认真思考了自己喜欢和不喜欢的食物，最喜欢和最不喜欢的食物，并用图画表征的方式记录下来。在活动过程中，

孩子们将自己的调查表与同伴进行了分享，老师们带着孩子们一起将记录做了梳理、分类与归纳。这样的一种设计既让孩子对自己的饮食习惯有更清楚地认知，对同伴的饮食喜好有初步的印象，也让大家在分类、归纳中提升了对食物的了解，同时也为教师后续与孩子的互动和有效的支持提供了真实的依据，让老师能更好地从幼儿出发，关注孩子的需要。

二、有效设计，记录表征，丰富儿童体验

我们巧妙设计了两份记录表，让幼儿在日常生活中对自己的饮食习惯进行记录和管理，使我们多了一条了解幼儿的途径，也为我们分析儿童、支持儿童多了一份依据。

第一份记录表是“我愿意尝试吃……”

表二：

我愿意尝试吃……

学号	姓名	第一周 2.28—3.4	第二周 3.7—3.11	第三周 3.14—3.18	第四周 3.21—3.25	第五周 3.28—4.1
1						
2						
3						
4						
5						

这份表可以让全班幼儿每周在幼儿园一起记录，下面这张表就是我们一个大班部分孩子的表征记录。

我愿意尝试吃……

序号	日期 / 姓名	4 月 11 日——4 月 15 日	4 月 18 日——4 月 22 日	4 月 24 日——4 月 29 日
1	×××			
2	×××			
3	×××			
4	×××			△
5	×××			
6	某某某			
7	某某某			
8	某某某			
9	某某某			△
10	某某某			
11	×××			
12	×××			
13	×××			
14	×××			

△ 缺勤　☹ 一口都不想吃　😐 能尝试吃一点　☺ 能全部吃完

每周一老师将食谱与幼儿分享，如果当周食谱中有孩子不喜欢吃的食物，他就可以在对应格子里用图式记录下来。比如表中第一个星期里有 2 号小朋友不爱吃的番茄，于是他就在对应格子里画了番茄，但吃的时候还是不愿意尝试，于是就用一个难受的脸作为符号表示，后面两周他不喜欢吃的蘑菇和肉肉愿意尝试吃了，他就用这样不哭不笑的脸进行了记录；从 6 号小朋友的记录中我们可以看到他上学的两周里，每周都有两种不爱吃的食物，其中番茄和排骨不仅愿意尝试，还能吃完了，所以给了自己两个笑脸。在每一周的记录活动中，孩子们给自己定了一个小目标，并且自己做出评价。每个月，教师可以组织幼儿根据记录进行分享交流，说说自己原来不喜欢的菜有没有尝试吃一点？谁和你一样？尝试吃之后感受是什么？通过分享交流，大家可以看到自己和同伴的变化，还可以进行多维的统计，学习自然发生。同时，教师能真实地看到每个孩子的饮食现状，然后就此有针对性地对不同幼儿加以引导和教育，逐步帮助幼儿建立良好的饮食习惯。

第二份记录表是“我和爸爸妈妈的饮食小目标”

表三：

我和爸爸妈妈的饮食小目标

	2.28—3.4	3.7—3.11	3.14—3.18	3.21—3.25	3.28—4.1	3.28—4.1
我						
爸爸						
妈妈						

这份记录主要针对部分挑食情况较严重的幼儿，是幼儿在家完成的记录，需要父母的配合。具体方法是孩子首先调查每位家庭成员不喜欢吃的一种食物并记录，家庭每周可定期烧煮每人不吃的一种食物至少一次，每人用商量好的标记记录下自己吃了没有，吃得怎样？接着在约定的时间看谁能够愿意尝试甚至喜欢上这一食物。

这两份记录表的设计既考虑到全体幼儿，也关注到幼儿个体，丰富了儿童的生活、情绪体验。通过记录表征、生活中的尝试，孩子们对自己的饮食更加关注，和同伴一起的记录引发了幼儿之间的相互学习、自我改变，运用记录表征与同伴的分享则让大家体会到愿意尝试是一件很了不起的事，有时候愿意尝试了就会有不一样的发现。和爸爸妈妈一起完成的饮食小目标记录，既在过程中增加了孩子与父母的亲子时光，增进了感情，也让父母体会到在“不挑食”的这件事上不能对孩子只有责怪和说教，还应该有更多的耐心和方法。

三、巧用资源，拓展经验，促进儿童成长

资源是儿童学习的媒介，巧用资源，有助于拓展幼儿经验，让活动更加有效。在“如果不吃青菜”活动中，教师首先运用了绘本资源，即绘本故事《如果不吃青菜》，并深入挖掘，利用了这一绘本资源蕴藏的多元化价值。这个绘本的教育理论基于“试错教育”，从孩子的视角讲述了一个起先不爱吃青菜，只爱吃肉的小主人公是怎样在和妈妈“只吃肉”的约定中发生转变的。绘本诙谐幽默，孩子们一下子被带入剧情中，当看到小主人公每天都在吃肉时，班上也爱吃肉的一个小可爱突然叫起来：“不能再吃肉啦，便便拉不出来了！”小主人公的“现身说法”，让听故事的孩子就像在照镜子，很自然地从小主人公的身上得出“我可不想像小主人公一样吃苦头”的结论，主动认识到挑食给身体带来的麻烦，从而产生养成良好饮食习惯的愿望。为了让孩子们了解蔬菜的营养价值以及对消化的重要作用，教师借助绘本和家长资源，通过自主阅读，与医生爸爸视频连线，让孩子们从清晰的画面和科学易懂的讲解中提高了健康意识，同时也从中懂得了尊重他人和保护自己。

在绘本阅读过程中，教师还在两个环节巧妙运用了音乐资源。第一个环节是在小主人公终于达成心愿“只吃肉”的时候，一段配有唱词的欢快音乐随之响起，孩子们自然地跟着小主人公感受着能痛快地吃肉是多么“爽”。第二个环节就是当连续几天只吃肉之后，小主人公的肚子开始疼了，这时响起的是一小段《二泉映月》的旋律，孩子们感受到小主人公的难受、痛苦，情绪也发生了变化，自然体验到别人的情感。

以上案例中，食物喜好调查表的完成让幼儿更好地认识自我、了解他人，体验后的真实记录让幼儿学会自我检测，资源拓展利用让孩子愿意尝试改变自己。有效的活动设计不仅促进了幼儿语言、交往、情绪情感、健康管理等各方面能力的发展，更能让学会求知、学会做事、学会共处、学会生存、学会变化等核心素养从小就在幼儿身上扎根。

张红梅

泰州市寺巷幼儿园园长，高级教师。

切合“双减”形势的幼儿有效活动设计
——PTR 幼儿学习模型的建构与应用

切合“双减”形势，结合我园园本文化和课程建设，我们建构了“PTR 幼儿学习模型”，以此指导活动设计，提高幼儿园的教育质量。

P-T-R 分别指的是问题导向（problem-based）— 任务驱动（task-driven）— 表征记录（representation）。活动开始以问题为导向，激发幼儿的学习兴趣；活动过程以任务为驱动，在教师的“鹰架”下，对学习资源的积极主动应用，进行自主探索和互动协作的学习；活动结束以表征记录作为评价与反思的方式，回顾活动过程，进行多元化评价与反思，并形成记录。整个活动过程中儿童是提问、学习和反思的主体，体现了我们以儿童为中心的教育观。

下面我结合活动案例《是蚂蚁呀!》详细地介绍在我园 PTR 幼儿学习模型如何进行有效活动设计。

这个案例是中班孩子持续了 8 周的一个活动，活动经历了初见蚂蚁城堡→寻找蚂蚁的特点→蚂蚁的本领有哪些→探寻人和蚂蚁的关系→建造蚂蚁城堡，这样五个大的环节，每个环节都体现了我们 P-T-R 的幼儿学习模型。

1. 问题导向（P）：引导幼儿自主观察和调查

陶行知先生也说过：“发明千千万，起点是一问。”幼儿提问是其主动学习的体现，早期问题意识的培养意义深远。在幼儿的日常生活中，他们对于新鲜事物的好奇心促使了他们问题的产生，在幼儿产生讨论或者提出问题时，老师要及时捕捉其中有深入价值的问题，引导幼儿进一步的探究解决。

在《是蚂蚁呀!》这个案例中，一共有 9 个问题，分别是“蚂蚁到底长什么样子？”“小蚂蚁在做什么？”“蚂蚁生活在哪里？”“蚂蚁在什么天气会出来活动呢？”“蚂蚁喜欢吃什么？”“蚂蚁如何传递消息呢？”“怎样捉蚂蚁？”“我们有权力抓蚂蚁吗？”“蚂蚁地下的家是什么样子的？”这些问题有的是一个兴趣点下生发的一系列问题，比如“蚂蚁生活在哪里？”“蚂蚁在什么天气会出来活动呢？”“蚂蚁喜欢吃什么？”“蚂蚁如何传递消息呢？”孩子们从蚂蚁生活地点的探究延伸到对于蚂蚁生活天气的讨论，再延伸到蚂蚁喜欢的食物，在看到蚂蚁可以一起合作搬运食物时又产生“蚂蚁如何传递消息？”这一问题，是循序渐进的，并且都是“开放式提问”，是能够激发幼儿思考，去寻找答案的问题。

也有儿童逻辑下思维跳跃式的问题，比如从第三部分人与蚂蚁的关系两个问题“怎样捉蚂蚁？”“我们有权抓蚂蚁吗？”跳跃到了“蚂蚁地下的家是什么样子的？”这个问题，儿童逻辑下的问题可能是跳跃、片段式的，没有那么连贯，但是并无影响，我们尊重儿童的思维与想法。

在第一个初识小蚂蚁环节中观察的时候，孩子们拿起了画笔记录蚂蚁的各种形态。可分享作品时，有趣的事情发生了——有的小朋友画的蚂蚁有八只脚，有的是六只脚。孩子们都纷纷笑了起来，“蚂蚁到底长什么样子”的问题就出现了。

小蚂蚁在做什么？这个问题中，孩子们对于蚂蚁的外形知识有了一定的了解之后，对蚂蚁的兴趣更加浓厚了。他们围着蚂蚁城堡仔细地观察、讨论、交流，又产生了新的问题：

“它们在做什么呀？”

“是在挖路吗？”

“蚂蚁城堡中有这么厚的白沙，蚂蚁真的能钻过去吗？”

在寻找小蚂蚁的环节中，孩子们对于蚂蚁生活在哪里产生了疑问。

教室的蚂蚁住在蚂蚁城堡里，可外面的蚂蚁都生活在哪里呢？孩子们决定在幼儿园中的每个角落里寻找蚂蚁的踪迹……

问题 2：蚂蚁在什么天气会出来活动呢？

午后散步时，一阵轰隆隆的雷声后，下起了雨。“老师，蚂蚁排队回家了！”

睿睿惊喜地大喊。孩子们都围了过来，他们目不转睛地看着排队回家的蚂蚁们，时而惊呼、时而讨论。

涵涵：“原来下雨天蚂蚁也要躲雨啊！”

雨越下越大，孩子们一只蚂蚁都没有找到。

通过观察、发现和记录，孩子们对蚂蚁的特点有了一定的了解。可是新的疑问又出现了：“蚂蚁城堡的小蚂蚁有我们来照顾，外面的小蚂蚁喜欢吃什么呢？”

问题 4：蚂蚁如何传递消息呢？

观察蚂蚁吃食的过程中，孩子们还发现蚂蚁搬食物的能力也很棒。

乐乐：刚才蚂蚁搬食物的时候，它的同伴们怎么会知道呢？

在人和蚂蚁的关系环节中孩子们对“怎样捉蚂蚁？”“我们有权抓蚂蚁吗？”产生了兴趣。当孩子们把抓到的蚂蚁带回教室后不一会儿，瓶子里的蚂蚁就有一只死了，紧接着所有的蚂蚁全都死了。孩子们开始自责起来。

乐乐：“我们把蚂蚁抓在瓶子里面，它们会生气的，不会给我们回报的，会不喜欢我们的。”孩子们都觉得他们抓蚂蚁这件事好像做错了，他们觉得蚂蚁还是应该生活在大自然里，尊重蚂蚁的想法和情感，那样才是最好的。

在最后一个环节为蚂蚁建造地上城堡，经历了蚂蚁的死亡，孩子们都很伤心，觉得要给蚂蚁建造一个属于它们的地上城堡。于是“蚂蚁地下的家是什么样子的？”这个问题就产生了。

2. 任务驱动（T）：推动幼儿深入探究与学习

所谓“任务驱动式的学习”就是幼儿在教师的帮助下，紧紧围绕一个共同的任务活动中心，在强烈的问题动机的驱动下，通过对学习资源的积极主动应用，进行自主探索和互动协作的学习。

比如在“小蚂蚁在做什么？”这一问题驱动下，孩子们把“弄清楚小蚂蚁在做什么”为任务，用放大镜去观察，发现了小蚂蚁在挖路，用笔和纸记录下了小蚂蚁挖路的路线图。

在问题“蚂蚁如何传递消息呢？”的探索过程中，孩子们进行了猜想，有些孩子觉得是蚂蚁喊的小伙伴，有的说是蚂蚁用眼睛看到了，所以知道消息的，有的认为是蚂蚁闻到了味道后来的，也有孩子觉得是触角在起作用。接着，借助科学知识进行验证——观看科普视频，知道了蚂蚁是通过头上的触角来说话的。

在问题“怎么捉蚂蚁”的探索过程中，孩子们先是讨论交流，他们计划将好吃的食物放进有盖子的盒子里，等蚂蚁进来了，将盒子一关，就能捉到蚂蚁了，然后进行实践，却发现盒子里空空如也，但是却有蚂蚁来过的痕迹，于是他们又一次讨论寻找原因，小朋友说瓶子太矮了，蚂蚁很容易就跑了，他们更换了高一点、口小一点的瓶子作为工具，并且持续等待，终于捉到了蚂蚁。

这三个问题下儿童的探索过程都是以强烈的任务驱动的，利用自主探索、猜想验证、相互合作完成了学习。

3. 表征记录（R）：激发幼儿表达和交流

在这个活动中，始终贯穿着孩子的表征记录，他们记录小蚂蚁的挖路轨迹、小蚂蚁晴雨天的活动频次、小蚂蚁喜爱的食物等等，教师也发现表征记录的方式是幼儿释放内心想法的载体，能够记录下幼儿的所思所想，同时让成人走进他们的世界，倾听了解他们的想法，从而达到更加有效的教育。

综上所述，我们认为 PTR 幼儿学习模型是当下符合“双减”形势、园本文化和课程建构的学习模型。它有助于一线教师进行有效活动设计与实施，在实践中起到了对一线学前教育工作者的借鉴作用，从而帮助教师更加了解幼儿，培养幼儿主动学习、有效探究等方面的能力，促进幼儿高阶思维的发展与自主学习的意识。

郎宏坤

兴化市教师发展中心教研室副主任，高级教师，江苏省特级教师。

作业的个性化设计

2021 年 7 月，中共中央办公厅、国务院办公厅印发“双减”意见，其中在作业的布置与管理方面提出，要加强学科组、年级组的作业统筹，发挥作业诊断、巩固、学情分析等功能，布置分层、弹性和个性化作业，坚决克服机械、无效作业，杜绝重复性、惩罚性作业。根据要求，兴化市小学数学教研团队在作业的个性化设计方面做了一些尝试。近一年来，兴化市第二实验小学高年级数学组在实践层面对个性化作业的设计做了一些探索。主要体现为：教师根据自己班级的实际情况，设计契合本班学情的个性化作业，发展学生的学科核心素养，提升学生自主学习能力。

一、课前自主预习，让学习更加高效

中高年级学生已经具备一定的自学能力，在教学新课之前，可以布置学生进行预习，让学生提前参与到新知的探究之中，化被动学习为主动学习。比如，六年级上册《解决问题的策略》一课，可以设计为这四个板块的预习作业：知识链接——让学生回顾已经学习过哪些解决问题的策略，唤醒学生原有的知识基础和学习经验；

预习指导——根据新学内容的特点，设计一些具有启发性和引导性的问题，指导学生进行预习；

预习检测——学生自主完成与本节课所学习的策略相关实际问题，在自主解决问题的过程中初步感悟策略的特点，实现从旧知到新知的自然过渡；

预习存疑——学生记录下在预习过程中遇到的问题和困惑，事实上学生如果能将遇到的问题清晰地整理出来，本身就融入了学生深度的思考。

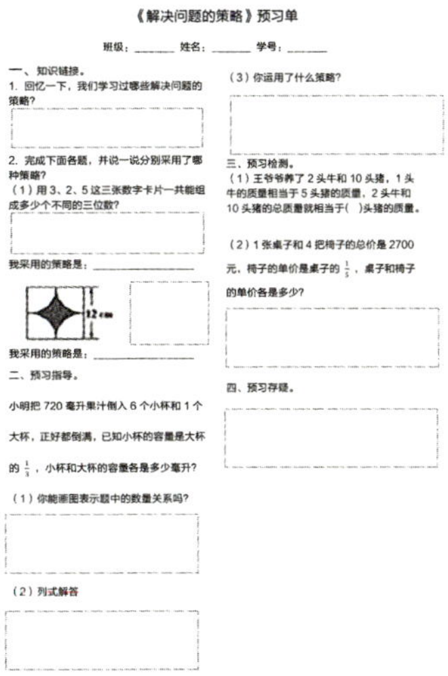
《解决问题的策略》预习单

班级：______ 姓名：______ 学号：______

一、知识链接。

1. 回忆一下，我们学习过哪些解决问题的策略？

2. 完成下面各题，并说一说分别采用了哪种策略？

（1）用 3、2、5 这三张数字卡片一共能组成多少个不同的三位数？

我采用的策略是：______

我采用的策略是：______

二、预习指导。

小明把 720 毫升果汁倒入 6 个小杯和 1 个大杯，正好都倒满，已知小杯的容量是大杯的 $\frac{1}{3}$，小杯和大杯的容量各是多少毫升？

（1）你能画图表示题中的数量关系吗？

（2）列式解答

（3）你运用了什么策略？

三、预习检测。

（1）王爷爷养了 2 头牛和 10 头猪，1 头牛的质量相当于 5 头猪的质量，2 头牛和 10 头猪的总质量就相当于(　)头猪的质量。

（2）1 张桌子和 4 把椅子的总价是 2700 元，椅子的单价是桌子的 $\frac{1}{5}$，桌子和椅子的单价各是多少？

四、预习存疑。

预习单

围绕这四个板块学生自主预习，课上，教师逐一展示学生不同层次的预习单，采用学生自主评讲和交流的方式，通过教师的有效组织，学生与学生之间相互补充，有效互动，从零散逐步走向完整，由个体学习变成集思广益的群体学习。

二、整理学习笔记，让知识更为系统

“好记性不如烂笔头”，采用笔记方式对所学内容进行梳理，并不仅仅是为了实现对知识的深刻记忆，这样的目的在于让学生对学习内容的深度理解与适当整合，把握学习重点和难点。笔记梳理是既系统又有条理的学习方式，有效提高了学生的学习效率，减轻了学生的学习负担，达到事半功倍的效果。比如：高年级数学课《正方体展开图》中，对于正方体展开图究竟有多少种，学生以图文并茂的方式进行笔记梳理，分成四种不同的类型，对于每种类型还进行相应的数字编码，这不仅有利于记住正方体展开图的种类，而且有助于提高学生直观想象能力。

三、绘制思维导图，让思维更有深度

梳理一个单元的知识点也可以用思维导图的形式呈现。比如，《长方体和正

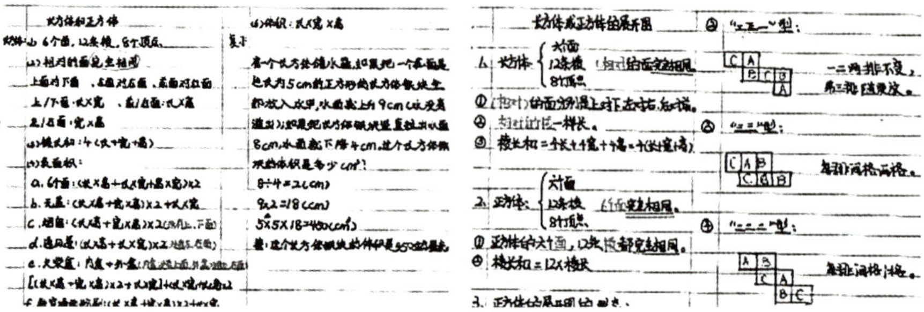

学生笔记

方体》这一单元，知识点之间既有联系又有区别，学生用思维导图的形式进行梳理与总结，会在这个过程中学会逐层分析，有条理地理清各个知识点之间的关联性，让知识结构更为清晰。

组织学生绘制思维导图，需给予学生开放的学习空间，允许学生有不同层次的表达。比如，有的学生只能进行知识点的简单罗列，有的学生能找到知识间的关联，还有的学生能挖掘知识的本质，关注到知识的形成过程，寻找更深层次的关联。在实际作业中，我们还会发现，有的学生会在完成时产生学习心理偏颇，从而发生研究重心的转移，耗费了大量的课余时间。面对这样的现象，教师要加强正面引导和优秀作业的引领示范，让有能力的学生对自己的设计思路加以讲解和说明，而能力欠缺的孩子则需要经历一个从描摹框架到自主归纳概括的内化过程。绘制思维导图的个性化作业，不仅仅是数学学科，其实各个学科都可以尝试让学生完成，达成对学科知识的深度理解，形成系统化、结构化的认知网络。

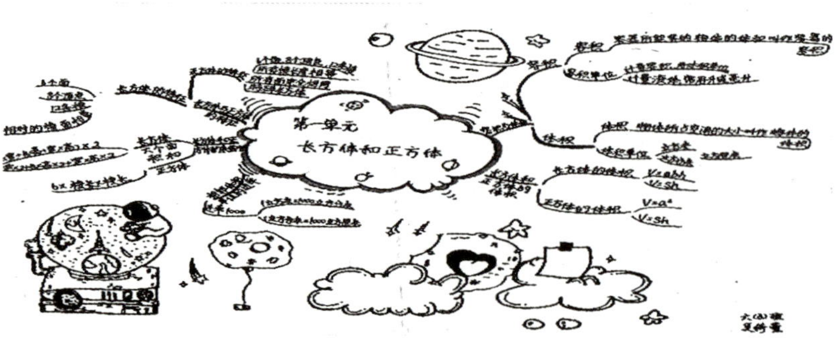

思维导图

四、分析典型错题，让诊断更为精准

错题分析有助于学生及时反思所学内容，提升自我诊断与辨析的能力，是元认知策略在个性化作业中的体现。如一位学生在解决一个相对复杂的实际问题时，做错之后，他自主分析错题，其中仅一道填空题就做出了七点分析，这些自我分析有深入地思考，展现出缜密的思维，既有对题意的解读，也有对知识点的强化，还有对解题过程的回顾，图文结合，有理有据。这样一种个性化作业设计，让典型错题成为引导学生进行再度探究的学习资源，不仅帮助学生牢固掌握知识，还有利于锻炼学生的自主学习能力。

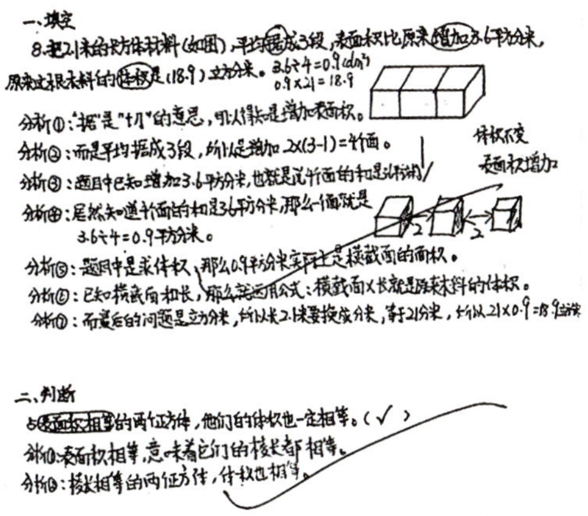

错题分析

五、学具制作实践，让体验丰富深刻

美国华盛顿国立图书馆墙上名言：“我听见了，但可能忘记；我看见了，就可能记住；我做过了，便真正理解了。”这揭示出“儿童智慧在指尖”的认知规律。打破常规性纸笔作业形式，设计并布置一定的实践操作作业，可以让学生通过肢体的运动获得深刻的学习体验。比如，在学习《长方体和正方体》这一单元时，可以让每个学生自己准备一套正方形磁力片学具，让其成为孩子们的课间玩具，学生在实际操作的过程中，对长方体和正方体有了更加深刻的理解。再比如六年级学习圆柱和圆锥相关内容的时候，学生运用不同材料制作大小粗细不一的圆柱体，在制作和操作的过程中形成丰富而深刻的体验，有助于学生领悟立体图形的特征。

学具资源的运用给学生“做”数学的作业机会，让学生在亲身实践中进行观察、操作、整理、分析、探索和交流，深度理解图形特征，深刻体味数学内涵，主动内化数学思维。学具多维度、开放性的运用能充分挖掘学生学习的潜力，展示学生个性化“创造数学”的过程。学生通过学具操作，化静为动探索图形特征，其可视化的“操作”引发多角度的“深思”，进而带来不一样的“创见”。

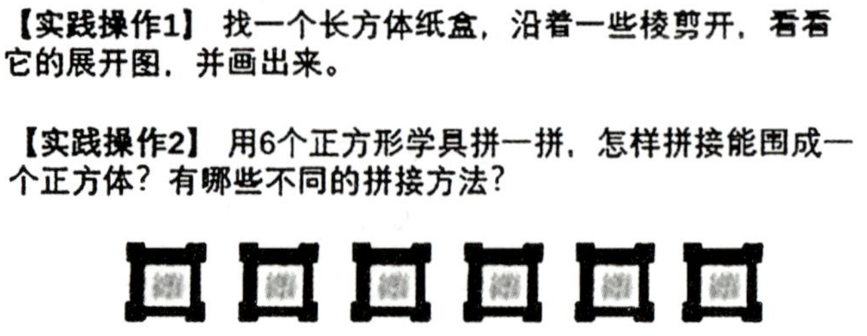

实践操作

六、撰写数学日记，让表达形象生动

语言是数学思维的外在呈现形式，学生们在撰写日记的过程中，会自觉对所学知识进行归纳、梳理和加工，对数学学习过程进行深入反思，“数学日记”是学生进行深度学习的绝佳载体。可采用还原式、角色代入式、场景重塑式等引导学生再现学习数学知识、数学技能解决问题的过程。这个过程中，孩子们自由发挥，数学日记的内容也精彩纷呈，有的语言幽默，有的叙事详实，有的图文并茂，有的情节起伏，但都数学味浓郁。教师要注意筛选各具特色的数学日记，让学生进行课前演讲，将原创的数学日记作为小演讲的内容，比百度而来的题材更真实、故事更生动。

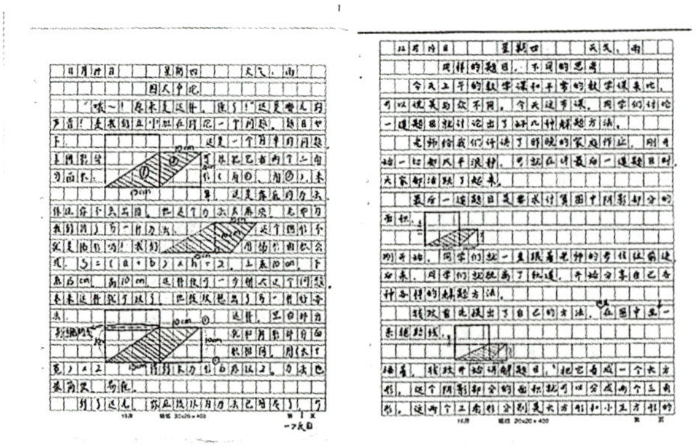

数学日记

七、数学拓展阅读，让视野更广阔

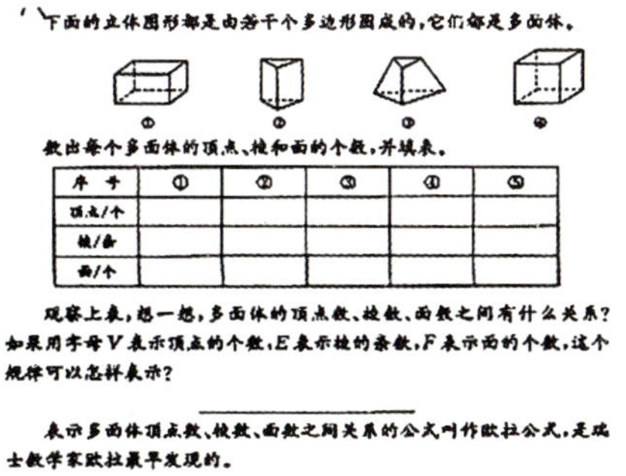

下面的立体图形都是由若干个多边形围成的，它们都是多面体。

①　②　③　④

数出每个多面体的顶点、棱和面的个数，并填表。

序号	①	②	③	④	⑤
顶点/个					
棱/条					
面/个					

观察上表，想一想，多面体的顶点数、棱数、面数之间有什么关系？如果用字母 V 表示顶点的个数，E 表示棱的条数，F 表示面的个数，这个规律可以怎样表示？

____

表示多面体顶点数、棱数、面数之间关系的公式叫作欧拉公式，是瑞士数学家欧拉最早发现的。

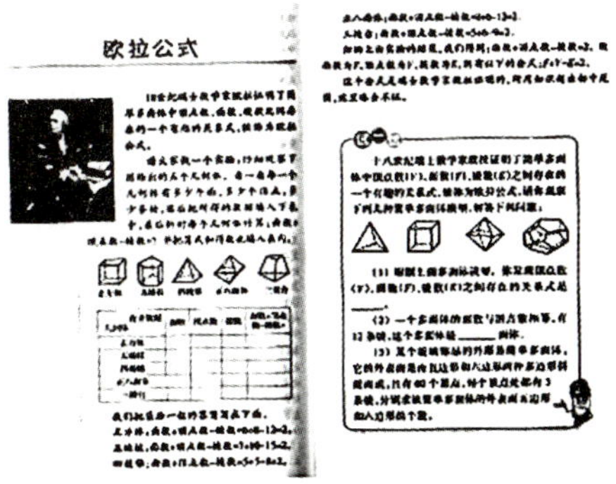

拓展阅读资源

数学阅读可以让学生了解数学史，将数学学习从课内延伸到了课外，拓宽学生的学习视野。一些阅读类的数学作业，需要学生通过阅读提炼其中的本质问题。例如古代名题：“李白无事街上走，提着酒壶去买酒。遇店加一倍，见花喝一斗。三遇店和花，喝光壶中酒。借问此壶中，原有多少酒？”六年级期末总复习有一个板块的内容是《数的认识总复习》，回顾梳理整个小学阶段学习的自然数、整数、分数、小数和正负数等，可以让学生阅读数学史的相关内容，了解数的起源和发展演变，渗透数学文化。

再比如，六年级上册《练习与测试》第 11 页中的“做一做”是关于多面体的顶点、棱和面的数量之间的关系，作业形式单调、生硬且有较大难度，如果替换成关于欧拉公式的阅读性内容，既可以提高学生的学习兴趣，也让学生对欧拉公式有初步了解。此外，数学阅读作业形式还可以回迁至课内，进行数学课本的阅读，让学生在阅读中学会分析、学会审题，从而提高解决问题的能力。

总之，从减负提质的角度，从发展学生学科核心素养，提升学生自主学习能力的需要出发，设计个性化的作业，老师们大有作为。

姜树华

南通市紫琅第一小学书记、校长，正高级教师，小学语文特级教师，江苏省人民教育家培养对象，江苏省督学。

“双减”背景下小学作业变革的思考与实践

南通市紫琅第一小学的作业变革起步于 2019 年办学之初“书包不回家”的做法。鉴于学生在校完成书面作业，便开始着力构化每日延时的“运用性作业”、回家的“实践类作业”、周末的“综合性作业”、节假日的“拓展性作业”等作业创新与变革。随着 2021 年 7 月，国家自上而下的“双减”政策颁布，如何更好实现教学“减负提质”，作业作为教学管理的重要环节，我校开启了更深层的系统作业构思与实践。

“双减”时代的到来，本质上也是伴着新知识观发生改变的。联合国教科文组织早在 2015 年便发布的研究报告中提出新的“知识”概念：“知识”为通过学习获得的信息、认识、技能、价值观和态度。新时代下的“知识”观有了新的理解，是以“能力本位”为价值取向，注重将掌握的知识转化为实践，重视个性发展与潜能发挥。

无论从“双减”政策层面，还是从“新知识”观的理念层面，对作业设计内涵与形式均提出了更高要求。紫琅一小赋予了作业不同的时空功能，即课前预学作业、课中筑基作业、课后延展作业。其中，课后作业主要为在校延时、在家拓展、周末假日实践三个层面。

一、课前作业——自主先学

紫琅一小的课前作业变革基于南通市“立学课堂”紫琅一小“3S课堂”范式，设置了预学作业体例。主要体现在：

1. 独自想。学生基于知识点尝试想，想新旧知识的关联、原有经验的关联；想问题的解决路径，产生新的问题等。如低年级语文识字与写字教学中，联系生活、找近义词、结合上下文等方式理解生字新词；通过加一加、减一减，换一换等方式加强对字形的巩固等方法，均属于“独自想”预学环节。

2. 试着做。引领学生试着做练习，或整理，或巩固，或积累，形成初步的预学成果；尝试做解答，根据教材要求尝试解决，比较感受、自问自答等方式，初步进行听、读、写、画、查、比、创等学习实践活动。如，低年段学习认识图形之前，让学生在课堂学习前先在生活中试着找一找身边的多边形，从而预先铺垫图形感知，丰厚学习准备材料，为走进图形世界的学习铺好“引桥”。识字教学阶段，改变过去“拼读生字，分别扩词两个”“划出文中生词，抄写五遍”等传统作业的“陋习”，改为“画出不认识或者不懂意思的字词（6—8个），通过工具书学习拼读，想办法懂得大意，并圈出你认为最需要学习的词语（3–5个）”。尝试练习讲解生字新词，在生活中找生字、辨生字等，为“汉字推介官”做实践准备。英语学科，引导学生用“When/What/How”三个维度的表格完成课文信息罗列，帮助学生理清课文大致结构。通过这项预学，让学生形成阅读提取的能力，进而有助于新课学习中有更多时间和篇幅，走宽走深，挖掘课文中深层内涵和文化寓意。

3. 自我说。“独自想”与“试着做”两个环节的具体呈现需要“自我说”来表现，即让学生在预学环节学会“说收获”“说未知”，冠以“我做小喇叭”“我做小问号”学习活动名称。具体到语文预学，将原有的“大声读课文n遍”改为“初读备课，每个人都尝试讲讲课文”（第二天专门开辟“小老师讲解”时段，先是在组内交流，再到班级交流、评点）。这个作业形式，刚开始显得比较浅显，经过一段时间后，越讲越有深度，交流内容也越有学习价值。自主学习课文，除了生字词理解、课文讲解外，学生还可以提出小疑问，准备小收获，产生小妙思，班级分享交流。

二、课中作业——筑基为主

课中作业，即教学进行中的随堂训练，以夯实基础为主要目标。从三个方面进行设计：

1. 知识关键点的作业。“双减”课堂教学更强调聚焦学科核心知识点进行“精准”教学，作业自然也就朝向知识关键点进行巩固与运用。如，学习除数是小数的除法，关键是如何把除数是小数的除法转化成除数是整数的除法。这儿运用商不变的性质，根据除数的小数位数进行转化是学生学习的关键处。我们在作业设计中，突破难点，针对性地设计专项练习。

$12\div0.3=(\quad)\div3$

$93.5\div1.7=(\quad)\div17$

$24.5\div0.25=(\quad)\div25$

针对性的专项练习

“双减”背景下，低年级不留书面作业。所以课堂上要留足给孩子安安静静写字的时间。写字教学中，要抓住汉字的力点之美（重心、姿势）、灵活之美（巧变、灵动）、和谐之美（交错、相融）来教学。二年级下册《小马过河》一课中的“该”与“刻”这两个字是必须教学到位的。但仅仅停留于“两个字都用一个部件‘亥’字”“两个字的左右宽窄不同”等方面远远不够。这样的教学点在此前的学习中要有熟识，我们可以进一步比较两个字，学生会发现“愿”与“意”，一个半包围结构，一个上中下结构，写的注意点显然不同。此外，这两个字的共同部件“亥”字（本义为小猪），凸显“亥”字两撇的书写关键点在平行，从而让学生真正体会到字形之美与神韵之美。如此种种，教学一定要铆准知识关键点，才会拥有课中作业的“芯片”。

2. 知识结构化的作业。课中作业的应有之意便是能让一个个独立知识点得以链接，获得“生命”，发挥其用。因此，课中作业的设计一定要聚焦知识点的整体关联视角、可迁移生长的内容，设置作业情境，让知识实现结构化，从而更好生长。如一年级识字教学提倡“情境”运用下的“词串”练习。以“竹”字扩词为例，我们可以从竹子的部位、竹子制作的器具、带“竹”的四字词语等几个方面，指导学生分类组词，画词语开花思维导图。植物类：竹子、竹竿、竹叶、竹枝；竹器类：竹箩筐、竹扁担、竹椅子、竹床；四字词语或成语类：胸有成竹、势如破竹、竹报平安等。在日常生字新词教学中建构思维视角，融入生活情境，有机进行词语理解和运用，很好地实现了对传统扩词模式的优化和创新。

3. 知识生长式的作业。所有学科知识只有得以生根与生长，才能实现它的价值。课堂言语知识及言语经验，均需要放置到“生活情境”中及时迁移生长。课堂作业设计中，对接知识的关键点，有效实现应用生长，或变式运用，或综合运用，或创造运用。在学生明白 “新月”“水蛇”的比喻“不仅在形似，更在于神似”的表达之妙后，进一步感知静态描写与动态描写来介绍一个事物的特点。继而进行迁移作业练习，用比喻的方法写好熟悉的一个事物特点。四年级 Unit5 Seasons Story Time 一课中，学生阅读感知四季的天气、活动以及情感，接触到句式整齐的小诗，学完课文后，引导学生运用这样的句式选择最喜欢的季节，尝试进行改编。课堂中，学生呈现出丰富多彩的小诗式的创造性表达。有生长的知识才更有意义，也才有“生命”。

三、课后作业——综合拓展

1. 延时作业：重在“综合运用”

每日的延时服务作业，旨在夯实基础，着力理解和运用，设计综合挑战作业。作业设计有梯度，满足不同层次学生需要，提升学生素养。凸显三个特性：

（1）针对性。延时作业是基于课中作业的“接续”，应是知识巩固基础上的综合运用。针对学业学困点，进行强化巩固；针对学业易错点，活化运用练习。同音字常常是别字产生的根源，机械练习巩固埋下的“祸根”。如同音词“克服”

与“客服”、“清脆”与“青翠”、“反应”与“反映”等词语在运用中便有了情境甄别。如：

qing cui （　　）的山林里，传来阵阵（　　）的鸟鸣声。

Fan ying 课间，李晓晓向老师（　　）同学追闹的情况，只见一旁的黄晓彤（　　）极快，飞也似地溜走了。

设置有针对性的具体语境的词语运用作业，有效提高字词理解与使用的正确率。再如，我校针对学生表达力的提高，每日设置了 20 分钟的“表达小课”，延时作业中专设了“今日小主播”作业，学生可讲讲今日的阅读感悟，可聊聊自己的兴趣爱好，可赞赞多彩的童年生活，还可讲述身边的奇闻趣事，亦可关注天下大事，播报点评时事新闻……只要是想和大家分享的所有内容均可，没有设限。学生就在这样的日复一日的“主播生活”中，养成了留心生活、阅读、思考、表达的习惯，学生的表达力和自信心日渐提升，极大丰富了学生的学习生活，获得了许多课本中遇不到的鲜活知识。

五下 Unit7 Chinese festivals 第二课时结束后，学生学习了几个中国传统的节日，掌握了描述节日日期的句型，以及描述节日的相应单词词组。延时作业中，布置看图写文作业，有效提升学生语用能力。

你能根据图片提示猜猜 Lily 最喜欢的节日吗？ 她又是如何度过这个节日的呢？帮她写一写吧！要求不少于 50 个词。

Hi, I'm Lily. My favourite festival is ______________________.

看图写文作业

（2）**趣味性**。延时作业时段，学生在校时间已经较长，作业的趣味性充分调动学生的作业动力，让在校作业变得有趣有魅力。如考官式作业，学生假设自己是考官，会出什么“考题”？其他同学给“小考官”星级评价，甚至还可以出题回去考考爸爸妈妈。用这样的方式，学生过一把小考官的瘾，引发学生递向思考，从而实现更好的复习。盲盒式作业，用拆盲盒的方式让学生选择作业，如猜字谜、古诗文配画等，中高年级挑战非连续性文本、小古文阅读等，这样的作业方式，学生有了自主选择的权利，充满了神秘感、新鲜感和挑战感，学生比较喜欢。团组式作业，充分利用小组合作的形式，自由择选团组，带动小组成员裹挟式进步。数学团组作业，让学生在小组里一起创作认识过的多边形。在小组里可以交流不同的作业方法，在钉子板上围一围，拿笔画一画，借助工具搭一搭。语文团组作业，如合作完成“组诗”，每人模仿说写一句诗句，小组合起来构成一首诗。小组合作完成连环画、诗集、传统节日画册、合作表演等。团组作业是学生在家里无法实现的作业形式，学生喜欢且高效。

（3）层次性。根据学生学业完成状态，提供可供“挑战难度”的选择，确立学生的作业“进阶”。如擂台式作业，小学生的好胜心强，用比赛的方式，可以激发他们的作业兴趣。如古诗文背诵，一段时间围绕一个主题（循着教材的“引子”，单元主题或者时令特征等）开展诗词“飞花令”比赛，通过现场“擂台赛”“精英赛”与“团队赛”分别进行。比赛没有尽头，用时段累加的方式，分别评出周冠军、月冠军、学期冠军，如此螺旋递进。不长时间，学生背诵古诗词的热情大增。学校的“六善空间”中，每个年级设有数学华罗庚小擂台，在这里或是一道挑战题，或是一个数学成功展示……思维飞起，其乐无穷。

2. 校外作业：重在“拓展实践”

校外作业因为时空的自由度更大，作业资源更丰富，紧密结合课堂所学，关注学生校内外个人生活和社会发展中的热点问题，设计主题考察、跨媒介创意表达等多种类型的作业，培养学生自主学习和综合学习的能力。因为作业设计应有更高境界，尽可能减少记忆类作业，增加综合性、探究性、开放性作业。

（1）综合性作业。校外作业设计要在识记、理解和应用的基础上加强综合性，可以实现学科内知识综合、跨学科间的知识综合、学习与生活间的知识综合、学校与社会不同场域间的知识综合等，为学生发挥创造力提供空间。如，整理式作业。周末对本周学习的内容进行回忆和梳理，用思维导图的方式呈现本周学习收获。或单元学习后，让学生用自己的方式进行梳理。

又如，跨学科作业。新课标提出所有学科至少有 10% 的跨学科主题学习，校外作业设计更便于实施跨学科作业。我校各年级均有读写绘式作业，如以“春天的诗”为主题，设计跨学科读写绘作业。一年级以“走进大自然，寻找春天”为主题，赏一赏，画一画，了解春天动植物的变化；查一查，制作卡片，了解春天的知识；走一走，植一棵小树，为春天添景色；写一写，改一改，学写春天的诗歌；诵一诵，唱一唱，到大自然中现场吟诵“沙暖睡鸭子（鸳鸯）”，掌握春天的诗歌童谣。这是一项基于语文的跨学科作业，五育并举，从语文跨向其他学科，丰富多样性作业，让语文学习不再固守于一隅，真正走进了大自然，走向了真运用。

再如，寻访式作业。寻访红色资源便是很好的作业形式。节假日，学生摇身一变，变成了小记者，成立假日小分队，寻访身边的革命英雄。通过寻访、交流、共建，英雄不再遥远，不再脸谱化，多了几分亲切、亲近。寻访家乡人文景点，踏访古人足迹，追忆古人事迹，感受古人气节品格；寻访家乡风物，感受家乡优秀历史，伟大传承，增强文化自信。

（2）探究性作业。探究的前提是基于“真情境”下的“现实问题”解决过程，将学科学习成为“生活问题”的需要，从而在“生活情境”中生长学科素养。如，数学学科设计折纸的探究作业。学生需要反复尝试，如何把这些线和角折到一起去，成为一个完整的图形。完成任务的过程中，学生要经历寻找、尝试、探究的过程，发现了折纸的秘密后，还可以自己去设计制作这样的一个学具，让别人来挑战。

虎年到了，尝试给亲戚、朋友送上一句合适的祝福语。可以拍一拍视频，或

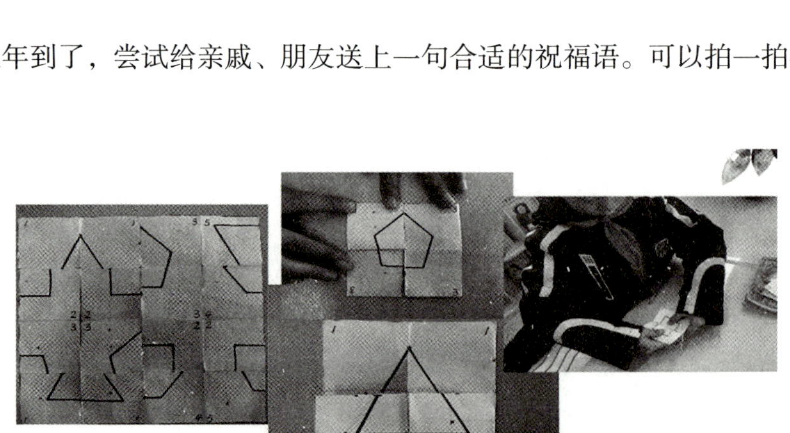

折纸拼图

者语音，全班分享。于是“虎头蛇尾、虎背熊腰、虎头虎脑、虎虎生威、龙腾虎跃、生龙活虎”等词语就从“积累池”中都跳了出来，并且要历经择选，用上有祝福意义的词语。这其间，就要比较探究一番了。五年级学生围绕“有趣的汉字”主题，历经了汉字的趣味性研究—街头错别字调查—姓氏研究报告等过程。

（3）开放性作业。学习无处不在，无时不有。如，每日阅读作业是一项“童子功”，涉及各学科阅读，需要家校合力，亲子互动，实现家校共育。整本书阅读一定是一项开放性很强的作业，引导学生聚焦一个“整”字，避免阅读的表面滑行。帮着学生构建“阅读圈子”，定期围绕“阅读话题”进行专题交流，产生阅读“输出”。整本书作业展示形式多样，可以梳理呈现式的，如思维导图方式、列表格等方式；可以改换角度式的，如主角自述、故事转述等方式；可以情境演艺式的，如情节表演、评书表演等方式。借助生活“现场”开展作业，关注“抗疫”生活中的感人事迹，如记述、描述、诵读、演绎等方式的作业。

作业，不只是新知的“巩固”，更在于实现新的学习。既要“举一反三”，也要“反三归一”；既要学以致用，也要用以致学；既要有普适性，也要有个体性。让作业从学科知识走向学科生活，让学生喜闻乐见，作而不疲。

扫描观看更多视频

陈铁梅

南通市海门区东洲国际学校副校长，正高级教师，美术特级教师，江苏省人民教育家培养对象。

“双减”后，我们需要什么样的美术作业
——持续性美术思维作业的要义与实践

“双减”后，“作业”成了高频词，相关的讨论和研究除了聚焦学校的教育价值和宏观管理以外，更关注教师的课堂教学和专业能力等微观操作。作为直接关联人的一线教师，“作业应该怎么留？”更是每天必经的灵魂拷问，所以立足学科教学，谋划作业管理，精准对接育人目标是教师教学最基本的行动哲学。

一、我校作业改革基本思路和行动

“双减”后，南通市关于作业管理提出了“四精四必”的要求，即“精选、精编、精批、精讲”和“有发必做，有收必批，有批必评，有错必纠”。南通市海门区东洲国际学校在此基础上，实施“作业不回家”工程，通过学科核心组组建“共享作业库”，师徒制备课组下水试做，班情制备课组私人定制，实现作业内容精确、作业题量精少、作业分层精致，推动学生学得会、学得好、学得足，让作业成为提高学生自主学习能力的敲门砖，提升教师教育观、学生观、教学观、

作业观的试金石。

面对“双减”，我校美术教师直面问题，面向全体学生，建构指向持续性美术思维培育的作业理念和形式，开展深度的教和学，帮助学生通过艺术体验，夯实审美知识，提升审美能力和审美素养。

二、持续性美术思维作业的内涵

2022 年版《艺术课程标准》强调：“遵循艺术学习规律，体现学生身心发展阶段性、连续性的特点。”艺术的学习过程是一个不断成长的、多层面相互影响、相互推动的过程。美术教学及其作业都需要尊重规律、尊重常识，推动学生的持续性美术思维的发生和形成。

持续性美术思维是通过高关联、持续性、沉浸式的美术活动，让想象与联想，灵感与直觉，理智与情感，意识与无意识，形象思维与抽象思维，经过复杂的辩证关系后构成一种具有长久影响力的思维方式。而以此为指向的美术作业，就是通过审美兴趣的刺激、认知架构的搭建、美术技巧的学习、思维能力的训练、视觉发展的智能习得，让它们彼此激活生发，相互渗透影响，不断建构完善，在这过程中学生的学习成果不断深化，对美术的理解、认识和感悟也就随之升华，继而形成螺旋上升式的结构状态，达成美术思维的不断精进。

三、持续性美术思维作业的实践

1. 作业系统：整体规划与单课设定相结合

作业内容的结构整体规划，是指依据美术学习规律和学生心智成长规律组织起来的、结构化的学习单元及其教学目标，将作业内容进行整合、重组，有层次、有逻辑地整体设计单元作业群，使之成为一个统整性、层次性、差异性、高观念、重体验的作业系统，以此帮助学生有效掌握美术基础知识和基本技能，延展和巩固思维模型，形成较为稳定的认识结构，从知道走向理解，继而实现从知识到素养的进阶。例如中国画学习原本分散在七至九年级五个学期，根据课标和课程要求，统整为“笔墨丹青”大主题，展开为期一学期的整体体验课程。大主题下再分山水、花鸟、人物三个单元展开，例如“山水”单元，学生在《千里江山图》与《富春山居图》—水与墨色—山石与皴法—构图与意境四项内容的学习过程中，深度体验着主题确立、构思预设、欣赏分析、技法探究、创作作品以及展示展评等美术创作的过程。学生在经历“像艺术家一样创作”的过程中，有对蕴含在生活、自然、生命活动中美的元素的提取归纳，有“艺术源于生活，又高于生活”的深切感悟，这超越了技能技法的作业，帮助学生建立起美感经验。随着一个学期的持续体验，得以逐步稳定和巩固后，成为他们的美术思维的重要组成部分，继而影响他们对中国传统艺术的感悟、理解和认同。同时，学生还将逐步认识并理解世界上的一切都不是孤立的，而是与其他事物有着复杂的联系。这种逻辑思维模式更将影响学生世界观的认识和建立。

当然，要形成持续性思维，作业的整体规划必须建立在单课任务设定的有效性的基础上，其目标是完成一项具体的、真实性的情境任务，学生通过不间断的中国画体验探究，懂得“墨分五色”的巧妙运用，懂得披麻皴、斧劈皴、雨点皴是如何的“师法自然”又创新开拓，懂得铁线描、高古游丝描的区别和表现方法，再经过手摹心追之后，创造性地用水墨表现所见、所思、所念，这不仅仅是基本技能的掌握，也能笔随心动，在水墨学习情境中，建立起了笔墨意趣、借物寓意、传情达意等中国画创作思维。这种思维正是持续性思维的基础。

所以，作业系统的整体规划与单课设定是一个有机整体，离开了整体规划的单课设定容易造成重复化、碎片化、机械化的低质增负的作业，而离开了单课设定的整体规划容易让学科目标成为空中楼阁，思维的架构柱架难以稳固，也难以对未来产生影响，也许这就是很多人经由多年艺术学习，却依然不会看到美、看懂美的原因所在。

2. 作业形式：长效行动与短期突破相结合

美术思维的形成，需要时间的加持。经由时间的煎煮，学生学会收集、分析相关信息，提取、压缩成为对美的表达的经验。经验越丰富，对美的认识越有直觉，审美感悟力、辨别力和判断力也就越强。所以作业的长效行动是美术思维逐渐形成的基础。长效行动一般有两种形式。

一是“爬坡式”单项作业，这是针对技能繁复，且每一步骤都极富创意的内容而设定的作业形式，例如人教版七年级上册第四单元第一课《描绘我们的校园》，这是取景、构图、透视、铅笔淡彩等专业知识、技能的全面综合，而且其中每一个环节又都包含着复杂的理性逻辑，再加上后一环节的理解与掌握，是以前一环节为基础，所以这份作业难度系数很高，即使初中的作业目标也只是体验，但是依然注重迁移能力，获得建立在知识和经验提炼基础上的重要推理，继而形成对风景美的感性认识与创作作品的理性操作的美术思维。

二是“积木式”融合作业，如果说“爬坡式”单项作业是可预设“顶峰”的作业，那么“积木式”融合作业是可不断延展、累高的作业，是在同一主题下多学科的整合。例如八年级上册第二单元《读书、爱书的情结》，学生通过对美术内部基础知识和基本技能的有效打通，对文学、历史等美术学科外知识，以及精益求精、坚韧不拔等工匠精神理解与执行的有效迁移之后所形成的美感认识。学生成长的过程中，在遗忘了大量教与学的具体内容、方式、方法之后，还能保留在大脑深处的重要观点、思维方式和核心价值等，并长久地、连续地刺激他的成长，成为他未来成长乃至生命成长中的一部分，这种超越了学习主题本身的持续价值，也就是持续性美术思维的增长。

然而，无论长效作业如何精致，一定首先在于短期作业的步步跟进，这是任何持续性、长效性得以实现的基础。再如《描绘我们的校园》中的“透视”，它是长效作业中的一部分，但是它本身的技术容量大，是将立体空间里的物体表现在二维画面上所需要遵循的规律，包括平行透视、成角透视等，它是美术一门非常基础、也是非常重要的学科。因此，学生的“透视”作业设置，是通过一节课时间，在学校长廊的照片上画出长、高、宽三组线——发现生活中近大远小的透视现象，归纳明晰透视规律——添加一组透视线，画一群符合透视规律的同学等一组连续性作业构成，帮助学生获得对“透视”的体验，为长效作业乃至于持续性美术思维的形成奠定坚实的基础。

3. 作业指导：共性呈现与个性发挥相结合

美术思维形成的过程是艺术家对客观事物的表象描绘以及主观心像的整合加工的过程。表象描绘是客观事物给艺术家的直观印象，所以是自然作用于人的精神世界，具有共性特征；而主观心像则充满了个人情感的色彩，是具体的、个性化的，所以是人的精神世界作用于自然，具有鲜明的个性特征。学生在完成作业的过程中，是共性与个性的相互作用、相互加工，由此作业成为一种完整统一的审美形象。针对这一特性，对学生作业的指导，一是强调“我们的”作业，二是彰显“我的”作业的独特意蕴。

“我们的”作业，指向的美术思维共性方面。一个人对美的直觉与生俱来，而学习力处于最旺盛阶段的学生更加敏锐，更能够受到鲜活物象的刺激，例如面对一株金盏菊，他比成年人更能迅速捕捉到它橙黄的花色、舒展的形态、对生的花瓣、流动的叶脉、盎然的绿叶等。同时，经由美术学习的习得，他能用水笔或铅笔等工具，用流畅或生涩的线条进行造型表现，这种直观表达是每个视觉正常的学生艺术体验的共性。事实上，这一共性也是美术创作共有的方式、方法、要求、目标以及审美形式、审美理想。因此，作业不可避免也不用避免共性的存在。

“我的”作业，强化的是美术思维个性的发生和发展。个性表达是创造力的根源，因此作业指导更鼓励和强调学生对物象有独特理解并进行个性化表达。一是充分激活学生充满个性色彩的主观心像反应，强调“我的”感觉、印象、理解、表达，比如同一朵金盏菊花瓣的橘黄色，每个学生的视觉印象不尽相同，有感觉偏红，有感觉偏绿，有的则认为含有紫，哪一种是对的呢？其实没有标准答案，这是每个人的眼睛对可见光信息的接收和辨别能力不同导致的结果，所以与学生一起认识视知觉差异现象，鼓励学生基于直觉的表达，理解和包容他人的独特存在，帮助学生勇敢、真实地表现自己所见、所感。二是刺激学生生长由旧知识迁移到新知识的能力。毫无疑问，学生的学习力存在着很大的差异，美术作业的直观性特征让这种差异一览无余地呈现甚至放大。对此，针对每个个体的美术表现基础，开展问题导引、情境设置、私人订制等作业指导，刺激学生的美术思维神经系统，帮助学生将旧知与新知互联互通，同时建立起学习自信，这又何尝不是一种对学生未来产生深刻影响的美术思维呢？

美术作业追求知识与技能掌握、理解意义、实现迁移，实现着以输出驱动输入、以高阶带动低阶的思维进阶的过程，这是唤醒成就动机的深度学习，在形成螺旋上升式的结构状态中，“发掘知识这一伟大事物内在的魅力，让知识、社会生活与生命的深刻共鸣”，于是“内部灵性和可能性”得到最大程度的发展。思维引导着行为，行为决定着未来。从这个意义上来说，持续性美术思维既面向学生当下的学习，又面向学生未来的生活。

曹桂兵

泰州市姜堰区桥头初级中学校长，高级教师。

“双减”背景下学校有效作业设计实践

我们学校组织全体教师认真学习了“双减”文件，领悟文件精神，提高思想认识。通过研讨、教师座谈、学生访谈等形式，落实文件意见和措施，进一步规范作业管理，创新作业设计，完善作业评价体系。下面是我校在贯彻落实“双减”政策、减轻学生作业负担方面的一点探索和思考：

一、智慧研讨，制定“有效作业”方案

（一）分层研讨，借助宣传。开学初，学校多次召开“双减”办公会，组织中层以上干部学习、研讨文件精神，制定作业管理方案。然后，有针对性地组织各教研组进行学习、研讨，讨论作业设计方案。召开“全校‘双减’工作动员大会”，组织全体教师学习、研讨中央和江苏省相关文件精神，学习《姜堰区桥头初中“有效作业”实施意见（试用）》，广泛听取教师意见。同时，采用学校宣传栏、微信公众号，大力宣传“双减”政策和学校“双减”措施。

（二）智慧分工，发挥合力。我担任组长、年级分管校长，担任副组长、成

员包括年级主任、教研组长和学科备课组长等。以年级组为单位，各备课组按《桥头初中有效作业设计要求》编写好下周的教案，并于每周五前发到“学校教研组长、备课组长群”；各年级主任检查各学科作业量，协调、控制作业总量；教导处主任负责收集、统计、存档各学科作业电子稿，并以此为依据评选“有效作业标兵”。

二、智慧调查，直面“有效作业”困难

我们学校是一所位于姜堰区城乡结合的农村初中。学生基础普遍较差；生源差异性大，优秀学生少，中等偏下学生比重大；学生构成复杂，本地农村家庭学生为主，外地打工家庭学生占有一定比例。根据学校德育处2021年秋学期统计，我校留守儿童占比17.3%，单亲家庭学生占比16%，其他特殊学生占比11.3%，合计约占学生总数的45%。由于家庭特殊原因和家长监管缺失，一半左右的学生作业完成不及时；即使完成作业的，质量也不高；抄袭作业现象很严重。

此外，农村学校普遍存在规模小、教师少、师资教学水平不均衡等现象，这就导致学校作业设计质量整体不高、形式单一、陈题旧题偏多，学生重复训练频繁，缺少创新性和实践性作业。

三、智慧设计，提高“有效作业”质量

针对以上问题，学校经多次讨论、修改后出台了《桥头初中有效作业设计要求》，具体内容包括以下几个方面：

（一）合适化作业。我们学校的学生基础薄弱，学困生较多，学生作业的积极性不高。所以，我们的教师在设计作业时，一方面控制学生作业的难度，选用基础题、加强变式训练，确保难度适合。另一方面收集、精选、整合作业，既注重基础性，又注重趣味性和实践性，增强学生作业的兴趣。

（二）分层化作业。在设计“有效”作业时，始终坚持“关注每一个学生”的原则。主备教师设计作业时，讲究梯度，力求每一份作业都适合不同层次的学

生，力争做到优秀学生“吃饱吃好”，学困生也能获得学习的成就感。

（三）个性化作业。作业设计不但要遵循“轻负担、高质量”的要求，也要要尊重学生身心发展规律和学习规律。作业设计既尊重学科特点，也关注学生的实际情况和完成能力，从而增强作业的有效性和有趣性。

第一，平时作业。语文、英语学科的课后作业，主要是阅读类作业；数、理、化学科的作业，尽量利用课后服务时间完成，以便老师及时辅导。同时，年级主任把关每天的作业总量，切实保证“双减”效果。

第二，周末作业。体育类作业每天不少于1小时，实践类作业（力所能及的家务、手工制作、社区活动、田园实践等）不少于1小时。平时作业认真并且正确率高的优秀学生，可获教导处的“周末免作业券”，真正落实“双减”政策。

第三，假期作业。综合评价良好以上的学生，小假期作业，只要求完成体育类、实践类作业，学科类书面作业可以自主选做。

（四）情境化作业。我们学校的“有效”作业设计严格遵照学科《课程标准》的要求，凸显学科特点，彰显学科核心素养。教师设计作业时，以情境材料为载体，让作业情境化。在情境中，让学生学会思考问题，从而提高学生解决问题的能力，培养自主创新的能力。

我校九（2）班很多同学历史学科偏弱，知识点不熟，作业情况不够理想。任教该班历史的刘红军老师分析情况后，转变思维，寻找情境材料编制作业，创新作业形式，利用“头脑风暴”“超级联想”“谐音记忆”“自编故事记忆”等方法，让学生在快乐中轻松完成学习任务。

四、智慧举措，增加“有效作业”实效

学校以“适合”“有效”为标准，制定并采取一系列作业设计方面的管理措施为学校“双减”工作保驾护航。

（一）控制总量，从时间上助力“双减”。每天作业总量由各年级主任负责监控各学科书面作业总量。七年级不超过60分钟，八年级不超过70分钟，九年级不超过90分钟，确保学生睡眠时间不少于8小时。

第一，及时反馈。学期初，教导处对每一个教师提出作业批改具体要求。

凡做必批。及时、认真地批改作业，及时诊断课堂教学中存在的问题以及学生掌握知识的情况。

凡批必讲。共性问题，集中辅导；个性问题，个别辅导。评讲作业要有针对性、时效性。

凡讲必纠。对学生作业的订正情况进行跟踪，并进行二次批改。真正了解并解决学生的疑惑。

第二，月度检查。学校强化作业的过程性管理，每个月月底，教导处进行月度教学常规检查，检查从这几方面着手：检查教师的平时作业，检查教师批改是否有激励性批语，检查学生的订正及教师二次批改情况。作业检查情况如实登记、汇总，然后将书写整洁、订正认真的学生作业拍照做成展板，让全体师生学习。

作业检查发现的问题，教导处形成书面材料，小问题个别座谈，大问题全校通报。

第三，问卷调查。学校通过《桥头初中学生有效作业调查问卷》，全面了解各科作业布置的情况，切实掌握各科教师对学校“双减”政策落实情况。通过问卷调查，学校进一步规范老师们的作业布置、作业批改与评讲，从而促进学校教育教学质量的提升。

每学期期中、期末考试前后，教导处将会随机进行问卷调查，问卷调查内容包括：课后作业量是否超过学校规定时间；作业批改是否及时、认真；是否有学生批改作业现象；作业评讲是否及时；是否布置惩罚性作业等。

（二）评选优秀，在激励中助力“双减”。每学期期末，学校将邀请相关学科专家或骨干教师对各备课组的作业进行评比，评价标准包含作业格式、题型设计（时代性、科学性、创新性、操作性、完整性、层次性）等多方面。评优结束后，请专家就学校“有效”作业设计提出指导性意见，学校在下学期进一步完善作业设计方案。

（三）智慧帮扶，在合作中助力“双减”。第一、召开“委员会议”。每学期初，学校教导处召开“家校共同发展委员会会议”，针对学生“作业负担”问题，组织家校委员会成员商讨学生在校作业和课后作业完成的相关措施，并为学校执行智慧“减负”建言献策。各班主任定期将学校有关作业要求和具体做法发到班级微信群，请家长配合学校，做好作业监管工作。

第二、实施“结对帮扶”。师生“点对点”帮扶。学期初，教导处根据各班的学情，筛选出部分“学困生”名单，由本班任课教师自行选择1—2名“学困生”进行师生“点对点”扶持。帮扶教师可通过谈心、学法指导、家访等多种手段让“学困生”化被动为主动，化后进为先进。学期末，学校对“帮扶”效果明显的教师和学生进行嘉奖。

自从“双减”政策落地以来，我校通过“有效”作业设计的实践，切实减轻了学生的作业负担，提高学生的作业质量，促进学校教育教学良性发展。

总之，我校的“有效”“双减”，使学校的教育教学质量更高效，让学生的学习生活更科学更健康。

鲁世明

江苏省姜堰中学副校长，正高级教师，江苏省特级教师。

“双减”背景下高中物理有效作业设计
——以“生活中的圆周运动”为例

2021年7月，中共中央办公厅、国务院办公厅印发了“双减”政策文件，“双减”对我们高中而言也有重要指导意义，要求我们对作业整合研究和创新设计。我今天谈两点：一是高中物理作业设计策略；二是高中物理作业具体设计。

一、高中物理作业设计策略

“双减”背后是强化学校教育的主阵地作用，全面提高学校教学质量，减轻学生负担。“双减”给高中教育的启示是要深化高中教育教学改革，提升课堂教学质量，优化教学方式，全面压减作业总量，降低考试压力。就作业而言，我们应该做什么？如何做？我认为“双减”背景下高中物理作业设计体现教育部下发的《普通高中学校办学质量评价指南》要求，严格依据课程标准设计命制作业试题，减负增效；注重作业试题的基础性、综合性、应用性和创新性，注重探究式作业设计和情景化立意，加强学科内和跨学科综合性问题分析；关注生活与科技，注重立德树人、劳动实践育人、因材施教、差异发展，促进学生自主、合作、探究学习，培养学生的物理观念、科学思维、科学探究、科学态度与责任，发展学生物理核心素养。

二、高中物理作业具体设计

下面以“生活中的圆周运动”为例，谈一谈我校物理作业设计。

（一）作业是自主学习活动的重要载体

学生学习不仅是学习知识，更重要的是学会自主学习，作业承载自主学习核心功能。本节课后我们布置的第一个作业题是自主学习题。

1. 请自我总结归纳本节课学习的“生活中的圆周运动”所应用的思想方法和规律

本题设计思想：本节课为圆周运动的实际应用，实例各有特点，火车转弯是非一条直线上力的合力提供向心力的水平方向圆周运动，汽车过拱桥是竖直面内非匀速圆周运动，航天器中失重是重力全部充当向心力，离心运动是合外力不足以提供向心力时的运动趋势。学生自主归纳相关规律，理解掌握处理圆周运动的思想方法就是寻找向心力，利用牛顿定律解题。归纳概括整理是一种自主学习，更是原有课堂学习基础上的“螺旋型”反思学习，本作业对学生知识掌握和能力提升有很大帮助。

（二）作业是立德树人教育的主要阵地

高中物理作业坚持立德树人，从日常生活生产实际、体育活动、科学事件、环境保护等多方面选取素材，以当代中国的重大科技成果为背景设计试题，展示我国科学技术日新月异的进步，增强学生的科学态度与责任，增强民族自豪感和责任感。

2. 通过网络了解我国宇航员在空间站的生活情景，分析解决以下问题：（1）空间站中物体为什么能漂浮在空中？（2）我国宇航员王亚平为什么能在空间站做“水球”实验？（3）空间站中宇航员为什么站着与躺着一样舒服？

设计思想：本题情景为我国空间站，关注科技，激发学生兴趣和民族自豪感，激励科学态度与责任，同时让学生运用信息技术数字化学习。（1）理解空间站漂浮的本质是完全失重，不是摆脱了地球引力；（2）知道能做“水球”实验本质是完全失重，消除重力影响，在表面张力作用下水球非常完美，体现学科内综合；（3）失重情况下，站和躺对人体来说感觉一样，体现学科间综合。

3. 请同学们观察家里滚筒洗衣机和波轮洗衣机，回答以下两个问题：

（1）滚筒洗衣机脱水时，滚筒绕水平转动轴转动。滚筒上有很多漏水孔，滚筒转动时，附着在潮湿衣服上的水从漏水孔中被甩出，达到脱水的目的。假设湿衣服在竖直平面内做匀速圆周运动，那么，湿衣服上的水是在最低点还是最高点时更容易甩出？请说明道理。

（2）波轮洗衣机中的脱水筒在脱水时，衣服紧贴在筒壁上做匀速圆周运动。某洗衣机的脱水转速为 600 r/min，在运行脱水程序时，有一质量 $m=6$ g 的硬币被甩到桶壁上，随桶壁一起做匀速圆周运动。求桶壁对它的静摩擦力和弹力的大小。重力加速度 g 取 10 m/s^2。

设计思想：本题为劳动情景题，让学生观察生活，热爱劳动，用物理解析生活实际问题。（1）滚筒洗衣机甩干衣服是竖直面内圆周运动，虽然最低点和最高点向心力一样大，但由于重力影响，会发现最低点需要的支持力更大，水滴与衣物吸附力不足，容易甩出水滴；（2）波轮洗衣机中的脱水筒在脱水时，竖直方向静摩擦力与重力平衡，水平方向弹力充当向心力。

（三）作业是解决真实情景的深度学习平台

作业承载学生思维发展，是解决真实情景的深度学习平台。提高基础作业的质量，关键在于迁移的运用和情景变化，解决生活真实问题，使作业生动有趣，学生乐在其中。

4. A、B、C 三个物体放在旋转圆台上，它们由相同材料制成，A 的质量为 2 m，B、C 的质量均为 m，如果 OA=OB=R，OC=2R，则当圆台旋转时（设 A、B、C 都没有滑动）下述结论中正确的是　　　（　　）

A．C 物向心加速度最大

B．B 物静摩擦力最小

C．当圆台旋转转速增加时，C 比 B 先开始滑动

D．当圆台旋转转速增加时，A 比 B 先开始滑动

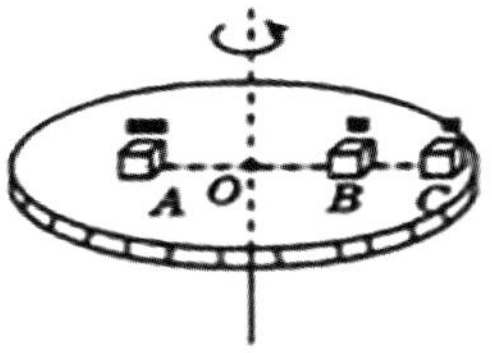

设计思想：本题是离心运动的应用情景，考察向心力和向心加速度公式以及临界问题，让学生自己分析科学思维，知道先后滑动的顺序取决于向心加速度与半径，与质量无关，而向心力与质量有关。

5．有一种叫“飞椅”的游乐项目，长为 L 的钢绳一端系着座椅，另一端固定在半径为 r 的水平转盘边缘，转盘可绕中心竖直轴转动。当转盘以角速度 ω 匀速转动时，钢绳与转轴在同一竖直平面内，与竖直方向的夹角为 θ 。不计钢绳的重力，求转盘转动的角速度 ω 与夹角 θ 的关系。

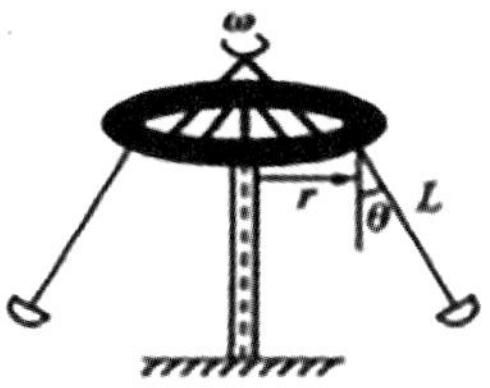

设计思想：本题为具体游乐场“飞椅”情景，激发学生对生活热爱和物理兴趣的同时，关注情景变化，体现深度学习。学生正确解题关键之一是正确受力分析，找出向心力；其关键之二是正确得出圆周运动半径为 $R=r+L\sin\theta$。

（四）作业是培养学生核心素养的重要路径

布置作业要避免知识碎片化、机械性大量训练、重复讲解，核心素养时代要求我们作业布置科学化，从单一知识点到综合的运用，在设计作业时给学生设计学习支架，通过对实际问题的合理简化，建立解决问题的物理模型，并利用规律解决问题。

6．汽车质量为 1.5×10^4 kg，以不变的速率先后驶过凹形桥面和凸形桥面，桥面圆弧半径为 15 m，如果桥面承受的最大压力不得超过 2.0×10^5 N，汽车允许的最大速率是多少？（ $g=10$ m/s^2 ）

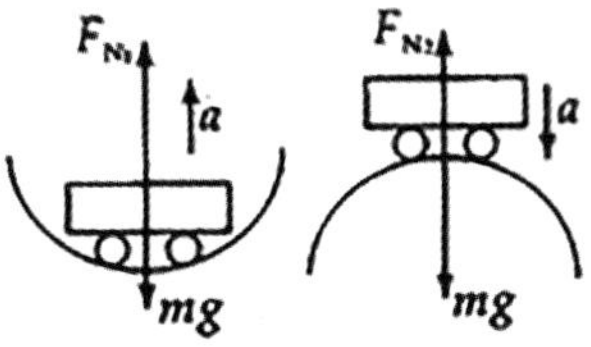

设计思想：本题为情景综合题，拱桥与凹桥模型结合，分别求出最大速度，取二者最小值。是拱桥问题的情景迁移和思维提升，提升学生综合分析能力。

7. 场地自行车比赛的圆形赛道路面与水平面的夹角为 15°，sin 15° ＝0.259，

$\cos 15° = 0.966$，不考虑空气阻力，g 取 10 m/s^2。

（1）某运动员骑自行车在该赛道上做匀速圆周运动，圆周的半径为 60 m，要使自行车不受摩擦力作用，其速度应等于多少？

（2）若该运动员骑自行车以 18 m/s 的速度仍沿该赛道做匀速圆周运动，自行车和运动员的质量一共是 100 kg，此时自行车所受摩擦力的大小又是多少？方向如何？

设计思想：本题赛道转弯是火车转弯问题的迁移与思维拓展，第一问是火车转弯的迁移；第二问速度大于临界速度，静摩擦力沿斜面向下，要利用正交分解联立两个方程组求解，是学科内综合应用。

（五）作业是促进学生个性发展的关键支撑

作业布置注重培养学生开放性思维，设置开放的问题情景，引导学习进程，重视科学探究，作业要注重培养学生的综合思维，设计作业时适当能够整合，让学生产生新的思维体。还要做到因材施教，布置差异性作业，促进学生个性多元发展。

8.（选做）请小组合作做一个探究实验：雨伞上均匀撒上水滴，慢慢转动雨伞，观察水滴飞离雨伞的情景，水滴沿何方向飞出？请分析原因。并在探究实验基础上求解以下两个问题：

（1）若已知雨伞边沿到伞柄的距离为 r，边沿高出地面 h，当雨伞以角速度为 ω 绕伞柄匀速转动时，雨滴从伞边沿水平甩出，则雨滴落到地面的圆半径 R 为多大？

（2）质量是 1 kg 的小球用长为 0.5 m 的细线悬挂在 O 点，O 点距地面高度为 1 m，如果使小球绕 OO' 轴在水平面内做圆周运动，若细线最大承受拉力为 12.5 N，求：

① 当小球的角速度为多大时，线将断裂；

② 断裂后小球落地点与悬点的水平距离。（g=10 m/s^2）

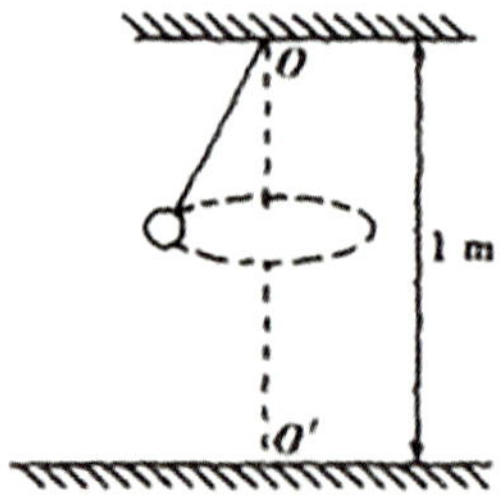

设计思想：本题要求学生合作探究实验，观察雨滴甩出后离心运动速度沿切线方向；本题难点在于水

滴甩出后平抛运动，水平位移的方向与雨伞半径方向垂直，则雨滴落到地面的圆半径 R 为水平位移 x 和 r 的直角三角形的斜边；第二问是第一问的迁移拓展提升。本题既有实验观察探究，又要有数形结合物理思想，能激发学生形成创新思维，提升核心素养。

9.（周末作业）结合自己的劳动、体育、交通、科技、游戏等生活实践，写一篇有关圆周运动的小论文。

设计思想：本题为开放性作业，旨在深化整合物理学科知识，培养学生开放性思维。学生对此类作业非常欢迎，完成小论文作业质量较高。

总之，作业是连接教学和评价的桥梁和载体，我们要科学设计，布置少而精的作业，真正让学生减负增效、提高核心素养。

陈建敏

江苏省泰州中学高级教师。

“双减”背景下高中历史有效作业设计

一、“双减”背景下对高中有效作业设计的要求

“双减政策”的一个重要内容就是要减轻学生过重的作业负担，要求减轻学生的作业量和作业时长。这一政策背后对教师提出了更高的要求，教师在努力提高课堂教学效率的同时，要精心设计每一份作业，不能通过简单重复大量无效作业占用学生的学习时间，要提高作业的质量，呈现作业的有效性，让学生在有限的学习时间中，通过这些作业巩固知识、锻炼能力、培养素养。

尽管“双减”针对的是义务教育阶段，但对所有教师的要求是一样的。高中教学直面高考，要求高，任务重。现在有很多高中生除了白天上课，晚上还埋头做各科作业，有的还要做大量的课外习题到深夜，这大大影响了学生的睡眠，不利于学生健康成长，也不符合教育部印发的《普通高中学校办学质量评价指南》中对学生全面发展的要求。面对目前现状可知，高中教学的减量增效同样重要。这里的减量不是减责任，减质量，而是不盲目增加学生的学业负担，不搞题海战术，科学合理地布置作业，大力发挥作业巩固知识、分析学情等功能，提升作业设计的有效性，更好地为高考，为学生的全面发展服务。

二、高中历史有效作业设计应遵循的原则

目前的高中历史作业设计还存在着不少问题，诸如：用现成的教辅练习，没有针对性；作业形式单一，没有创新性；作业布置呈现出统一性，忽视学生的自主性和创造性；作业不批改，不讲解，师生缺少交流，无法体现作业的有效性。针对以上问题，要设计出有效的历史作业，我认为应遵循以下的原则。

1. 作业形式要多样化，体现层次性

作业形式的多样化，主要是力图改变过去作业形式的单一刻板，不能满足不同层次学生学习需求的现状。教师可以根据教材的实际情况，充分利用好各种素材，可以是文字、图表、影视资料等。课前设计好作业的类型，除了传统的选择题和材料题外，可以是一份调查研究，还可以是一场现场辩论，或是一幕历史剧。丰富的作业形式，满足了不同层次学生学习的需求，特别是对历史学习缺乏自信心的同学，通过这些形式的作业，充分展示他们的才能，激发学习兴趣，增强学习信心。

例如讲中国共产党成立这部分内容的时候，老师就布置学生结合中国共产党成立的时代背景自编自演一出话剧，得到学生们的积极响应。依托学校的学生社团云天剧社，成功打造出可以在学校元旦文艺汇演舞台上表演的话剧、学生们在参与中，掌握了知识，增强了自信。

2. 作业内容要体现合作性、探究性

合作性学习、探究性学习是新课标着力培养的目标。作业设计时，可以有意识地把问题拆分成小问题或若干步骤，让学生分组讨论、分工协作、合作探究。通过共同参与，不仅让学生学会分享和尊重他人，而且能够提高实践能力，培养创新精神。

例如在讲述红军长征这个重要内容的时候，我们可以把全班同学分为三组设计这样的作业：（1）让第一组同学设计红色旅游重走长征路，说明设计这种路线的理由。（2）让第二组同学撰写长征路线途中重要景点的解说词，例如遵义

会议会址、大渡河、泸定桥等。（3）让第三组同学根据教科书上的问题探究，探讨长征精神的内涵和意义。作业设计一，注重考查学生的时空观念，只有对长征路线了如指掌，并熟悉中国地图，才能设计出合理的重走长征的路线。作业设计二，注重考查学生对长征基本史实的了解，只有掌握了基本史实才能准确解说长征路线沿途的重要景点。作业设计三，重点考察学生阅读材料，探究问题的能力和历史解释的核心素养。作业上交后，评价标准可以分成 A、B、C 三个等级，三个题目得 A 等级的评价标准：（1）红色旅游重走长征路的路线设计合理，理由充分。（2）长征路线沿途重要景点的解说词详实、准确。（3）对长征精神内涵的解释完整，对长征精神意义的阐释合理、详尽。B 等和 C 等评价标准可以根据 SOLO 评价标准科学设计。

这是一个完整的关于红军长征过程和影响的作业及评价设计。通过这样的作业设计，培养了学生的合作探究精神，符合《普通高中学校办学质量评价指南》提出的培养学生必备品格和关键能力的要求。

3. 作业设计要体现一定的开放性、自主性

以往的作业都有统一的标准答案，学生唯答案是从，这样很容易扼杀学生的思想，不利于学生的主动学习和创新思维的培养，更不利于呈现作业的有效性。此外，在高考试题中，开放性试题所占分值越来越高，这就要求高中历史作业要尝试进行这类作业的设计，教师在作业设计时，要启发学生运用所学知识，结合材料，自主学习，提出观点和看法，培养创新精神。

历史小论文指的是评价历史人物、事件或论证某些历史问题的小文章。通过布置历史小论文这样的作业，让学生在查阅资料、研究历史观点的过程中，激发出学习的主动性，培养学生自主学习的能力和创新精神。这就是体现开放性和自主性较好的题型。

我校高二文科班的历史周练，每次都会设计一道小论文题进行训练。例如复习完《中外历史纲要（上）》中国古代的对外交往后，我们从古代中国对“西方”名称的变迁（见下表），要求学生提炼一个观点，进行阐述，阐述应论题明确，持论有据，表述清晰。

名称	主要范围
汉唐时期的“西域”	广义上泛指玉门关、阳关以西，狭义上主要指塔里木盆地及其周围地区。唐宋时期曾用“西天”指称更为遥远的印度。
宋明时期的“西洋”	最早见于五代，元代广为流布，明代特指东南亚、西亚、东非或印度洋周围国家；明末以后逐渐转向专指欧洲。
明末清初的“西方”	与“泰西”“太西”“极西”“远西”等同义词广泛流行，指称欧洲。

——摘编自欧阳哲生《中西交通史上的“西方”概念之探源》

学生可以通过古代中国对“西方”名称的变迁历程，归纳出中外交往的范围不断扩大或者是中外交通路线不断变迁等观点进行阐释。这样的作业没有唯一答案，更能培养学生的主动性和创造性。

4. 作业批改要有针对性、有效性

作业是学生辛勤劳动的成果，不管质量如何，学生都希望得到肯定和指正，这对于学生自信心的树立很重要，因此，教师必须建立作业批改和评价机制。作业不仅要批改，还要对做得好的同学给予语言上的鼓励，对于作业有问题的同学认真点拨，甚至要进行面批，现场答疑解惑，让学生感受来自老师的关注和关爱，将爱转化为学习的动力。

我校在作业的布置和批改方面，充分发挥教研组、备课组的作用，各个备课组不仅统一布置校本作业，还充分发挥现代信息技术在作业评价中的重要作用，精确统计错误率，使教师在作业评讲时更有的放矢，具有针对性。我们还建立了作业面批制度，凡是一周内作业上的材料题、开放题，错误率低于班级平均水平的学生，本周内教师应对这些学生的作业进行面批，现场答疑解惑，提高作业的有效性。

总之，在“双减”背景之下要想设计出有效的高中历史作业，在设计时就应注意作业设计的目的性、计划性，同时还要制定作业评价的具体标准和方法，这样的作业设计才能够起到激励学生学习、获得及时反馈信息、更好地改进教学、促进师生共同发展的作用。

潘玉山

江苏省靖江中等专业学校正高级讲师，江苏省特级教师。

转型增效：“双减”背景下职教专业课程作业设计

在“双减”背景下，职教专业课程作业改革的重心，不是简单地做“减”法，而是需要结构转型，科学设计。作业设计，要以学生为中心，要贴合学生能力基础、符合学生认知习惯、适合学生生涯发展，充分发挥作业的助学、助教功能。

下面以中职机电专业《气动与液压技术》课程中“气动逻辑控制回路”为例，谈谈专业课程作业转型增效设计。

一、作业的时间维度上，从“课后式设计”走向“全程式设计”

这是一份全程式作业，它包括课前作业、课中作业和课后作业三个组成部分，三个部分是相互联系又发挥各自作用的整体。

课中作业，以工业生产用剪切机的逻辑控制为案例，着眼于问题探究、知识与技能的融合。

课前作业，以生活情境激趣，选择了多数学生熟知的电灯逻辑控制案例，帮助学生建立从电灯逻辑控制体现到气缸逻辑控制的思维通道。

课后作业，着眼于知识巩固和学习诊断，突出反思性。

二、作业的知识维度，从“课本式设计”走向“跨界式设计”

职业教育是面向特定职业岗位的教育。学生作业不应限于教材中的作业，还应该包括生产中的作业，以及生活中的作业等。作业的跨界性是职教专业课程作业特点之一。这里的跨界，可以是跨课程、跨专业、跨学段，也可以是跨领域。

在课前作业中，设计了这样一组观察判断题。

题（1）要求学生判断下列七个电路中电灯点亮的条件。

题（2）比较题（1）中电路（c）与电路（e）；电路（d）与电路（f），让学生找规律。

题（3）关于楼道电灯控制，在楼下和楼上各设置一个开关，要求上楼时开灯，上楼后关灯；下楼时开灯，下楼后关灯。若楼下开关用 A，楼上开关用 B，电灯用 Y 表示。要求描述电灯点亮的条件。

题（1）（2）属于电工知识，题（3）是生活中常见的问题。这些知识相对于《气动与液压技术》课程就是跨界的。然而，在逻辑上，它们又与气动逻辑控制回路发生了联系。

问题 1，主要是唤醒学生对最基本的七种逻辑关系的了解。

问题 2，说明逻辑是可以运算的，相同要求可以有多样的逻辑表达，即多种解决方案。

问题 3，指出逻辑也存在于日常生活中，主要是引导学生学会用逻辑思考问题。

针对学生进行跨界作业训练，有利于帮助学生从教材中走出来，学会用知识解决生活、生产中的问题，也有利学生学会观察生活，从教材中寻找知识答案，避免死读书。

三、作业的方式维度上，从“练习式设计”走向“学习式设计”

教给学生最有意义的东西不是知识，而是知识获取的健全方式和独立行动方式。学生能按照工作任务自助，或互助完成学习任务，其目的是提高学生独立工作能力，促进其个性发展。专业课程作业理想模式应该是，从以模仿为主导的练习式，走向以自主探究为主导的学习式。行动导向、问题导向是推进学生自主探究学习的主要驱动力。

为帮助学生顺利完成作业，设计了三个学习步骤。

第一步，让学生按给定方案进行仿真，即模仿练习。

第二步，借助课前作业，以问题为导向，在仿真基础上，由易到难，循序渐进，探究控制回路中所包括的问题。

第三步，在仿真与探究的基础上，以小组合作方式，选择合适的气动元件，设计实现同样功能的气动回路，并用仿真软件或在气动试验台上实现控制要求，达成知识与技能学习的融通。

四、作业的能级维度上，从“统一式设计”走向“分层式设计”

职业学校学生的差异性是客观存在的。这种差异，不仅表现在知识基础、能力基础上，也表现在行为习惯上。采取统一式作业，对基础好的学生“吃不饱”，对基础弱的学生则“吃不了”，采取分层式作业设计可以较好解决这个问题。

按能力要求，作业一般分为两层，第一层为基础层，第二层为提升层。

课中作业分层式设计。

第一层，用 A、B 两个控制按钮，控制剪切气缸。控制要求是，A、B 两个控制按钮同时按下后，才执行剪切动作，试进行气动逻辑控制回路安装与调试。

第二层，用 A、B、C、D 四个控制按钮，控制剪切气缸。控制要求是，A、B、C、D 四个控制按钮在下列三种情况之一，执行剪切动作：（1）A、B 同时按下，（2）C、D 同时按下，（3）A、B、C、D 全部按下，试进行气动逻辑控制回路设计、安装与调试。

与第一层相比，第二层作业，不仅控制参数增加一倍，而且控制要求从一个增加到三个。第一层重心在模仿练习，在模仿中学会气动逻辑控制回路基础知识；第二层重心在能力提升，在探究中学会解决多参数、组合逻辑控制问题。

五、作业的空间维度上，从“平面式设计”走向“立体式设计”

伴随着教学资源采集、编辑、传播的硬件与软件日益成熟，尤其是“互联网+”迅速普及，职教专业课程作业设计与教材建设一样，也会从平面化走向立体化。立体式作业设计包括作业描述对象立体化、作业呈现方式立体化、作业完成形式立体化等。

在气动双压阀参数问题的设计上，传统的作业方式，多数情况是，设计一道填空题或选择题，让学生填写或选择双压阀规格参数的名称。

按立体化思路，作业可以设计成一次网购体验，要求学生利用网购平台购买一只双压阀，并放入购物车中。按下面要求，描述购物经历：（1）购物时，一定会遇到很多品牌的双压阀，选择某个品牌，要求学生说明选择理由；（2）在确定双压阀品牌后，一定又会遇到有很多参数规格需要，选择什么参数，要求学生说明选择某个参数的理由。

采用这样作业方式，一是，极易巩固对双压阀参数认知，在购物实践中掌握气动元件选用一般方法；二是，建立产品品牌和质量意识，树立国家自主品牌信心；三是，为学生增加一条知识学习与应用的途径。

以上我们结合几个案例，从作业的时间、知识、方式、能级和空间等几个维度，提出了职教专业课程作业转型增效方案，供大家参考。

然而，专业课程作业设计又是一项系统性工程，不是一次课、一个单元的作业设计，而是需要从课程和专业的视角，进行统整；也不是一个教师的作业设计，需要汇聚专业教师集群的智慧，进行创新。

栾桂芬

泰州机电高等职业技术学校高级教师。

核心素养导向下的项目化作业设计

作业作为占据学生大量课余时间的学习任务，对学业质量、教学诊断、家校关系、学生素养发展等至关重要。因此，学校教师如何设计与实施体现核心素养导向的作业，是落实“双减”政策的关键所在。

一、中职作业的现状

1. 作业流于形式

一些老师认为职业学校的学生学习积极性本来就不高，留作业也是形同虚设，于是许多老师把精力放在了备课，教学设计，追求课程讲的如何精彩，只注重课堂教学，干脆不留作业，或者留作业只是为了让学生课后有事情做，忽视了作业对提高教学质量和提升学生核心素养的关键作用。

2. 作业与行业脱轨

老师课后作业设计多以机械重复的抄写笔记，完成课后填空、选择、简答题为主，作业只注重理论知识，与专业技能、核心素养、职业岗位需求脱节，无法引起学生兴趣，无法提升学生解决实际问题的能力，学生就业时企业需要进行二次培训。

3. 作业针对性不强

作业布置一刀切，没有针对学生个体特征进行作业设计，导致有的学生“吃不了”，有的学生“吃不饱”。

4. 作业评价手段单一

作业评价只看结果，作业评语多为“阅”“好”等，对学生起不到鼓励作用，学生完成作业的积极性不高。

二、核心素养导向下项目化作业设计要求

核心素养是学生通过学习逐步形成的关键能力、必备品格与价值观念。不同的学科核心素养不同，必须将学科与学生生活、专业、岗位进行跨界融合，开发跨学科的项目化作业，满足学生学习生活、专业实践、就业创业和适用不同工作岗位的需要。核心素养导向下的项目化作业设计要坚持素养导向、系统设计，贴近工作实际，强调趣味性、个性化、实践性，突出针对性和实用性，强调学用结合，学生毕业后能迅速融入职业岗位。

1. 作业设计力求实现从“以学科为中心”到“以学生为中心”。作业形式强调趣味性，并且与所学专业挂钩，使学生从“不学”到“想学”，从“不做”到“愿做”。

比如，在学习了PPT动画设计之后，针对不同专业的学生可以布置如下作业：

例1，商务英语专业：以小猪佩奇吹口哨为主题，要求插入图片、文本、自己全英文录制配音，制作PPT动画。

例2，汽车维修专业：要求搜集某品牌汽车相关资料，以该品牌新品宣传为主题，通过插入图片、声音、视频，制作PPT动画。

以上两个作业设计做到趣、活、新、奇，通过多渠道把知识训练和思维训练寓于趣味之中，让生动有趣的作业内容取代重复、呆板的机械练习，激发了学生的作业兴趣。同时实现了信息技术学科与语文、英语、汽修等学科的融合，结合

学生生活、专业岗位，满足学生学习生活、专业实践和适应不同工作岗位的需要。

2. 作业设计注重层次性，消除“吃不了”和“吃不饱”现象，使学生从“愿做”到“能做”。

例 3，作业超市：学校新建大楼分为三层，三楼有几大功能区域：计算机教学机房、教师办公区域、领导办公区域等功能设计。用卡通人物代表区域内房间。其中 1 个人表示领导办公室，按照 2 个语音、2 个数据信息点配置；2–4 个人表示集体办公室，按照每人 1 个语音、1 个数据信息点配置；5–6 个人表示计算机教学机房，按照 2 个数据信息点配置。

选题一：使用 Excel 软件，完成大楼第一层信息点点数统计表的编制，要求项目名称正确、表格设计合理、信息点数量正确。

选题二：了解记录一楼、二楼各房间功能，使用 Excel 软件，完成整个大楼信息点点数统计表的编制，要求项目名称正确、表格设计合理、信息点数量正确。

由于学生智力水平、学习能力发展不均衡，存在智力因素或非智力因素造成的差异。建立多层次的弹性作业结构，使每个学生通过完成不同程度、不同量的作业各有收获，同时享受到成功的喜悦。

例 4，参观调研学校现代技术中心大楼，了解记录各楼层、各房间用户需求、信息点分布情况、布线路由，项目名称确定为“现代技术中心大楼网络布线工程 + 小组号”。根据大楼布线情况，针对不同的功能需求，使用 Excel 软件，小组协作完成信息点数统计表的编制，要求表格设计合理、信息点数量正确。

上述作业设计是一种小组合作型的开放式作业，面向生活，与行业接轨。在共同完成项目任务的过程中，小组内部需要按照个人能力分工合作，经历调查研究、计算比较、分析概括的作业过程。加强团队合作和竞争意识，在意见分歧和碰撞中学会体谅他人，学会分享和尊重，这有助于提高学生的语言沟通能力和表达能力，培养他们踏实肯干的敬业精神、工匠精神及精益求精的品德，遵守职场规则的责任心和职业道德，有利于核心素养的提升。

3. 作业强调实践性、职业性，使学生从“静态被动”到“动态合作”。让学生想做、会做、坚持做。

由于疫情原因，学生居家学习，要求学生考察家里的房间布局和网络布线情况，设计平面施工图。

目前大多家庭使用无线 WIFI 连网，学生发现电脑总是卡顿，要求学生制作网络跳线，使用有线连网，尝试解决生活中的实际问题。

4. 作业设计力求实现从“小任务”到“大项目”，追求创新性和整体性。

根据不同的课程要求，作业设计可以是一个个小小的项目任务，也可以是大项目、大单元。

我校某老师在布置《Access 数据库》这门课程的作业时，围绕“学生管理系统”这个主题进行了大单元设计。要求学生进行用户需求分析，画出思维导图，然后按照中小型数据库应用系统开发的一般过程，从数据库和数据表的创建，数据导入、导出、添加、修改、删除、查询、窗体和报表等操作、数据库的安全以及数据共享几个方面，由浅入深，层层递进。学生围绕具有挑战性的项目作业，全身心积极参与、体验成功，开发出一个完整的“学生管理系统”项目。

以上我结合几个案例，从作业的趣味性、层次性、实践性、职业性几个方面展示作业设计，除了日常抄写背诵类作业，那些体现核心素养要求的跨学科、大单元、综合实践类项目化作业，提高作业设计的质量。

专家点评

胡唐明

“双减”之作业设计点评

2021 年 7 月 24 日，国家出台了《关于进一步减轻义务教育阶段学生作业负担和校外负担的意见》，大家习惯称这个文件为“双减”。“双减”是政府针对教育内卷出台的政策，直接提出全面压减作业总量和时长，减轻学生过重作业负担的目标和要求，目的是让学校教育回归本真。因此，“双减”政策的教育追求是所有学段学校教育的共同诉愿。成长比成功更重要，促进孩子的身心健康是学校教育的基本要求、重要保证和坚守底线。

“双减”减去的是不必要的、机械的、重复的学业负担，减不了的是课堂教学质量以及必要的作业。尊重学生个性基础上分层布置作业，推动实现课堂教学与作业布置的科学化、智慧化与个性化是当务之急的研究重点，本课程邀请了各学段对作业设计与实施有研究、有实效、有影响的专家给大家介绍了他们的设计研究成果及推进实施经验。

郎宏坤老师向我们介绍了充满个性的、分层的、能弹性使用的预习中的作业设计、笔记、思维导图、典型错题、实践操作作业等；曹桂兵校长介绍的是农村初中学校作业设计与实施经验；陈铁梅校长向我们介绍了南通的“精选、精编、精批、精讲”及“有发必做，有收必批，有批必评，有错必纠”设计与管理要求，同时还介绍了他们学校实施的“作业不回家”工程，通过学科核心组组建“共享作业库”，师徒制备课组下水试做，班情制备课组私人定制，实现作业内容精确、作业题量精少、作业分层精致。

作业是教师布置给学生并要求学生完成的功课，是课程内容中不可或缺的部分。幼儿园并没有严格意义的作业，马洁认为“融于幼儿一日生活中的各类学习活动”中的幼儿园活动就相当于作业，活动有在课内完成的，也有在课外完成的。完成质量的好坏，直接影响幼儿的身心发展；张红梅向我们介绍了“PTR 幼儿学习模型”，“PTR 幼儿学习模型”幼儿学习的本质是让孩子正确地学，学习正确了。

姜堰中学鲁世明校长，向我们介绍的是一则物理有效作业设计案例。值得所有学段学习的是，鲁校长提出的四条有效作业功能：作业是学生开展自主学习活动的重要载体、作业是培养学生走向真实情景的深度学习方式、作业是培养学生核心素养的重要路径、作业是培养学生创新能力的关键支撑。省泰中陈健敏老师向我们介绍了她的《中外历史纲要》有效作业设计案例，我对她其中介绍的学校文科班的历史周练中每次都会设计一道小论文题进行训练很感兴趣，作业的形式要多样，多样则需要创新。中职潘玉山老师和栾桂芬老师分别向我们介绍了职教专业课程作业的设计和核心素养导向下的项目化作业的设计案例，两个案例的共同“亮点”有：第一，都充分考虑到了中职生的学情实际；第二，都把“有效”作为衡量作业质量的唯一标准；第三，都以学生素养发展为目标；第四，都充分考虑到作业的个性；第五，都把作业设计视为课程设计的关键。

关于作业设计，我想重点强调三个词：第一个词是作业育人。作业是教学手段，也是一种信息反馈。作业的类型有很多，从作用上可分为准备型、掌握型、发展型，从学生角度可分为自选型、活动型、问题型和融合型，从练习形式上可分为操作型、合作型、质疑型、反思型、实践型，从练习性质上可分为分层类、趣味类、个性类、预习类、练习类、复习类等。不同作业类型其功能和作用不同，设计要求也不同。教师编制作业的目的之一就是督促和引导学生对所学知识进行进一步巩固，从而培养全人。所谓全人，是以学生的全面发展为本，培养他们终身探索的精神，使之形成科学的学习态度，树立正确的科学观。同时，作业是集体性的活动，师生、生生之间协作精神可在作业中体现，从而培养学生团结协作精神。作业也是课程对学生进行爱国主义教育、道德情操教育、优秀文化教育的有机组成。第二个词是作业发展人。作业在促进学生能力提升方面具有发展功能。一方面学生借助于作业可获得观察能力、分析能力、交流能力以及科学探究能力等多项能力，另一方面学生通过完成作业的过程和教师的作业批改，获知自己的知识掌握和运用情况，认清自己在知识的学习和掌握上存在的欠缺，从而提升自己。第三个词是作业设计以核心素养为导向。核心素养导向下的作业，兼具学习和评价功能，还起到诊断、巩固教学与教学价值互补的作用。作业设计有指向明确、重点突出、容量合理、内在逻辑强、任务明确、内容正确、符合学生身心特征、难度适切、有一定的思维容量、有选择性，是课程的有机组成等特点。支撑作业设计的原理主要有建构主义学习理论、认知迁移理论、同化学习理论、多元智能理论、最近发展区理论和遗忘率理论等。有学者制定出“四要三度”的核心素养导向下的作业设计原则:“四要”指要遵循激发学习动机、要遵循学习迁移规律、要遵循记忆规律、要遵循理论联系实际规律,“三度”指难度合理、数量有限、时间合规。

总之，作业设计以育人为目的，保证孩子们学正确的、正确地学。

课后延时服务之活动指导

延时服务来了，学校该怎么做，教师该怎么做，学生该怎么做？这是一个当下必须面对的难题，校长们、教师们用自己的智慧创造了校本经验，具有实践性、指导性，能够给人启迪。

李　敏

泰州市艺术幼儿园园长，高级教师。

家园合作，共促共建

“双减”看似与非义务教育阶段关联不大，但其背后，却是对学前教育提出了更高的提质增效的要求，实质就是要保证让孩子们在校园内学足学好，缓解社会焦虑。同时，按照《关于幼儿教育改革与发展的指导意见》要求，校外培训机构严禁以学前班、幼小衔接班、思维训练班等名义面向学龄前儿童开展线下学科类培训，使更多的孩子回归到了家庭。家长与孩子们朝夕相处，是孩子言传身教的老师，履行好法定监护职责至关重要。

俗话说，打铁还需自身硬，要做好家长工作，教师就要先修炼好自己，一是形象要稳重大方，跟家长交往要表情自然，着装和穿戴符合行为规范，举止需适度，尤其是面向男性家长时，要控制好肢体语言；二是言行要有礼有节，做到谈吐规范、思路清晰、简洁明了、主动热情、把握分寸；三是心胸要开阔，能够以诚相待，特别是遭到家长误解时，也要具有以德报怨的气度；四是专业要过硬，与家长沟通时既要有理论支撑，展示理论功底的同时又不能空洞和说教，对专业的相关知识做到知其然也要知其所以然。

下面，我们一起来探讨与家长协同共建的策略与方法。

对孩子们的教育而言，我们要分析了解每一个孩子，针对个体差异做到因材施教，同样，教师如果能对家长的性格、学历层次、教育素养、家庭背景等有所了解，家长工作做到心中有数，有的放矢，家园协同才能达到事半功倍的效果。对不同类型的家长，在协同服务的过程中，我们要针对他们的特征区别对待，尽量取得他们的支持和配合，发挥他们的主观能动性，才能提高家园共育效能。下面我就谈谈在根据不同的家长，选择适宜的方法上所做的一些尝试。

（一）针对放任型性格的家长

这一类型的家长以单亲家庭的、爷爷奶奶教养的为多数，他们在对待孩子的教育问题上，往往存在补偿心理和隔代宠爱现象，会无条件、无原则地满足孩子的要求。比如现阶段，因为疫情防控要求，接送孩子时，家长是不允许进入校园内的。按照有关要求，每个月要清洗床上用品，教育主张孩子做自己力所能及的事情。自我服务既是挑战也是成长的机遇，当然对小班孩子来说，背着沉重的被子，确实是有一些难度的，因为失衡，走路会跌跌撞撞，但孩子们会想出很多办法，有的背、有的扛、有的抱，最差的办法就是拖。这个探索的过程孩子们很乐意，当他们把被子从教室里运到校门口时，脸上的表情无疑很骄傲也很自豪。我们专门进行了幼儿自理能力比赛，通过线上直播，让家长看到孩子们最真实最能干的一面，利用重阳节，开展“我为爷爷奶奶洗洗脚”的亲子活动，旨在培养孩子们知道感恩和尊敬老人的情怀，更重要的目的是让爷爷奶奶们放手，给孩子们成长提供更多的空间。当然教师在跟这类祖辈家长合作的过程中，要站在他们的角度考虑问题，如布置家长配合带物品来园时，时间上应该具有一定的提前量，需要其配合完成手工作业时，应该考虑到老年人的接受能力等等。

（二）针对细腻型性格家长的策略

曾经遇到一个小班新生家长，孩子来时哭闹着不肯进班，好不容易哄着进去了，家长却长时间不肯离去，躲在校门口一个人在哭。其实，有经验的老师都知道，新生入园焦虑一般持续时间不会太长，往往家长刚走，孩子已经没事了。但是，细腻型的家长，总是以自我判断来臆测孩子在园里的表现，常常自己吓唬自己，甚至提出要退学。于是老师拍摄了很多的视频，都是抓拍孩子在园内活动时开心的样子，这才使家长放了心。针对此类型的家长，建议多谈谈发生在孩子身上的趣事，生活活动细节等，特别是针对内向的孩子，尽量交流你发现孩子身上的闪光点，以取得家长的放心和安心。

（三）针对气血型性格的家长

有一次，在放学时，我发现一个小班孩子对老师拳打脚踢，我们及时制止了。事情的起因很简单，因为他鞋子穿反了，老师提醒他换一下，他不愿意就发火并动手，还嚷着“我要喊我爸爸来”。通过跟妈妈沟通，得知其爸爸就是棍棒教育，不如意就动手，据妈妈反映，爸爸有一次带孩子外出玩耍，跟其他小朋友发生冲突时，也不分青红皂白将对方家长训斥了一通。孩子有样学样，教师在跟这类家长沟通时，一定要切记自己的身份，礼貌言行，以讲小事、讲实事为主，特别是交流孩子的不足时，要注意言辞的艺术性，表达可以委婉一些，对待简单粗暴类型家长，采用迂回的话术进行有效交流。

（四）针对过度自信型家长的策略

这一类型的家长会坚信“就我的孩子最棒”。曾经遇到一个转学的孩子，在与家长沟通的过程中，家长表示他的孩子是“天才”，而原来的老师常常说他的孩子“有病”，后来我们发现，其实这是一个智力超群、能力低下的“怪才”，虽然四岁就能准确读出 6 位数，但是他不会自己吃饭、穿衣，且社会性交往的发展相对滞后。通过幼儿园开放活动，让家长自己发现孩子跟别的小朋友之间存在着较大的差异。正视孩子的问题，比如进餐问题、自我服务问题等，指导家长一起关注幼儿生活习惯、学习品质的培养，从而将教育的重点从只注重智力培养调整为关注德智体美劳全面发展。此外，教师可以充分发挥这些家长的优势，如有一次我们幼儿园在实施 STEM 项目时，开展“园博园寻宝”主题教育活动。每个班级都将这类家长号召起来，一起商量活动方案，最后，大到现场全体家长的组织、小到记录测量大树直径的表格设计，由他们共同完成，真正诠释了家园共育的内涵。

（五）特殊儿童家长

这类型的家长占比不多，他们相对敏感和自卑，需要我们建立同理心，针对特殊儿童的身体和心理，共同探寻融合教育的科学方法，同时还要做好班级其他家长的工作。曾经有一个新生，刚入园第一天，他的表现与其他幼儿截然不同，不哭不闹，却对走廊上的灯产生了极大兴趣，我们都知道，婴儿时期才是眼睛发育期间的敏感期，我们发现这个孩子的特别还显示在其他方面：比如不喜欢坐着，喜欢像猴子一样蹲在椅子上，因为太阳出来怕晒就拒绝做早操等等。一开始家长不认同我们的发现和疑义，经过反复沟通，一个月后带孩子去北京做了医学鉴定，证实其智力发育低下，还有些返祖现象。因为这个孩子的自控能力差，平时的攻击性行为较多，引起了其他家长的反感。为此，老师召集其他小朋友的家长单独召开班会，会上大多数家长在庆幸自己孩子健康是多么幸运的同时，为这个孩子惋惜、感受到这个家庭的不易，产生了同理心，其后的三年，家长们用包容、接纳的态度，教育自己的孩子和老师一起帮助这个特殊儿童生活和学习，一直到大班毕业。

良好的家园合作，能够发挥“1+1 >2”的教育功效。老师们，让我们和家长一起携手，加强合作，科学共育，共同托起明天的太阳。

曹 霞

靖江市第一实验幼儿园副园长，高级教师，江苏省特级教师。

让幼儿园延时托管服务有序有爱又有趣

我们靖江市第一实验幼儿园的延时托管服务是从2012年开始的，下面我就向大家介绍一下这些年我园的一些做法。

我园的延时托管活动遵循两个原则：一是自主参与原则。二是简便易行原则。

高质量的延时托管服务一定是有序、有爱又有趣的，这样才能让孩子在延时托管时间里，拥有一段快乐而有意义的美好时光。

如何让延时托管服务有序呢？

首先，应精心安排保教人员和场地。在幼儿园发放《延时托管服务需求家长调查表》，并组织家长自愿报名之后，就可以进行分班、场地分配等工作了。

托管服务的分班有两种情况：一种是全班孩子都参加。这样的班级最好安排本班老师执教，以保证班级原有的各项常规活动得以延续。另一种情况是部分孩子参加。本着资源共享的理念，低于15人的班级可以采取同年级并班的办法，如果每个年级的人数都很少，那就可以挑战“混龄教育”了。在保教人员安排方面，班额足的应安排2—3名保教人员。班额不足的可以安排保育老师跨班。幼儿园还需要安排一名中层及以上领导、一名值周人员、一名安保人员参与管理，以确保全园托管工作的质量和安全。

还应该做好室内外场地、资源的统筹安排，如建构室、木工坊、滑梯、攀爬架、拱笼等，应该让各年级托管班轮流使用，做到资源利用价值最大化。

其次让延时托管服务做到有序。对于部分孩子参与或开展混龄教育的托管班级，可分为三个阶段进行设计：第一阶段，点心组织；第二阶段，游戏或学习活动；第三阶段，离园活动。第一阶段自主点心的组织可同时开展区域游戏活动，避免消极等待。这一阶段的时间根据孩子人数、年龄段而不同，小班约 20—25 分钟，中班约 15—20 分钟，大班约 10—15 分钟。第二阶段开展游戏活动，包含游戏后的交流与分享，或者开展学习活动，配以眼保健操或短时间的户外散步；第三阶段的离园活动时间 5—10 分钟，完成晚检、整队等。

全班孩子都参与托管的班级可将一日活动的所有时间进行统筹安排。如可以将这段时间安排为对全天游戏活动的回顾和分享，也可以安排户外、场馆、区角等多种活动。

如何做到有爱呢？

延时托管时段，孩子本应可以和班里其他同伴一样，由爸爸妈妈接回家或去游乐场，但他们却要被继续留下来，这会让部分孩子产生焦虑情绪，甚至有被遗弃的感觉。如果这种情绪不能得到及时疏导，将会对孩子的身心发展产生不良影响。所以，一个有爱的、轻松愉悦的环境，才能帮助孩子适应并融入延时托管生活。这是延时托管服务最重要的一个要求。

首先要创设轻松愉悦的氛围。轻松愉悦的延时托管环境有助于孩子放松心情，消除紧张和胆怯情绪，这一点对并班的孩子尤其重要。创设这样的环境，比如：活动间衔接顺畅、节奏和缓，让师幼都感到自然放松；点心时间，让孩子在轻柔的音乐中边享用点心边和好朋友说说悄悄话；游戏活动中，由孩子自主确定游戏主题，并按自己的方式进行探索，获得个性化的经验；学习活动中，不同能力的孩子都能被关注、被鼓励，教师赞许的点头、期待的目光、亲切的抚摸让孩子感受到赞赏和肯定……这些，能够营造让孩子信赖、安全、温馨的活动氛围。

其次开放、自主，才会让孩子有主人翁的感觉，活动也才会让他们感到有吸引力。今天吃哪种点心？今天的游戏选择室内还是户外？游戏时可以和哪几个小伙伴一起玩耍？这些都可以交由孩子们自主决定，让孩子们能够按照自己的意愿选择活动。这样的开放、自主会使孩子对每次活动都多一份美好的期待。

如何让延时托管有趣呢？要让孩子在丰富多彩的内容中体验“趣”。幼儿园的条件得天独厚，拥有很多自然资源、活动设施以及多种材料，这些都是延时托管活动设计不可忽视的因素，应充分利用。

户外活动时，要因地制宜。比如，可以利用自然资源开展一些户外活动，为园内的枇杷树、绣球、荷花等各种树木、花卉写生；用轮胎、纸箱在山坡上开展滑草游戏；开展寻找树干上的洞洞、捉虫子、收集不同树叶、按地图寻宝、观察云的变化、做植物标本等户外探秘、游戏或学习活动。除了自然资源，还可以利用各类器械开展户外运动。例如，利用滑梯、拱笼、攀爬架、梯子、滚筒、小车等大型、小型体育器械开展体育活动；提供音乐和道具进行表演唱、自由舞蹈等；开展户外大型碳化积木、砖块等建构活动等等。

室内活动时，要有所选择。室内可开展游戏活动或学习活动，游戏活动可选择象棋、飞行棋等棋类游戏；插塑、积木、万能工匠等建构游戏以及科学区、阅读区、生活区等区域游戏活动。室内集体活动可选择童谣、故事、谈话等语言活动；剪纸、指纹想象画、圆的创想等包含绘画、手工在内的创意美术活动，以及游戏之后的交流分享活动。

这些活动内容丰富多彩，充分利用园内资源，室内外兼顾，能唤起孩子多维感官的参与，为孩子构建快乐托管时光奠定良好的基础。

如何让延时托管活动有趣呢？延时托管要避免“小学化”倾向，端坐静听无法让孩子获得真正的经验，必须遵循孩子的年龄特点，改变活动形式单一、枯燥的现象，将游戏理念、游戏精神渗透到延时托管的各类活动中。也就是采用直接感知、亲身体验、实际操作的方式引导孩子学习、游戏、探索，进而有效促进孩子获得新的经验、新的发展。例如，在绘本《一根羽毛也不能动》的阅读集体活动后，可以开展系列游戏活动，引导孩子画一画故事的另一个结尾并把它讲出；和孩子一起制作故事表演的指偶、头饰等道具，并创设环境鼓励他们大胆进行创编、表演，将书本活化，提高他们对绘本内容的理解力、表现力；还可以把阅读和有趣的户外活动联系起来，让孩子带着书在室外的长廊下、书屋里读书，创造能给孩子新鲜有趣体验的阅读机会；还可以根据绘本故事内容玩一玩木头人游戏，为幼儿园的鸭子进行写生。加深对绘本主角的了解，中大班的孩子还可以给小班弟弟妹妹阅读这本书。多种游戏化的形式能帮助孩子感受到阅读的有趣，从而爱上阅读。

在这样的有序、有爱又有趣的托管活动中，孩子增长了经验，提升了技能，获得了知识，进而激发出快乐的情绪、成功的体验。一幅栩栩如生的写生作品、一只经过努力学会的折纸小鸟、建构后的创意作品、每天和同伴对弈后的棋艺大增、相互合作后获得的友谊、幽默故事带来的哈哈大笑，都让孩子体验到延时托管带来学习的快乐、游戏的快乐、成长的快乐，使延时托管服务富有价值和意义。

刘 春

徐州市教育科学研究院教研员，正高级教师，
江苏省特级教师。

课后延时服务之阅读指导

课后延时服务成为当下教师工作中新增加的一个重要部分，也是老师们面临的全新挑战。通过文献检索和实地考察，我发现，目前许多学校在学生完成作业的基础上，因地制宜地安排体育、艺术、劳动、阅读等多个领域丰富多彩的活动。其中，阅读是必不可少的内容。

延时阶段的阅读，可以分成两种形式：一种是全自由阅读，即学生个体可以按照自己的意愿，自由选择喜欢的阅读内容展开阅读；一种是师生共读，即老师和学生在一个阶段共同阅读一本书。两种阅读方式相辅相成，充实着学生的阅读时光。今天我主要想探讨师生共读这个话题。

美国著名书评家奥维尔在《给孩子读书的父亲》一书中说：“很少有孩子会主动喜欢上阅读，通常都必须由某个人引领他们进入书中奇妙的世界。”英国著名青少年文学大师艾登·钱伯斯在《打造儿童阅读环境》一书中提出，在阅读循环中，处于核心地位的是“有协助能力的大人”。他认为，有一位值得信赖的大人为小读者提供各种协助，分享他的阅读经验，那么孩子将可以轻易地排除横亘在他眼前的各个阅读障碍。延时阶段的师生共读，为教师更充分地做“有协助能力的大人”提供了平台。那么，在延时阶段的师生共读中，教师有哪些可为空间呢？

首先，依据延时阶段师生的身心状态，打造自主、开放、宽松的阅读环境。经历了一天的学校生活，到了下午，学生和老师都会有疲惫之感，规定性的正式的学习任务容易引发学生的畏难和厌倦心理，也会在无形之中增加教师的工作负担。因此，延时阶段的阅读，最重要的是给予学生充分选择阅读的空间，激活学生自主阅读的兴趣和动力，采用同桌合作、小组合作等同伴互助的方式，通过丰富、灵活、富有趣味性和挑战性的游戏活动促进学生阅读，让学生感受到阅读、分享、成长的乐趣。我认为，延时阶段的阅读，过程比结果更重要，愉悦体验比获得的知识更重要。

其次，根据阅读规律和学生需要，设计师生共读的路径。延时课上的师生共读，以学生阅读、交流、分享为主，而不以教师教学为主要组织形式。在学生的阅读过程中，教师指导是贯穿始终，伴随全程、如影随形的。阅读指导的路径可以分成三步走。

第一步，师生共同审议，选出共读书目

在浩如烟海的书籍世界中，选择共读的书目是阅读活动的开始。传统意义上的书籍选择基本采用教师直接指定的方式，学生的自主选择权没有得到足够的重视。“审议式选书”可以在选书环节体现自主性。具体做法是，不管是教材中出现的书目，还是基于课文的拓展阅读，抑或是教师、学生推荐的书目，都可以经历“书目推荐人介绍——全班（或小组）同学商议、投票——确定阅读书目”的过程。如二年级“快乐读书吧”推荐了《孤独的小螃蟹》《小鲤鱼跳龙门》《一只想飞的猫》《小狗的小房子》等几本书，共读哪一本？或是共读的顺序怎么决定？请学生参与进来，一起商讨，全班同学投票决定。这一环节的关键在于对将要阅读的书籍形成共同的阅读期待，有点类似于读前激趣环节。在审议式选书中，学生既可以是图书的推荐者，又是阅读的决定者，拥有了一定的选择权，使学生受到尊重。同时，审议的过程也是了解书籍阅读价值、辨别书籍优劣、提升阅读品味、体会共读乐趣的过程，更是教师了解学生阅读取向、成长动态的绝佳机会。

当然，不同的学生，阅读兴趣各不相同，女孩更喜欢童话故事、文学作品等，男孩更喜欢自然科学、历史著作等。因此，师生共读，既可以是全班共读的形式，也可以穿插安排阅读小组共读。

第二步，师生共同规划阅读进程，展开有质量的阅读

其一，既能保证个性化阅读节奏，又能实现全班同学同步阅读。五年级之前阅读的整本书，大多数为汇编类书籍，即由若干个故事组成一本书；五年级开始阅读中国古典章回体小说，六年级阅读现代中外中长篇名著。学生可以在教师的指导下，以故事或者章节为单位，计划一本书的阅读时长，选择班级共读的故事和章节。

其二，在延时课上要保证充分的阅读时间。如果按照40分钟一节课计算，学生的自主阅读时间可以根据年级的不同，阅读内容的长短、难易程度的不同，安排在20—30分钟左右。充裕的阅读时间、集体共读的经历构成了阅读活动，为阅读之后的分享、倾吐自己的阅读感受、获得回应，产生共鸣、体验共读的愉悦感，提供了最基本的保证。

其三，教师可以为学生提供常用的、好用的阅读策略。自主阅读时，许多学生会出现走马观花、浮光掠影、读完就忘等阅读问题，伪阅读、浅阅读、碎片化阅读现象也时有发生，所以会有不少家长反映，孩子读了许多书，但是写作水平不见提升，学习能力不见增长。因此，教师的过程性指导是不可或缺的。教师可以根据学生的年龄特征以及阅读书目的特点，在阅读前或阅读中，运用阅读提示或者个别指导，为学生提供策略上的支持。如从阅读的形式上看，低年级学生或中年级水平较弱的学生可以建议用轻声朗读的方式，到了中高年级后，逐渐过渡到运用用手指着默读、连词成句地默读、快速默读、批注式精读等多种方式的阅读。从阅读策略上看，可以根据不同学段的学生的阅读需要，运用“提取重要信息”策略——提取主要人物、事件，梳理故事大意，形成整体印象；“预测式阅读”策略——根据故事情节发展线索，捕捉故事细节，预测将要阅读的内容走向；“关联式阅读”策略——和自己的生活经验、和以前读过的文本勾连起来，形成新观点；“自我提问式阅读”——遇到读不懂的地方或者引发自己思考的地方，在旁边记录下来；“自我监控式阅读”——能对自己是否理解内容有一定的判断，并能说出自己希望读懂到什么程度……多种阅读策略的运用，可以有效保证学生深度阅读的发生。

第三步，在阅读中产生交流话题，举行有趣味、有挑战的分享活动

《打造儿童阅读环境》一书中写道：“从阅读理论和读者反映的角度来看，研究越深入，我们越相信‘讨论’在阅读过程中确实扮演着核心角色。”读者在阅读中获得的新信息、新经验、新思考，都有倾吐并获得回应的情感需要，还有外化表达、更加明晰自己想法的深度阅读需要。延时阶段的师生共读为阅读后的分享讨论提供了时空平台。因此，延时课的后10—15分钟，可以设计阅读分享时间，围绕所读章节，举行闯关游戏或围读会、辩论会等活动，在小组或班级范围内，运用朗读、聊一聊、评一评、辩论、角色扮演、比赛答题等多种形式展开讨论。如二年级学生阅读《孤独的小螃蟹》的故事时，可以围绕“故事的开头和结尾都写到了小螃蟹梦到自己开着小火车，两次的梦境有什么不一样呢？”开展交流分享，感受小青蟹从依赖别人、内心不自信到自信、成熟的成长。再如六年级学生读《童年》一书的第1—2两章后，分别围绕“给故事情节排排序”“说一说在不同阶段对外祖父的印象”话题展开讨论，把握故事情节，深化对人物形象的认知。选择的分享话题要尽量做到既紧扣文本内容，又指向主题和表达；既有明确指向，又有一定的探讨空间，帮助学生获得新的阅读体验，让学生感受到讨论的趣味性和挑战性。低年级的研讨话题可以由教师提出，到了中高年级，可以尝试请学生在大家提出的话题中，选择最具探讨话题价值的研讨主题。比如，五年级学生在阅读《小兵张嘎》一书时，有学生提出“电影和小说，哪个更有意思？”话题，非常富有张力和探讨价值。话题讨论和分享，让集体的智慧成为学生不断回到书中，逐步感受经典的魅力。

翟剑生

泰兴市蒋华中心小学，正高级教师，江苏省特级教师。

让课后延时服务更有意义

围绕课后延时服务的要求，我在此以小学音乐各年级单元活动与课外活动一体化设计为例，谈谈我的实践与思考。

一、课程化顶层设计是前提

落实新课标，就不得不重新审视我们的课程内容与教学方式。现在的学生没有感受到学习的快乐，就是课程内容与教学方式出了问题。“双减”的治本之策，在于改变教学内容与方法，激发学生学习的内生动力，变学业负担为学习享受。课后服务延时两小时，绝对不是简单的课时增加，应让课程开发成为每一位老师的必备能力，服务内容都必须进行有效的课程化顶层设计。

以一年级第一单元《走进声音的世界》为例。这一单元分别设计了《听音辨声》《小鸟的歌》两个分主题。《听音辨声》主题活动围绕时间、地点、人物、事件、情境展开，让孩子们用手中的工具录制耳朵所听到的声音，获取声音素材，供大家听辨，并阐述听辨结果的理由。给每个孩子录制一段说话或朗读课文的声音，打乱顺序让大家听辨是谁的声音，录制超市、商场、动物园、菜场、工厂、幼儿园、公路、车站、码头、医院等场所的声音，让孩子们听辨是哪处场所、发生了什么事，以游戏的方式，分别给孩子们蒙上眼睛，在不同方向给予声源，让孩子们听辨声音来自哪个方位。录制小汽车、大卡车、轮船、飞机、摩托车、拖拉机、自行车、电动车的声音，让大家听辨是什么交通运输工具等等。《小鸟的歌》分主题活动由老师或家长带领孩子们走进大自然，用手中的摄像机、录音工具录制不同小鸟的影像。

二、学校、家庭、社会联合发力是关键

教育的主体在学校，但学校教育不是教育的全部。学校教育无法代替家庭教育与社会教育，更不可小觑家庭教育、社会教育的力量与作用。这不仅是教育的智慧，也是教育的必需。延时服务不是学校对教育的包揽更需要家庭与社会的联合发力。

以二年级第一单元《音乐动物园》为例。邀请家长、社会志愿者参与活动。指导学生到图书馆、文化馆、剧院、音像书店等场所，并借助网络搜集动物主题音乐的音视频。采用自己擅长或喜欢的方式表现音乐。集中举行由师生、家长、志愿者、社区民众共同参与的成果展示与分享活动。

这一主题活动，旨在充分利用家庭、社会力量与资源开展，引导全社会关心儿童成长，共同承担教育义务。同时，也让家长、志愿者学会指导孩子学习的过程与方法。该活动借助低年级孩子喜欢小动物的感性基础与生活经验，实现感性认知与合理想象的连接，完成对音乐形象的审美感知与体验。主要作品有：法国作曲家圣桑《动物狂欢节》组曲、《玩具进行曲》《雁儿飞》《老虎磨牙》《龟兔赛跑》《鸭子拌嘴》《口哨与小狗》《大白象》《两只小象》《三只小猪》《杜鹃圆舞曲》《小狗圆舞曲》《小猫圆舞曲》《青蛙合唱队》等作品。

三、大观念、大任务、大单元是新趋势

现在的教学过于碎片化，太零散化了。有了大观念就有大任务，大任务是大观念的承载体，所以大单元教学应运而生。今后小学、初中的教学改革也会是走大单元、大任务、大观念的路子。大任务就是将有关联的学习内容统整在一件事中进行。

以三年级第一单元《四季童趣》为例。指导学生搜集、整理与时间、节日、季节相关的歌曲、乐曲，采用演唱、演奏、舞蹈、解说、绘画、表演等形式表现音乐作品，集中举行成果展示与分享活动。

三年级的孩子对一年四季的更替具备了一定的感性生活经验与理性理解。这一单元聚焦“音乐的表现力”这一学科核心素养内容，以“季节”为主线，将相关联的音乐作品整合在一起，让学生体验、探究、表现各音乐作品不同季节音乐形象。分析“季节”主题音乐作品之间的联系，寻找学科知识的逻辑关系，以音乐要素为审美切入点，从整体上把握单元教学的结构，开展活动。相关作品有《苗岭的早晨》《春节序曲》《春天来了》《春晓》《春到沂河》《春天的小河》《夏之夜》等作品。

四、自主合作、探究已成新常态

新课程倡导自主合作、探究学习方式的变革，经过二十多年的实践，这些学习方式已成为常态。

以四年级第一单元《最美是乡音》为例。

课后延时服务，以江苏民歌为学习内容，将师生、家长、志愿者分成劳动号子组、山歌组、小调组，指导学生广泛搜集江苏各地民歌，从文化背景、地域特点、音乐特征、南北差异以及语言、风格、流传等角度进行深入研究。以小组为单位，采用研究小论文、微讲座、演唱、演奏、综合性艺术表演等形式展示，分享学习成果。让学生在活动中感受劳动人民的勤劳与智慧，从博大精深的传统艺术中汲取丰富的营养。

五、真实情境是有效载体

随着教育改革的不断深入，教育教学越来越强调必须基于真实情境解决实际问题。只有让学生置于真实情境之中去发现问题、分析问题、解决问题，教育才更加有效。

以五年级第一单元《音乐让生活更美好》为例。该主题活动，旨在引导孩子们走出课堂，深入社会生活，研究生活与音乐的关系，广泛倾听社会各阶层对社会生活中音乐的诉求，指导孩子们用音乐美化生活，提高生活品位。老师将参与活动的师生、家长、志愿者分为学校组、家庭组与社区组。指导学校组的学生为学校的图书馆、阅览室、食堂、运动场设计背景音乐，为学校不同季节、不同时段设计铃声；指导社区组的学生依照社区医院、公园、车站、酒店、商场、广场的不同功能选择适合的背景音乐；家庭组的学生为大家居家读书、学习、休闲、做家务准备可供选择的曲库。让学生在真实的社会情境中完成对音乐的审美体验与应用实践。

六、教、学、做合一是不变的追求

2022 年版课程标准更加强调教、学、做合一。我们要将这作为教学的常态。

以六年级第一单元《亚洲音乐之旅》为例。将师生、家长、社会志愿者分成东亚、南亚、东南亚、中亚、西亚五大音乐文化区学习小组。引导学生通过阅读世界音乐系列丛书、查阅世界音乐文献、观看世界音乐视频，广泛了解亚洲各地的音乐风格、社会环境、生活习俗、语言文化等特点。

课后延时服务给各地中小学校搭建了一个深化课程改革、彰显办学特色、实现质量超越的广阔舞台，在具体的实施过程中，我们必须紧跟时代步伐，准确把握教育发展方向，才能做到方向准确、目标清晰、过程有效，才能真正提高课后服务水平。

赵美玲

兴化市戴泽初级中教科室主任，正高级教师，江苏省特级教师。

英语学科延时服务活动方案

随着“双减”政策的推进与落实，为了使学生的学习回归校园，学校立足家长需求、学生素养等各方因素，整合多方资源，打造优质延时服务活动，并以此作为促进学校高质量发展的又一抓手，有效地解决了一些孩子“吃不饱”，一些孩子“吃不下”的问题，促进学生差异化、个性化的发展。

戴泽初中是一所乡村学校，生源较为复杂，外出经商和外来务工子女比较多，家长对子女教育的缺失现象较为严重。我校经过认真地调研，列出了问题清单，以问题为导向，结合学生身心发展规律，研发了一系列的延时服务项目，为学生提供了多样化的选择，学生根据自身实际和兴趣爱好自主选择。主要有两种：一种是对学习有困难的学生，以班级为单位，教师有针对性地进行一对一的辅导和答疑，帮助他们找到有效的学习方式，解决他们课堂学习中的困惑，提升其学习成绩，解决了家长的后顾之忧；另一种是针对学有余力的学生，为了扩展他们的学习空间，以走班制的形式开设了兴趣社团等特色项目，主要三大类：学科类、科技类、艺术类。学科类主要开设了诵读经典、启程文学社（写作）、纵横天地（地理）等项目。科技类主要有电路工程师、飞机模型、科技小实验等。艺术类主要包括合唱、国画、武术、排球、手工等等。这些延时项目为学生的全面发展、健康成长提供了一个较好的平台，也为学生的校园生活增添了一抹靓丽色彩。

下面我以英语学科为例，介绍两种延时服务方案。

一、英文文学作品——我爱读

夸美纽斯说过，书籍是培植智慧的工具。然而目前英语教材中的语篇主要以短篇文章为主，文章之间没有关联度。学生面对长文时往往读不下去，阅读主动性低，缺乏整体的阅读规划。因此延时服务活动可以和英语学习有效的整合。文学作品阅读以教师指导与学生自主阅读双轨并进的模式展开，教师设计不同的阅读形式，让学生沉浸其中，和故事里的人物一起成长。因此，文学作品阅读有两个主要目标：第一以主题为核心，学生要读懂、读透整本书。第二以整本书为媒介，构建读书经验，学生学会阅读，养成良好的阅读习惯。阅读过程分为如下三个步骤：

1. 阅读前

开展文学阅读活动的首要环节是选择合适学生阅读需求的书籍。可以选取学生感兴趣、贴近学生思维及语言水平的文学作品；与教材的匹配度要高的、可作为教材拓展延伸的英文书籍，且能体现积极的人生态度和价值观念等作品。如《典范英语》、《书虫》系列、《秘密花园》、《小王子》等等。这些书籍语言生动、长短适中，适合初中学生阅读。

文学作品篇幅长、内容多，阅读难度大。因此，阅读前，公布阅读任务单，便于学生合理计划阅读，把握阅读进程。学生完成阅读任务后，由本人、小组成员和教师三方面进行任务评定。

2. 阅读中是整本书阅读的核心环节，分为两个阅读阶段

第一阶段为导读，帮助学生初步感知整本书。导读的方式多种多样：教师可以借助相关的影视作品引发学生的兴趣；利用封面、目录页、封底以及插图等设置悬念；引导学生浏览目录，了解作品概要；从作者写作背景、精彩片段进行导读。无论采用何种方式，都是为了激发学生的阅读兴趣、树立阅读信心、掌握阅读策略。

第二阶段为探究阅读，帮助学生解决阅读中的难点。教师提出阶段阅读目标，通过精读、细读等阅读策略，引导学生撰写笔记、深入思考、交流讨论。教师可以先制定语言知识学习目标，完成学生的词汇、句型等知识的学习和训练。其次，教师引导学生运用分析、对比、推理质疑、判断等思维方法深度探究作品内容。探究的内容可以分为关键情节探究、人物探究、语言探究、写作技巧探究、主题内涵探究等。通过对主题、内容的深度剖析，学生在观点碰撞中去品味阅读的乐趣。

3. 阅读后

读完整本书后，教师鼓励学生开展各种形式的创新活动，形成阅读成果。例如将文本故事转换为连环画，分角色制作广播剧，通过概要写作、撰写书评、故事续写等方式进行读后创作，引导学生积极交流，提升认知、陶冶情操。

二、原版英文电影——我爱配

如果说文学作品阅读带给孩子们的是专注和想象，那么原版电影则让延时服务活动变得更加立体和鲜活，尤其对农村孩子而言，原版电影可以让他们充分接触到纯正地道的英语。英文电影有引人入胜的情节、地道的语言、优美的画面和音乐，是语言、文化和艺术完美结合的学习材料。

鉴于学生的语言水平、文化背景等原因，教师应选取通俗易懂，发音清晰、语速适中的原版电影，电影内容要有深刻文化内涵和教育意义，如《狮子王》、《冰雪奇缘》、《花木兰》、《疯狂动物城》等。

迪士尼动画电影《狮子王》是一部经典之作，获得十四项奖项，其中有最佳配音成就奖，因此非常适合配音教学使用。下面以 Mufasa 和 Simba 的第一次对话为例，主要情节是 Mufasa 带着 Simba 来到荣耀石上，父子看着冉冉升起的太阳的理解对话。阅读教学共有四个环节：

第一个环节：背景介绍

首先，必要的背景知识有助于学生更好的理解电影，包括创作背景、故事梗概、主要人物等。教师展示一张《狮子王》的电影海报，同时轻声播放电影主题曲《Circle of Life》，要求学生谈论这张海报所包含的信息。海报上的内容已基本透露了电影主要情节，文字部分说明了该影片是迪士尼公司出品，海报以荣耀石为中心，远处的大草原为背景，接着 Simba 和他的朋友站在荣耀石上，天空中浮现老狮王的身影，荣耀石下面是 Scar 和三只土狼阴险的眼光，教师补充影片发行时间、主创人员、获得奖项等信息。

其次，要求学生准备一本专用笔记本，观看电影时选出影片中的经典片段，经过全体讨论并最终确定，同一个影片可以选取不同的片段，学期结束时合并成一台剧目，面向全校展示。

再次，要求学生重点观看该片段，在笔记本上标出有疑问的词、未见过的表达方式等等，教师集中收集并打印成词汇手册供大家使用。

第二个环节：分析人物

以《狮子王》为例，教师依次播放 Mufasa 和 Simba 的台词，学生分析父子二人话语。Mufasa 的语言富含哲理，浑厚的声音彰显智慧，语调平稳，基本降调，没有高低起伏，充满了王者的威严和荣耀。当他以父亲的身份说话时，则充满了柔情爱意，语调的抑扬顿挫非常明显。这充分说明了人物的情感和语音语调是密切相连的。Simba 的语调则以升调为主，反映了小孩子天真好奇、活泼可爱的性格。学生通过辨析台词的语音语调，感受剧中人物的情感，更好地走进剧中人物的内心。

第三个环节：走进配音

首先教师播放本段有字幕的视频，让学生回忆这个片段的前后情节，教师适当点拨。然后，教师播放无字幕的视频，尝试着让学生听懂每句台词；教师再反复播放有字幕的视频，要求学生逐词逐句感受重音、意群、语调与节奏等方面的变化，准确体会人物的情感和意图，并进行模仿、练习。在这期间，教师要充分利用好暂停和快退按钮。最后，教师播放静音视频，让学生练习同步配音。

第四个环节：合作展示

学生以小组为单位进行配音比赛。赛前，教师提醒学生注意事项：在理解的基础上尽量背诵台词；模仿语音语调、话语的节奏，准确表达情感；力求和字幕出现的时间同步；搭档之间要配合默契，要借鉴他人的表演技艺，争取原声化配音。

原版电影配音活动成效非常显著。近年来我校学生在泰州市中学生口语大赛中的成绩屡创新高。一名学生获泰州市特等奖，多名同学获一、二等奖。在中考听力口语考试中，满分同学的数量有了大幅提升。

英语学科的延时服务应是丰富多彩的，比如学生学习了七年级教材中“颜色与服装”的单元后，可以让学生深入了解中西方服装文化，通过中西文化的碰撞开阔学生的视野；冬奥会开幕式上唯美地呈现了二十四节气，可以要求学生在不同的时节制作相应的海报，用英语去体会中国文化的源远流长、博大精深；学唱英文歌曲、诵读英文经典诗歌等服务项目。

我们英语教师应勤于思考，积极探索更有效、更有趣的延时服务活动，点燃孩子们心智火花，增强他们自我学习和了解世界的内生动力。

韩新正

泰州市第二中学附属初中校长，正高级教师。

系统谋划，让课后服务落实落细

我们认为课后服务不应该是课堂教学的简单延伸，它应和日常教学有明显的区别。课堂教学的主要形式是面向全体学生的班级授课，而课后服务应满足孩子的全面发展和个性发展的需求，更加体现自主性、选择性和闲暇性。一方面，充分用好课后服务时间，指导学生完成作业，对学习有困难的学生进行补习、辅导与答疑，为学有余力的学生拓展学习空间；另一方面开展丰富多彩的科普、文体、艺术、劳动、阅读等方面的社团活动，尽可能满足不同学生的不同需求。

我校课后服务纳入学校管理和教学体系。从学生进校到离校，我们系统谋划、全面考虑学生的学习、锻炼、娱乐、兴趣培养和课间休息等，让课后服务在看护、社团、释疑解惑等方面落实落细。

一、加强课程设计，丰富课后服务内容，提升课后服务水平，满足学生多样化需求

我们经过不断地摸索与实践，逐步形成了“答疑解惑＋社团＋综合实践”的

课后课程体系。包涵了独立作业、作业辅导、个别答疑、体育锻炼、实验操作、社团活动等丰富多样的课后服务。具体来说有以下三点做法。

一是设计高质量的作业。我们把提升课堂教学质量和提高作业质量放在同等重要的位置上。在设计作业时，我们要求做到科学选题、数量适中、难度分层。我们能做到布置给学生的作业，老师先做一遍，认真筛选质量高、代表性强的题目，对于繁难偏怪的题目坚决摒弃，确保绝大多数学生能在合理的时间内完成作业。但我们不在作业上设置A、B、C等级或基础题、提高题、拓展题等明显字样，切实保护学生的自尊心。在批改反馈上，我们坚持“有发必收、有收必批、有批必评、有错必纠”的原则，认真批改，对共性问题集体讲评，对个性问题进行面批，并定期组织错题再练。在培养学生良好的作业习惯上，我们花了不少心思，专门编辑了学习视频，各班集中收看，指导学生规范整理学习资料，特别是校本作业等。我们还积极探索跨学科综合性、实践性作业。今年初一初二的寒假作业里就加入了设计、制作元宵花灯的实践性作业。在元宵节前，我们组织了花灯作业的展示活动。既增强了学生的实践能力，又实现了传统文化的有效熏陶。我们通过布置绿色走廊，引导学生设计花架、组装花架、美化走廊，培养学生动手能力。通过养花护花，浇水施肥，了解花草知识、生长习性，培养学生劳动习惯、提升审美情趣。

二是实现高质量的辅导。我们要求老师充分用好课后服务的时间，采取集体讲评、个别讲解的方式，强化基础性学习，加强学习指导和作业辅导，对部分学有困难的学生，弹性要求，“点对点”提供辅导，力争做到“人人清”，“日日清”。我们在教室的后面和走廊上安排了桌凳，用于教师答疑解惑。课后服务期间，老师要有计划和学生进行交流，涵盖学习、思想和生活。回家前，学生必须完成两到三门家庭作业，当场收齐。

三是开展高质量的活动。我们经过不断地摸索与实践，逐步形成了“答疑解惑+社团+综合实践”的课后课程体系。我们整合历史、编程、合唱、双语演讲、辩论等特色校本课程，组建了文学社团、信息学奥赛社团、历史社团和书法社团、东园辩论社、口语社团、艺术社团和合唱团等，在切实减轻学生过重作业负担的同时提质激趣、培优赋能。在实践活动中，我校打造了编程、合唱、双语演讲、文学、辩论、乒乓球、科技创新等一批在省内、市内有一定影响力的品牌。其中编程社团连续八年跻身全省第一方阵。科技创新社团屡获大奖，姜宇清同学荣获全国青少年科技创新奖，学校、辅导老师和学生连续两届荣获市长奖。东园合唱团连续六年荣获泰州市合唱一等奖，并代表泰州市参加省紫金合唱节，荣获铜牌。

为了保证高质量活动的开展，我校在充分挖掘校内资源潜力的基础上，积极拓展课后服务资源，构建协同育人机制。我们聘请了学生家长、民间艺人、能工巧匠人士和志愿者参与课后服务。比如，编程社团的师资，除了我校教师之外，校友资源，省内知名教练；合唱社团邀请了江苏省合唱联盟副主席、著名男高音歌唱家、南京师范大学泰州学院音乐学院院长有德乡和泰州音协合唱联盟副秘书长杨俊杰给学生进行指导；科技创新社团、乒乓球社团也都邀请了专业队教练参与培训。目前，我们正在和青少年活动中心、图书馆、科技馆、博物馆、体育馆建立联系，发挥他们的人才和资源优势，为我校的课后服务提供支持和帮助。

二、落实有效举措，保证课后延时服务质量

一是强化组织保障。建立工作领导小组，校长亲自抓落实，把安全理念、服务理念植根每一个教师和管理人员心中。我校制定了《课后延时服务考核办法》，要求参与课后服务的老师增强安全意识、责任意识、大局意识，将教师参加课后服务的表现纳入职称评审、评先评优、绩效工资和奖励性补贴考核。建立家校共同发展委员会协商制度，定期召开家长会，引导家长积极与孩子沟通，关注孩子心理健康，帮助其养成良好学习生活习惯。

二是强化责任落实。安全重于泰山，我们每天安排了一名校长和四名中层干部值班，课间分楼层巡视。错峰放学时，值班人员分层值守，确保各年级互不干扰，以及安全、有序、快速下楼，目前可做到各年级一刻钟之内清场。我校每天有 4000 多人次参与配餐，规模大，管理难，学校采取值班干部巡查、学生记录的方式确保参与配餐管理的老师随班就餐，全程管理。每天晚锻炼时间带班干部和班主任全部到操场参与管理。课后服务的质量好坏，家长、学生说了算。因此我们还建立常态化随访学生和家访制度。教务处不定期利用网络问卷的方式对各年级、各班学生的作业负担情况、睡眠情况以及对教师满意度进行调查。每天的值班干部全面检查《作业完成情况检查日报表》，发现问题及时解决。

张　俊

兴化市教师发展中心研训员，高级教师。

高中生课后强基服务活动指导

一、背景介绍

减轻中小学生过重的课业负担是人们普遍关注的教育热点和难点，随着“双减”政策的出台，指向全面育人的教育迎来了春天。与“双减”政策相适应的课后延时服务配套措施已在多地次第推出。义务教育阶段的延时服务活动开展得有声有色，由于高中阶段的特殊性，将延时服务与强基培训相结合是一种有效的服务方式。

2020 年初教育部取消了自主招生，出台了“强基计划”。强基计划，也称基础学科招生改革试点，是教育部开展的招生改革工作，主要是为了选拔培养有志于服务国家重大战略需求且综合素质优秀或基础学科拔尖的学生。

通过 2020 年、2021 年各高校强基计划的数学试题可以看到，数学试题形式新颖、覆盖面广、灵活度高，对学生提出了较高的素养要求，超越了教材和复习资料，部分试题达到了数学联赛一试的难度水平，但相当多的试题又不同于竞赛题。如何拓宽知识面，提高能力水平，才能既满足笔试要求，又不打乱日常教学、高考复习的节奏，还能让两者相辅相成呢？我觉得，充分发挥延时服务的功效，是一种有益的尝试。下面我向大家介绍我的一次课例。

二、课例展示

杨振宁先生曾指出："中国学生普遍学习成绩出色，特别在运算和推理方面比国外学生有明显优势，但中国学生最大的缺憾，就是不善于提出问题，缺乏创新精神。"选拔具有创新能力的学生，是强基的初衷，于教师而言，也要努力将创新人才的培养作为教学的追求。培养学生的创新能力，一条有效的途径是创设合适的情境，让学生学会提出有意义的问题，在教师的引领下，主动探索，深入研究，就好像通过一道门户，把学生引入到一个完整的理论领域。

2.1 问题提出

正方体是学生最熟悉的几何体，用一个平面去截正方体，截面的形状会是什么样的呢？

这是一个开放度很高的问题，入口宽，不同层次的学生都能去尝试。活动伊始，我就将这个问题抛给学生，留一定的时间让他们自行思考。独立思考是深度学习的必由之路。对于优秀的高中生而言，必须想方设法地提供好的问题，留有充足的时间让他们独立思考。只有这样，才能有效地提升他们的思维水平，优化他们的思维品质。

2.2 问题初探

片刻后，我让学生汇报他们的思考结果，三角形、四边形、五边形、六边形、矩形、正方形、正六边形等等……学生或回答一个，或回答几个。学生展示他们画出的图形，我要求他们还需说明理由。直观想象、逻辑推理是我们数学学科的两大核心素养，在空间想象的基础上，必须提出严谨性要求，让学生养成凡事说理由讲道理的习惯。

我继续追问：能不能是七边形？学生异口同声回答不能，我让学生说明理由后，进一步问：八边形呢？

其实截面多边形最多是六边形，我希望通过一系列的追问将学生的思维引向深处，更加贴近问题的本质。

学生汇报的各种结果中，不少图形间有交叉或从属关系，如正方形是特殊的矩形。对纷繁复杂的结果进行归纳整理也是优秀的思维习惯。我让学生以同桌为小组，整理成表格，片刻后让学生展示成果。学生整理的表格中，第一列几乎都是截面为三角形、四边形、五边形、六边形，第二列就有差异了，三角形部分有人写锐角三角形、等边三角形、直角三角形，四边形部分有人写矩形、正方形、梯形等，五边形部分几乎都空着。

2.3 成果汇总

创新能力的提高是需要学习的。那么，谁才是最好的老师呢？我认为，古今中外的千百位科学大师才是最好的老师。在人类的文化遗产中，最为弥足珍贵的就是这些科学大师们的足迹——他们创造和发现知识的过程。这是极富创造性和启发性的，是人类文化宝库的极品。门捷列夫的元素周期表是学生所熟悉的，它就是归纳整理后再获得发现的典范。我鼓励学生追踪大师的足迹，遵循他们的研究思路，进一步深入研究已经填好的表，从已有的表格信息中去合情猜想，发现新的内容。

学生或交流合作，或独立思考，十分钟后我让他们发言汇报。对于教师而言，一定要相信学生，决不能轻易地操办代替，越俎代庖，那是培养创新人才的大忌。很多老师喜欢帮学生总结、归纳，平心而论，能帮着学生做出完善总结的已经是很敬业的老师了，然而这实在是“死记硬背、勤学苦练”的一个典范。由此培养出的学生可能少了一点独立性，少了一点创新精神，少了一点叱咤风云的气魄。

汇报的结果整理如下：

当截面是三角形时，这个三角形必为锐角三角形，不可能是直角三角形；这个锐角三角形可以是一般三角形，也可以是等腰三角形或等边三角形。

当截面是四边形时，这个四边形至少有一组对边平行，截面四边形可以是菱形，也可以是梯形、矩形，更进一步的可以是正方形；当截面是梯形时，可以是等腰梯形，但不可能是直角梯形。

以上的结果在学生的讨论、交流、质疑、补充中一点点的形成、完善。我不仅要求学生能提供具体的图形，还要求必须说明理由。很多学生有很好的直观想象能力，但缺乏思维的严谨性；有的同学能讲道理，但缺乏表达的条理性和简洁性，因此对于任何一次培养学生关键能力、核心素养的契机我们都不能轻易放过。

当截面是五边形的时候，学生在表达上出现了困难。经过讨论，我们形成的统一共识是截面五边形的两组对边分别平行。我提醒学生，不仅可以关注边，也可以去关注角。教师的作用不仅仅是知识的告知，也有遇到困难时的合理提醒，适当点拨，及时帮扶。学生很快发现截面是五边形时必有两个角相等。在前面研究的启发下，有学生提出问题：能不能是正五边形呢？启发学生自行提出逐渐深入的问题，引导学生进行更加深刻的思考，我想是教师责无旁贷的责任，也是强基选拔的人才的要求。最后形成结论：当截面是五边形时，必有两组对边平行、两组对角相等，但不可能是正五边形。

有了前面的探索经历，对于截面六边形，学生们很快得到结论：三组对边分别平行、三组对角分别相等，可以是正六边形。因为是强基培训，所以必要的知识补充还是很有必要的，我抓住时机趁势跟学生介绍了等角六边形的概念，学生们很快发现正方体的截面是六边形时一定是等角六边形。

2.4 问题再探

如果是普通的学生，我们的探索可以到此为止，但对于将参加强基的优秀学生，我们还需进一步引导他们的思维“向青草更青处漫溯”。

对于给定的正方体，截面六边形一定是等角六边形，那么其中面积最小或最大的是多少呢？有没有一个范围？在探索的过程中，学生还发现，如果截面六边形始终保持与体对角线垂直，其周长保持不变。“无意带将花一朵，却挑蝴蝶下山来”，无序的运动中蕴藏着静态的结果，这种深刻数学之美对心灵的震撼是让学生保持长久兴趣、积极探索的最佳动力。教学不仅要教知识，还要教思维，更要教思维方式，这对创新人才的培养是极其重要的。由此及彼，学生自然会联想到对于三角形截面、四边形截面、五边形截面，它们又有什么样的范围变化，在变化中有没有某种定值。更一般的，所有这些截面多边形中，彼此之间相互比较，面积或周长何时最大？何时最小？由正方体类比到平面图形，迁移到其他几何体，又有什么相应的结论呢？当想象的通道打开，一串串问题宛如“千树万树梨花开”，有如此问题意识的学生，这才是强基所需的人才吧！联想、类比、归纳及推广等等，这些科学思想方法的学习，正是学生学习研究和创新的开始，也是学习研究和创新的必由之路。

波利亚说过："当我们成功地解决了一个好问题之后，我们应当寻找更多的好问题。好问题同某些蘑菇有些相像，它们都成堆地生长，找到一个以后，你应当在周围找找，很可能在附近就有好几个，"作为教师，我们要善于抛出一株蘑菇，引导学生寻找一群蘑菇，这样才能最终提高学生的思维水平和创新思维能力，达到"鹰击长空，鱼翔浅底"的境界，实现由必然王国向自由王国的跨越.

2.5 链接考题

更有趣的是，与此相关的高考题、竞赛题、自主招生题俯拾皆是。比如2018年全国卷高考填空压轴题，用大家能懂的语言表述就是：对于棱长为1的正方体，每条棱所在直线与平面α所成的角都相等，求截此正方体所得截面面积的最大值；又如一道2010年辽宁预赛题，用通俗语言表述为：若正方体的棱长为1，求与正方体对角线垂直的最大截面面积；2005年高中联赛题：任作平面α与对角线垂直，使得α与正方体的每个面都有公共点，问这样得到的截面多边形的面积、周长如何变化？

这又使我不由得联想到2021年北京大学强基笔试的一道题：有三个给定的经过原点的平面，过原点作第四个平面α，使之与给定的三个平面形成的三个二面角均相等，则这样的平面α有多少个？此题与前面的问题并无关联，但我相信经历过前面的探索过程，学生已具备了解决这道题相应的能力，遇到这道貌似新颖的问题时已经完全可以驾驭。题海无涯，从有限个问题的解决中积累经验，获得解决无数个问题的方法和能力于学生的发展而言，可能更有意义，更有价值。

3. 课例启示

强基服务的指导与日常的教学并不割裂，与高考备考也并不冲突，它们相辅相成。从表面上看，与高考相比，强基考试考查更加全面、深入，强度和区分度更高，但无论是高考还是强基，我们都要围绕培养学生的创新能力而发力。延时服务之后，活动如何开展大有文章可做。将强基计划与延时服务结合就是有益的尝试，更有效更深入的方式，还需要大家去实践去探索。强基服务的内容并不需要刻意准备，它可以是日常教学内容的延伸、课堂知识的拓展、常规问题的推广、常见方法的加深……对于优秀的学生而言，我们做一个传授者固然重要，但更重要的是做一个引领者，引领他们学会思考、学会提问、学会探索、学会创新，使他们成为未来的栋梁，时代的弄潮儿。

费德军

江苏省泰州中学高级教师。

高中生课后“强基计划”服务活动指导

作为一名高中化学教师，我们有责任认真研究与“强基计划”有关的招生政策，认真研究实施“强基计划”的化学考试范围和试题，从而开设具有针对性的“强基计划”培训课程，指导即将参加“强基计划”考查的高中学生精准备考。

高校“强基计划”的化学考试范围因学校不同而不同，大部分学校的考试范围和难度大致介于高考化学和奥赛化学之间，基本是大学化学入门级知识，但强调思维的考查，更注重能力的培养。概括起来，化学考试大致范围是：元素及其化合物、化学反应原理、物质结构与性质、有机反应与机理。这些内容高中化学也有所涉及，但却高于高中化学，下面是部分学校的化学考试真题：

I. 北京大学（2020 年）

高中范围内的考察知识点基本囊括 2003 版课标规定的必修 1、必修 2、选修 3、选修 4、选修 5 所有内容；还有相当一部分是高中不涉及的，多为有机，难度达到了省级赛区奥赛难度的要求。而且有机部分的分值达到 40 分左右，比重非常高。如果在结构、平衡计算和有机方面没有学过奥赛内容，答题时会相当吃力。

1. 杂化轨道形式的判断

这道题是比较常规的，选项中涉及了甲基正离子和甲基负离子的杂化形式判断。

2. 离域 π 键的判断

列举了四个有机化合物，判断哪个不存在离域 π 键。这个问题用高中知识是完全没办法判断的，需要较多的结构化学知识拓展。

3. 晶胞参数的计算

给出碳化硅的晶胞，计算其中碳硅键的长度。这道题涉及了原子坐标的定义、六方硫化锌晶胞的形式，以及晶胞中原子间距离的计算方法，也需要较多的结构化学知识拓展。

4. 反应动力学实验

涉及高价态酸根氧化碘离子的动力学问题，需要较多的化学动力学知识拓展，包括速率方程、反应级数的定义和计算、准级反应等。

5. 锰的不同价态反应

涉及了几小问，大多是氧化还原反应的问题。

6. 平衡计算

有两部分，一部分是利用氮气和氢气合成氨，一部分是三氯甲烷萃取平衡。涉及平衡的移动、平衡常数与转化率的关系、萃取效率等。考察侧重点与高中不同，重计算。

7. 有机化学

有机化学部分分值占比非常大，达到 40% 左右。涉及的反应基本上高中都没见过，结构都比较复杂，用高中知识基本上一道题都做不出来。如比较分子中氮原子的碱性、部分中间体结构的推断、不同环境氢原子的数目、反应类型、反应机理等。若没学过奥赛有机知识，则基本上每道题都只能靠猜。

Ⅱ. 清华大学（2021 年）

1. 青金石的化学式。

2. 分子的空间构型，涉及 PCl_3、$XeOF_4$、XeF_2 等分子的构型判断。

3. 分子中的离域 π 键，涉及 BF_3、H_3BO_3、CO_2 等分子的判断。

4. 分子的杂化，涉及 NO_2 等分子的判断。

5. 简单的分子轨道理论。

6. 氢键对物质性质的影响。

7. 卤素化合物的性质比较。

8. 一级反应动力学，简单的速率方程的计算。

9. 有机推断题。

10. 核磁共振氢谱的指认，判断所给芳香化合物与给定氢谱是否符合。

入围强基计划的考生主要有两类：一类是高考成绩优异的考生，另一类是学科奥赛优异成绩的考生，两类考生分别称为高考生和奥赛生。这两类考生的化学培训课程和培训安排不完全相同。

Ⅰ. 对于竞赛生

高一阶段：完成高中2019版教材内容（必修1、必修2、选择性必修1《化学反应原理》、选择性必修2《物质结构与性质》、选择性必修3《有机化学基础》）。

高二阶段：完成大学《无机化学》、《有机化学》、《分析化学》、《物理化学》和《结构化学》的内容，其中《分析化学》、《物理化学》和《结构化学》只需要掌握奥赛大纲要求的内容。积极参加高校举办的各种学科营。

高三阶段：上学期参加各级别的化学奥赛（9月为全国初赛、11月为全国决赛），下学期积极准备高考和强基计划考试。

Ⅱ. 对于高考生

高一、高二阶段，积极关注心仪学校的强基计划招生动态，确定好自己的学科方向，如果精力允许，可以去听听学科竞赛讲座。

高三上学期，对已决定参加强基计划的学生，学校将组织培训，课程难度略低于学科奥赛难度（可以类比之前的自主招生考试），将大学化学中一些核心知识以高中生能接受的方式教授给学生。

高三下学期，组织学生完成重点高校的强基计划真题和模拟题，积极备考。

除了上述安排以外，学校还应该邀请往届参加过强基计划的学生回校，请他们为学弟学妹传经送宝。

可能很多兄弟学校觉得“强基计划”只涉及少数学生，上面的一些做法借鉴意义不大。但我想说的是，国家落实“双减”政策，实施课后延时服务，都是为家长和学生着想，一方面是减轻家长校外培训的经济负担，另一方面减轻学生的作业负担，让孩子能更快乐地成长。如果各位老师能在课后为学生提供丰富多彩的延时拓展课程，则既能激发学生的学习热情，又能促进教师自身的专业发展，同时又能提升学校的办学品位。

曹荣军

江苏省泰兴中等专业学校副校长，
高级教师。

中职生课后延时服务活动指导

我想从三个方面谈谈我对课后服务活动的初浅认识。

一、把握国家政策，加强学校顶层设计

开展课后服务是促进学生健康成长、帮助家长解决按时接送学生困难的重要举措，是进一步增强教育服务能力、使人民群众具有更多获得感和幸福感的民生工程。一方面，要纠正部分教师头脑中的课后服务就是安全看护，就是作业辅导，就是学科补课的认知偏差；另一方面，也要纠正部分家长“在学校多关关、让孩子养养大”的思想以及“只问成绩、不管表现”的功利主义观点。中职学校应该时刻牢记立德树人的教育使命，五育并举，要让教师和家长从安全看护和学业提升的片面功能定位上解脱出来，正确聚焦到学生的全面发展上来，真正减轻学生的学业负担，着眼于学生的健康快乐成长。当然，课后服务要让上百名教师、几千名学生及家长接受并满意，对学校来说不是一件简单的事情。我觉得，学校做好顶层设计是关键，围绕减负、增效、提质、赋能的总体目标，本着学生需求、

家长需要、教师意愿、学校允许的原则，除了统一建章立制、人员精心安排、服务内容精准开发、资金保障落实和场地设施安全到位外，评价考核与督导评估也是必不可少的。学校可将中职生参加课后服务的情况计入“学分银行”，通过零存整取方式可用于学历或非学历证书的自主兑换，使得课后服务更加具有现实意义。

二、创新服务内容，助力学生全面发展

新的职业教育法明确指出职业学校学生在升学、就业、职业发展等方面与同层次普通学校学生享有平等机会。在欢欣鼓舞的同时，我们要看到职业教育所面临的挑战也是不小的。机会是平等的，意味着素质要求也是同等的。然而，由于受招生政策、社会风气、家庭状况等因素的影响，相比较而言中职新生整体素质偏低、基本素养欠缺。为此，我非常赞同这样一句话，“补课不如补习惯”。因而，要进一步完善学校课后服务体系结构，特别是面对疫情防控的常态化，要在服务内容上出新招求实效，着力培养中职生的核心素养。可结合专业特点、职业取向以及中职生个人兴趣特长，提供课后服务项目清单，实现点餐式服务。服务内容可按学校、系部、班级分为三个层面、六个类别，学校层面主要有特长类和竞技类，包括体育、音乐、美术、区域文化传播、职业技能备赛等活动项目；系部层面主要有专业拓展类和公益服务类，包括职业资格证书培训、技术技能传承、创新创业计划实施、公益劳动与志愿服务等活动项目；班级层面主要有学科类和兴趣类，包括基础学科作业辅导、棋艺、阅读、鉴赏等活动项目。需要补充说明的是，我们要充分利用好职业教育与产业经济发展联系最为紧密的优势，努力将新技术、新工艺、新产品引进到活动中来，使得课后服务更贴近生活、贴近实际、贴近学生。如此安排，可以很好地改变“学一项技术走遍天下”的过时模式，通过课后服务平台所提供的丰富多彩的内容，为中职生提供充足的发展空间，从而达到激发其兴趣、挖掘其特长、培养其好习惯好性格的目的，以便更好地实现学生及家长“升学有希望、就业有保障”的美好愿望。

三、坚持行动导向，科学开展服务活动

经过多年的研究，我们认为在进行课后服务活动时仍然要坚持行动导向。行动导向作为一种以行动或工作任务为主导方向的职业教育教学模式，在培养学生的职业行动能力方面有着显著优势。现将基于行动导向的活动指导方法进行简单介绍。谈话法，是通过师生之间的谈话进行指导的方法，适合个体化的作业辅导，常在活动的特定阶段采用，用于收集整理信息资料和交流心得体会等；讨论法，是教师提出讨论的题目，接着引导学生开展对于该题目的讨论，最后教师进行概括总结的指导方法；四阶段法，是适用于职业资格证书培训的、系统化的指导方法，分为准备、教师示范、学生模仿和练习总结四个阶段；角色扮演法，是教师设计一项任务让学生扮演角色参与活动进而培养学生的综合素质的指导方法，适用于职业技能备赛、舞蹈、戏曲、棋艺等活动项目；模拟仿真法，是基于某些环境复杂安全难以保障或设备设施昂贵等因素，通过采用模拟仿真训练避免发生不良后果的指导方法，适用于职业体验、职业岗位训练等活动项目；项目教学法，是师生通过共同实施一个完整的项目而进行活动的指导方法，非常适用于有具体产品（或作品）的活动项目；任务驱动法，是学生在教师的帮助下紧紧围绕一个共同的任务目标，主动应用相关资源进行自主探索和互动协作的活动指导方法，常用于阅读、鉴赏等活动项目。当然，活动指导的方法还有很多，如引导课文法、头脑风暴法、思维导图法等等，在这里不再一一赘述。

需要说明的是，关于“何时指导”的问题。教师的指导应贯穿于服务活动实施的全过程，指导的时机应依据学生活动过程中的实际需要来确定。学生每个阶段的活动方式会各有侧重，伴随着服务活动的推进，相应的方法也存在着合理的指导时机。例如，活动开始时，多为活动规划、方案制定阶段，最适合采用谈话法、头脑风暴法、讨论法等方法；活动过程中，探究、信息整理、创意设计、成果表达阶段；最适合采用项目教学法、模拟仿真法、角色扮演法等方法，活动结束时多为成果展示、反思评价阶段；最适合采用谈话法、张贴板法、思维导图法等方法。

同时，我们要思考“如何指导”的问题。在选择指导方法时，我们要理解“学

生是如何开展活动”的，也就是说，要知晓学生到底是“怎么做”的。从本质上讲，“怎么做”的知识属于程序性知识，因此不能直接传授，必须经过间接经验到直接经验的转化，才能真正为学生所掌握。这种转化需要经历两个阶段：一是外部间接经验转化为内部间接经验，表现为“认识、知道”；二是间接经验转化为个体直接经验，表现为“感悟、应用”。指导的方法应服务于上述两种转化，做到两个“结合”，就是知行结合（做中学）和行思结合（用中悟）。

另外，我想强调的是要着力构建“动机、价值、发展”的课后服务活动结构的新模式。首先，要关注活动的目的性。行动，就是有目标的活动。要掌握中职生的学习动机，找到活动的源动力，打破说教和灌输的常态，帮助学生有目的地自我建构，这样的活动才受学生欢迎，也才真正具有生命力和深远意义；其次，要关注活动的实践性。要确立活动的价值在于学生体验的重要认识，要走出先为学生储备基础知识、再让学生参与实践的传统思维模式，放手让学生亲自实践与大胆尝试，如眼睛看一看、嘴巴说一说、鼻子闻一闻、耳朵听一听、皮肤触一触、动手做一做、脑袋想一想，调动学生所有感官参与活动，去锤炼应对未来社会和解决实际问题的综合能力；最后，要关注活动的创造性。学生是活动的主体也是发展的主体，活动创造的过程就是学生发展的过程。这就要求，教师要创造性地进行活动设计和效果反思，要充分调动学生的主观能动性，让学生产生积极良好的情绪体验，激发起向上向善的欲望，迸发出推陈出新的冲动，创造出更多有用的活动价值。

专家点评

魏本亚

延时服务：我们该做什么？

随着“双减”政策的落地，延时服务成为义务教育的新常态，学生在学校的时间长了，老师的工作时长也延长了，学校、老师为学生的服务时间自然也就延长了。当然，延时服务是针对义务教育阶段的，并不包括高中、中职、幼儿园，但是，延时服务在这三个学段早就是常态，幼儿园的延时托管，高中、中职的课后指导，都是典型的延时服务。因此，延时服务不是一个狭隘的名词，而是在泰州教育生活中切实存在的教育现象。

前面10位老师介绍了不同学段的经验，李敏园长、曹霞园长在这一方面积极探索，都形成了独具特色的延时服务的园本体系，效果明显，极具推广价值。刘春老师介绍了小学课外阅读指导的经验，翟剑生老师介绍了音乐活动的指导，都非常具有创造力与实践价值。赵美玲老师讲述了农村初中英语学科如何开展延时服务，英语的编演评活动极具吸引力；韩新正校长创造了独具特色的延时服务经验，有效的作业、有效的指导、有效的活动，造福一方学子。张俊、费德军都是高中名师，对优秀学生的指导成绩卓著，他们在强基计划的人才培养方面创造了泰州经验。曹荣军校长对中职学生的实践活动指导，非常有创造力，学生在学中做、做中学，既学会了做事又学会了做人。这些经验都源自泰州的教育实践，都是本土生长的、独具地方特色的草根经验，这些经验很有用，很能够给人启发。

虽然我们已经取得了阶段性的成绩，那么我们在延时服务中可以做些什么呢？又有哪些不可以做呢？

首先，可以为学生提供必要的作业指导。我们每天都会给学生布置作业，这些作业一般都会带回家去做。既然学生还在学校，老师就可以指导学生完成自己当天的作业，如果有困难，老师还可以进行个别的指导。在经济发达地区这种做法非常普遍，学校开辟作业指导室，延时在校的学生可以到这里接受指导，有些学生父母没有时间指导作业，在学校里面就可以请教教师。做作业偷懒、抄作业的现象基本可以杜绝。

其次，可以为学生提供喜爱的音体美学习活动。国家倡导五育并举，就是要求学生在各个方面都能够得到发展。课外阅读、音乐、美术、体育活动都是学生喜欢的，翟剑生老师多年在乡村组织学校乐团，亲自指导乡村儿童学习音乐，给孩子们提供了丰富多彩的学习活动。我们许多学校这些学习活动，让儿童在体育活动中锻炼了身体，在美术绘画中获得审美的愉悦，在音乐的熏陶中获得精神的享受，这些获得都是非常具有创新价值的。

第三，可以为学生提供课外阅读指导活动。大家都知道，阅读的高度决定人生的高度，泰州是一个教育之乡，爱读书是一种普遍的文化现象。我们的学校可以打开我们的阅览室、图书室，让孩子们走进书的世界，遨游在知识的海洋之中。各个学校可以结合区域文化特色组织专题阅读，高港海军小学就组织了海军主题阅读，孩子们了解海军诞生的历史、了解了海军的现状与未来，学习了知识，拓展了眼界，提升了人生的境界。靖江的戎敏老师带领学生围绕“长江”主题组织阅读，激发了孩子们热爱长江、热爱家乡的情感，深受学生、家长的欢迎。这些阅读指导活动，就是立足于乡土文化开发的活动，这些活动具有家乡的“泥土”芳香。

第四，可以为学生提供适宜的劳动活动。习近平总书记指出：“要在学生中弘扬劳动精神，教育引导学生崇尚劳动、尊重劳动，懂得劳动最光荣、劳动最崇高、劳动最伟大、劳动最美丽的道理，长大后能够辛勤劳动、诚实劳动、创造性劳动。要采取适应当前环境和条件的有效措施，加强劳动教育，组织好形式多样的劳动实践，让学生在实践中养成劳动习惯，学会劳动、学会勤俭。”少年智则国智，少年强则国强。作为时代新人，要承担起这些重大历史责任，就必须深刻认识劳动教育的重要性，树立劳动最光荣、劳动最崇高、劳动最伟大、劳动最美丽的价值观念，培养勤俭、奋斗、创新、奉献的劳动精神。有条件的学校可以开展一些适合学生的劳动活动，诸如植物种植、养护、观察，让孩子们在劳动中培养自己的劳动观念。

第五，可以为学生提供科学探究活动。随着科学技术的发展，我们的生活与科学技术的联系越来越紧密。开展科学探究活动就显得十分必要，学校可以借助课程基地组织具有学校特色的科学探究活动，引导学生去研究身边的科学。柳树春天为什么会飞絮？花儿的颜色与花儿的花期有关联吗？教师可以开发一些科学项目，让学生自觉地参与其中。探究的结果不重要，探究的过程对学生的成长却有着不可估量的价值。

第六，可以为学生提供有意思的心理辅导活动。在当下这个社会，工作压力大、学习压力大，学生、老师难免出现焦虑的现象。我们可以利用延时服务这个机会，开展一些有意思的心理辅导活动。当然，我们大可不必直截了当地称之为心理辅导，但是我们可以借助心理学的理论开发一些有意义的活动，让孩子、老师在活动中交流，敞开心扉，心里的不愉快就可以缓解，精神的压力就可以消解。

当然，我们无法穷尽可以做什么，但是我们可以坚定地说不可以做什么。延时服务是国家规定在校时间之外的服务，必须遵循国家的规定。国家强调，这种服务不能简单地“上课”，老师又把时间分配了，开始上课了，这就违背了国家的规定。

延时服务是一个新的教育现象，学生是服务的对象，学校教师是服务员。学校教师提供服务的设计、组织、监管，学生在享受服务的同时要自觉遵守相关规定，主动参与。只有学校、教师、学生、家长形成合力，这项工作才可以健康发展。

学历单

学习是一个艰难的过程，如何认识学生的学习过程，考查学生学习进程中的绩效，就需要结合学历单进行考察。泰州不同学段的老师创造了属于自己的区域经验。

刘晨英

泰州市寺巷幼儿园副园长。

幼儿园学历单设计

——以大班绘本阅读《小蝌蚪找妈妈》为例

首先，我们来了解一下学历单的设计背景。培养幼儿的核心素养是当代教育改革迫切需要研究的问题，“素养”是不同于“素质”“能力”“技能”的，它具有更加全面的内涵，包括知识、能力、技能、态度等。为了培养幼儿的核心素养，需要我们去转变原有的教学方式，要将教学的重点从教师“如何教”转变为幼儿“如何学”。学历单就是要让学生明确学习的内容，从而选择适合自己的学习方式开展自主学习。

与中小学相比，幼儿园的孩子正处于前阅读、前书写的阶段，他们对文字的阅读和书写是比较陌生的，所以我们运用了孩子们熟悉的绘画、符号、标志这些表征方式来设计孩子们看得懂的学历单，孩子们也是运用绘画、符号、标志来表征、记录自己的学习结果。

原有的集体教学是从教师教的逻辑出发去设计教学活动，强调的是“教师如何教”，而学历单是按照幼儿学的逻辑来设计学习活动的，它强调的是“孩子如何学”，是要将学习经历还给了孩子，让孩子的学习变得主动。孩子们在深度学习理论的指引下，根据教师预设的学习方案，经历有挑战、高投入的学习过程，并能获得有意义的学习结果。

下面我就以大班绘本《小蝌蚪找妈妈》为例向大家介绍幼儿园学历单的设计。

教材所体现的内容重点包括（正文字体）：1. 理解故事内容，能大胆想象故事情节，并用比较完整、连贯的语言表达表现；2. 了解蝌蚪到青蛙的变化过程，对小蝌蚪的生长过程感兴趣。

学习目标：设计学历单，我们首先需要做的是制订学习目标。

根据课程要求，以幼儿为主体，列出了如下三点目标：

1. 通过对小动物外形的观察、比较，找出各种小动物与青蛙的相似特征，想象故事情节，提高观察探究能力；

2. 通过听录音并阅读，理解并能表达出故事情节，感受小蝌蚪爱妈妈的情感，提高理解表达能力；

3. 通过观察、比较与分析，了解小蝌蚪到青蛙的变化过程，提高科学探索能力。

对应三个学习目标，我们制订出了三项评估任务：

1. 思考讨论后完成任务单，完成学习任务一（检测目标 1）；

2. 根据问题完成任务单，完成学习任务二（检测目标 2）；

3. 自主阅读后完成任务单，完成学习任务三（检测目标 3）。

从这个地方可以看出，三个评估任务是分别借助三个任务单来完成的。

学习目标与评估任务制订后，我们来分析一下课程资源。

《小蝌蚪找妈妈》是中国的经典童话故事，故事里的语言简洁明了、内容通俗易懂。故事里有许多角色，除了柔美可爱的小鸡和鸡妈妈，大多是水里的动物，最主要的就是一群灵动活泼的小蝌蚪们。故事不但在起伏有致的情节中传递了母子间的亲情，更是把科学知识也生动地表现出来，既便于幼儿理解，也很好地激发了他们的阅读兴趣。

基于此，可以提出一些学习前的设想。

活动前，可以请家长带孩子到公园、水沟等地方实地观察小蝌蚪，借助图片帮助孩子了解青蛙的外形特征，了解小蝌蚪和青蛙之间的关系，这样能够帮助孩子加深对故事情节的理解。

活动中，教师可以通过开放式问题的设置来引导幼儿观察细节，进行前后比较，对幼儿的记录进行评价，鼓励幼儿大胆探索与发现。

任务一：自主思考，小组讨论，合作完成任务单。

活动 1：总结出青蛙的外形特征。请孩子结合问题："小青蛙长什么样？" 运用已有的经验总结出青蛙的外形特征。

活动 2：结合问题："这些小动物哪些特征与小青蛙相似？" 小组合作记录讨论。

学习单一

说明：这个地方是我们将任务单设计成了七行，第一行用孩子的头像、问号、一支笔和纸表征出任务的要求，要求是动脑筋思考后用笔记录下结果。

第二行画出一只青蛙的图像，第三至五行左侧分别是小金鱼、小螃蟹和小乌龟的图像，右侧留有对应的三个空格让孩子记录三种小动物与小青蛙的外形相似的地方。

第六行分别用一个小朋友的头像代表自己、两个小朋友的头像代表同伴再加老师的头像，下面第七行与之对应的三个空格是用来记录评价结果的，分别是自评、同伴互评和老师的评价，这个评价要等到完成活动三再进行记录。

活动 3：交流分享。每一小组派代表发言，分享记录的结果。

任务二：听故事录音后，结合图画完成任务单。

活动 1：听故事，看图书。让幼儿边听故事边跟随故事情节翻阅图书，目的是为了加深孩子对画面内容的记忆和理解。

活动 2：结合问题完成任务单。这个时候任务单是人手一张。

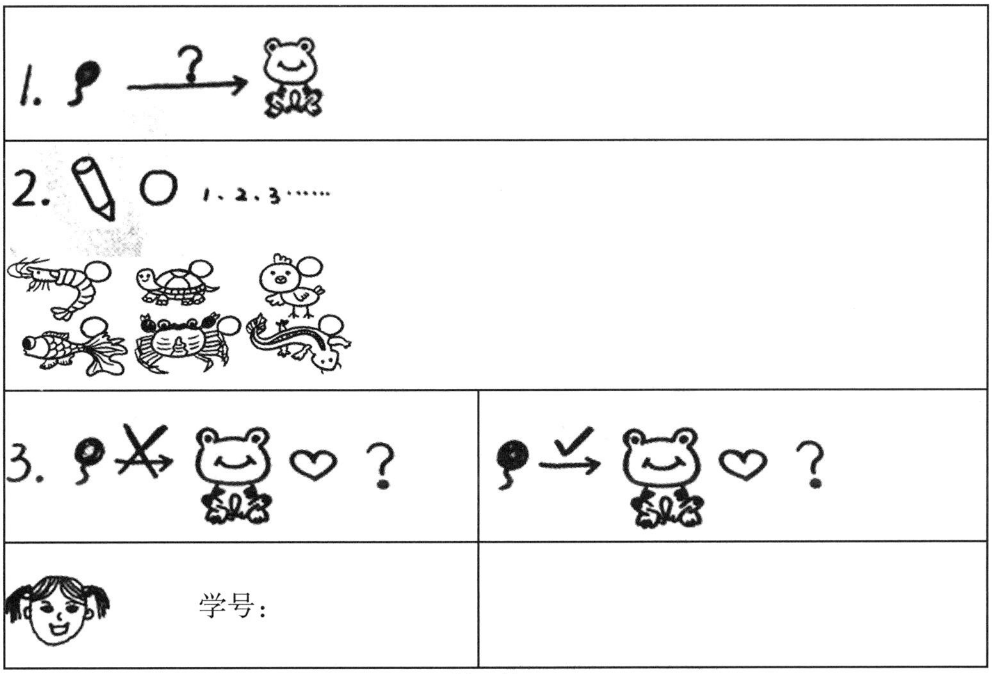

学习单二

说明：任务单的第一行画上一只小蝌蚪和小青蛙，在它们之间划上箭头，箭头上方画上问号来表征问题：小蝌蚪为什么要找妈妈？在这一行的下方留有空白让孩子记录。

第二行用乱序画出故事里的各种小动物，在小动物的上方画出空白的圆圈，同时在这一栏的左上方用问号、数字来表征问题：小蝌蚪在找妈妈的路上先后遇到了谁？提示幼儿在小动物上方的圆圈里按先后顺序标出数字来完成学习任务。

第三行是画出一只小蝌蚪和小青蛙，在它们之间划出箭头，箭头上方是一个叉叉，在小青蛙后面画出心形和问号来表征问题：小蝌蚪找不到妈妈时心情是怎样的？把叉叉改成勾勾变成了另一个问题：找到妈妈时心情又是怎样的？在问题的下方有一段空白留给孩子记录。

第四行左侧用小朋友的头像提示孩子完成自我评价，在右侧的空白格子里记录。这一任务也需要在完成活动三以后进行记录，同时同伴和教师穿插进行口头评价。

活动 3：交流分享。小朋友在听完别的小朋友的分享后，完成自我评价。

任务三：阅读图书，记录变化过程。

活动 1：再次阅读图书。让幼儿根据问题：“小蝌蚪是怎么一步一步变成青蛙的？”完成自主阅读。

活动 2：完成任务单。

学习单三

第一行用孩子看书的图像、一支笔、小蝌蚪和小青蛙之间划上箭头和问号来表征任务要求：看书后用笔记录下小蝌蚪是怎么变成小青蛙的？第二行留出大大的空格让幼儿进行记录。第三行左侧用孩子的头像提示幼儿完成自我评价，记录在右方的空格里，也需在完成第三项活动后进行。

活动 3：交流分享，个别幼儿分享交流后，别的幼儿和教师口头评价，记录者完成自我评价。

幼儿完成任务单后，让孩子根据自身的学习经历，回忆故事情节，小组合作画出思维小地图。要求是能够展现出小蝌蚪找妈妈的过程及遇到的各种小动物与青蛙之间的外形联系，目的是为了引导幼儿反思，通过学习自己了解了什么？是如何知道的？还有哪些内容并没有很好地了解等，让孩子通过回忆、再建构来完成学后反思。

王树妹

泰州医药高新区（高港区）教师发展中心研训员，高级教师。

《七律·长征》学历单设计与实施的探索

一、学历单的价值追求

所谓“学历单”就是教师聚焦学生的“学”精心设计，引导学生经历学习的全过程，促进学生的学进一步自主化乃至自能化的教学辅助工具。

使用“学历单”的价值追求是什么呢？彻底改变教师“以讲为主”的教学方式，牢固确立“以学为中心”的学生本位思想，培养学生在真实情境中建构知识、应用知识完成学习任务并解决实际问题的能力。

二、学历单的设计要义

在设计“学历单”的过程中，要坚定不移地贯彻三种观念：“学生本位”的学生观、“学为中心”的学习观和“素养为本”的发展观，确保学生的主体地位，变革学生的学习方式，发展学生的语文综合素养。

“学历单”主要包括学习目标、学习情境、学习任务、学习活动、学习评价和学习反思六项主要内容。其中学习目标与学习评价相互印证，学习任务与学习活动双向奔赴，实现“教学评”一致。在设计过程中，要谨慎处理的是学历单的“工具性”和“人文性”的关系，切记不能将“学历单”设计成“作业单”，学习变成做作业，就彻底违背了“学历单”的设计初心。要做到四个加强：加强学科情感的渗透培植，加强语文素养的综合发展，加强学习共同体的协同建设，加强学习评价的闭环落地，引导学生在“学历单”的使用中经历一个完整的、开放的、适性的、闭环的学习过程。

三、以《七律·长征》为例

首先是研读教材确定学习目标。主要策略：心中有课标，要考虑到课程标准中该年段的一般性目标；要有大单元整体意识，考虑到这个单元的重点目标；还要有“这一篇”的个性化目标。具体做法就是要关注单元语文要素、研究课后练习、解读相关选文、关联单元习作设计，要研究学生学习的起点，最终确定适合的，科学的，符合学情、遵循学理的学习目标。

综合以上思考，本课的学习目标确定为：1. 能读准确、能说明白“只等闲、逶迤、磅礴”的意思，能正确美观地书写“崖、渡”。2. 能说出诗句的意思，并理解作者是怎样点面结合写场面的。3. 能通过了解长征历史、抓关键词句，体悟长征精神，并能读出诗歌磅礴的气势。

学习目标的表述，注意用语“能读准确”“能说明白”“能说出”“能读出”，都是具有明确的行为表征的词语。这样的目标表述有利于学生更清楚地明白自己要学什么、怎么学、学到什么程度，并据此自我检测目标的达成情况。

学历单有一个明确的理念就是目标要清晰，评价得跟上。一个目标对应一两个主要任务，配套设计相应的评价要点，实现了一个教学环节的闭环管理，也是以终为始的教学两端的互相靠近。

如围绕目标 2：能说出诗句的意思，并理解作者是怎样点面结合写场面的。冯老师安排了这样一个学习任务：破解秘密——毛主席怎样用 56 个字抒写两万五千里漫漫长征路。并设计了学习活动 1：自读课文，小组讨论：什么是点，什么是面，结合这首诗，说说你对点和面的理解。学习活动 2：毛主席选取了哪些典型的山和水？找一找，圈一圈。学习活动 3：小组合作交流：万水千山，毛主席为什么选择这五个点去具体展现“红军不怕远征难，万水千山只等闲”的英雄气概呢？学习活动 4：集体交流，展示小组合作探究学习成果。

目标明确了，任务有了，如何帮助学生高质量地互动而非泛泛而谈或只言片语停留在浅表思维呢？活动评价的重要性此时就突显出来了，它是助学的重要工具。冯琳老师设计了一个简单明了易操作的评价表。评价标准是：能关注一个点说清楚，得一颗星；能想象画面，抓住关键词语说具体，得两颗星；能加入自己的感受说深刻，得三颗星。

将学习评价与学习目标、学习任务相对应，我们可以看到学习评价要能够指向于学习目标的达成，要能够围绕有意义的任务来实施，要能够契合学习活动的推进，要能够恰当的嵌入学生学习的过程，这样的评价就是“促进学习的评价”而不是“关于学习的评价”。

四、学历单的“三用”

以上分享的是学历单在课堂教学中的运用，其实学历单可以有“三用”。在课前用，能有助于培养学生的自主学习力、问题探究意识，有助于教师了解学生的学情；学历单在课上用，有助于转变师生教与学的方式，扭转教师“以讲为主”的授课习惯，保障学生的学习地位，让学生经历完整的学习过程；学历单在课后用，有助于“双减”政策的落地，促进教师认真钻研，促进作业的优化改革，加大“减负提质增效”的变现率。

新课标提倡任务驱动型、问题探究式的自主学习、深度学习，学历单能很好地落实这样的课标理念。

侯　燕

泰州市医药高新区（高港区）教师发展中心研训员，高级教师。

例谈学历单在小学英语单元教学中的应用

学历单，从期望学生学会什么出发，逆向设计学生何以学会的过程，先确定学习目标，再设计评价任务，接着制定学习活动，然后界定作业检测，最后进行学后反思，如此形成完整的“教—学—评”框架结构。下面我以六年级下册第四单元 Road safety Story time 为例简单介绍学历单的使用。

本单元围绕“道路交通安全”话题，主要介绍行人在有或没有斑马线、交通信号灯的路况下如何安全通过马路的方法以及在马路上禁止的危险行为。该话题贴近学生的生活实际。学生对过马路的交通规则、红绿灯的具体含义以及车辆的行驶规则已有一定的认知。基于对单元教材的理解和审视，以及对文本的适切解读和对学情的基本判定，确定如下学习目标：

1. 学生通过课前预习和课中的学习活动，能在情境中感知、理解“道路交通安全”的表达；

2. 学生能在真实的情境中合理地运用核心句式“First you must/mustn’t... .Then, you can/can’t...”分析、概括主要内容，明确不同路况的交通规则，逐步内化语言，完成真实的交际任务。

3. 学生能结合日常的生活经验，借鉴文本中的语言框架，介绍或谈论不同路况下安全过马路的规则，树立“交通安全，人人有责”的交通意识，并严格遵守交通规则。

确定好学习目标后，就要设置与其相匹配的评价任务。这样做能避免学习目标描述空洞、无具体内容。设计好评价任务后，将其嵌入学习过程中，这就是教—学—评的核心技术。

评价任务一：角色扮演，了解如何通过有斑马线的路段。

How to cross the road with a zebra crossing?

评价任务二：完成表格，知道如何通过没有斑马线的路段。

How to cross the road without a zebra crossing?

评价任务三：发出倡议，掌握其他道路上行走的规则。

What are the other rules when you walk on the road?

教师是学生学习的组织者，要从指导学生“如何学”的角度去组织课堂中教师的“教”与学生的“学”，教学活动过程需指向学生的“真学习、会学习”。

学习活动 1：自由对话，头脑风暴

学生通过自由交谈家人和自己的出行方式，观看一些行人、司机不文明行为的图片，能够意识到，马路上车辆多、车速快，有很多不安全因素。在此基础上教师引导学生联系生活实际解读标题，交流他们已经知道的一些交通规则，唤醒已有经验，激发他们探究主题意义的兴趣。

学习活动 2：分层阅读，学深悟透

学生快速阅读文本第一段内容，尝试用“First， ... then ... .”归纳在有斑马线的路况下，行人应该先看交通信号灯，再判断是否可行，坚持“红灯停，绿灯行，黄灯等”交通规则。然后教师通过“小交警”的角色扮演活动，检测学生对交通规则的掌握情况。

学习活动 3：以思促读，学有所获

学生小组交流，当没有斑马线的时候，如何安全过马路？应该在哪里等候？等候的时候应该做什么？结伴而行，是否可行？带着这些思考走进文本第二段内容，完成表格信息填写任务。

学习活动 4：看图讨论，发出倡议

教师向学生呈现文本第三部分的两张插图，学生交流所见所思。学生分小组，讨论种种违规行为的后果，学习道路行走的其他一些交通规则，并提出安全出行的倡议。

学习活动 5：思辨分析，内化认知

回到生活场景，分析判断，用英语描述解释“Why yes.”“ Why no.”

任何教学手段的运用，都是基于学习目标的达成。学生学习成效如何，须运用一定的方式检测。将学生对显性知识的掌握和隐性能力的形成作为本课时学习结果的评价内容和标准。为此，作业检测内容设计为：

1. 组内分享并讨论家人、同学或朋友的行路常态以及对他们的评价和建议。

学生结合自己的身边人、身边事，分享讨论，给出建议。

2. 小组合作，制定行路指南。

出示学校附近不同路口的照片，创设“上学、放学路上如何安全过马路”的情境，制定行路指南。

通过模拟真实情境以及与同伴交流合作探究“行路安全”的自主作业，学生不仅高效掌握语篇结构、句式，还能灵活整合所学知识，应用所学语言知识、文化知识，表达自己对文明行路的理解。在情感、态度、价值观方面都能够学有所获。

学习活动 6：学后反思，深度学习

1. What did you learn today?（你今天学会了什么？）

2. Did you learn anything that surprised you?（有没有什么内容让你惊讶的？）

3. How might this help you?（今天所学的东西对你有用吗？）

4. Why do you think we are learning about ________ ?（你想过为什么要学习今天的内容吗？）

学历单的使用，让教师以学设教、以学观教、以学改教，帮助学生在学习英语的过程中，获得阅读、探究、批判、推理和表达等关键能力，默化养成自律、尊重、严谨和自省的必备品格，逐步树立科学求真、实事求是、责任担当的价值观和人生观。

李　静

兴化市教师发展中心研训员，高级教师。

《跳水》学历单设计与实施探索

学历单的设计有三个组成部分。

第一部分是学习目标。

设计依据主要有二：一是教材。依据教材单元导语中的人文主题和语文要素来制定（当然还包括课后习题和语文园地的“交流平台”）。二是《义务教育语文课程标准》，既要执行和落实，又不能随意拔高要求。这样，一篇文本的学习目标大体包含：字词教学、语文要素目标 、人文要素目标三个方面。

第二部分是设计学习评价要素。

践行逆向设计理念，学习过程就是证明我们的目标是可以实现、可以达成的，进而证明我们的课堂学习是有效果的。怎么证明？评价就要先行。这部分就是罗列和描述出学生通过这堂课要学会什么、掌握什么。

第三部分是设计学习任务。

学习任务离不开学习情境，完成情境化学习任务是基础。设计情境任务应该注意四个方面：体现学习目标，创设任务情境，解决情境问题，用于学习活动的组织。

我以部编本教材五年级下册第六单元《跳水》一课第二课时学历单的设计为例。

《跳水》一文是俄国文学泰斗列夫·托尔斯泰的短篇小说，惊险曲折，形象丰满。故事发生在一艘远航帆船上，起因是甲板上的水手们拿一只猴子取乐；经过是猴子去逗弄孩子（船长的儿子），孩子很生气，一路追着猴子走上了桅杆顶端的横木，命悬一线；结果是船长举枪逼孩子跳入海中，水手们下海救起了孩子。

首先明确学习目标。《义务教育语文课程标准》要求：“在阅读中了解文章的表达顺序，体会作者的思想感情，初步领悟文章的基本表达方法。在交流和讨论中，敢于提出看法，作出自己的判断。”

教材要求：本单元的人文主题是“思维的火花”，阅读课语文要素为：了解人物的思维过程，加深对课文内容的理解。

关照课后的三题练习，再结合部编本教材瞻前顾后的编排体系，考虑到五年级上册第三单元已练习“创造性地复述故事”，本册第四单元要求学生“通过课文中动作、语言、神态的描写，体会人物的内心”，本册第五单元习作单元训练学生“初步运用描写人物的基本方法，具体地表现一个人的特点”。再结合本单元的习作要素“根据情境编故事，把事情发展变化的过程写具体”，决定运用以下学习策略：化身为文中人物，实现学习任务的情境化；独学和共学结合，全班交流时学生的表达基于自主建构和同伴交流。综合以上，作如下设计：

学习目标

1. 研读课文，关注细节，走进人物内心，理解故事情节。
2. 以不同角色身份讲述故事，理解孩子的行为、水手的笑和船长的思维过程。
3. 在真实情境中审时度势，转动思维的魔方，解决实际问题。

学习评价要素

也就是落实学习目标，来评价学生的掌握情况，我就不一一重述了。

学习任务

学习任务一：概括故事情节

学习活动 1：回忆故事的起因、经过、结果，用简洁的语言概括地说说课文讲了一件什么事。

学习活动 2：讨论。

学习任务二：

孩子获救后，这个惊险事件算结束了。船长之前在船舱里，并不知道到底发生了什么才令自己的儿子身处险境的，事后肯定会找大家了解，那么水手和孩子分别会怎么向船长把事情发生发展的过程讲述清楚的呢？角色分配：两组学生当“水手”，两组学生做“孩子”；以四人小组为共同研究学习的团队。

学习活动 1: 独学，默读课文，关注细节，圈画出对你的讲述有帮助的字、词、句。

学习活动 2: 共学，一位组员模拟讲述时，其他组员边倾听边思考，等对方讲完后提出改进建议。

学习活动 3: 汇报，汇总本组同学发言，推举一位同学做发言人。

学习任务三：以小组为单位，讨论救援方式的合理性。

你赞同船长的紧急救援方式吗？如果赞同，以船长的身份说说你当时怎么想的；如果不赞同，说出你想到的办法，并讲清更好在哪儿。

学习活动 1: 小组共学。

学习活动 2: 大组发言讨论。

学习任务四：想象练笔。

一般我们都是借助语言、神态、动作等来了解人物形象的，可文中对船长的描写就只有紧急救援时刻的两句话、一个举动，然而我们对这个人物却也有了认识和了解。可见，描写不一定全都要面面俱到，抓住关键来写同样让人印象深刻。那么，孩子获救后，船长会是怎样的表现呢？如果你是拍这部电影的摄影师，请移动你的摄像机——

孩子被救上甲板的那一瞬，请聚焦船长，用几句话写一写他在那一刻的表现（神态、动作、语言等）。

课后延伸学习任务

思考后用文字陈述（二选一）：

（1）再读几遍课文，想一想：明明船长是中心人物，为什么却只花了很少的笔墨来写他？

（2）你还能给文章起个什么题目？和《跳水》比哪个更好，为什么？

这份学历单的设计，就是统整背后的依据，再设计适合学生年龄和心理的情境引导学生在文本中通过自主、合作、探究的方式走多个来回，用语文的方式去读、去表达，透彻理解文本；再根据看到、听到、感受到的积极思考，作出自己的判断和推理，感同身受走进人物内心，去解决问题，对人物形象形成正确认识。

郎宏坤

用好学历单　促进自主学

数学“学历单”是教师将一个板块或一个单元的学习内容进行有机整合，并以任务的形式呈现给学生。数学学历单将学习看作一个完整的过程，将课堂内外衔接起来，打破了课时的限制，为学生营造了一个自主的、适性的课堂环境。学历单的本质是再现学习经历，让学习真正发生。

维果斯基认为，学生的发展水平有两种：一种是现有的水平，即独立活动时所能达到的解决问题的水平；另一种是可能的发展水平，即通过教学所获得的潜力；两者之间的差异就是最近发展区。也就是说，最近发展区是学生在已掌握知识和未掌握知识之间存在需要教师引导的区域，而教学的作用就是在这一区域中进行设计，从而引导学生学习。数学学历单是基于学生的最近发展区，为他们提供具有一定难度的学习内容，调动他们的积极性，促使他们超越最近发展区从而达到下一阶段的发展水平，并以新的发展水平为基础迈向更高层次的发展。

数学学历单是真正实现先学后教的“任务单”，也促进学生自主学习的“研究单”，还是真正实现分层评价的“检测单”。

下面我以六年级《解决问题的策略——假设》这节课为例，谈谈学历单对于支持学生数学学习的价值和一般的设计框架。《解决问题的策略——假设》是问题解决的教学，教学应达到“授人以渔”的目的，因此，学历单的设计要展现问题解决的过程，必须在解决问题的过程中感受到策略的价值，在解决问题过程中掌握解决问题的策略。也就是说，要使学生在解决问题的过程中，让学生真正体会到：1. 为何学假设策略？ 2. 什么是假设策略？ 3. 怎样进行假设？ 4. 假设之后又该如何思考？

首先，数学学历单是真正实现先学后教的“任务单”。数学学历单一般分为四个部分：学习目标、学习评价、学习过程和学习反思。首先站在学生学的角度，将教学目标转化为学生明确的学习目标：

1. 能运用假设策略解决两种量是倍数关系的实际问题，发展分析问题、解决问题的能力。

2. 经历解决实际问题的完整过程，理解解决问题的步骤和思路，体验解决问题方法的多样性。

3. 能结合具体情境，感受假设策略对于解决问题的价值，获得成功的学习体验。

基于学习的目标，以终为始，形成学习评价的几个要点：

1. 所有学生能够自主完成基础题和变式题；学有余力的学生能自主完成，或通过与同学讨论交流完成提升题。

2. 能简要叙述解决问题的步骤，能说出运用假设策略解决两种量是倍数关系实际问题的不同思路。

3. 能说出假设策略的好处，能举例说明曾经解决哪些问题时用到过假设策略。

在学历单的指引下，学生在课前就能借助教材的相关内容或学历单中的资源包，或者学生自主收集构建学习资源先行自学。比如本课前，学生可以自主搜索网络资源，观看曹冲称象的视频，通过生动形象的故事，感悟假设策略的价值。这样做的意义不仅仅是为了一个课时数学内容的学习，同时也有利于发展学生的信息化素养，强化学生自主学习的意识，提高学生自主学习的能力。学历单有利于实现先学后教，真正实现课堂翻转。

其次，学历单是促进学生自主学习的“研究单”。学历单中学习过程包含学习任务设计和学习活动指引，隐含了学法指导，有利于学生自主研究，主动探索。

比如阅读课本第 68 页例 1，思考：如何理解“小杯的容量是大杯的三分之一”这句话？启发学生回顾，曹冲称象的故事给你带来什么启示？提示学生抓住问题的关键。

学生主动思考：假设将 720 毫升果汁全部倒入小杯，什么不变，什么会发生变化？ ——思考变与不变中感悟，运用假设策略的依据。变的是大杯和小杯的个数，变是为了将两个未知量转化为一个未知量，变是为了寻求解决问题的途径；不变的是果汁的总量，这是变的依据，只有这个不变，变才有意义。

学生操作探究：试着在图纸上画出“假设将 720 毫升果汁全部倒入小杯（或大杯）”的过程。这里隐含了研究方法的指导，通过数学画的方式，将复杂的数量关系可视化，有利于学生自主分析问题，厘清关系，找到解决问题的思路，是策略运用的具象化体现。

学生对比观察：对比两种不同的解决问题的思路，你发现了什么？两种不同的方法有什么共同点？这里提示学生进行观察比较，提升学生的思维，紧扣数学本质。具体的假设方法不一样，但其解决问题的策略是一样的，本质都是将两个未知量依据二者的关系假设为一个未知量。

在这个学历单中，当学生遇到困难时，能够借助教师的“友情提醒”进行自学探究，使学生的自主学习变得有坡度，激发了学生探索的自信心。

最后，学历单是真正实现分层评价的“检测单”。数学学历单包含的学习评价部分，教师基于依据学科特点，紧扣学习目标，抓住知识中最关键、最本质和最核心的内容，对学生的学习进行分层评价，学习评价的层次设计需要依据学习目标的层次和内容进行合理化设计，让学生可以根据自己的实际情况进行选择。

比如本课时学历单中自主检测题的设计可以分为三个层次：

1. 基础练习

1 张桌子和 4 把椅子的总价是 2700 元，椅子的单价是桌子的 1/5，桌子和椅子的单价各是多少？

2. 变式练习

王老师买了同样的 6 本笔记本和 4 支钢笔，共付出 57.6 元。已知买 3 本笔记本的钱可以买 2 支钢笔，每本笔记本和每支钢笔各多少元?

3. 提升练习

（1）快餐店里一个汉堡、一杯饮料和两个蛋黄派，一共 25 元。汉堡的单价是饮料的 3 倍，饮料的单价是蛋黄派的 2 倍。汉堡、饮料和蛋黄派的单价各是多少元?

（2）古代名题:“鸡兔同笼”习题。

学生回顾整节课学习的过程，结合自主检测，进行学习反思和自我评价。

总之，教师依据教学主题和教学目标设计好学历单，教学中用好学历单，将学习目标、学习任务和学习评价一体化。运用学历单让学生明确学习目标，主动完成学习任务，自主进行学习评价，真正做到“我的课堂我做主”，让学生的学习由被动变为主动，让学生经历有意义学习的完整过程，让学生的学习真正发生。

孙 洁

泰州市高港实验初级中学教导处主任，高级教师。

“分式”学习教学设计与实施的探索

如何设计学生版学历单呢？

首先课题是留白的，因为课题是在课堂学习的过程中自然呈现的；我们把学生版的学历单分为两栏：过程栏与备注栏。过程栏是学生自主学习的留痕，备注栏是师生交流或生生交流后的补充。

学习任务以活动形式呈现，本节课的学习任务分解为5个学习活动；每个活动都对应着具体的学习目标，做到精准；活动以留白的方式呈现，做到开放；活动的设计关注学情，做到分层。学历单的编写紧扣精准、开放、分层，让学生依托学历单在活动的过程中经历认知的全过程。

这些活动学生在课前、课中、课后三个阶段加以完成。

如何使用学历单呢？

首先是课前：

课前主要是学历单中的活动一。

活动一以学生亲身参与的综合实践活动——爬某小山为情境：同学们去孤山开展综合实践活动，大家从山脚上山到山顶，再下山到山的另一边，休息了20 min后再按原路返回。已知从山脚到山顶上路程为4 km，从山顶到山的另一边下山路程为3 km，上、下山的速度比为5 ∶ 7。若设上山的速度为$5x$ km/h，下山的速度为$7x$ km/h。然后设计了4个问题，引导学生将题中的已知量与未知量用代数式来表示，找出其中熟悉的代数式，发现有不熟悉的代数式，为课堂上交流发现分式的特征作好准备。

问题4是要求出未知量，可添加什么条件，这是选做题，让思维水平较高的学生完成。

学生课前完成后，教师课前批阅好，并采集典型解答作为课中教学资源。比如说，从批阅的情况看，学生找到的已知量有上山路程4 km、下山路程3 km、中途休息了20分钟，还有上下山的速度比，未知量有上山时间$\frac{4}{5x}$ h、下山时间$\frac{3}{7x}$ h、返回时上山时间$\frac{3}{5x}$ h，下山时间$\frac{4}{7x}$ h，去的时候共用时长为$\left(\frac{4}{5x}+\frac{3}{7x}\right)$ h，返回的时候共用时长为$\left(\frac{4}{5x}+\frac{3}{7x}+\frac{1}{3}+\frac{3}{5x}+\frac{4}{7x}\right)$ h。学生基本能发现所列式子中有熟悉的单项式，也有不熟悉的，如$\frac{4}{5x}$、$\frac{3}{7x}$等等，区别是它们的分母中都含有字母。问题4中学生添加的条件基本都是时间的已知量，比如有添加去的时间一共用1.4小时，也有添加往返共用3小时的，都可以通过列方程解决问题。在批改时我们采集了学生典型解答作为教学的资源。

接着，我来向大家介绍课中如何使用。

课中主要有活动二到活动五共4个学习活动。

借助课前采集的式子，课堂上我们通过活动二得出分式的概念，具体是这样处理的：

交流活动一的问题，并追问：式子$\frac{4}{5x}$，$\frac{3}{7x}$，$\frac{3}{5x}$，$\frac{4}{7x}$

这些代数式不认识，所列出的熟悉的代数式有与它们类似的吗？类似在何处？不同在何处？

学生自主思考，并将自己的思考和发现记录到学历单的过程栏中。

在师生交流、生生交流中，学生不断补充完善，得出分式的定义，再自己尝试举出分式的例子，强化对分式定义的理解。

学生及时将这一活动的感悟在备注栏里加以备注、完善。比如将分式的定义记录在备注栏上，将“分母中含有字母”这个特征用红笔进行标注，由于是类比分数得出了分式的定义，也有学生用红笔将“类比”这两个字记录下来，也就是说，学生将归纳提炼的知识、方法在备注栏上加以记录。

活动三是留白式呈现的，只有四个字，尝试化简。化简什么式子呢？这个式子教师课前批阅搜集的学生自己列的式子，所以只能留白式呈现，比如有学生列出的一共所用的时间$\left(\frac{4}{5x}+\frac{3}{7x}+\frac{1}{3}+\frac{3}{5x}+\frac{4}{7x}\right)$就很适合作为化简的资源呈现。活动三也没有呈现具体的要求，因为学生的认知基础不同，会采取不同的化简方法，有的同学先将同分母的相加，有的直接通分相加，甚至还有个别同学暂时无法进行，需要教师的个别辅导。这样的探究活动是个性化的、分层次的、开放的。

学生在尝试对整个式子进行化简计算的过程中，主动类比分数运算的方法加以学习，类比分数的通分、约分主动思考、初步感悟得到分式的基本性质，类比分数相加的运算法则，主动思考、初步感悟到同分母分式相加、异分母分式相加的运算法则。

这个活动由学生独立思考，将自己的思路记录在学历单的过程栏上，然后小组交流，边交流边记录，再由小组代表进行汇报。

本活动是教学的重点，课堂上给学生充分的时间和空间，让他们经历自主思考、小组交流的学习过程。

汇报时，教师及时追问：怎么想到这样计算的？这样计算的依据是什么？

学生在交流中完善自己的方法并明晰化简的依据，类比分数的性质，得出分式的性质，并将其及时记录在学历单的备注栏上。

学历单上的活动四是完全留白的，因为是借助课前活动一的问题 4 的典型解答展开的，学生尝试列出方程来解决问题，并且将自己所列方程记录在过程栏中。学生在交流中类比整式方程得出分式方程的定义，并提出可研究解分式解题方程的方法，并将自主尝试求解的过程记录在学历单的过程栏上。在师生交流、生生交流后，学生完善自己的求解，将所得所悟记录在备注栏中，如借助等式的性质，通过去分母将分式方程转化为整式方程等等，这里还有同学记录了自己的疑惑：去分母时两边同时乘以了 105 x，是可行的吗？这个问题老师课堂上不急于解惑，给学生留下一个悬念，种下一个思辨的种子，鼓励他自己探究解决问题。

活动五是巩固类活动，包括两部分：一是及时反思，二是及时巩固。

及时反思重在感悟，以两个问题引导学生及时反思。问题 1：根据刚才解决问题的过程，你认为分式这一章将要学习哪些内容？这个问题引导学生完善本章将要学习的内容，初步把握整章内容结构，感受数学知识的系统性和整体性，初步感知并架构本章的知识体系，了解“学什么”。问题 2：是回顾上述解决问题的过程，我们是如何进行研究的？此问题引导学生经历反思建构的过程，引导学生发现问题解决的过程中不断类比学习，把不熟悉的问题转化为熟悉的问题加以研究解决，明确这就是学习新知识的方法和途径。在此过程中，积累数学活动的经验，知道本章“怎么学”。这两个问题学生在思维碰撞中不断将所得与所想加以完善，并及时整理，记录在学历单上。

及时巩固关注分层是以题目的形式加以呈现，我们做到了分层设置，分为 A 测与 B 测。使用时我们做到了三及时：及时训练、及时讲评、及时订正。特别要说的是 B 组作业是让学生再次对分式与分数或者分式与整式进行对比，发现其相同点及不同点，从中选择一点，提出后续的研究方向。这个问题对学生提出了较高的要求，学生的表达也各不相同，比如有学生比较了分式与分数，抓住分式的分母中含有字母这个特征，提出了可研究字母的取值范围，如分式有意义、分式的值为正数、分式的值为整数等情况时相应的字母取值情况。这其实可以说是一篇数学微论文了，也有项目化学习的影子。

以上是课前以及课中我们怎么紧紧依托学历单实施课堂教学的。课后，学生做什么呢？

首先完善本节课学历单。其次是完成下一节课的学历单中需要课前完成的“活动一”。

整体来看，学生的自主发现是在学历单的过程栏上留痕的，学生每一个活动中的收获以及后期的反思是在备注栏里留痕的。所以学历单能做到过程与反思的留痕。同时，每个学生记录的内容是不完全相同的，因为他们自主学习的经历和经历后的所思所悟不尽相同，所以学历单上的呈现是具有个性化的。

学历单具有一个重要的功能就是“备忘”，学生将每节课的学历单整理留存装订成册，在后期复习的时候看到自己的记录与整理的内容，就能回忆起当时学习的场景和经历，能帮助他更好地记忆、理解和应用所学知识与方法。

学历单还激发了学生主动反思的积极性，学生的数学表达能力、思维能力都得到了提升，取得了喜人的成绩。在上学期区级初中生数学实践与创新论文大赛的一等奖中，我校获奖人数占比高达 46.7%，这更加坚定了我们依托学历单进行课堂教学实践的信心。

姚娟妹

泰州医药高新区（高港区）教师发展中心研训员，
高级教师。

学历单设计与实施

我们为何使用学历单？又如何设计学历单并借助它实施教学的。

一、应时而生的学历单

（一）顺应课程改革的趋势

可以说学历单是应时而生的，首先它的出现是顺应课程改革的趋势，是顺应一个新政策的实施和一个新标准的颁发。

1. 新政策的实施

这里的新政策是指“双减”政策，“双减”是为了减轻学生过重的学业负担，那“减负”只是手段，“提质”才是目的，只有实现学业“减负”，才能倒逼教学“增效”，才能使教育真正走上以“提质”为核心的发展之路。“双减”政策的实施更大程度上强化了我们的课堂及学校教育主阵地作用，要求我们必须对教与学的内容、方式进行彻底改革，因而我觉得设计出能引导学生有效学习的高质量教学方案并实施，应有助于我们的教学步入“轻负优质”的良性轨道。

2. 新课标的颁发

2022年颁布的《义务教育课程方案（2022年版）》，我们可以看到新的课程标准是将党的教育方针细化为本课程应着力培养的学生核心素养，可以这么说，核心素养就相当于课程的家，而数学核心素养是通过数学活动逐步形成与发展的正确价值观、良好必备品格和关键能力，因而我觉得设计出能启发学生积极思考的高效数学活动并实施，应能防止教学出现“离家出走”的跑偏现象。

（二）破除低效教学状况

然后学历单的出现还有我们的地域原因，是为了破除我区初中数学的低效教学状况。

通过平时的教学调研发现我区初中数学教与学的低质化现象尤为严重。从教师层面来看：一是对学情研究不透，二是目标定位不准，三是问题设置低效，四是教学方法单一；我们再来看学生的学习状况：一是学习机械被动，二是思维水平下降，三是应用意识缺失，四是记录习惯不良，教师低质的教势必导致学生低效的学。

所以我们发现初中数学教学已经到了必须要痛下决心彻底变革的时刻，而我想这一变革要想成功，必须要在“破”与“立”中寻突破，必须要依托适合的高效的教与学的载体才能实现，所以此时学历单应时而生了。

二、应需而定的学历单

那学历单应由哪些部分构成才叫适合？又应以何种形式呈现更为有效呢？我想应该是应需而定的。

（一）组成部分

1. 学习目标

杜威有一句经典名言“教之于学就如同卖之于买”，意思是别人没买走，就不能说卖了。在教育中同理，学生若没有学会，老师也不能说教过了，所以教学一定要有目标，而且目标的主语必须是学生，因而我觉得学历单首先要有学习目标，所有的学习任务的设计与实施都应该以学习目标为引领。

2. 学习活动

前面我们说到学生的数学核心素养是通过数学活动逐步形成与发展的，因而学历单上的学习任务应以学习活动来呈现。

所以我觉得学历单应包括学习目标和学习活动两部分。

（二）呈现形式

为使学历单能兼顾设计严谨、条理清晰、以学为本、便于留痕等要求，我们最终决定以教师版、学生版两个版本加以呈现。

下面我就以八年级下册《分式》单元起始课为例，向大家介绍一下教师版、学生版的“学历单”。

1. 教师版学历单

学历单中的学习目标和学习活动应如何设计才能达到所期望的教学效果呢？我们觉得要做好两点，首先要制定凸显核心素养的学习目标。

（1）制定凸显核心素养的学习目标

从教育目的，到学科课程标准，再到课堂教学目标，建立一致性的目标体系，我们就会发现：数学学科教育是为国育人，教学目标必须依据课标，把学科核心素养落地，因而在制定学历单上的学习目标时，要坚持素养导向，结合具体教学内容，找到数学核心素养在教学中的孕育点和生长点，从“四基”“四能”出发，明确其融入学习内容与学习过程的具体形式和载体，在整体分析所学内容本质和学生学习特征的基础上确定与具体内容匹配且针对性强的学习目标，这里我们要求学习目标必须要保证至少 2/3 的学生可以达成，其实整体而言对于学习目标的制定我们的要求就是要可操作、可达成、可检测。

单元起始课作为一章的总领，是让学生通过学习感知到为什么学、学什么、怎么学。所以我们将《分式》单元起始课的学习目标制定为：在经历真实情境建模以及式的扩展的过程中，感知学习分式的必要性（也就是知道为什么学），并得出分式的定义；在关联分数、整式等相关内容的过程中，不断生成本章需要研究的内容（也就是知道学什么）；在主动关联、积极反思、自然迁移的过程中，感悟本章的学习方法和研究路径（也就是明白怎么学）。

（2）设计紧扣学习目标的探究活动

对于学习活动的设计我们主要遵循两个原则：一是体现精准性，要紧扣学习目标，使每一个目标都能依托活动达成；二是体现探究性，要设计能引发学生认知冲突、激发学生学习动机的问题串，引导学生积极思考，让学生在问题解决的过程中体验成功的快乐，树立数学学习的自信。

为了达成教学评的一致，我们将学历单上学习任务部分设置成教学过程、活动过程、设计意图三栏。其中教学过程是针对教师而定，主要包括学习活动的内容、组织活动采用的教学手段、活动中的适时追问和及时巩固等；活动过程是针对学生而定，主要包括完成学习活动的时间、对象、方式，预设出现的情况、旨在达成要求等；设计意图主要包括学习活动紧扣哪个学习目标设置，旨在让学生获得哪些知识、养成何种能力，为了评价哪个学习目标。

本节课我们一共设计了 5 个学习活动。活动一和活动二对应学习目标 1。活动一以学生熟悉的情境为背景，基于学生对分数、整式的认识设置，难度适中，学生课前自主关联已有的知识和方法经验加以完成，我们要求教师课前必须完成批阅，从而可以了解学生已有经验并采集典型解答作为课堂备用资源；活动二是在学生交流活动一问题的过程中加以追问的，主要引导学生发现分式除应实际生活需求、还应数学内部发展的需求而出现，进而让学生从两个方面感知到学习分式的必要性，也就是为什么学，然后自然归纳得到分式的定义，并借助巩固题加以及时评价；活动三和活动四对应学习目标 1 和 2，以问题为引领，让学生在对前面活动生成的式子进行运算时，不断与分数、整式、方程等内容加以关联，在经历分析问题、解决问题的过程中，发现本章应从哪些方面去研究分式，也就是学什么；活动五的反思提炼对应学习目标 2 和 3，学生通过梳理完善形成知识结构（知道学什么），反思归纳形成方法策略（明白怎么学），巩固提升是为了评价目标 1、2、3，在让不同层次学生得到适合巩固的同时，关注了数学的探究性学习。

整体而言，学习任务的设计和实施我们紧扣学习目标，以学习活动为载体，师生为学习共同体，通过设疑、质疑、释疑使学生经历数学观察、数学思考、数学表达、概括归纳、迁移运用等过程，从而不断使学生养成积极的思维品质和良好的学习习惯。

2. 学生版学历单

对于学生版的学历单我们提出的总体要求是：（1）课题做到留白；（2）活动做到精准、开放、分层；（3）留有体现学生自主发现和感悟反思的区域。具体如何设计与实施，各个学校有校本化的呈现方式和实施策略。

三、因改而变的教与学

历时一年的学历单使用，使我们的初中数学教学实现了以教为中心向以学为中心的转变，课堂质态也得到了一定的优化，依托学历单实施教学的模式使我们在随后的初中数学教学竞赛中斩获大奖，2021 年我区孙洁老师获省青年教师教学竞赛一等奖，虞乐园老师获省青优课一等奖，两位老师获市青优课一等奖；学历单的使用使得我们初中生的数学学业水平得到了提升，2021 年中考我区初中数学学科取得了前所未有的进步，教与学质的转变更加坚定了我们继续实践并使用学历单的信心和决心。

肖　蕾

泰州市姜堰区罗塘高级中学教师。

高中地理学历单教学实践

我就以鲁教版高中地理必修二的《城乡内部空间结构》的第二课时为例向大家汇报，汇报内容包括以下三个方面：什么是学历单，为什么用学历单以及怎样设计与使用学历单。

一、什么是学历单

学历单是教师设计的用于引导学生经历学习全过程的材料。

1. 学历单的分类：包括教师版和学生版。

2. 学历单的组成：（1）教师版包括：课题、学习目标、学习任务和教后反思。其中学习任务包括教学过程、活动过程和设计意图。（2）学生版包括：课题、课堂活动、笔记与感悟、课后小练。需要注意的是学生版的学历单分为两栏，过程栏与备注栏，过程栏是学习过程中的留痕，而备注栏是学习过程中生成的笔记与感悟。

二、为什么用学历单

随着新高考、新课标、新教材的到来，高中课堂教学正处在变革的关键时期，学历单的应用尝试，在一定程度上推动着高中课堂教学的变化。

三、怎样设计与使用学历单

1. 设计思路

（1）教师版：

①学习目标的制定：立足于《普通高中地理课程标准》，以终为始制定教学过程中学生学习路径、学习获得及掌握程度的评价依据。

②学习任务的制定：以任务驱动的方式，将整节课学习目标的达成分解成任务框架，主体任务下包含子任务，促进学生在教学情境中通过与教师、同学及教学信息的互动，从而获得学科素养。

③教后反思：此项留白，每节课后结合课堂反馈进行填写。

（2）学生版：

①课堂活动：根据学生课程核心素养形成过程的特点，科学设计学习过程，利用案例将子任务进行串联，在特定的学习情境中由浅入深以活动的形式呈现，每一个活动对应到具体的学习目标，引导学生通过自主、合作、探究等学习方式，营造直观、实时、生动的学习环境。

②笔记与感悟：此项留白，在课堂活动中，学生结合自身学习状况进行填写、补充，可作为复习的参考资料。

③课后小练：形式多样，包括本节课相关习题、背诵默写任务或者作文的创写、续写等。

学历单的课堂活动对应具体的学习目标，做到精准；笔记、感悟与反思以留白的方式呈现，做到开放；课后小练关注学情，做到分层。学历单的编写紧扣精准、开放、分层，让学生依托学历单，在课堂活动中经历认知的全过程。下面我以《城乡内部空间结构》的第二课时为例向大家介绍怎么使用学历单。

2. 使用方法

基于学习目标，本节课设计三大任务版块：1. 认识姜堰城区内部空间结构；2. 选择特定位置布局相应功能区的原因；3. 从发展的角度评价空间布局的合理性，对姜堰城镇内部空间结构进行剖析。

第一部分：认识姜堰城区内部空间结构。基于总任务设置出次一级子任务：思考姜堰城区总体规划图上有哪些用地类型，各自的范围是什么，它们的分布呈现出什么特点。通过播放姜堰区宣传片，激发学生的学习兴趣，将学生引入真实复杂的情境，给定时间学生思考并回答问题子任务中的问题，学生交流后教师归纳总结：城镇土地面积有限，不同地块的交通可达性和土地价格等各不相同。在城镇内部，居住以及工商业等各类活动之间必然发生竞争，其结果是形成了同类活动的空间集聚，不同区域形成各自不同的主导功能，进而形成城镇功能分区。按照土地利用类型，城镇内部空间结构可分为居住区、商业区、工业区和生态区等，从而认识姜堰城区内部空间结构。

第二部分：选择特定位置布局相应功能区的原因。其对应的次一级子任务为：在姜堰城区地图中标注出步行街、大唐电厂、中天新村和人民公园，并在学历单上写出其对应的功能区，阅读课本思考为什么把他们布局在这些地方。通过探究活动分析特定位置布局相应功能区的原因，结合学生回答，总结各功能区的位置分布特点。其中由商业区引发对影响因素的探讨：（1）经济因素：主要通过地租影响城市内部空间结构，影响地租高低的因素是交通通达度和距离市中心的远近。交通便利的地区地租高，与市中心距离越近的地区地租越高（此处引导学生画出“距离市中心远近与地租高低的关系图”，同时补充说明地理学科作图方法与注意点）；（2）社会因素：收入、社会地位、知名度、生活方式等因素导致住宅区的分化。

这一部分起到承上启下的作用，通过分析情境让学生认识到科学、合理地利用城镇的内部空间意义十分重大。合理规划城镇空间有利于建立可持续的人地关系，为生产和生活提供便利，推动城镇发展等。

第三部分：从发展的角度评价空间布局的合理性。请学生结合姜堰城镇内部空间结构图，以小组为单位，评价姜堰区在建植物园的布局是否合理，并说明理由。由此衍生出思考：从发展的角度出发，姜堰目前的空间结构放在泰州地区是否合理？该部分为开放性问题，未设置统一的参考答案，教师鼓励学生多角度思考，并引导学生从意义入手，分点阐述理由，来判断其是否合理，表达的过程中要注意理由成立的逻辑性。

最后，学生基于本节课的学习经历，借助于学历单上的笔记与感悟对自身的思维方式进行修正，回顾学习要点并发现问题查漏补缺。教师对学历单进行笔记检查、小练批改，以提升学生的学习能力，促进学习目标的更好达成。

由于本节内容的学习是从实际案例出发且重在应用，复杂度较高，对学生的地理思维能力也有较高的要求，因此学习活动过程中不可避免的存在一定程度的困难。为了降低学生的学习难度，学习活动的设计就需要考虑既立足于现实，又不脱离课本，使学生的学习由浅入深，由表及里层层递进，把城镇内部空间结构的相关知识逐步具体化、系统化，促进学生知识体系的建构。所以本节课学历单的设计基于课程标准要求，通过设计完整的学习经历，以可追踪的方式让学习过程“看得见”，引导学生进行真实学习，倡导从说中学、从做中学、从教中学、从悟中学，培养学生地理思维，实现深度学习。

戴　苇

泰州机电高等职业技术学校讲师。

中职学历单的设计与应用
——以《青蒿素·人类征服疾病的一小步》为例

作为中职学校的教师，我们面对的学生，学习基础薄弱，不愿动脑筋思考，学习依赖性强，我们有时也会发出这样的感慨：“我都教了这么多遍了，怎么他们还是不懂？”学生课后会反映课堂枯燥，学习上有难度，更有甚者在课堂上打瞌睡。如何提高中职生的学习兴趣？值得我们教者深思。

一、学历单的意义和设计

一直以来，我们还保留着应试教育的痕迹，课堂以老师“教”为主，但忽略了知识是学会的，而不是教会的。我们老师开始尝试新的教学方法，专业课老师采用“任务＋项目”法，用任务串联起一个个知识点，再通过项目整合零散的知识。文化课老师则在紧锣密鼓地编纂印制导学案，注重对学习内容的挖掘，由“教”开始尝试转向“学”。而我发现自己在导学案中仅仅是设计学生需要学习的内容，学生对这些内容学到什么程度了我还是一无所知。

——学历单关注学生“学什么”“怎么学”以及“能否学会”，保证学生一直在学习，处于真学习的状态，实现学生学习过程中能够得到及时反馈。我个人将它理解为这是对导学案更深层地提升和转变，使其更加有效，不仅仅以学生的学习活动为主设计教学方案，还用以检测学生课堂学习效果。

学历单的设计有这四部分：学习目标、课前预习、课中学习、课后活动。

1. 设置学习目标，教师需要熟悉课程标准，深挖文本内容，给学生清晰的学习方向。

2. 布置预习作业，教师在班级群里明确预习任务，降低预习难度，提出预习要求和内容，指导合作学习。

3. 课堂自主学习，教师发放课时学历单，根据学习目标，从学生已有经验出发，设计问题，对学生的学习有目的地引导。把学生需要掌握的知识点按层级任务设置，再通过小组合作方式，提升学生的探究能力和合作能力。小组每一项任务完成后，学生就问题发表本组见解，教师适当引导，做好解答。学历单分过程栏和备注栏两部分，过程栏体现学生自主学习的过程，备注栏是生生、师生合作交流的反映。

4. 做好课后完善和评价，学生根据上课所学，继续完善学历单提交，教师可以及时了解学生的学习动态。并依此布置相应作业，对学生的课堂掌握情况进行检测评价。

二、《青蒿素·人类征服疾病的一小步》学习单设计例析

《青蒿素·人类征服疾病的一小步》是中职统编教材语文课文，这篇文章是根据屠呦呦 2011 年接受拉斯科医学奖时的演讲以及同年发表于《自然医学》杂志的论文编写而成的。针对使用对象的不同，学历单分为教师用单和学生用单。

（一）制定教学（学习）目标

根据本单元导读：要理解美丽中国的丰富内涵，增强建设美丽中国的信心和动力，把握科普作品平实准确的语言特点。明确教学（学习）目标：

1. 细细品读课文，梳理屠呦呦研究青蒿素的全过程，理解其中蕴含的中国之美。

2. 赏析有关段落，学习科普作品平实准确的语言特点。

（二）布置（完成）预习作业

为确保课堂效率，围绕学习目标，我布置一些简单的学习任务放在课前预习作业中让学生独立完成：

1. 通读课文，完成生字词练习。

2. 查阅资料，了解作者生平和青蒿素的一些知识。

3. 阅读作者获诺贝尔医学奖的演讲词《青蒿素的发现：中国传统医学对世界的礼物》。

（三）设置（参与）课堂学习任务

围绕目标1，我的教师用单是引导学生在理清文章思路的基础上，感受中国之美。

于是我将这个大任务分解成三个学习小任务，小组讨论、完成学生用单：

学习任务一：浏览课文，找到文中涉及青蒿素研究的具体事件，划出有关语句，并用自己的语言概括。

学习任务二：细读课文，重点研究在青蒿素的整个研究过程中屠呦呦遇到了哪些关键困难。她是如何克服这些困难的。

学习任务三：结合屠呦呦的科学研究经历，请问支持她几十年如一日地研究青蒿素，最终发现青蒿素的治疟作用的动力是什么呢？

我的设计意图：题目看似很大，从整篇文章中概括出需要的内容，然而学生只要学会准确定位“青蒿素”“困难”这些关键字眼，再寻找到它们所在段落，就很容易概括了，在这个学习过程中我更看重小组成员是否会合作将所有相关内容都找出来。最大的难度本在任务三上，屠呦呦是如何体现出中国之美的呢？学生是很难将二者联系在一起的，但有了前两个任务的铺垫，抽象问题就具体化了，最美不一定体现在容貌上，美在内心，美在信念。屠呦呦就是中国最美的奋斗者。

围绕目标2，我的教师用单是引导学生品读本文准确平实的语言。这个问题非常考验学生的阅读水平。

俄国著名教育家乌申斯基认为：“比较是一切理解和思维的基础。”

学历单的学习任务四就是：对比阅读，预习作业里屠呦呦获诺贝尔医学奖时的演讲《青蒿素，中医药给世界的一份礼物》，找到一些内容相似段落，比较语言表达上的不一样。

我的设计意图：巩固任务一所学，学生对课文的熟悉程度，决定了他搜索信息的准确与否。这个任务保证每组同学在合作中都能找到一到两段可用信息，将比较范围缩小，降低分析难度。同时寻找也是思考的过程，学生自己找出的段落也必然是易于自己分析的。

（四）完成（参与）课堂评价

本课教学目标都已经达成后，根据课堂反馈和教学实际，在课堂上先进行一次评价，了解学生对课文的掌握情况。我的教师用单是引导学生学习屠呦呦坚持不懈的优秀品质。在学历单中我鼓励学生自己去感悟，写出几句话谈自己的想法。

学习任务五：我们从屠呦呦身上学到她的哪些优秀品质？

三、学历单的教学应用

以上是我设计的学历单，我在三个班级进行了学历单教学，分别是 20 计网中专班，19 会计大专班，19 商务英语 3+4 班。

第一遍教学选择男生偏多的计算机网络班，对于学历单上的学习任务，大多数男生都有点懵。在阅读课文基础上寻找有关段落，很多人无从下手，我只有启发他们先学会确定关键词，缩小寻找范围，再来答题。被点拨以后，学生都能或多或少地在学历单表格中填出部分答案。我密切关注答题情况，发现他们做题杂乱无序，比如任务一，虽然根据“青蒿素”可以找到很多相关事件，但是不少人直接落笔文章后半部分青蒿素胶囊生产，我继续启发他们先找出文章的写作顺序——时间。再根据时间填写，在很多位同学的不断补充中，差不多用了大半节课才理清了文章思路。对于合作讨论他们还没有适应，偶尔跟旁边的同学沟通一下。值得肯定的是，学生的思维是灵动的，熟悉课文以后，他们是能体会到屠呦呦的科学研究是为了人类的健康和幸福，也懂得了做什么事都要坚持到底。整个过程，我感觉教的还是挺累的，以往考虑到他们的基础，都是以我教为主，这次新的尝试，一边让他们不懈怠，一边围绕他们的基础启发他们思考，基本目标可以达成。这节课他们能动起来填好学历单，也能在简单讨论中释放好动的天性。

第二遍教学在会计班，女生偏多，她们的优势体现在能够比较快速又准确地完成课文信息寻找任务。从她们的学历单上看，大多数同学能自行根据时间填写具体事例，在回答问题中小组成员能够做到互相补充，不过讨论还不充分。在完成比较阅读任务时，每个小组寻找的段落相对集中一些，大多数同学都能找到有关青蒿素提取方法这一段，指出两段文字在通俗易懂上的区别。但他们还做不到深入挖掘，比如从语段所使用的写作手法上来分析语言，我就在此基础上，通过多媒体直接展示相关段落再让她们来分析，该学习任务才能落实。学历单教学在本班可以成功应用，效果明显，互动性较好。

第三遍教学班级是进校分数较高的班级，语文学习能力较强，这个班给我带来很多惊喜。他们在完成任务一的时候，果断地根据时间开始搜索相关信息，甚至听到他们针对 1955 年屠呦呦从北京医学院药学系毕业这部分内容是否可填的争执，学习气氛异常热闹，学习单上也是填了再划，划了再填。我特地选了一位学历单填写内容偏少的同学来回答：收集药方—低温提取—动物实验—临床试验—变为药物。本组同学和其他组同学纷纷举手补充，很快思路图就清晰了：组成团队—收集药方—查阅文献—低温提取—找到突破口—临床试验—命名青蒿素—天然分子变为药物—找到含量高的青蒿—试用胶囊—引起世界关注。虽然也用了 20 分钟的时间，但都是学生全程参与。第二个任务出现了一个小插曲，当学生读到“在小白鼠身上测试抗疟效果，然而疗效甚微”这个困难时，学生提出解决方法是查阅文献记录，另一个小组同学举手予以否定。这位同学比较镇定，又仔细看了一遍课文，终于明白，这里涉及的是两个问题，针对小白鼠的疗效甚微采取的方法是继续研究发现青蒿提取物有抗疟效果，而查阅文献记录，是因为遇到了实验结果很难重复的困难。学历单教学在这个班实施效果是最好的，学生是真正参与进去，动脑筋思考问题了。

通过这三次的教学尝试，我个人认为中职学历单教学模式切实可行，不过如果想获得更好的成效，应该在学生进校第一年就开始采用这种方式，任何情况都是由不适应到适应的过程。并且学历单的任务设计也应该根据自己所教班级的学情进行适度调整，让一部分人先动起来再带动班级的另一部分人，只要肯坚持，中职课堂是可以焕然一新的。

专家点评

魏本亚

“学历单”何谓何为

“学历单”是引导学生学习、观察学生学习经历、评价学习过程的工具。这种工具名称多样，诸如：学历案，讲学稿，学案，导学案，学习单，工作纸，活动单，活动单导学，等等。名称不同，初衷相近。

综观这些工具，我们可以发现这些新生工具多产生于新课程改革过程中，2011 年之后，开发这些工具的热潮尤其高涨。也许大家就会发问，为什么在这个时期大家都会不约而同的开发这些工具？综述文献与实践，我们发现有以下几个原因。

首先，国家课程标准提出了新的要求。我们国家于 2001 年启动了课程改革，强调三维目标，强调教师的教转向学生的学。2011 年，义务教育课程标准修订之后，明确提出评价方式的转变。2017 年，国家颁布普通高中课程标准，明确提出核心素养的要求。2020 年，国家颁布中职 10 科课程标准，学生学习成了教学改革的关键。这些国家标准都明确指向学生的学习，开发有利于学生学习的工具就成了当务之急。

其次，统编本教材提出了具体的要求。为了强化意识形态工作，教育部启动了语文、思想政治、历史三科的统编工作，自主发展、社会参与、文化基础成了编写的主旋律。教材局加强了数学、英语、物理、化学等学科的教材审核工作，确保教材的思想性。在这些教材中一个重要的变化就是教材都开发了许多学习工具，为学生学习提供了方便。

复次，考试评价发生了新的变化。《中国高考评价报告体系》提出了“一核四层四翼”新的要求，2020 年中国高考启动了核心素养新高考，2021 年江苏启动了新的高考，核心素养考试成了新的常态。死记硬背、加班加点的教学受到了冲击，研究学生的学习成了基础教育改革的新宠。

面对这些变化，泰州的老师进行了积极有效的探索。高港寺巷幼儿园张红梅园长带领她的团队开发了《小蝌蚪找妈妈》《幼儿园的树》等课程，收到了意想不到的效果，原来儿童的学习力也是惊人的。兴化的郎宏坤、李静主任带领他们的学科老师进行了长达两年的探索，形成了他们典型的课例与成系统的经验。高港的王树妹、侯燕带领学科老师进行了一年的探索，形成了具有高港特色学历单；姚娟妹面对高港初中数学中考成绩不理想的现实，用学历单去一搏，迎来了高港中考数学成绩大的突破，孙洁老师一节学历单教学，受到泰州教师的认可。肖蕾老师在胡唐明所长的指导下，把学历单引入高中地理学科，收到了令人满意的效果。戴苇老师把学历单引入中职语文课堂，一下子就激活了课堂，不愿意讲话的学生开始参与学习了，优秀的班级是如此，普通班也是如此。一个学历单竟然撬动了课堂教学，工具的作用开始显现。

我们如何开发规范的学历单呢？

开发学历单要考虑几个基本要素：

第一，学习目标。不论哪个学科，学生学习时都应该知道我要往哪儿去，也就是说学生要知道学习目标在哪儿。以往的教学，我们知道教师要往哪儿走，却不太关心学生往哪儿走。学历单强调的是学习经历，学生就要在开始学习时明晰自己的目标。这个学习目标是基于课标、教材、学情确立的，要具有可操作性、可检测性。

第二，学习结果。学生学习结束之后，他应该能够知道，我学会了什么，而不是仅仅满足于我学了。这个结果要能够描述出来，具有可观、可感、可测的特点。如果我们每个学科的老师在课堂教学时，都能够清晰地描述学习结果，我们的课堂教学效率就可以大大提高，学生学习的积极性就可以充分调动。

第三，学习过程。学历单就是要记录、展示学生的学习经历，过程的设计就显得非常重要。当我们明确了目标、结果之后，我们就需要证明这个学习目标如何达成，学习过程就是证明学习结果的过程，就是提供证据的过程。而这个过程需要设计三个要素：（1）真实情境之中的学习任务，这个任务就是要学生去解决的具体问题；（2）学习过程，每当学生完成一个任务、解决一个问题，这个过程都是完整的，可以记录的，我们可以从中窥见学生学习思维的发展轨迹。（3）学习评价，这个评价包括过程性评价，我们要关注每个环节的完成情况；终结性评价，我们要关注学生是否达成了总体目标。

我们如何使用学历单呢?

当前的学历单使用也没有统一规定，各地、各学校都有自己的探索。诸如，教师上课时使用，这样教师在上课时按照事先设计的学习进程组织实施；学生上课时使用，老师设计好学历单，上课时发给学生，学生按照学历单的设计开展学习，教师起到引导作用。

理想的学历单应该是真正的学习单，那就是学生使用的学习工具。可以包括课前的预习单，课中的学习单，课后的拓展单，三单共同构成一个整体。

使用学历单的价值意义是什么呢?

首先，有助于凸显“学生学习主体”。学历单是一种工具，它是帮助学生主动参与学习使用的工具。在使用这个工具的过程中，学生学习能力就可能得到提高。

其次，有助于改变课堂学习生态。课堂教学要素包括教师、学生、教材、环境、工具等，这些要素共同作用于学生。以往是教师唱主角，现在是学生唱主角，学习就可以真正发生，良好的学习生态就可以形成。

最后，有助于实现“教学评一体化”。教学是一个复杂的系统，有教师的教，也有学生的学，而最重要的则是“评价”。以往的评价是后置的，现在则前置了，评价在先，这就会改变人们的观念，改变人们的教学行为方式。当你要开展教学时，你先把教学结果想清楚，你先把评价说清楚。这就是教学评一体化的魅力。

各位老师，学历单是一个有价值的学习工具，需要大家共同去开发、去运用、去研究。

课程思政

课程思政意味着学科要承担着育人的责任，看上去有点不可思议。任何学科都应承担育人的功能，这本来就是无可厚非的，但是许多人却认为育人是思政课的事情，与自己的学科无关，这种观念值得反思。在立德树人的召唤下，我们该如何行动呢？

孔轶文

泰州市艺术幼儿园副园长。

让“思政之花”在幼儿园中绽放

幼儿教育是人生教育的起点，也是铸魂育人的关键期。今年2月份教育部颁布的《幼儿园保育教育质量评估指南》中也特别提及“品德启蒙”的办园方向，要求“立德树人”根本任务要从小做起，幼儿良好品德与行为习惯养成要潜移默化贯穿于一日生活和各项活动之中。

在《幼儿园工作规程》《幼儿园教育指导纲要》和《3—6岁儿童学习与发展指南》中，对德育工作提出了明确的指导思想和目标任务，指导我们幼儿园德育的内容主要包括文明习惯和基本行为规范教育、集体生活教育、爱家乡爱祖国的教育以及良好个性品质的培养。

那么，学前教育如何融入思政教育呢？如何将社会主义核心价值观融入孩子们的一日生活之中，以幼儿喜闻乐见的形式走进幼儿园呢？下面我将结合实践，谈一谈我们幼儿园的做法。

一、加强师德修养，自觉规范行为

高品质的思想政治教育，离不开高素质的教师队伍。习近平总书记强调：“要加强师德师风建设，坚持教书和育人相统一，坚持言传和身教相统一，引导广大教师以德立身、以德立学、以德施教。”今年4月份教育部等八部门联合印发了《新时代基础教育强师计划》，其中也指出：坚持师德为先，把教师思想政治和师德师风建设放在首要位置，严格落实师德师风第一标准。

幼儿园的孩子还没有形成自己的“是非观”，其心智对外界的一切是“吸收性”的，可塑性非常强，因而幼师的言行举止、道德品质就尤为重要。我们幼儿园一贯坚持将师德师风建设作为教师队伍建设的首要任务来抓。我们有这样一些做法：常态化推进师德培育。将师德修养与职业信念作为新入职教师岗前培训必修课，帮助新教师学有榜样、行有准则。为全体教师印发师德规范口袋书，将师德教育贯穿学校培训工作全过程。创新师德培育方式。定期开展道德讲堂活动，学习时代楷模、弘扬优良师德；还有艺幼师说，让教师来说自己的教育故事，既是表达、展示，更是反思和启迪；再有艺幼朗读者，老师们一起读好书、读有用的书，以书增智、以书明理；我们的教师还会以情境表演的方式再现幼儿园一日活动常规实施细则，在情景中将制度内化于心。建立师德师风考评机制。每位教师每年签署廉洁从教承诺书，将师德师风建设纳入年度考核，加大教师思想政治表现和职业道德水平在日常和年度考核中的比重，并作为职称评聘、推优评先、表彰奖励的首要条件。

二、关注一日生活，渗透品德教育

生活即教育，一日生活皆课程。将思政教育渗透到幼儿一日生活中，日常生活、游戏、学习等不仅是培养幼儿良好生活、学习习惯的重要途径，也是进行品德教育的最佳方式。首先，培养幼儿良好行为习惯。早上来园与老师、同伴互相问好，与家人道别时说声“再见”，最熟悉的“谢谢”“对不起”“没关系”，这既是最常见最简单的文明礼貌用语与行为，又是孩子生活中不可缺少的品德教育内容。其次，培养幼儿良好社会性行为。学会关心、尊重他人，当同伴遇到困难时，鼓励幼儿主动伸出友谊之手；当幼儿之间产生矛盾时，引导幼儿换位思考，学会谦让，共同解决问题；心情不愉快时，不乱发脾气，学会控制、调整情绪。这些点点滴滴的行为习惯，形成于幼儿的生活，为他们的社会性发展打下良好基础。再次，发展幼儿自尊、自信、自主的个性品质。进餐是一日生活中的重要环节，我们以自主进餐方式支持幼儿自我管理，为集体服务，并且争当光盘行动小标兵。餐后的午休时间，鼓励幼儿独自或互助穿脱衣物、安静入睡、整理床铺。学会自己的事情自己做，不会的事情学着做，学会的事情坚持做。

疫情给我们带来了许多的挑战，同样也给老师们创造了生活教育的契机。“自己运棉被”可不是一件简单的事，怎么办呢？先来一番热烈的准备工作大讨论，接着搬运方法大探索。瞧，力气大的一个人抱棉被，力气小的请同伴帮忙，哥哥姐姐来帮弟弟妹妹。幼儿园的自行车、小推车、滑板，运起被子飞快跑。楼梯搬运让垫子、木板来帮忙，被子也坐滑滑梯。遇到问题想一想，调整方法再尝试。

正是这日常中小小的的教育契机，让我们发现生活中的美好，幼儿在生活中不断成长。“搬运被子”这个“小难题”变成了“大成长”，孩子们真正成为幼儿园里的小主人公。

三、依托节日课程，厚植家国情怀

中国的传统节日是民族悠久历史文化的重要组成部分，让幼儿在活动中了解社会习俗，感受中国传统文化的源远流长，树立高尚情操。如“春节”是全民同乐的节日，也是培植幼儿社会情感的好时机；“清明节”是缅怀先祖、祭奠英烈的节日，不仅有利于弘扬孝道，还可以激励幼儿学习传承先烈英雄品质；“端午节”除了让幼儿了解吃粽子的来历，屈原的爱国故事更会深深感染幼儿对国家的热爱；“重阳节”是孝老敬亲的节日，可以培养幼儿孝敬老人，懂得感恩的情感。

还有一些重大的节日也是对幼儿进行思政教育的好契机。如国际劳动节，可以通过开展自理能力比赛，让幼儿在体验劳动过程中激发劳动热情；国庆节更是开展爱国主义教育的好时机，观看震撼人心的国庆大阅兵，开展唱红歌、我和国旗合个影、小手绘国旗等活动，萌发作为中国人的骄傲和自豪。

建党100周年之际，大班幼儿通过绘本故事对南湖红船萌发了浓厚兴趣。于是，一场“红船”搭建之旅开始了。在整整一个月的主题建构游戏中，孩子们经过多次调整改进尝试，终于一艘栩栩如生的“红船”呈现在幼儿园的大厅中央，成为幼儿园的一道亮丽风景。孩子们每天最开心的事就是围坐在红船旁，听党史小故事，讲心中的英雄人物。幼儿在做中学、学中思，不仅感受到工程建构的乐趣，更弘扬了红船精神。小小红船承载千钧，幼小的心灵在快乐的游戏中播下了爱国的种子。

四、借力优秀文化，培养文化自信

党的十九大报告指出：“文化是一个国家、一个民族的灵魂。”我们幼儿园在教育教学、环境创设中都注重融入中华优秀传统文化。故事是儿童理解生活世界的基本方式，中国本土优秀绘本故事也有很多，不仅寓意深远、历久弥新，而且印刻着中华祖先的善良和智慧。我们提倡老师带领幼儿阅读中国绘本故事，在优美的图画、丰富的想象和充满趣味性的故事情节中去感受生活中的真、善、美，并在日常游戏和生活中培养幼儿的文化自信。根据幼儿年龄特点和兴趣点，在公共区域和班级阅读区放置如《孔融让梨》《愚公移山》《三个和尚》《老鼠嫁女》等绘本故事。通过开展集中指导读、亲子共读、自主阅读等活动，让幼儿在充满浓郁中国元素绘本故事的特有情境下，激发心中的勇敢、正义和担当，品中国故事的中国味道。

地方特色文化是幼儿日常生活中经常接触、生活气息浓厚、利于幼儿理解和接受的。近年来我们将泰州民间文化、田园文化、民间艺术等元素融入幼儿园教育中，开发了以地方文化为主题的园本课程。如：将有形象有故事的戏曲文化引入幼儿园，多方位建构泰州特色曲艺文化课程；将博大精深的泰州饮食文化创设到游戏区，孩子们制作美食、角色扮演，多角度了解家乡的风土人情及民俗文化；将热闹繁华的“老街”旅游景点带入幼儿园，在游戏中感受泰州文化的多样和有趣；还有木船、芦苇、泥塑、糖画、药草等本土优质资源均为幼儿提供了接触传统文化的机会。

幼儿园的每一位教师都是孩子思政教育的老师，我们将继续探索“品德启蒙”的新路子，努力推动幼儿思政教育改革创新，将真、善、美的种子播撒到每一个幼儿的心田，让思政之花在幼儿园中绽放。

吴吉波

靖江市莲沁小学高级教师。

发掘思政元素落实课程思政

从构词法来看,课程思政是一个偏正结构的词组,中心词是思政。课程指的是思政课之外的各学科课程,比如语数英音体美等等。思政则是思想政治教育的简称。课程思政就是指在各学科课程中,努力发掘课程本身所蕴含的思想政治教育元素,依托学科课程实现思想政治教育功能的一种教育实践活动。

课程思政,不是学科课程与思政课程的简单整合,也不是把思政课程的相关内容植入、嫁接到学科课程中,而是要将思想政治教育融入各学科教学的各环节、各方面,润物无声。

一、发掘思政元素

1. 价值导向

在民族文化和世界文化相互激荡、价值观多元化的时代背景下,积极弘扬和培育民族精神,强化国家认同,引导学生增强中国特色社会主义道路自信、理论自信、制度自信、文化自信，变得尤为重要和紧迫。所以，坚持和弘扬社会主义核心价值观是课程育人的灵魂。语文学科具有较强的意识形态属性，价值导向鲜明且易于在课程教材中找到内容载体，那么，其他学科如何结合知识点发掘体现价值导向的思政元素呢？以音乐课为例。在学习《卖报歌》时，可以围绕歌曲的创作背景展开知识拓展，从而让学生明白：应该要珍惜今天的幸福生活，用优异的成绩报效祖国，进而实现自己的人生理想。

2. 文化传承

中华传统文化是中华民族在五千多年的社会实践中形成的思想理念、传统美德和人文精神的集合，体现出中华民族特有的思维方式和精神标识。传承创新传统文化对于弘扬社会主义核心价值观、增强文化自信具有重要意义。

以数学课为例。二年级下册《认识钟表》这一单元，可以在结束阶段，引进钟表的历史。最早的钟表是中国日晷。日晷测时原理是利用太阳照射下，物影的移动来指示时间。这是中华民族的伟大发明。现在故宫博物院里还保存着各种各样的日晷。这样，将数学文化植入学生心中，增强民族文化自信。

3. 良好品德习惯养成

小学是品德养成的重要阶段，学科课程及教学在促进学生品德养成方面的作用不容忽视。学生良好学习习惯、行为习惯、社会责任感的培养是最根本的，归根结底要从学生的遵规守纪做起，并在实践中体悟、内化为个人品德和行为表现。以计算机课为例。在介绍有关计算机病毒知识时，可以通过具体实例（木马病毒、黑客病毒等）告诉学生：计算机一旦感染病毒，存储的数据就会被破坏，造成系统崩溃，甚至造成网络瘫痪。所以，平时在使用计算机时要注意不随意点击陌生链接，要浏览正规网站，在保护好自己电脑及个人材料的同时，尊重他人隐私，不要未经许可浏览、改动他人文件。再以体育课为例。体育课上组织学生 50 米 *8 往返赛，不仅要让学生提高身体素质和运动技能，还应让学生从中得到体育精神的熏陶和意志品质的锤炼。学会遵守规则、尊重对手、公平竞争、友善相处，学会文明观赛、互相欣赏、团队协作，培养集体荣誉感和顽强拼搏的精神。

二、融入思政元素

课程思政，发掘思政元素是第一步，融入思政元素是第二步。

1. 注重融入与整合

学科与生活的融入与整合。人总是生活在一定的社会环境和时代背景下的，把生活与时事热点作为最真实的学习情境，让学科知识与学生的生活实际发生关联，才能激发其情感，触动其灵魂。以语文课为例。六年级下册第一单元以“民风民俗”为主题，不仅为我们展示了传统节日中各地不同的民风民俗，还向我们介绍了各地独特的艺术样式。那么，思政主题可设置为“弦歌不辍、薪火相传”。可安排以下教学活动讲一讲，主题“十里不同风，百里不同俗”，让学生搜集资料并制作课件，讲一讲各民族体现传统文化的风俗；写一写，主题“我身边的民风民俗”，通过走访身边的人，撰写调查报告；学一学，主题“我向奶奶学一技”，学做传统美食。通过与生活紧密联系，引导学生认识到“民风民俗”代代相传，是中华传统文化的一部分，凝聚了全国各族人民文化发展历程中最珍贵最具特色的文化精髓，随着文化大融合的加快，加强传统文化保护具有重要的现实意义。

学科与学科的融入与整合。打破学生知识壁垒，加强学科内部整合及进行跨学科整合，改变知识碎片化的教学倾向，让学生建构起全面、整体的认知，这样才能让学生从“知识与技能”层面上升到“情感态度价值观”层面，实现学科的思政功能。

2. 注重实践与探究

纸上得来终觉浅，绝知此事要躬行。这启示我们，要达到课程思政的目的，不要让学生死记硬背教条，而要更多采用实践教学方式，让学生在体验中，将相关理论认知内化于心，外化于行。疫情期间，靖江发生了许多感人的故事，对广大小学生而言，无疑是一场生动鲜活的爱国主义教育、生态文明教育、生命教育、责任教育和自律教育。把抗疫作为教育素材，把社会当作大课堂，课程思政的理念在各学科的学习中都有合适的融入方式。以五年级学生为例，语文课程可以阅读抗疫期间“最美逆行者”等文章、诗歌，结合第四单元体现家国情怀的课文，写下自己的感受体会；也可以结合第五单元的作文《形形色色的人》，让学生写一写为自己做核酸的“大白”。数学课程可以和计算机课程结合，通过搜集资料，绘制条形统计图，分析当前疫情地区疫情变化趋势以及封控与解封的条件，从而深刻体会以习近平同志为核心的党中央把人民生命和健康放在第一位的执政理念。英语课程可以通过观看小视频等方式，了解世界各国疫情发展状况以及东西方价值观念的不同。劳技课程可以根据学生的年龄特点和家庭环境，设计抗疫期间居家劳动实践项目，开展日常家务劳动、居家手工制作等，发挥居家劳动的独特育人价值，促使学生养成积极的劳动观念和日常劳动习惯，培养劳动精神。

总之，教师头脑中有科学育人的概念，有落实课程思政理念的自觉意识，找到学科内容与思政内涵的结合点，探索创新教学方式与学习方式。跟着党和国家的新思想讲，迎着学生的思想困惑讲，贴着学生的生活实际讲，让学科课程与思政课程形成合力，培养德智体美劳全面发展的新时代建设者和接班人。

陈　兰

原周山河初级中学副校长，高级教师。

学科思政同行　授业传道并举

初中阶段如何在课程中进行思想政治教育呢？如何找到学科教学和思想政治教育的结合点，充分发挥学科育德、育人的功能呢？结合我校的实践，我们做了这样一些尝试与思考：

一、提高政治站位，明确思政目标

学校成立课程思政领导小组，积极落实思政育人工作，召开教师动员会、学科研讨会、班主任工作会、家校交流会，根据初中教育的特点和学校实际，充分调动全体教师的积极性，围绕学科传授的内容，通过“行政推动、学科带动、全员行动、活动促动”模式，构建全课程育人的大格局。明确课程思政的目标是将思想政治教育贯穿到各个课程教学的环节，从不同角度实现思想品德的提升，达到思想育人、学科育人的协同发展。力争做到三个“确保”：一是确保学科教学方案制定的科学性和可行性；二是确保思政教育实施的计划性和执行度；三是确保协同育人成果的达成度和有效度。

二、落实学科联动，推动课程实施

我们积极探索了以下几个思政课例。

重视基础年级教育引导，七年级语文课中众多历史“英雄”是孩子们前行路上最好的榜样：有为国家建设，隐姓埋名，舍小家为大家，甘于奉献自己，无怨无悔的“两弹元勋”邓稼先；有拍案而起，大义凛然，痛斥反动政府，却在返家途中，突遭伏击，为建立新中国洒尽最后一滴血的民主战士闻一多；有在抗美援朝战争中，义无反顾、赴汤蹈火、用自己的生命换来和平和人民幸福的志愿军战士……通过这些文章的学习，利用“主题阅读”“故事分享”“勋章征文”等多种方式让孩子们感悟中国精神，让他们明白不仅要敬仰英雄、崇拜英雄，更要去学习英雄。

初中数学九年级下册第 6 章的“读一读”——直觉的误导中，用相似三角形的知识解决了七年级下册中的一个“疑案”（8×8 的长方形纸片裁剪并重新拼合后，面积等于 65？）通过探究推理引导学生发现：对于数学结论，完全凭借直觉判断是不行的，还需要通过推理加以证实，培养学生严谨的学习态度。在讲解“二元一次方程组”时利用“鸡兔同笼”这个数学名题，借助化归思想来对初中生展开思想方法的引导，有利于培养学生良好的思维方式，让学生意识到古人早已会在生活中使用化归思想，说明数学与生活密切相关，让学生认识到数学的应用价值。

我校将物理、化学、生物进行深度学科融合，在理化生自主创新实验中结合数字传感器进行项目开发，借助数字传感器开展理化生实验教学活动。通过外引技术与校内研发相结合，设计科技创新实验项目；同时借助科技创新校级工作室和多功能实验室，进行科学实验理化生融合教学设计，实现学科联动和资源利用最大化，提升学生的科学素养和创新能力。

音乐思政课上，精选推介经典红色歌曲，介绍歌曲背后的故事，让学生在音乐中学习党史。从《东方红》到《咱们工人有力量》，从《南泥湾》到《我和我的祖国》……紧贴时代脉搏，在潜移默化中让学生的性情得以陶冶，品格得以塑造。利用课余时间学习剧本撰写、舞台表演等知识，重新改编经典红色剧本，紧跟时代并创作新时代人物模范剧本，并将剧本搬上学校的舞台，让思政教育喜闻乐见，触人心、动真情。

三、注重主题教育，实现知行合一

利用思政第一课让学生领悟中国梦，明确“我”的梦。学校以《忆百年风华 增青春底色》为学生进行了思政第一课的教学，通过舞台表演、师生对话、歌曲合唱等多种形式让课堂活泼生动。学生表演舞台剧《赵一曼》、教师展示时代楷模的事迹，引发思考，各抒己见。用歌声表达对祖国的祝福、对梦想的追求和对未来的向往。

开展主题班队会引领学生向英雄学习，做时代标兵。以班级为单位举办“致敬英雄杨根思”主题班会和“致敬英雄杨根思”主题社会实践团日活动。通过追溯历史、聆听故事、诠释幸福、诉说心声、展望未来，用“三个不相信精神”激励学生们奋发进取，担当有为。

组织学生走进社会，做文明使者。

以“美德善行　礼悦青春”为主题，开展文明守礼团课活动。通过参观天德湖公园“美德善行”景观长廊、聆听江苏好人李爱华故事、朗诵诗歌《时代强音 中国梦想》、吟唱歌曲《梦想》、书写福字和春联这五个活动，以榜样催人奋进，用美德点亮青春。

开展主题实践活动用好基地教育，增强文化自信。陶行知说：“马路、弄堂、乡村、工厂、店铺……凡是生活的场所，都是我们教育自己的场所。”距离我校不远的白马镇，是中国海军诞生地，参观海军纪念馆，探访舰艇文化园，让学生们“沉浸式”感受“大国重器”，坚定信念与豪情壮志。

泰州的爱国主义教育资源还有很多，不胜枚举，如沈毅烈士纪念馆，市博物馆，市档案馆，苏北区委党校旧址，泰州专区革命烈士纪念碑亭，市烈士陵园，梅兰芳纪念馆，可以利用双休日、节假日组织学生探访、追寻红色足迹，打卡红色地图，用好身边的红色资源，聆听好身边的红色故事，打造好有风景的思政课。

程振理

江苏省苏州中学学术处副主任，正高级教师，
江苏省特级教师。

基于书院制的学科课程思政育人探索
——以《为千年庭院写“名片”》为例

课程思政，即将思想政治教育元素，包括思想政治教育的理论知识、价值理念以及精神追求等融入课程中去，潜移默化地对学生的思想意识、行为举止产生影响。课程思政在本质上是一种教育策略，目的是为了实现立德树人。那么立足新时代，怎样将课程思政落实到学科育人过程中去呢？

一、课程思政的学科使命与创新

诚然，思政育人并非思政课独有之责，作为学校课程的所有学科，均应承担思政育人的时代使命，并结合本学科甚至多学科特点，充分挖掘本学科乃至本校、本地区固有教育资源，创新课堂组织形式，充分发挥学科课程思政育人的功能。

语文学科承载着中华优秀传统文化，相对而言，更加需要走出本本主义的教材，而应该用教材教、用教材育人。当传统教学方式不足以突出思政育人、立德树人之时，更加需要把学习阵地拓展到校园里、社会上、生活中，学科育人才能实现质的飞跃。

二、基于书院制的课程思政设想

苏州中学的前身是拥有近千年历史的苏州府学，其间还曾一度建有紫阳书院，无论是府学书院时代，还是现代新学时期，师生同舍生活、教学互助相长、注重修身养德、崇尚学术会讲，这些书院精神，濡染着一代代学子品端优学；“先忧后乐”“明体达用”，也时时镌刻在苏中师生的心中。书院精神之中，原本就隐藏着思政育人的基因。

在新时代教育背景下，面对“培养什么人、怎样培养人、为谁培养人”的根本性问题，苏州中学作为历史名校，仍“以天下为己任”，着眼家国民族未来，赓续教育使命担当，培根铸魂、立德树人，培养胸怀天下、勇于担当、德智体美劳全面发展的国家实用人才。

为此，苏州中学基于书院制的课程思政，旨在借助书院生活空间设置具体情境与任务，通过小组学习、同伴切磋、学长引领等书院制育人途径，将学语文与赏校园、爱学校、爱家国融为一体，让学生在习得语言建构与运用能力的同时，深化学生对校园文化与中华优秀传统文化的感知与认同，由此培养学生的思辨力、创造力和追求卓越的精神品质。

三、书院制课程思政育人的尝试

以部编版高中教材《语文》必修下册第四单元“多媒介时代的语文生活”为例，我们基于书院制的拔尖创新人才培养主题，设计了《为千年庭院写“名片”》一课。这堂课的主要学习任务是“为千年庭院写‘名片’”，要求学生应“府学千年、新学百廿”的征文要求，为学校景点命名，并写作讲解词。

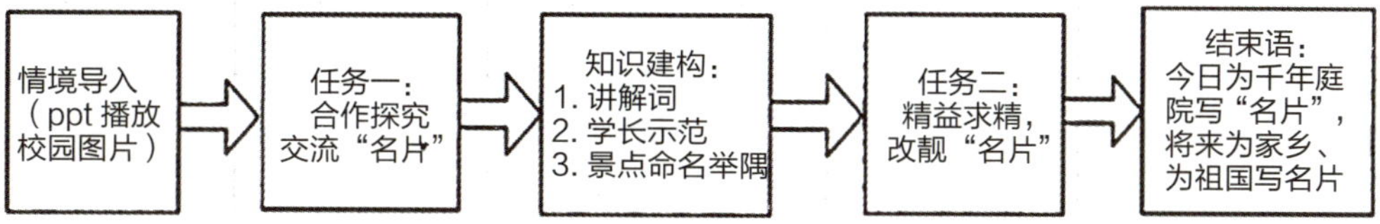

新课标倡导情境教学，苏州中学有独特的历史文化，“千年学府、百廿校庆”是最真实的学习情境，“写名片”这一任务做到了将学语文与赏校园、爱学校融为一体。书院本身成为一个学习场景，而上课教室选在了“道山亭”这一始建于南宋的学校“制高点”，上课过程中打破教室壁垒，鼓励学生走出教室、亲近风景，如同在兰亭上学习《兰亭集序》、在三味书屋学习《从百草园到三味书屋》、在阊门外山塘街旁上《五人墓碑记》，依据真实情境设计的课程，能给学生创造了一种独特的学习体验。

整节课以“写名片”的任务贯穿，以小组交流、同伴切磋为主，教师从旁辅助，再加以“学长引领”。学生的“名片”是如何改“靓”的？小组讨论，互相启发；去现场看，借鉴石碑上的介绍；结合先前交流中的要点，挖掘背后的文化意义；把这些理解融进文字里，改写出流畅易懂的讲解词。升格讲解词的过程，就是学生的自主学习过程，用具体的写作实践让学生把知识内化为语文素养的过程。整堂课做到以“学”为中心，而教师所做的，是根据课堂具体情境因势利导：学生没有灵感时，鼓励他们去风景现场；学生发言后，强调关键信息加以提醒……即以教师之“教”推动学生之“学”。

北大学者陈平原在《中国现代学术之建立》中论及“书院讲学的魅力”、总结书院教学显著特征时，特别指出“教学中以自学为主，注重独立研究能力的培养”“提倡讲会制度，学术上自由争论互相辩难”。而我校实施的书院育人模式，切实以学生的差异性和自主性为基础，致力形成以情境浸润、问题研究、师生对话为主要形式的教，以学生自主学习、深入研究、主动发展为主要特点的学。让学生在语文学习活动实践中，习得语文知识与能力，提升语文核心素养，并从中领略到深厚的优秀历史文化，进而体会到为学与修养的真谛。

四、学科课程思政育人价值追求

以《为千年庭院写“名片”》一课为例，我们看到了学科课程思政育人的价值追求。主要体现在以下三个方面。

寓德于课。《为千年庭院写“名片”》一课的德育价值鲜明，即将学语文与赏校园、爱学校、爱家国融为一体，让学生获得对校园文化与中华优秀传统文化的感知与认同。这不仅是“明体达用”的现代阐释，也是“立德树人”的时代需求。而“一个优秀的老师，应该是‘经师’和‘人师’的统一，既要精于‘授业’‘解惑’，更要以‘传道’为责任和使命。”课程思政所要实现的正是寓德于课，从而为国家、社会和人民培养德才兼备之人。

人文立课。课程思政是在课程教学中挖掘“人文素养”元素，尤其是其中的人文精神，即对人类生存意义和价值的关怀。每一门课程都可以成为课程思政建设的载体，每一门课程的教学从根本上来说都是一种教育，都是在进行教书、育人，本身就蕴含了人文精神，只是不同课程的性质导致其不同程度地隐化了这种精神。健全的教育不仅包括知识的学习，更包括具有价值观意义的家国情怀教育，尤其是社会主体力量所倡导的主流价值的教育，语文课尤不例外，《为千年庭院写“名片”》一课亦然。在导师引领、学长示范、朋辈互助、教学相长的“书院制”共生效应中，学科人文育人价值得到了体现。

价值引领。课程思政的主要内容不是要向学生灌输思想政治教育的基本理论知识，而是要通过这种教育形式来培养学生树立正确的世界观、人生观和价值观，实现对学生的价值引领。正如习近平总书记所言，青少年学生正处于人生的“拔节孕穗期”，最需要精心引导和栽培，而且青少年的价值取向在某种程度上决定了未来整个社会的价值取向，因此，抓好这一时期的价值观教育十分重要。《为千年庭院写“名片”》一课，正是通过一个书院制的项目式学习实践活动，让学生在自主学习与小组研讨中获取正能量，形成爱学校、爱家乡、爱祖国的热忱情感，树立家国情怀的远大理想抱负，将来走向社会、走向世界时，同样能有热情有能力为家乡、为中国写好“名片”。

五、课程思政育人的书院制前景

近年来，苏州中学依托“左庙右学”办学格局，深入探索书院制课程思政育人方式，重构书院空间、传承书院精神、深化课程融合、完善课程体系，不断提升学校建设的文化立意、教育创意、课程寓意，并整合各方资源，形成教育合力，通过文化浸润、环境浸润、课程浸润，努力践行包孕“千年府学、百十新学”文化内核的“苏中之道”。

苏州中学目前已组建成立了道山（人文）书院、春雨（理工）书院、碧霞（艺体）书院和国际书院等现代新书院，整合形成文史哲、科学与技术、体育与艺术、国际理解教育等课程体系，为学生提供可选择的课程和发展机会，合力服务于书院制课程思政育人的总目标。

为了务实开展好书院制课程思政育人，苏州中学近年来还先后建设了“数理拔尖人才培养课程基地”“道山文史课程基地”等八个课程基地，切实通过学科项目基地建设，搭建以“面向全体、自主选择、高级研修”为宗旨的、针对培养更多拔尖创新人才的成长平台，为学生修身成才和终身发展提供更多可能路径，切实做到为党育人、为国育才。

经过不懈努力，苏州中学书院制思政课程育人实践成果初显，现已获得江苏省基础教育前瞻性教学改革实验项目结项、苏州市教育教学成果特等奖、江苏省优秀教学成果奖等，并在G20高品质示范高中专题研讨会上，面向全省普通高中汇报展示，获得省教育厅领导的高度认可与兄弟学校的一致好评。

综上，课程思政需要结合学科特征、校园文化和地方资源，有机融合并突出学科育人的价值引领，切实通过学科课程思政育人，培养德智体美劳全面发展的社会主义建设者和接班人。

吴 丹

泰州机电高等职业技术学校讲师。

中职学校课程思政的实践策略

首先，职业教育改革提出了这样的要求。2021 年 4 月 13 日，习近平总书记对职业教育工作作出重要指示强调，在全面建设社会主义现代化国家新征程中，职业教育前途广阔、大有可为。加快构建现代职业教育体系，培养更多高素质技术技能人才、能工巧匠、大国工匠。新时代已经对职业教育提出了新要求，如果我们还局限于对专业知识和技能的追求的话，那很显然已经不能适应时代的发展。职业教育不仅要加强学生专业课程的设置和学习，更要加强对学生职业素养和思想政治素质的教育和锻造。只有这样我们的教育才能实现全员、全学科、全方位育人，达到立德树人的根本目的，我们的学生才能符合新时代对职业技术人才的要求。

其次，中职学生“三观”需要一个稳固建立的途径。中职生正处于价值观形成的关键时期，年轻，活泼好动，对外界的事物充满好奇，愿意、勇于尝试新鲜事物。这种特征有助于他们学习新知识，掌握新技能；但是也存在着某种隐患，那就是容易受到不好的思想和价值观的影响，使他们的成长出现偏差。中等职业学校作为国家技能型人才培养的载体，通过提炼课程中蕴含的社会主义核心价值观、工匠精神、职业素养等思政元素，融入专业课程，充分发挥专业课课程思政的育人功能，有的放矢，使学生在潜移默化中能够受到正确的“三观”引导。

然后，学生的职业使命感需要深刻塑造与雕刻。中职生进入职校的年龄大致在 14~16 岁，相较于高中学段的学生，他们更早确立了专业和就业的方向。但与之矛盾的是，这个阶段的学生大多对于职业所必备的使命感、道德感等专业素养的理解是肤浅和淡薄的。培养正确的、端正的职业观、使命感是技术、技能学习的前提。也是学生以后走上工作岗位能够精益求精、不断进取的保证。这是技术人才深入骨髓的品质，这样的品质仅仅通过思想政治、职业道德课就能深植学生心中么？显然是不够的。但是，当这一品质以不同形式出现在我们的每一门课程中的时候呢？随风潜入夜，润物细无声。

由此看来，中职学校课程思政势在必行。那么我们该通过哪些有效路径进行实施呢？

加强师德师风建设。2016 年 12 月 7 日至 8 日，习近平总书记在全国高校思想政治工作会议上强调“教师是人类灵魂的工程师，承担着神圣使命。传道者自己首先要明道、信道。要加强师德师风建设，坚持教书和育人相统一，坚持言传和身教相统一，坚持潜心问道和关注社会相统一，坚持学术自由和学术规范相统一，引导广大教师以德立身、以德立学、以德施教。”

课程思政意味着教师的角色发生了根本性的变化，教师从单纯的知识传播者，转变为健全人格的塑造者和正确价值观的引导者。一名优秀的教师不仅传授书本知识，还应该集“知、仁、勇”于一身，成为塑造学生品格、品行、品位的“大先生”。学生对教师的依赖和信任不仅仅存在于专业知识的传授中，更在于课堂外的相处和共情。教师本身就具备榜样的力量和作用，教学业务技能高、专业知识渊博、“三观”端正、处事公平公正这些宝贵的品质，在无形中为学生树立了标杆。

其次，为了提高课程思政的品质，我们鼓励教师们进行课程融合，学科交叉开展教研活动。课程思政的对象是学生，要实现铸魂育人的目标，课程首先必须有“魂”，而一门课程是否有“魂”，关键在于教师是否有“魂”，也就是“让有信仰的人讲信仰”。但现状是，不少技术专业课教师认为课程思政是游离于传统教学之外的附加行为，从意识上缺乏对课程思政的认识，在能力上更是缺乏从课程提炼思政要素的能力；而思政课、德育教师因为缺乏其他专业理论的知识，会造成思政内容脱离学生实际，空中楼阁。为了从根本上解决这一问题，鼓励技术专业课教师与思政教师通过交叉教研等形式共同开发、建设课程，专业课程与思政融会贯通，达成课程思政的目标，完成立德树人的根本任务。

以公共艺术课为例，我们看到的是公共艺术中的音乐欣赏。本课是取选自《汉族民歌》里的“劳动号子”，教师通过合理筛选、安排教学素材，将思政元素进行了隐藏。学生通过参与聆听、学唱、模拟情境等教学环节，不仅能感知音乐，还能自发提炼思政要素。就将这个过程体现了出来，不同的音乐作品承担不同的任务，完成了最终的目标。而且，我们看到，这节课无形中还融合了历史学科的内容。音乐作品的精神内涵离不开时代精神的感染，历史事件与音乐作品相结合，交叉学科融合巧妙。因此，在明确教学目标的前提下，教学内容的选择、设计和安排，是能够有助于教学过程的顺畅发展的。

课程思政不是“戴高帽”，这种融合是从内到外的高度统一。将思政融入课程，并不是将思政元素生硬地嵌入或者添加到课程中。而是要挖掘课程中固有的育人元素。不同的课程、授课内容所传达的思政元素都是不同的，都有明确的单一或多元方向性和指向性的，这需要我们的教师去挖掘和探索。

专家点评

胡唐明

课程思政点评

课程改革重点要回答的问题有：教育为了培养什么样的人？如何培养人？为谁培养人？三个都是教育的基本问题，教育问题一定在教育任务的落实中回答的，立德树人是根本任务，落实任务，课程思政是关键性的工作任务，思政工作贯穿在教育教学的全过程中，体现的是育人全面、全面育人、全程育人、全方位育人的教育理念。

什么是课程思政？课程思政在课程中的作用和地位有哪些？如何实施？怎么评价？我们应该带着这些问题去学习本课程。

课程思政是什么？莲沁小学吴吉波老师是这样理解的——课程思政就是指在各学科课程中，努力发掘课程本身所蕴含的思想政治教育元素，依托学科课程实现思想政治教育功能的一种教育实践活动。她认为，课程思政不是学科课程与思政课程的简单整合，也不是把思政课程的相关内容植入、嫁接到学科课程中，而是要将思想政治教育融入各学科教学的各环节、各方面，润物无声。

华东师范大学崔允漷在2022版课程方案专题培训中说过“3岁看大，7岁看老，18岁前看一辈子的素养”，课程思政教育确实要从学前教育重视起来。泰州市艺术幼儿园孔轶文园长认为，幼儿教育是人生教育的起点，也是铸魂育人的关键期。思政教育理念在幼儿园最直接的表现是德育活动的形式。研究《幼儿园工作规程》《幼儿园教育指导纲要》和《3—6岁儿童学习与发展指南》，不难发现，三个文件都对德育工作提出了明确的指导思想和目标任务，突出体现在文明习惯和基本行为规范教育、集体生活教育、爱家乡爱祖国的教育以及良好个性品质的培养等方面。周山河初中陈兰校长认为，所有教师都应挑起“思政担”，使各类课程都能与思想政治教育同向同行，形成协同效应，满足学生成长的发展需求和期待。

课程思政怎么落实？以上，学前、小学、初中、高中以及中职五位开讲专家分别向我们介绍了他们的研究成果，所举案例都很典型。泰州机电高职校吴丹老师在开讲中，从中职学校课程思政的必然性、实践路径以及教案等几方面展开了讨论。的确，职业教育不仅要加强学生专业课程的设置和学习，更要加强对学生职业素养和思想政治素质的教育和锻造。对中职学生来说，“三观”需要一个稳固建立的途径。就像吴老师介绍的案例一样，将社会主义核心价值观、工匠精神、职业素养等思政元素融入包括专业课程在内的所有课程，充分发挥专业课课程思政的隐性育人功能，有的放矢，使学生在潜移默化中能够受到正确的“三观”引导。吴吉波老师的“课程思政，发掘思政元素是第一步，融入思政元素是第二步”的经验值得我们学习借鉴，在教的方式上要注重融入与整合，在学的方式上要注重实践与探究。

在教学设计上，思政与课程的融合应体现在目标、内容、过程、方法、评价、作业等全过程之中。案例式、讨论式、探究式、情景式教学是课程思政教学设计常见方式。如体现“工匠精神”课程思政融入点，可以组织以下案例进行教学：从美国封杀华为5G引申出“道路自信、理论自信、制度自信、文化自信”，介绍我国某自主研发的科技成果或产品；再如体现“可持续发展观，绿色发展观”思政融入点时，可组织讨论式教学：以“绿水青山就是金山银山”的发展理念，引导学生讨论如塑料薄膜的物理性质，导出非晶态聚合物的原理及应用。

课程核心素养主要指正确的价值观、必备的品质和关键的能力。从评价角度看，就是核心价值、课程素养、关键能力和必备知识，其中的核心价值反映的就是课程思政。体现教学评一致，我们要从政治立志和思想观念、世界观和方法论、道德品质和综合素质几个维度，将思政融入点立在理想信念、爱国主义情怀、以人民为中心的思想、法治意识、正确的世界观和方法论、品德修养、奋斗精神、责任担当、健康情感和劳动精神之上，学习领会马克思主义、习近平新时代中国特色社会主义思想，热爱党，理解人民群众是历史的创造者，坚持唯物主义。

江苏省苏州中学程振理老师以《为千年庭院写“名片”》为例向我们介绍了基于书院制的学科课程思政育人探索研究成果。苏州中学的前身是拥有近千年历史的苏州府学，其间还曾一度建有紫阳书院，他将其中蕴含的书院精神概括为“师生同舍生活、教学互助相长、注重修身养德、崇尚学术会讲”。苏州中学基于书院制的课程思政，借助书院生活空间设置具体情境与任务，通过小组学习、同伴切磋、学长引领等书院制育人途径，将学科教学与赏校园、爱学校、爱家国融为一体，让学生在习得语言建构与运用能力的同时，深化学生对校园文化与中华优秀传统文化的感知与认同，由此培养学生的思辨力、创造力和追求卓越的精神品质。这些经验，对我们来说，很有借鉴意义。

将课程思政落到实处，各校要组织开展全课程研究与实践活动，明确所有课程的育人责任，以鲜活的实践案例生动地呈现在课程之中，尤其是课堂之中，以“润物细无声”的形式浸润学生，重建教学目标，优化教学内容，选择合适的教学方法，重构评价体系，将思政元素沉浸到课程的每一处，提升思政教育的亲和力和针对性，满足学生成长的发展需要和期待，使各门课程与思想政治课同向同行。

课堂教学创新

董秀梅

兴化市戴南镇中心幼儿园园长，
高级教师。

“安吉游戏”中的幼儿深度学习

“安吉游戏”是立足现在、面向未来，开放的、具有创造性的幼儿教育，它与传统游戏的区别在于教师把游戏的自主权完全还给幼儿，不再高控，让幼儿在自由自主的真游戏中，形成想法、表达见解、完善规划、迎接挑战、获得经验，从而使自身的潜能得到最大程度的发展。

2021 年 4 月，我园成为国家教育部“安吉游戏推广计划”试点园。随着安吉游戏的深入实施，我们教师逐步从预设教材中的课程转向生活和游戏中不断生成的课程。为了确保幼儿在游戏中的自由和自主，教师在游戏过程中“管住手，闭上嘴，睁大眼，竖起耳”，但这并不代表教师在游戏中就不作为，而是以“支持者、推动者”的角色在适宜的时机给予适当的支持，推动幼儿的深度学习。

下面我以我园大班户外游戏活动《滚球场上的新鲜事》为例，来谈谈我们教师在幼儿自主游戏中是如何做一个合格的支持者与推动者，基于儿童视角，深度观察幼儿游戏，支持幼儿探索学习的。

在户外积木区，孩子们自主开展了“保龄球”游戏，不断演变玩法，通过多种积木的组合搭建不同类型的轨道，探索物体在斜坡上滚动的奥秘。该游戏持续了一个月，以下呈现的是其中四次不同轨道的滚球游戏。

视频一：单人赛道中的“追球人”

在视频中，我们看到幼儿自主搭建了一条单轨轨道开展滚球游戏，同时也出现了矛盾冲突，此时教师并没有急于介入，而是留给孩子们自己解决问题的机会。事实上，孩子们自己通过协商，成功地用轮流玩的方式解决了矛盾。

在游戏后的交流与分享环节，教师邀请这几个男孩讲述事情的整个过程，抓住怎么解决问题、怎样遵守规则、什么叫公平公正以及权衡与妥协等问题，与全班幼儿共同讨论，引发思考，实现经验共享与提升，促进幼儿自主解决问题的意识与能力的发展，促进幼儿和谐人格的建构。同时，在观看游戏视频后，教师引导幼儿聚焦“木箱太挤，只能一个人滚球”这一问题，自主讨论交流，提出解决办法，从而获得新的经验生长点。

视频二：多人赛道中的“破”与“立”

在这个视频中，我们可以看到孩子们通过前期的集体交流讨论，经验得到提升，一起搭建了多人轨道。在游戏中，孩子们遇到一个难题：小圆柱无法滚动。跳跳突然出现的推掉木板的“破坏”行为遭到了同伴的质问，也引起教师的质疑，但教师没有上前制止，而是在一边静静观察。当多人赛道变成露天跑道，孩子们顺畅地开展多赛道滚球比赛时那一刻，教师终于明白了孩子“破坏行为”背后的意图。从中不难看出，正是教师对幼儿充分的尊重和信任，才给予了幼儿不断尝试，勇于创新的机会，也让幼儿拥有了体验成功的可能。这是对幼儿的尊重，也是对幼儿游戏能力和自我成长能力的信任，在很多时候这种“信任”才是教师对幼儿最大的支持。

视频三：围合轨道中的“子弹飞”

在这个视频中，我们看到孩子们的轨道游戏愈加精彩，他们一直在探究“如何让轨道更牢固”的问题，进行了多次测试，最后采用了双层保护罩的方法，成功减弱了物体滚动撞击轨道所带来的损坏。随着游戏的深入开展，孩子们不断产生新的游戏想法，令游戏中出现了许多有趣的现象，这让孩子们对游戏背后涉及的物理原理（平衡、重力、反弹力、冲击力）有了更直观的体验。

在交流分享时，当幼儿提出“为什么大圆盘会飞出去？为什么两个大圆盘相撞后不会倒？”等问题时，教师没有直接给幼儿答案，而是及时抓住其中的关键经验生长时机，把幼儿的问题作为进一步探究的出发点，通过深入的讨论激发幼儿积极思考，相互启发，把比较模糊的感知体验变为清晰思考、高效表达的过程。

视频四：L形轨道中“会转弯”的圆柱体

在这个视频中，幼儿始终处于积极的思维状态，整个游戏过程就是一个不断“发现问题—思考与假设—实验验证”的探究过程。“圆柱体滚动时可以转弯吗？”幼儿探究的问题看似不可能，但整个游戏过程却让我们看到了幼儿解决问题的智慧。看似幼儿在错误的方向行走，其实恰恰是在提醒教师，他们正在验证自己的想法。在这个过程中，教师一直在扮演支持者、推动者的角色，不断鼓励幼儿用实践来验证自己的猜想，从而获得新的经验。

案例反思：

在整个游戏发展过程中，幼儿的探究越来越深入，创造能力令人惊叹；教师的全程观察、巧妙引导和有效支持也表现出其专业智慧。让我们更加清晰地认识到，自由自主的游戏才是幼儿主要的学习途径与方式。在放手游戏中，教师观察理解儿童的专业能力更加扎实。

一、游戏深入激发幼儿的内在动力

在这个幼儿自发产生的“轨道滚球”游戏中，幼儿搭建轨道和深入探究的每个阶段都有教师的关键性提问或游戏材料的支持，但幼儿始终以“玩”为主旋律。游戏中出现了许多有趣的现象，幼儿对游戏背后涉及的平衡、重力、反弹力、冲击力等物理概念有了更直观的体验。这些在我们成人看来都比较复杂的知识和能力，几乎都是幼儿在快乐的游戏中自主获得的。在这个游戏案例中，知识经验的获得和能力的发展完全是幼儿快乐游戏的“伴生产物”“副产品”及“衍生品”。

二、游戏有效推动幼儿的深度学习

以往教师不敢放手让幼儿游戏的一个很重要的原因是担心游戏中幼儿学不到

知识和技能，浪费宝贵的时间。这个案例让我们看到了幼儿在游戏中的深度学习，并相信幼儿在游戏中能够获得丰富的经验。

游戏中幼儿搭建的轨道日渐复杂，看起来简单、重复的滚动其实“暗藏玄机”，仔细观察，你会发现每一次滚动都是有变化的。从轨道的演变（单轨→多轨→围合轨道→“L”形轨道），可以看出幼儿的作品结构趋于复杂化，体现出了明确的目的性、计划性和坚持性。从游戏主题的转换（滚球场→棒球游戏→碰碰球→转弯挑战），可以看出幼儿建构行为与角色行为会交替出现。在游戏中，孩子们会借形想象，由滚动的圆柱体联想到球、子弹，长长的圆柱体联想到棒球棍等；随着建构水平的提高，孩子们会自主探究物理现象，形成丰富的经验。虽然幼儿还不能用科学的数学、物理概念进行表达，但我们从他们的游戏、表征和表述中，感受到了直观的理解和直接经验的积累。

三、幼儿发展源于教师的专业支持。

幼儿高水平的游戏在很大程度上取决于教师的专业能力。在这个案例中，我们看到了教师紧跟幼儿的游戏进程和发展节奏而提供支持的过程。教师细致观察、记录了幼儿轨道搭建的过程和幼儿的语言表达，这种认真观察、倾听的目的是为了了解幼儿行为背后的真实意图，为识别和判断幼儿的需求和水平提供了依据。在活动中，教师精准捕捉到了幼儿学习的生长点，将矛盾焦点从游戏中提炼出来：为什么大圆盘会飞出去？为什么两个大圆盘相撞后不会倒？圆柱体滚动时可以转弯吗？这些关键性的问题引发了幼儿的深度思考、深入探究和自我挑战。游戏中，教师鼓励幼儿试错，倾听幼儿对话，但并不直接教他们游戏，而是让幼儿在试错和自我纠错中不断验证他们的想法、假设、猜想及对策略的思考，最终形成有益的经验。教师的指导有形而无痕，充分体现了幼儿游戏活动高度的自由自主。

张 洁

兴化市安丰镇中心幼儿园园长，高级教师。

“安吉游戏”理念下的研中行

兴化市安丰镇中心幼儿园有幸成为国家教育部“安吉游戏推广计划”项目试点园后，一直致力于学习和自我革新。在“放手游戏，发现儿童，改变儿童观”的实践历程中，我们一步一研，且行且思，尝试走出一条“安吉游戏”背景下的安幼课程改革之路。

一、研理念，初探安吉游戏教育课程

犹记项目培训现场，因安吉孩子的游戏状态和游戏水平带来的震撼与感动，我们叩问:“这条安吉幼教人整整探索了十九年的课改之路,我们又将如何起步？”教研中我们认定，要做安吉游戏，首先要改变自己不够明晰的儿童观和教育观，学习必不可少。仅《放手游戏 发现儿童》一书我们就进行了四轮阅读：从“自主阅读”，到“年级组研读”，到“用阅读指导实践”，再到“用实践反思书本”。将理念与实践同步推进，安幼人探究出以下实施路径。

二、研路径，交还幼儿真游戏权利

● 路径一　改造环境，保障幼儿游戏空间

保障游戏空间是实现真游戏的条件之一，教研审议后，我园室内外环境有了以下改变：

1. 户外——“两变”和“两增”。一变种植区为玩泥区，二变停车区为积木区；两增分别为：增设玻璃材质的涂鸦 2 区和 86 个户外水龙头。将更多的空间交给幼儿，满足其多样化游戏探索的需求。

2. 室内——“减法”与“加法”。“减”过去花费大量精力和时间，以展示为主的精美环境，将空间留白，逐步增加天气、植物、游戏、阅读等幼儿表征记录，把环境的教育功能还给幼儿。

● 路径二　投放材料，支持幼儿持续探究

材料是游戏的关键要素。遵循幼儿游戏需求，我园逐步增添了不同种类型、可移动、可组合的游戏材料：3000 件安吉积木，多种规格的安吉木箱、长板、单双梯、滚筒、小车等共计 78 件，垫子 120 多个。我们还投放了保障幼儿放手游戏的防护装备，以及确保幼儿“可见可及可得”的配套收纳设施，如收纳长廊，灌木绿化带改造的存放处，带滚轮的材料收纳架等。

● 路径三　调整作息，实现幼儿自主管理

1. 重组一日活动。去除晨操和副餐的集体化活动模式，建立大课程观，保障幼儿自主游戏的时间和空间。

2. 尊重幼儿节律。将晨间来园三件事、游戏故事表征等与室内区域游戏进行有机融合，实现自主弹性、自我管理。

3. 改革场地轮换。因材料、天气等因素，我园的户外游戏场地轮换历经了三次变革：从“两周一轮换”，到“一月一轮换”，再到“分时段游戏，班级自选游戏场地”。这份基于认真思考下的调整、推翻、重组，促成了幼儿在游戏中的深度学习。

三、研观察，改变教师教育行为

过去，我们总会中断觉得有危险的游戏，积极调解幼儿间的矛盾冲突，强调游戏规则。在幼儿游戏时“说个不停、指指点点”，生怕失去了作为教师的存在价值。“安吉游戏”告诉我们，观察时要以“闭住嘴、管住手、睁大眼、竖起耳”的原则要求自己。

从“自我约束”开始改变，我们看到了这些场景：玩泥区、沙水区、积木区，为了观察孩子们与场地、材料的互动，看懂并理解幼儿的游戏行为，隐性支持幼儿的持续探索，教师跟踪拍摄了一周又一周。这一行为背后是教师理念的巨大转变，也是“安吉游戏”关键词“爱”的显现，儿童只有在充满爱的环境中才会感到安全，也才会敢于尝试与探索。

“竖起耳、睁大眼”则是要求教师在观察时注意倾听，以不影响游戏进程的方式介入。“我们要建一个比老师还高的房子！”听到这句话，老师默默靠近了孩子们的建筑。“老师你就站这儿，别动啊！”这下老师又乖乖成为孩子们的“测量工具”；沙池内，孩子们想探索小球在水管内的流动路径，就主动找来老师：“老师，这个白色的水管看不见小球，我们想要透明的！”于是，新型水管应邀而至。

看到竹梯摆放不稳固，老师轻轻用脚抵住了竹梯；看到孩子们挑战自我，在爬笼外攀爬时，老师选择敏锐地靠近……教师的行为在避免危险发生的同时，让幼儿在挑战中获得了满足感。由此，我们确立“幼儿在游戏中没有伤害自己、伤害他人、破坏环境，教师就无需介入”的支持策略。于是，我们看到了孩子会自己评估安全，会自己解决矛盾，会创造性使用材料，甚至他们开始主动计划，进行连续性游戏，并以合作的方式不断挑战游戏难度。幼儿是值得相信的、有巨大潜能的、主动的学习者。

四、研游戏，发现了不起的儿童

学会放手后，我们看到了过去不曾发现的精彩，更看到了不起的儿童，这是观察的意义之所在，而教师的专业成长也随之实现。

1. 教师分享，共同学习蜕变

教师用家园双向的线上案例分享，替代过去单向、高频的观察记录，逐步建构家长正确的儿童观察；管理者撰写回溯性反思，结合案例进行师幼行为的双向研讨，这便是独具安幼特色的“双向”分享模式。

同时，我园多次以“解读放手游中的儿童游戏行为”为出发点，呈现我们的“沉浸式”教研现场。以“不同的游戏中能否发现幼儿同一领域的学习”主题教研活动为例。

【案例 1】

中四班楼房搭建已经落成，同伴试图爬到二楼，搭建者却进行了阻止。老师觉得他的言行有失“社会领域”的水准，但因放手游戏的理念，没有介入，于是意外地看到了这篇游戏故事：这些小朋友没有礼貌，他们乱挤，我的房子虽然坚固，但是不稳。我要把二楼再加固一下，还要改得再大一些，让他们都能来做客。

因为放手，我们清楚了个中缘由，他并非不能与同伴友好相处，而是有了让更多伙伴加入的新计划，当时同伴的行为，显然影响了其游戏进程。耳听为虚，眼见为实，一起直击这一游戏现场。

【案例 2】

小五班换了新场地，睿睿想从网笼外面到达土坡的亭子里，随着爬笼的增高，他害怕了，想要下来，显然他失败了，小希突然用手摸了摸睿睿裸露的小肚皮。我以为小希是故意挠睿睿痒痒，分享时小希却这样说道：“我摸睿睿，是让他不要害怕，慢慢下来。”“你是怎么想到这个办法的？”老师好奇地问。“妈妈这样摸摸我的小肚皮我就不害怕了。”原来，游戏中孩子是可以治愈孩子的。成人眼里的“淘气”，却是孩子爱的表现。放手，才会发现儿童行为背后的真相。

案例里两个学段的孩子，在不同游戏场地，都有社会领域的发展，而其中的“情节反转”，促成了我们教育行与思的转变，这也是安幼人以游戏案例解读为主体的教研魅力之所在。

2. 游戏分享，实现经验传递

在游戏分享环节里，幼儿通过交流，实现经验迁移、共同学习，发挥游戏的教育作用。比如“我们只有 3 辆小车，但是我们有 9 个柜子，我觉得还差 6 辆小车。”这一大班幼儿在收纳与整理中自然习得数字概念的分享。小班幼儿也会有游戏中的深度学习吗？以《有趣的垫子》为例。

一次意外的“垫子倒塌事故”后，小三班的孩子对“垫子可以怎么玩”产生了探究的欲望。分享中，孩子们传递着彼此的经验：当作蹦蹦床，用它搭房子，当作救护车，两个垫子拼起来像小床，做闯关的游戏……在“现场验证”分享环节里，孩子们将同伴的经验再迁移，开展了丰富多彩的探索之旅。由此，我们认定——儿童在梳理、表达自己的想法和做法时，也会思考别人的做法和想法。

3. 家园分享，颠覆固有观念

重塑家长的儿童观和教育观，营造良好的教育生态，吸引更多的家长成为我们“安吉游戏”路上的同盟军，是我们家园活动的出发点。从唤起家长童年游戏记忆的调查问卷，到成为孩子游戏的观察者、体验者，游戏故事的倾听者、记录者，再到现场问答，在一系列有深度的体验式家园活动中，很多家长有了从不解到认同、支持的转变。线下家园活动，线上案例分享，“双线”并举，构建起我园的新型家园沟通桥梁。

在推进安吉游戏的第一阶段中，我们和孩子们一样在探究与实践中前进，所以在收获成长的同时必然会产生需要研讨的新问题。因此，安幼人创造性推进“安吉游戏”课程“研中行”的脚步还在继续。

孙 友

泰州市扬子江小学副校长，高级教师。

“得数”有余味
——认识有余数的除法

各位老师好。今天我为大家分享的课例是苏教版二年级下册数学第一单元的第一课时——《认识有余数的除法》的教学设计。

对于二年级的学生，虽然之前已经学习了除法的两种形式：等分除和包含除，但实际上很多学生对除法两种意义的认识并不深刻，遇到现实情境中的除法问题，基本是会列式，能依据乘法口诀表求出结果，但为什么这样列式、算式的意义是怎样的很难说清楚，而本节课是第一次接触余数，在原本不太牢固的整除的基础上又遇到了新问题，所以理解余数的意义将是一个难点，具体表现为学生无法确定算式中得数以及余数的单位。

鉴于以上问题，在本节课的教学中，我着眼于教室内的孩子数量和教室外的体育项目，将这些和孩子息息相关的信息作为研究的材料。关注孩子知识、经验的源头，理顺孩子思维生长的流向，让孩子在最贴近生活的情境中经历物体平均分的过程，并将结果进行观察比较，归类成“正好分完”和“分后有余”两种情况，从而抽象出有余数的除法，进而理解余数的含义；再经历计算、观察、猜想、验证等过程，体会“余数比除数小”的合理性，让数学在学生的体验中生长。

我将从以下两个部分进行介绍：

一、立足生活，开发学习材料

针对本节课的学习内容，我课前进行了如下准备：

1. 将学生尽量分成人数依次加 1 的四个小组并记录在黑板上（比如 42 名学生分成 9 人、10 人、11 人、12 人四组，如果无法完全满足要求，则至少保证其中三个小组人数为连续自然数，比如 43 人则分成 10、10、11、12 四组，若 44 人，则分成 10、11、11、12 四组，以此类推。为方便说明，本课例以 42 人为例）。

2. 观看我们扬子江小学的“团结就是力量”运动会视频，重点介绍 4 个项目：分别是两人项目——小球不要掉，三人项目——木棍你别倒，四人项目——火车开开开，五人项目——车轮跑跑跑，并提供器材，让学生在观看后自主选择最感兴趣的项目进行体验。

以上两项准备工作，是为了让课堂从学生最喜欢的体育运动项目引入，结合班级实际设计了四个不同人数的小组以提供更丰富且真实的数学信息，以选择项目为切入口，设计不同人数的项目（2 人一组、3 人一组、4 人一组、5 人一组）以提供更丰富且真实的选择机会，4 个不同的小组人数和 4 个不同人数的项目自然就产生了 16 种不同的选择，在这样真实的情境中产生的真实问题会让学习更自然地发生。而选择的不确定性又让问题具有了浓浓的探索的味道。

二、依托实践，开展知识建构

本节课的课堂教学主要分为两个板块：一是选项目，理解余数的含义；二是选组别，探究余数的特点。

第一板块由以下活动组成：

1. 描述正好分完

本节课创设“为了使组内所有的同学都能一起游戏”的问题情境，让学生以小组为单位选择一种游戏，并用“我们组一共有多少人，每几人一组，可以分成几组，正好分完”的句式来描述。而老师依据学生回答现场分一分，并引导学生用除法算式来表示。

2. 体验分后有余

指定第三小组（也就是 11 人的小组）先由学生自主选择一种游戏，并借助小棒到黑板上进行操作，用“我们组一共有 11 个人，每几人一组，可以分成几组，还多余几人”的句式来描述分组情况。

在第一次选择项目的过程中，因为数据整体比较小，为了达到“所有学生一起玩”的目的，学生基本能够依据组内人数和项目人数的关系选择出合适的项目，并依据现场分一分的过程回顾整除的概念和算式。而第二次选择项目，因为指定的第三小组为 11 人，所以不论选择什么项目都会出现无法整除的情况，这种随机背景下的确定性能让学生更深刻地体验到余数的存在。

3. 抽象除法算式

引导学生将活动 2 的分后有余和活动 1 的正好分完进行比较，对照操作直接出示除法算式，如：11 ÷ 4 = 2(组)……3（人），依据情境讲解各部分的名称和意义。在此基础上要求学生按 2 人项目分一分，并尝试用算式表示分的过程。

在这个活动中，对照操作的过程出示有余数除法的算式能让学生更深刻的体验算式的由来，更直观的理解余数的名称和意义。在此基础上的每 2 人一组，分到剩余 3 个人的时候，由于受之前每 4 人一组的影响，学生容易出现潜意识的“已分完”和现实中“可以继续分”的冲突，这时引导学生“辨一辨”，进而更深地体会到需要一直分到不能再分，此时剩下的才叫作余数，并在此过程中初步感知余数和除数是有关系的。

4. 实践加深体验

学生依据自己组内人数自由选择运动项目，要求借助“动脑想一想”“动手分一分”写出有余数的除法算式。

具体样式为：

我们组有（ ）人，每（ ）人一组玩游戏，可以分为（ ）组，还剩余（ ）人。

并写出对应算式：（ ）÷（ ）=（ ）组……（ ）人。

4. 揭示课题

辨析本节课学习的除法与之前学习的除法的区别，进而板书课题。明确正好分完和分后有余都是平均分的结果。

在这两项活动中，要求自主写出有余数除法的算式，需要学生充分考虑小组人数和项目人数两组数据，在或摆、或想的过程中筛选出有余数的情况，并用文字描述和数学语言两种方式表达出来。而教师则利用多种方式来呈现学生生成的资源，如出示全部文字描述，学生说整个算式；全部前半部分文字描述，学生列出算式并计算出结果；出示全部算式，学生分辨是哪一组选择的哪一个项目；出示算式中的除数、商和余数，学生分辨是第几组。多种方式的练习能让学生更深刻感受到算式的实际意义，更准确地认识有余数除法算式各部分的含义。

课堂的第二板块分为以下活动：

活动 1. 体会余数的变化

指定五人组的游戏，分别考虑本组情况并依次汇报，同时教师借助小棒进行操作演示，引导学生在感受余数变化的过程中发现余数和被除数的关联。

活动 2. 验证余数比除数小

在第四小组 12 人汇报完后，继续增加小组人数，引导学生借助想象和推理直接求出余数并板书。在此过程中促使学生自发总结出余数的规律，引导其将余数和除数进行比较，进而总结出余数比除数小的特征，并结合前面的除法算式进行验证。

活动 3. 深化余数特征的认识

借助白板软件制作小游戏，以男女生同台 PK 的方式进行。游戏 1：出示★ ÷9=■…▲，从不停下落的数字中选出▲可能代表的数字。游戏 2：出示★ ÷ ▲ =■…9，从不停下落的数字中选出▲可能代表的数字。在每轮 PK 后由获胜者分享获胜小妙招。

在以上三个活动中，学生先依据各组的真实数据，依次发现余数是 4、没有余数、1、2 的变化，初步感受其中的规律，进而在人数的继续增加中通过计算、观察、操作、想象、归纳等活动提出猜想，并借助之前的算式加以验证，让孩子在真实情境中完整经历了规律的探究过程。而游戏的趣味性和挑战性则能帮助学生更好的理解知识，运用知识。

整节课的设计是紧紧围绕“让学生在实践和体验中获得成长”的教学目标，依据我校所推行的“源流课堂”模式进行的。利用班级情况和学校实际巧妙开发学材资源，即不同的小组人数和运动项目人数，在学生的知识资源即除法的意义，经验资源即日常分东西的经历之上借助“选一选 — 分一分 — 写一写 — 辨一辨”的任务群开展教学，而在此基础上认识的有余数除法算式又成为了余数特征获取的途径。在这样一个不断循环生长的过程中，让整个教学活动流向的不仅仅是知识，更是探索规律的方法和学习成功的体验。

反思整个教学流程，我着力打造体验式的数学学习氛围，但在激发学生情感方面还有些不足，这也将是我接下来个人教学风格主要改进的方向。让知识和技能在寻源中构建，让思维和情感在碰撞中流淌，让自我体验成为主要手段的学习方式，让学生体会到数学就在我们身边。

王咏梅

盐城市第一小学正高级教师，江苏省特级教师，国家名师。

玩转“阅读圈”　提升阅读力

——The juicy fruit tree 说课稿

我今天执教的课题是 The juicy fruit tree 。这个故事选自《快乐英语阅读》四年级上册第二单元。《快乐英语阅读》是盐城市教科院规定的课外阅读必读书目，由译林出版社出版发行，与我们现行的小学三至六年级教材配套使用。我今天上的是一节课外阅读指导课。下面我分别从教材分析、教学目标、教学重难点、教学过程和教学反思五个方面对这节课的设计意图、教学策略和实施情况进行简要说明。

一、教材分析

The juicy fruit tree 是一篇生动有趣的童话故事，讲述的是一群小动物发现树林里有一棵好高好高的树，树上结了一个美味多汁的果子。大家都想品尝那个水果，都想吃最大的一份，可是凭借个人的力量根本无法摘到果子。最后在袋鼠的提议下，大家齐心合力，共同合作，终于摘下了果子，一起分享成功的果实。故事中的几个小动物各有特长，个性鲜明，语言鲜活，惹人喜爱。故事情节生动，寓意深刻，容易引起学生的阅读兴趣。

二、教学目标

1. 通过“阅读圈”学习，学生能够自主阅读文本并完成任务单的阅读任务，与他人展开交流和讨论，发现问题，解决问题，共享阅读的成功和喜悦。

2. 通过“阅读圈”学习，学生能够形成自主阅读能力、语言表达能力、创新能力和团队协作精神。

三、教学重难点

1. “阅读圈”教学模式的角色训练。

2. 阅读任务单的分层设计和成果展示。

四、教学过程

1. 播放视频，策略先行。

本节课我尝试用“阅读圈”的教学模式进行教学。课前将全班54位同学分成9个阅读小组，即9个阅读圈。每个阅读圈包含六个角色。每个角色都承担一定的阅读任务，分工协作，共同完成文本阅读。课前我录制了介绍阅读圈活动流程的微视频，并对学生进行了角色训练。这个环节的设计意图是，通过“阅读圈”的微视频播放，让学生整体感受阅读圈的操作流程，做好阅读前的心理准备。

2. 歌曲导入，切入主题。

开始上课，我课件播放 Happy fruits 歌曲，活跃课堂气氛，激活学生思维，同时暗示本节课的阅读主题 The juicy fruit tree。然后，围绕 fruit 这个关键词，展开头脑风暴，让学生说说有关水果的单词，为后面的讨论与交流做好词汇储备。

接着，让学生观看故事视频，整体感知故事内容，并了解故事中的几个主要角色，即小动物 elephant, zebra, monkey, ostrich, rhino 和 kangaroo。这个环节，学生初步了解故事发生的场景、角色和故事的梗概，为接下来的自主阅读作好铺垫。

3. 检查阅读圈，确认角色定位。

课件呈现阅读圈的座位分布图，一共有九个阅读小组，即九个阅读圈。每个阅读圈有六个角色，分别是阅读组长（Reading leader），负责组织小组成员进行讨论，根据故事内容设计思考性的问题，让小组成员发表意见；单词大师（Word master），需要找出生词，查阅词典后，讲解给组员听；文章解读者（Passage person），需要根据故事内容，分析故事，解答同学们的疑问；文化小使者（Culture messenger），负责寻找故事中印象深刻、发人深省的好词好句，挖掘其中深刻的内涵；生活小记者（Life reporter），负责从故事中探寻与自身生活和学习相关的现象，并了解同学们从中得到什么启发；演出汇报者（Performance reporter），负责故事的角色分配，汇报本组合作阅读成果。这个环节的设计意图是让学生明确每个角色的任务分工，为顺利有序地进入自主阅读作好铺垫。

4. 阅读故事，完成阅读单。

这个环节是这节课的核心部分，是学生在阅读圈内真正进行自主阅读的时间。为了保证自主阅读顺利进行，老师可以提供必要的学习支架。这节课的学习支架是老师精心设计的阅读单，在阅读单中每个角色都承担一定的阅读任务。首先，教师分层显现阅读单的任务，学生通过自主阅读，完成阅读单的书写。在这个环节，学生的自主阅读是核心内容，必须要留足充裕的时间让学生安静地阅读与思考。在阅读过程中，如果遇到困难，可以共同讨论。大家分工协作，展开互助阅读，倾听他人，表达自己，享受阅读带来的发现和喜悦。学生在发现问题和解决问题的过程中，提高语言表达能力、思维能力和团结协作的精神。

5. 角色分享，互助阅读。

在“阅读圈”中，每个学生都担任一个不同的角色。阅读时，学生根据自己的角色，经过独立思考、小组交流，完成自己的角色任务。但是，他们对文本的理解还是浅层的、片面的。这个环节中，通过让不同的角色互相分享自己的阅读收获和感受，互相补充，学生共同完成对文本的整体架构。例如，单词大师在分享单词的时候，他就是一个小老师，帮助大家解决了文本的所有生词。阅读组长负责提出问题，文章解读者负责解答问题，在一问一答中，大家展开思维碰撞，互相激荡，阅读中的很多困惑在相互讨论中迎刃而解。

6. 联系生活，现场采访。

这个环节是让学生通过文本的阅读，从中探寻与实际生活或自身生活相关的现象，从而实现知识的迁移，懂得如何做事和做人。这个任务由生活小记者完成，生活小记者联系生活，设计采访提纲和问题，确定采访对象，进行采访。采访对象可以是阅读圈内的同学，也可以是其他阅读圈的同学。这个环节既是对文本的总结，也是面向生活的拓展与延伸；既是学生从知识学习到能力形成的转化，也是从能力到素养的提升，即学生的情感、态度和价值观的养成。

7. 汇报演出，分享阅读成果。

学生在组内和组际之间进行了充分的阅读和交流后，在全班进行阅读成果汇报，进而检查阅读任务完成情况。汇报的形式有很多，可以是共同合作，制作海报；可以是书写读书心得，进行读书交流；也可以是对故事进行改编，进行角色表演。本节课采取了角色表演进行汇报。阅读成果分两个层次：一是基本要求，学生根据文本进行角色扮演。二是升级要求，学生对文本进行改编，创造性的进行表演，提高学生的创新思维。对小学生来说，角色扮演代入感强，容易与文本引起共鸣，加深对文本体验和理解，并能自觉观照现实生活，培养孩子的社会交往能力。

五、教学反思

本节课尝试采用“阅读圈”的教学模式，对学生进行自主阅读的指导和训练。不同于传统的“三段式（pre-reading，while-reading，post-reading）”的教学模式，“阅读圈”以每个角色所承担的具体任务为导向，引导学生在完成各种阅读任务中多维度、深层次地挖掘文本，逐步地完成教学目标。其目的是为了鼓励学生阅读与思考，结合个体的阅读感悟和小组的分享讨论，激发阅读兴趣，培养阅读能力，提升思维品质。从教学的实际效果看，学生阅读兴趣浓厚，课堂讨论气氛热烈，学生参与面广，思维活跃，在分享中享受到阅读的乐趣和角色扮演成功的喜悦。通过本节课的教学，我也发现了一些问题。例如，“阅读圈”这种新颖的教学模式，并不适合所有的孩子，更适合语言能力强、会思考、爱表达的学生。所以，在运用“阅读圈”进行教学前，一定要对学生进行适度的角色训练及语言训练，要分阶段培养学生的语言表达能力和团结协作能力，使学生具备与他人就文本与自身的生活进行交流和分享的能力。虽然“阅读圈”在实施过程中遇到各种各样的困难，但是我们发现这种新颖的教学模式还是得到了学生的欢迎和喜爱。相信经过有计划的运用，“阅读圈”一定能够在小学英语课外阅读教学中得到推广和应用。

扫描观看更多视频

李　君

昭阳湖初级中学副校长，高级教师。

运用“四探四疑”，抓实复习课堂

——以《隐含条件问题》专题复习为例

“四探四疑”课堂教学模式是构建学生“自探—自测”、教师“设问—促探”双线并进的教学活动模式,其基本教学流程是“自探寻疑—合探解疑—共探质疑—再探悬疑”。该模式中，一方面，学生由“自探—合探—共探—再探”的顺序体现了教学中以探为主，在探中寻疑，探中求悟；另一方面，“初步质疑—再度质疑—深入质疑—课后存疑”的顺序体现了学生发现问题、提出问题、思考问题的层次和梯度，从而使学习不断从浅层走向深度，实现以教师“深教”成就学生“智学”，促进学生学科素养的发展。

传统教学方法讲究“挑疑—解疑”，学生“无疑”便是教学过程的结束，这不利于学生的批判性思维、创造性思维等高阶思维的培养。如果在“解疑”之后，有意让学生产生新的疑问，使教学过程在“有疑”中结束，就会激起学生去探索，去创造的欲望。

现以一节二轮专题复习公开课“隐含条件问题”为例，谈一谈如何运用“四探四疑”教学模式，抓实复习课堂。将从以下两个方面分别说明：

一、专题设计说明

“隐含条件”在课标和教材中并未专门提及，但学生常因不能挖掘“隐含条件”而导致错误。为了帮助学生克服错误，提高解决问题能力，在初三中考复习中设置这样的复习专题，很有教学必要和实践价值。

学习目标是经历代数中隐含条件的挖掘、联想与应用，进一步培养学生提出问题、发现问题、分析问题、解决问题的能力。学习重点是隐含条件的分析与联想。学习难点是隐含条件的挖掘与应用。

为了更好地促进学生的学，首先要由教学设计向学习设计转变，这样才会定位准、站位高，才能既关注过程积累，又凸显能力要求。其次，要重视学科知识内容背后所隐含的思想方法、思维能力及价值旨趣。最后，目标导向要由知识为本面向结果的教学，转化为智慧立意面向过程的教学，促进教学的形式、意义与应用的契合，真正指向于问题解决，烛照核心素养落实。

二、教学过程说明

本节课以“疑”为切口，以“探”为手段，实现课堂教学疑探灵动、螺旋推进，助推学生学会学习、发展能力、提高素养。

教学的第一个环节是“自探寻疑，唤醒思维”。

这是课堂的首要环节，即围绕教学目标，创设问题情境，设置具体问题，放手让学生自学自探，发散思考，归纳梳理。我的做法是，以一道阅读改错题来创设问题情境，帮助学生发现错误，改正错误。1. 二次根式中常见隐含条件有哪些？ 2. 一元二次方程中常见隐含条件有哪些？在学生思考交流的基础上，及时归纳总结，并进行同步检测，以达到举一反三、触类旁通的功效。

我们都知道，错例是澄清概念的最好素材。结合学生平时作业中出现的无视“隐含条件”的典型错误，在专题复习中，为学生设计学习任务、安排时间框架、引导学习过程、提供学习指导，帮助剖析错误原因，并在加深对问题本质的认识过程中，提高学生的问题意识。通过多种学习活动，唤起学生原有认知结构中相关的知识、经验及表象，消除模糊的或错误的认识，进一步完善知识结构。同时，所选问题要注重基础性、示范性、层次性、连贯性，使问题低起点、高落点，环环相扣，促进学生主动观察、自觉联想、批判理解，为他们的学习积累经验，从而唤醒思维。

第二个环节是“合探解疑，生长思维”。

复习的主要功能是帮助学生将已学过的知识不断再现、提取，从而化隐为显为学生提供支点。在专题复习中，需要对知识重新建构、化抽象为具体、化静为动等。对于要展示内容发生、发展过程的，我们要利用课堂教学引导学生去用数学的眼光观察、用数学的大脑思考、用数学的语言表达。我们还要善于从学生的学习中抽取典型问题，进行问题诊断和“二度”创造，并作为课堂的重要资源。我们需要设计面向深度学习的学习活动，通过生生互动、师生互动等形式使学生在思维上产生深度体验，促进知识点的内化和外显。

为此，在前面问题解决的基础上，又提出了两个思考：1. 由二次根式中的隐含条件问题，你还能联想哪些式中的隐含条件问题？ 2. 由一元二次方程中的隐含条件问题，你还能联想哪些代数中的隐含条件问题？

初中代数包括的隐含条件内容多而杂，因此，在进行设计时，要基于知识关联和迁移应用的思考，进行情境重造、内容重构、思维重联，本节课首先是用一道阅读改错题来作为问题的“捻子”，以此点燃学生思维。其次是通过师生的交流、同伴的互助，着力引导学生注重知识的联系、方法的建构和能力的迁移，促进协作学习的发生使学生思维敞亮。通过问题的对接、意见的发表、思想的交锋、合作的探讨等刷新思维认知、融通感性理性。并将有关隐含条件碎片化的知识点进行筛选、整合，使之成为有机联系的知识整体，形成支撑教学的知识团，并引导学生围绕“种子”问题启发联想、举一反三、互比互补，通过独立思考、合作探究、同步检测等方式克服惰性思维、丰富学生认知、沉淀学习智慧。

第三个环节是“共探质疑，发散思维”。

大家都知道，问题是思维的核心。我们应当通过合适的问题为学习者搭建学习支架，并在知识的新奇处、学习的困惑处、活动的体验处、情感的共鸣处、经验的积累处从旁协助，引导、帮助学生实现学习目标。在前一个教学环节中主要是以小题串联相关知识，通过追根溯源追开学生思维心扉，由此及彼、由例到类，从而让个别学生的思维经验转化为全班同学的共同学习智慧。而在这个环节中，我安排了综合性的例题让学生置身思维场科学思辨，通过联想、类比、迁移，用所学的数学知识去发现问题和解决问题。以满足不同层次的学生的学习需求，促进学生思维的迸发。从而发散学生的思维，使其在质疑中沉淀思想、在共探中丰盈精神。

另外，在这一环节中，我们要以疑启思、以探促学，给学生充分“学”的机会、“悟”的过程和“习”的体验，利用学习过程中发现的问题进行有机整合，启发引导学生进行质疑解惑、类比迁移、建构反思。只有让学生在个性化的学习过程中充分经历、多样地体验、痛苦地破茧才能促进他们深度理解知识点。

第四个环节是“再探悬疑，沉淀思维”。

课后小结是课堂教学中不可或缺的重要环节。不少老师在专题复习过程中为了多讲题、多做题，常常缺失这个环节，从而使学生失去一次感悟方法、提炼规律、培养能力、积累经验的重要机会。引导学生进行总结反思，是一种更深层次的学习。通过总结让学生领悟到要排除“隐含条件”对解题正确性的干扰，关键在于如何洞察题中的“隐含条件”；通过交流让学生发现错误成因，比如：忽略定义中的限定条件致错、无视图像性质致错、不考虑图像位置致错、不理会题目限定条件致错；通过思维碰撞让学生能把本节课的学习思路、学习方法、学习经验迁移应用到其他知识的复习中去。

因此，我将本节课的结尾设计为：

1. 本节课的学习思路是什么？你有哪些收获？

2. 沿着本节课的学习思路，联想其他知识板块中的隐含条件，并加以整理。

3. 同步检测。

最后的针对重难点、易错点设计的同步测试，能帮助学生巩固所学内容、攻克易错陷阱、促进知识融会贯通和迁移，起到课内巩固课外延伸的作用。但要注意同步检测的形式要多样化，根据不同的内容和学生的实际情况可以采用不同的检测形式；练习的设计要层次化，以面向全体学生，促进学生的状态提升。学习需要阶段性收割，通过课尾的再探悬疑，让学生带着问题从课堂走向课外，助推学生夺取更多的数学“高地"，攻陷更多的数学“城池"，促进他们知识、能力的迁移。

采用“四探四疑”的课堂教学模式，抓实初三数学中考复习，从而助推学生在数学精神的浸润中、在数学关键能力的养成过程中，实现数学教育价值的创生。

李　凤

南通市教育科学研究院教研员，正高级教师，江苏省特级教师，江苏省人民教育家培养对象。

语文教学创新应回到原点

——以《陈太丘与友期行》为例

语文教学有三大原点：概念、价值观和人。背离原点的花样翻新不是真正意义上的教学创新，教学策略、方法和手段的低效、无效甚至负效往往来于原点的错误。教学创新，首先想到的不应该是策略、方法和手段的创新，而应该回到原点，回到理念和实践的发祥地，从语文教学的思想和行动的本源与根基上思考，回到概念（语文的内涵），回到价值观，回到人（关键是学生）。

新课标指出："语文课程是一门学习国家通用语言文字运用的综合性、实践性课程。"学生在语文学习中接受母语汉语的教育。汉语和文学共同构成了语文的基本内涵。语文是汉语教育和文学教育的综合。

位于七年级第二单元的《陈太丘与友期行》选自志人志怪小说《世说新语》。作为初中生研读文言文的入门篇目，教学中如何通过创新发挥其衔接中小学语文教学、调动学生学习文言文积极性的功用呢？我的创意是基于"文言""小说"的特点，按照课标要求"创设丰富多样的学习情境，设计富有挑战性的学习任务，激发学生的好奇心、想象力、求知欲，促进学生自主、合作、探究学习”。

首先，扣住课题中的“期”聊天开场：同学们，我和朱老师有一个“约定”，今天来泗阳和你们一起读一篇文言小说。这篇小说标题中，哪个字理解为“约定”？“期”！谁能说说含“期”的成语？后会有期（时间），不期（约定）而遇！谁能用自己的话说说课题的字面意思？“陈太丘和朋友约定同行”。非常准确！怎么做到的呢？看注释!“三人行，必有我师焉”的“行”也是“同行”，“一起走”的意思。

本文七年级学生阅读的第一篇文言文（《咏雪》尚未教），漫不经心的聊天中，由白话到文言，为学生搭起理解文眼“期”（期行—失期—论期—道歉）的支架，联系学生熟悉的成语强化对“期”的理解。宽松自由的对话间，学生习得了看注释、联系旧知等阅读文言文的方法，打消了学文言文的疑虑。

第一步，合作学习，个性展示。我请学生像讲故事那样先自己放声读，然后再找伙伴三四人合作读。合作伙伴自己找，可以就近找，也可以离开座位，找你最要好的朋友。在合作展示的时候告诉大家为什么这样分工。同学们很喜欢自主合作的方式，一会儿就有模有样地读开了。

因为给予学生充分的尊重，他们的自主意识被唤醒，热情高涨，创意迭出，争先恐后：女生组合，男生组合，男女混合组竞相亮相：一人读叙述语，一人读友人的话，一人读元方的话（公平）；齐读叙述语，两人分别读友人和元方对话（突出对话）；三人读叙述语，一人分饰两角（既读友人、也读元方；人物形象）；按照小说情节的开端、发展、高潮、结局四人分读，理由：开端交代很必要，为下文作铺垫；第一次对话是故事的发展（冲突升级）；第二次对话为高潮；最后两句是结局……几组展示完毕后，学生自我评价，也互相欣赏评价。他们说自己的创意，也发现了同伴句读、重音处理上的妙处，肯定读对话时的语气、语调的个性化表达，特别称道最后一组按照故事的情节分工，体现了小说的文体特征。

师：刚才大家读得都挺好的，如果把故事的味读得更浓一点，你们觉得在哪些地方可以做文章？

生：“友人便怒曰，非人哉！”我觉得应该重读。

师：读读试试看。

生：友人便怒曰：“非人哉！与人期行，相委而去。”“非人哉”，这句话应该读重一点。“哉”和感叹号，表示一种很强烈的愤慨语气。

师：看来，一字、一标点都在传情达意，不可轻忽！谁非人哉？

生：陈太丘。

师：你在“非人哉”前补上了“陈太丘”，很准确！像这样省略了某一成分的情况，文章中有好几处，我们在理解的时候要把省略的充分补起来，有发现吗？

生：日中不至，（友人）日中不至。

生：对子骂父，（友人）对子骂父。

师：友人对子骂父，这是陈元方在和谁说话？

生：陈太丘的友人。

师：陈太丘的友人，那么这个地方应该补什么？

生：补上主语。

师：主语是谁？

生：友人。

师：我在和友人说话，能说友人吗？

生：陈太丘的友人。

师：要转换一下。

生：您。

师：为什么用您？

生：尊敬。

师：非常好。但是古汉语当中不用这个，用什么？

生：君。

师：对了，同学们，我们把省略的成分补起来：（君）过中不至，则是无信；（君）对子骂父，则是无礼。我们补的“君”文后练习中称作敬辞。本文中有哪些敬辞？

生：客问元方：“尊君在不？”

师：这里的尊君是指？

生：指元方的父亲。

师：这里的“不”，你为什么不读不，而是否？

生：通假字。

师：通假字，通哪个字？

生：否。

师：很好，看来你们预习得很好，除了尊君，还有吗？

生：元方曰：君与家君期日中，日中不至，则是无信；对子骂父，则是无礼。这里的君和家君是敬辞。

师：家君也是敬辞，对吗？

生：谦辞。

师：家君是谦词，对别人加一个什么字？加个尊，好，悉听尊便，请坐。来，同学们，书后面有一个补白，介绍古代常见的敬辞和谦辞一起来浏览……不清楚的提出来。

省略句和敬辞、谦辞是本文的两个教学点，教学中我因势利导，由点到面地突破了两个目标。其中敬辞、谦辞以补白的形式出现。补白既属于语文教材的助读系统，也属于语文教材的知识系统。部编初中语文教材“补白”中的语用知识都附在选文后面，方便随文学习。《课标》明确要求：随文学习基本的词汇、语法知识，用来帮助理解课文中的语言难点。随文学习不用花费大量时间，又能巩固语文知识。因此部编本初中语文教材“补白”对该类知识只是一笔带过，这些“补白”十分贴近学生生活，便于学生理解掌握。

“学生从降生到中国这片土地上成为中国人开始，就有学习母语的需要。学习汉语这一母语的过程，就是儿童个体加入本民族成为其中一员的过程，成为文化意义上的中国人的过程。”语文课是为满足学生在日常生活中难从自然形成的、在完整意义上掌握和熟练学习、运用母语的需要而生的，是为促使儿童在文化意义上成为中国人而生的。中国是礼仪之邦，来往称呼往往使用敬辞、谦辞。做人先学礼，学习传承中华礼仪文化，增强民族文化认同感，增强民族凝聚力和创造力，语文课程具有不可替代的优势。

第二步，再读，随文理解字词句。你问我答，挑战对手。请学生就课文中重要的字词句，向任意一位同学提三个问题。征求过学生的意见，在各自稍事准备后，开始了你问我答的游戏。重要实词“舍”（舍近求远，依依不舍，逝者如斯夫，不舍昼夜）。言及“去”，我随机 PPT 打出甲骨文“去”字。人离开门，离开某地，区别于今天的前往某地（扬长而去，召之即来，挥之即去）。与“舍”意义相近的“委”。追问“相委而去”的“相”（偏指一方的代词，指我；联系“儿童相见不相识”，指代贺知章）。有些知识点很重要，学生自以为清楚，其实不十分明白，这时就需要教师引导。

“引”（牵，组词，牵引，你温暖的目光牵引着我；成语有穿针引线）。“顾”（顾影自怜，三顾茅庐，顾，拜访——页的本意是人头，从页的字都与头面有关，比如顶，项，颈，颓，颗：本义小头，引申为颗粒状的东西。）虚词“乃”“则”“之”比较简单，学生一举歼灭。

我们就这样回到语文教学的原点，回到祖国语言汉语的世界里。联系、发现文言文当中活在现代汉语里边的那些个语素，体察、体悟汉语的结构、意义和美，深度展现汉语准确、丰富和优雅的魅力，激发和提升学生学习母语汉语的兴趣和需要，提升学生汉语表达和运用的能力，“提高思想文化修养，促进自身精神成长”。

第三步，图文并用，角色代入，深度学习。“教育本质上是一种特殊的交往活动”，而“交往的重要展开形态和灵魂是对话”。此前，学生带着任务与文本对话、与自己对话、与伙伴（含老师）对话，对文章的内容、结构、字词句有了充分的理解。此刻，我提醒学生阅读文中的彩色插图，请他们为图配文。

他们发现：元方一只手别在身后，另一只手指着父亲的朋友，友人斜坐在牛车上，表情尴尬，脖子伸得老长，手足无措，被一个 7 岁的孩子教育。元方抓住了友人的要害：批评他无信、无礼，义正辞严：“君与家君期日中。日中不至，则是无信；对子骂父，则是无礼。”

友人服气吗？服气。友人惭，下车引之。对他们的言行，你的态度是什么？假设你是元方，友人，陈太丘，或者旁观者。

生 1：爸爸的朋友一点都不可爱，无信无礼，我叫爸爸不要跟他交朋友了。

生 2：可以和他交朋友，虽然他没守时，发了脾气，责怪我爸爸，但是他知错能改，这个朋友可以交。

生 3：对，陈元方指出了友人失信、无礼，友人很惭愧，下车牵陈元方的手，他知错能改，能对 7 岁的孩子认错，元方应该原谅他。

生 4：元方指责友人无礼，小辈对长辈应该以礼相待。

生 5：如果我是元方，选择不原谅：童言无忌。我是个只有 7 岁的小孩子，“入门不顾”很符合我的年龄特点。父亲的友人不仅失约，还出言不逊，在我面前骂我父亲，我一定要维护父亲的尊严。友人错了，他应该向我父亲和我道歉。

生 6：我认为我的儿子做得对，他很有礼貌地使用了敬辞、谦辞，他很聪明，并没有直接回答我朋友的问题“尊君在不”，也没有批评他，只是智慧委婉地告诉他实情：“（家君）待君久不至，已去。”在我的朋友发怒，骂我“非人哉！”指责我“与人相约，相委而去”后，他不卑不亢，义正辞严，不愧是我的儿子。

生 7：如果我是陈太丘，我也挺元方。人而无信不知其可，仁义礼智信，是做人的起码道德准则，人与人之间相处要讲原则，朋友间也是如此。

师：孔子提出“仁、义、礼”，孟子延伸为“仁、义、礼、智”，董仲舒扩充为“仁、义、礼、智、信”，后称“五常”。它贯穿于中华伦理的发展中，成为中国价值体系中的最核心因素。

生 6：我们学校底楼连廊的天棚上刻有“仁义礼智信，温良恭俭让，忠孝廉耻勇，诚悌勤雅恒”。这是一种传承。

师：据史料记载，这个友人是陈太丘的领导，官位比他高。领导没有准时赴约，陈太丘“去”得坚决，魏晋风度在他和元方身上得以充分体现。故事讲述的是二人的一次约会，揭示的是魏晋名士的友情观念和对为人处世的基本准则的坚守。

生：本文题为“陈太丘与友期行”，主人公却是陈元方，偏题了吗？

师：这个问题质量很高，大家怎么看？

生：“与友期行”是陈太丘发起的，因为他的离开才导致友人与元方交火。

生：元方与陈太丘的友人对话，是为了维护父亲陈太丘。

生：有其父才有其子。实写元方，其实也是在写陈太丘，就是虚写陈太丘而已。

师：本文选自《方正》篇，聪慧伶俐、绝对正直给人极深刻的印象。陈太丘的离开，表现出的就是对“友人”不守时的一种否定。陈太丘是一个原则性很强的人。我们把陈太丘的所作所为与陈元方的联系起来，很容易发现一种因果关系：

正是因为陈太丘的性格、气质对陈元方产生了潜移默化的影响，所以陈元方小小年纪就表现出与他父亲相似的精神气质。

在这一场矛盾冲突、言语较量之中，不是大人教训小孩，而是大人情绪失控、口不择言、蛮横无理，小孩却是冷静理智、有理有据、从容不迫。不是长辈把晚辈训得老老实实，而是晚辈将长辈批得羞愧难当。这样的“小大”对立的安排，就增加了小说的戏剧性和趣味性。同时这样对立的安排，又用友人衬托出了陈元方的聪慧、正直，将元方的聪慧、正直抬升到更高的水平与境界。这则短短的故事，就暗含了批评“失信”“失礼”、倡导“守信”“讲礼”的主题，真可谓“以小见大”了！

我们在语言文字运用情境中，发现、感受和表现语言文字的魅力。策划并开展语文学习、展示和交流活动，通过整体感知、联想想象，感受文学语言和形象的独特魅力，获得个性化的审美体验。欣赏、品味作品的语言、形象，体会作品的情感和思想内涵。从中感受中华文化的魅力，激发热爱中华文化的情感，潜移默化地达成育人目标，成功开启了文言文学习之旅。

奚晓滟

江苏省靖江高级中学教师。

课堂教学创新——以高中思政课为例

教书十四载，我一直在思考两个问题：自己想成为什么样的老师？自己在追求什么样的课堂？追寻至今，我的答案是：我希望自己能成为一个带给学生更多成长和启发的老师，我希望自己的每一节课都能成为素养随处生长的课堂。下面我就结合高中思政课，谈谈我在素养生长课堂上所做的创新尝试。

创新点 1：创新德育，引领学生价值认同

中国特色社会主义新时代的教育，“要全面贯彻党的教育方针，落实立德树人根本任务”。这是党的十九大对我们每位教师提出的要求，也应该是我们所有课堂的灵魂所在。

我们可以在厚植爱国情怀上下功夫，以爱国主义为精神底色，引导学生爱国爱党。例如我曾和学生一起影评《长津湖》、一起品尝冻土豆，感受志愿军战士崇高的革命精神。

我们可以在坚定理想信念上下功夫，增强学生“四个自信”，引导学生为中

国特色社会主义共同理想奋斗。例如我曾选材河南卫视中国节日系列节目引领学生树立文化自信，选材“基建狂魔”、同心抗疫引领学生感受集中力量办大事的制度自信。

我们可以在加强品德修养上下功夫，引导学生以社会主义核心价值观为情感认同和行为习惯，做有大爱大德大情怀的时代新人。例如我曾和学生讲述我听过的感人故事、我做志愿者的亲历故事，引导学生思考在现实生活中如何更好奉献，希望他们将来不仅能用知识让自己过得更好，还能让这个社会变得更好。

我们可以在培养奋斗精神上下功夫，培育学生志存高远的境界和自强不息的人生态度。这里我们可以选择一些发人深省的名校宣传片，也可以引领学生思考。

创新点 2：创新情境，开阔学生视野格局

教书时间越久，有些老师越容易被已有的经验和模式所桎梏。而要成长就要勇于打破自己的教学舒适区，创新优化问题情境，引领学生在真实情境中经历体验、探究、审视、合作、发现，形成学科核心素养。

创新情境可以是生活的情境，包括校园生活、家庭生活、社会生活等。经过我们的精心选择和巧妙运用，这些情境可以更好引发学生共鸣，从而增强对生活热点的理解关注、对理论知识的认同运用。例如我曾带学生参观校园风景石，根据不同人对石头的不同看法引领学生思考“意识的特征”；我曾以自己为原型改编了一个与交警相关的执法案例，引领学生思考如何才是严格执法。

创新情境可以是趣味的情境，这也是最能激发学生学习兴趣和参与热情的情境。例如我曾带领学生亲测人工智能的不同，引导他们思考矛盾的普遍性和特殊性；也曾从网红冰淇淋说起，和学生畅聊如何更好文化创新。

创新情境可以是思辨的情境。随着学生接收信息的渠道明显增多，学生思想活动呈现出独立性、选择性、多变性、差异性等新特点，只有使他们亲历自主辨识、分析的过程，并作出判断，才能真正实现有效的价值引领。例如我曾引导学生假设自己是人大代表，聚焦探讨两会热点问题，明晰不同观点；引导学生假设自己是外交部发言人，思考如何回答热点问题，理解我国外交政策；引导学生假

设自己是政府官员，对老城区相关地块进行合理规划。

创新情境可以是开放的情境。例如开放学习时间，让学生课前收集资料、课后阅读名著等；例如开放学习空间，利用现代信息技术拓展教育资源，通过模拟法庭、社团活动、志愿服务、社会调查、参观访问等实践活动增长见识。这些对学习时空的开放，可以开阔学生视野格局，拓展学生思维的深度与广度。

创新点 3：创新活动，激发学生学习热情

新课改强调尊重学生发展规律，强调学生的活动体验是其核心素养发展的重要途径。优秀的活动设计可以锻炼学生思维能力、让学生在积极活动中获得感悟，还能使课堂变得活泼生动、趣味盎然。

这里我的建议是：如果涉及时间记忆的知识，我们可以选择“排一排”活动；如果涉及比较区别的知识，我们可以选择“连一连”活动；如果涉及价值认同的知识，我们可以选择“比一比”活动；如果涉及课外拓展的知识，我们可以选择“猜一猜”活动。

当然还有很多其他的创新尝试，例如我曾选用央视节目“是真的吗”为主题来引导学生辨别真理；也曾提供过一份劳动合同，让学生寻找其中问题，理解劳动法的相关规定；还曾让学生尝试写一份民事起诉状，提升法治意识和实践水平。这些尝试离不开课堂灵光一闪的教学机制，更离不开厚积薄发的学习积累，需要我们做课堂活动设计的有心人。

创新点 4：创新评价，促进学生全面发展

新课改围绕核心素养的形成与发展，要求建立激励学生不断进步的发展性评价机制，要求注重学生学习的行为表现，采用多种评价方式，综合评价学生各方面能力。

评价的形式上，我们要用好互动工具。随着万物互联时代的到来，我们有了越来越多的工具辅助我们教学和评价，例如使用工具中的游戏功能开展一些课堂

评价活动，使用工具中的思维导图功能让学生自主构建体系，使用工具中的大数据统计功能比较学生答题状况、提高题目讲解的针对性，等等。

评价的内容上，我们要关注学习过程。评价要将过程性评价与终结性评价相结合，着重评估学生解决情境化问题的过程和结果，反映学生所表现出来的学科核心素养发展水平。同时也要鼓励学生主动提问、学会提问，例如让学生自主设计题目等，让学习、让思维真正发声。

教书很简单，育人非常难，希望我们大家一起，尽我们的全部力量来挖掘课堂上的创新点、闪光点，做新课程的探索者、引领者。让课堂成为一个素养随处生长的课堂，帮助学生们成长为一个更好的全面发展的人。

游　忠

江苏省姜堰第二中学校长，正高级教师，江苏省特级教师。

数智赋能的“问题链·导学”教学改革

古语说得好“学起于思，思源于疑”，因此如何使学生保持强烈的好奇心和质疑求异精神就成为当今改革课堂教学模式的一个切入点。高中地理课堂教学中培养学生好奇质疑精神的着力点就是“问题”，没有问题的教学，不会在学生的脑海中留下多少痕迹。而恰如其分的“问题”不但可以活跃课堂气氛，激发学生学习兴趣，了解学生掌握知识情况，而且还可以开启学生心灵，诱发学生思考，开发学生智能，调节思维节奏，与学生作情感的双向交流。但是，现实的课堂却是随着年级的增大，班上提出问题和回答问题的学生却反而越来越少，这是为什么呢？

以我们学校为例，我校学生往往存在这样四类问题：①发现问题、提出问题的兴趣不浓；②分析问题、解决问题的方法不多；③感悟问题、再生问题的能力不强；④学生网络意识和应用日益增强，问题化解的网络搜索欲望强烈。基于这样的生源实际，我们把培养学生的问题意识作为我校教学质量提升的增长点。我们在继承“问题教学法”的基础上提出了“问题链·导学”教学模式，基本思路是教师根据教学内容和课标要求创设问题情境，以问题的发展、探究和解决来激发学生兴趣和主体意识，培养学生创新思维与合作学习能力的一种教学模式。

如在学习“大气的水平运动”时，首先创设情境：教师充分利用多媒体技术，收集大气运动有关的素材，结合教材设计学习情境。通过情境激趣，激发学生了解大气运动的热情，经过师生、生生的共同讨论形成递进式的“问题链”。问题1：什么是水平气压梯度力？引导学生——既然是力，从物理的角度就要分析力的三要素（大小、方向、作用点）。这就为问题2：如果只有水平气压梯度力的作用，风怎样吹？做好基础铺垫。进而追问问题3：在水平气压梯度力和地转偏向力共同作用下，风怎样吹？问题4：在水平气压梯度力、地转偏向力和摩擦力共同作用下，风向是怎样的？学生带着发现的问题在课堂中通过递进式“问题链”引导，同伴的互助，老师适时的点拨，形成课堂中有效的思维碰撞。为探索问题是否真正解决，我们进而追问问题5：北半球近地面和高空的风向如何绘制？链条式问题逐层解决后，教师指导学生当场完成探究性巩固短训，并通过巡视、与学生交流等方式及时掌握学生检测过程中的存在问题。最后，引导学生整理“大气的运动”的知识结构，并促进学生逻辑链条的拓展，即说出疑惑或新的“问题链”，从而为下一节《全球的气压带与风带》的学习打下基础。就这样，通过一环扣一环、一层进一层的追问，引导学生的思维向知识的广度和深度发展，从而理解知识、掌握知识，培养学生思维的深刻性和广阔性。

再如在学习“气压带和风带对气候的影响”时，我们围绕教学内容中的易错点，精心设计诊断式“问题链”。我们设问：①一般而言，不同的气压带和风带控制下的地区会形成不同的气候。如全年处于赤道低压带控制下的赤道及其南北两侧是热带雨林气候，但处于赤道上的东非高原为什么是热带草原气候呢？而处于南回归线附近的马达加斯加岛的东侧也是热带雨林气候呢？②同位于北回归线上，西亚和北非都是荒漠景观，为什么我国南方却形成了回归沙漠带上的绿洲呢？③为什么温带海洋性气候在北美和欧洲西部分布的位置、范围的差异那么大呢？通过诊断式“问题链”诱使学生暴露错误和薄弱环节，然后对症分析，进行教学会诊，使学生在出错、指错进而研究错、纠正错的过程中获得真知和技能。

以上的教学案例介绍就是我校“问题链·导学”教学改革的1.0版本。

但是，中学地理教学的理论和实践表明：地理教学是一个复杂的过程，纵然以教学目标为导向，但受诸多因素的影响，学生难以同时达成教学目标，并会形成一定时间内的地理学困生。而传统的学业诊断普遍采用人工批改及分析的方式，教师可以了解班级学生学业的总体情况，很难精准把握个体的学业情况，更难精准掌握学生个体前后的学业变化和发展，掩盖了学生掌握知识的结构性差异。教师以此对学生的学业缺陷做必要补救时，只会针对整体采取题海战术来观察了解学生的学习情况，很难针对每个学生进行分析并制定详细的补救方案，不利于学生个体的有效纠错。这种“一人不会，全班拖累”补救措施，不仅浪费了学生大量的学习时间，而且还因负担过重而使学生失去了学习兴趣。为此，我们升级了“问题链·导学”教学模式，引入教学监管系统对学生作业、考试、课堂互动等进行过程性监控，并借助精准数据实现学生个性化补救作业、测试及相应教学资源的推送，重点辅导和强化其知识、方法的缺失或不足，并依据反馈信息再进行跟踪补救。就这样，我们的“问题链·导学”教学改革进入了 2.0 版。

我们拓展供给平台，借助教学反馈系统，将传统的粗放诊断方式改造成大数据支持下的科学、高效、精准的诊断方式，对学生的学科知识、学科能力等进行准确诊断，并提供具体的提升目标和可操作性的训练方案；同时，可视化的学习反馈能有效帮助学生理解反馈问题，激发学生自我发现，学生的学习由“解题”走向了“解决问题”。“问题链·导学”教学模式 2.0 版搭建了“问”的平台，将问的权利、说的机会交给学生，有“问”的课堂，就有了思维火花的闪现，精彩的动态生成比预设的教学过程更生动、活泼、丰富。

“问题链·导学”1.0，通过精设情境层层设疑，让学生“想问”；而大数据支撑的“问题链·导学”2.0，借助平台的包容性使学生“敢问”，并通过交流、示范、指导，让学生“能问”；久而久之，让学生“会问”，不仅提高了教学效率，而且提升学生地理的综合素养。“问题链·导学”教学模式的 1.0 版、 2.0 版有效解决了怎么教的问题，但从某种意义上来讲，教什么比怎么教更重要。

当前，在统一教学的形势下“优等生吃不饱，中等生吃不好，学困生吃不了”的现象普遍存在，不同层次的学生存在不同的学习需求，并且学困生形成的原因亦各不相同。因此，针对教学目标未达成产生的不同原因采取策略性教学、复习性教学、补偿性教学等不同教学策略，能够及时补救原有的缺失，使学习困难不致愈加严重，同时避免因学业达成度低造成对学习失去信心甚或产生恐惧心理。但是，面对现行的行政班与教学班还无法分开的现状如何优化供给内容、开展分层补救教学呢？于是，我校开始了数智赋能的“问题链·导学”3.0 探索。

例如：利用教学监管系统，引导学生个性化自主学习，在解决了“想问”“敢问”“能问”“会问”的课堂教学基础上，优化了课堂供给内容：（1）推送课堂教学补偿单，即对原有的教学内容中学生掌握得较差的问题或知识点实施补偿，形成学生个体需要而设计的教学活动单；（2）推送分层训练本，即针对学生的具体情况，系统智能生成适应学生认知能力的专项训练，让学生获得成就感，增强信心，并且逐步加大难度，实现阶梯进步的可视；（3）自动生成错题管理集，即以不同分类方式实现对错题时间维度和属性维度的二维分档管理；（4）提供专项提分方案，即针对知识点掌握情况提供个性化辅导材料，将提分目标分解，螺旋递进，激发学生自信心和学习热情。

实践表明：依据课标、考试评价、教材等相关材料标示出的教学重难点、疑点、考点、易错点等来设计的统一的课程资源不仅不够深刻而且缺乏针对性，难以满足学生个性发展的需要，而且供给要素配置扭曲，无法为学生提供丰富、多元、可选择的地理教育资源。而数智赋能的“问题链·导学”3.0，积极探索把学生的需求作为教学的出发点与落脚点，努力提供与学生需求相匹配的优质高效的供给内容，将知识点拆分、教材结构化并分层重组学习内容，分解提升目标，并将方法和策略融入教学，促进教学资源的系统化，以保证教与学的有效实施。

数智赋能的“问题链·导学”教学并非机械地重复教学，而是针对学生地理认知需求采取的有效教学，避免了课堂教学中供给内容的错配，有助于激发学生的地理学习动机，培养学生的地理学科素养，提高地理教学质量，同时也让每一位学生都能有成功的机会。

朱锴鑫

泰州机电高等职业技术学校团总支书记。

汽车故障诊断课程的六步教学法

中职汽车专业课程一般采用理实一体化教学，并且本着“三分理论，七分实践”的原则，按照汽车4S店实际工作情景开展教学，带领学生体验汽车维修工的岗位角色，感受真实的工作情境，培养学生的职业素养。课程中以学生为主体，合理运用案例、项目、行动导向等教学方法。由于中职学校学生普遍学习意愿不高，学习效率低下，很少自己主动去探索，因此采取“资讯—决策—计划—实施—检查—评估”六步法，学生在教师的引导下自主学习，学会合作沟通。通过六步法培养学生的文化素养、专业技能和社会实践能力，真正做到学有所思，学有所悟，学以致用。

下面以《汽车发动机管理系统故障诊断与维修》课程中“发动机无法启动”的教学为例介绍六步教学法的教学模式。

首先创设情境，导入任务。学生观看某品牌汽车无法启动的视频，在视频中，技师介绍车辆的基本信息，试车后进行简单故障描述。下面需要同学们一起来解决这个问题。

第一步，资讯

利用超星泛雅平台，课前将车辆维修手册、电路图、传感器与执行器检测操作视频上传平台，让学生提前了解车辆相关信息，课上教师发放任务工单，让学生对本节课需要完成的任务有一个详细的了解。

第二步，决策

学生将来步入社会进入企业后，维修车间主管会根据各个师傅的能力来进行分组作业，组员之间更好的配合才能提高产能。因此课中模仿企业的分组模式，将学生根据课前练习成绩分成4个小组，每组5人，小组成员角色分配原则：1档（90分以上）为组长，负责协调管理；2档（80—90分）为操作员和安全员，负责拆检和安全监督；3档（70—80分）为拍摄员，负责拍摄视频上传至教学平台；4档（70分以下）为记录汇报员，负责记录数据完成小组汇报。结合学生课前学习情况，实行小组角色分配，实现分层教学。各组员明确责任与分工，模拟企业中的岗位结构，培养团队意识和协作沟通的能力。

此外，各组同学还需要选择好实训工量具：比如工具车、组合工具、测电笔、万用表、手电筒。同时，准备好配件：保险丝、继电器、火花塞、跨接线等。

第三步，计划

在课堂上通过企业连线，与某4S店维修技师对话，进一步了解车辆情况，获知已排除发动机机械问题，属于发动机电控管理系统故障，并跟学生讲解了检测的标准流程及注意事项。学生以小组为单位查询相应的电路图，将实训车辆的燃油供给系统和点火系统电路图拆画出来，讨论检测步骤。然后由各小组组长汇报本组检测计划，老师对各小组汇报情况进行点评，并完成过程性打分，学生完善最终检测计划。该环节学生占主体地位，教师在需要的时候提供帮助，是培养学生方法能力的重要环节。

第四步，实施

通常以小组形式进行，学生按照制定好的计划，各司其职，去实车上进行检测。组长负责协调组员配合，必要时与组员商议是否需要修改计划。在检测过程中，如果学生对某个部件的检测方法记不清了，可以马上回到某平台查看课前下发的元器件检测的示范操作视频，再进行检测。教师在学生实操过程中巡查指导，进行打分。小组同学检测完毕后，报告故障部位并在电路图上指出相应位置。确认无误后，在准备好的配件中找到合适的零件进行维修更换，排除故障。同时，要求学生将整个检测流程与结果填入咨询环节下发的“任务单”表格中。在此环节中，小组合作完成各自的任务，一起寻求解决问题的方案，学生的专业能力得到培养和升华。

第五步，检查

各小组将车辆“发动机无法启动”的故障排除后，进入检查环节，该环节采取自查和互查的方式。每个小组都配有安全员，实施结束后需要对刚才操作内容再检查一遍，对本小组操作有不足的地方进行记录，完成自查。各小组摄影员将本组操作视频投映到大屏，小组相互查看指出不足，完成互评。该环节的设立可以反馈教学质量，模拟企业质量把控体系。让学生知道自己的掌握情况，在学习技能的同时，积极思考，自我反省，培养学生严谨认真的工作态度。

第六步，“评估”环节

利用学习平台的在线测评系统，及时对学生进行评价，形成了课前、课上与课后、教师与学生、学生与学生、过程与结果多元的评价体系，做到过程性评价，也便于教师及时了解学生学习情况并及时调整教学进度。通过任课教师对学生在前面五个环节的表现的总体点评，使学生完善自我、推陈出新，亦能培养学生自我评估的能力。在整个教学过程中，都是以学生为主体，学生自主去查找维修手册、拆画电路图、制订检测计划、实施检测、检查维修结果等。老师所起的作用就是引领学生进入各个教学环节，并解决学生在自主完成任务时所遇到的困难，帮助学生完成任务。

朱照红

江苏省靖江中等专业学校副校长，正高级讲师，
江苏省特级教师，国家名师。

以“三教改革”驱动教学创新
——以中职专业课程教学为例

我将以任教“Python”课程为例，跟大家分享“三教改革”驱动教学创新的探索和经验。

一、Python 课程特点

Python 语言和 Java、C 语言一样，用途十分广泛，是全世界最流行的编程语言，号称万能语言。因此，《Python 程序设计教程》又是计算机网络专业、大数据会计专业、电子信息技术专业、机器人应用技术等专业重要的平台课程。Python 语言之所以有如此强大的功能和广泛的应用市场，不啻因为其丰富的内置库文件，还因为它可以 pip 超过 15 万个第三方库，几乎涵盖了各行各业的项目开发和程序设计。这就从客观上要求我们在教学过程中必须牢牢把握本课程软件版本的创新性、设计平台的兼容性、第三方库的跨界性、源代码的开放性、工程应用的实践等五大特点。

二、解构和重构课程体系

本课程共分 13 个模块，基本涵盖了 Python 语言的基本语法和基本应用，其知识点和能力点的组织形式仍属于“字典”型教科书。原有知识体系既未能很好地发挥平台课程的支撑作用，也不利于课堂教学的互动和教学实践的组织，经多方调研和学情分析后，结合本课程的“五大”特点，根据课程对后续发展的支撑要求（如后续专业课程学习需要、职业能力提升需要、产教融合协同创新需要等）对知识点和能力点进行重构——一方面突出基础知识的“种子”作用，另一方面，对Web开发、网络爬虫、人工智能、数据分析和网络运维等后续方向性课程进行“降维”，从而构造出符合学生最近发展区的“能力点”“兴趣点”的“金课程”体系，让知识开花，让能力结果！

长期的教学实践证明，重构金课程体系不仅适用平台课程，专业核心课程同样需要重构重建。如能源制造专业大类的中的 PLC 技术与应用课程，原课程体系基本保留了 PLC 控制器厂家手册的主体内容，即：集中讲解上百条指令或梯形图等的构造应用，与教育教学规律和生产实践环节严重脱节，课程重构的基本思路将若干条指令“溶解”到每个具体的工程案例中进行学习和训练，然后按照工程实际场景布局和建模（场景描述、商务标技术标制作、硬件设计、软件设计、安装调试、培训验收等工作过程为导向的金课模型）为教学策略应用提供了丰富的多元化教学资源。

三、教学策略和组织实施

教学有法，教无定法、贵在得法。教学有法，指的是教学活动是有着一定的规律可循的。比如，我们强调的学生的间接经验与直接经验相结合、掌握知识与发展智力相统一、传授知识与思想教育相统一、教师在教学中的主导作用与学生在学习中的主体作用相结合等，都是我们在教学中要注重的基本方法和基本规律。教无定法，指的是教学的模式、方法、技能等不是机械的、教条的，而是灵活多变的，富有个性、充满灵性的。贵在得法，指的是教师将各种教学方法、手段、技巧等恰如其分、灵活巧妙地应用于具体的教学情境中。从无法到有法，是进步；从有法到无定法，是突破；从无定法到贵在得法，是飞跃。下面谈谈这种思想在教学策略和教学组织中的体现。

教学策略一般指教师在教学过程中为达到一定的教学目标而采取的一系列教学方式和行为。本课程教学能较好地揉和了先行组织策略和行为练习策略。每个预设的教学专题按照课前“专题调研”、课上“案例分析”和“程序开发”、课后“拓展训练”和“协同创新”五个模块展开，下面以 Python-baidu-aip 为例，说明教学策略的应用。

模块一，学生分小组对老师预设的专题进行社会调研、数据采集、信息归类——利用手机、平板及校内其他各种触控式显示终端，对“baidu-aip”开发平台的各种功能组件进行全面了解，并重点掌握其语音、图像、文字、人脸等识别技术用到的相关案例代码及其参数设置；模块二，在教师指导下，学生分组对拟设计的程序进行分析和建模；模块三，由各小组学生进行项目分项分段分层开发，并远程链接企业导师进行规范化封装和仿真调试；模块四，对开发好的程序进行功能拓展和二次设计，并试图进行实战测试；模块五，对拓展训练的选题进行能级提升，链接各级各类大数据创客大赛和实体创业，引导学生更高能级的产权意识、价值意识、规范意识和创新意识。

基于模块五的基础，我们这样启发学生进行创业训练：在一些城市中，写字楼是办公较集中的地方，而居民楼是居民生活的地方，这两处有一个明显互补的物理空间——白天写字楼停车位比较紧张，而附近的居民楼地下停车场则明显空旷许多；晚上情形则相反。如何利用这一互补的物理空间，最大限度地解决人们停车难的问题摆在我们学生面前，学生可以创设一个基于手机 App 的停车位自动查找项目，利用刚学到的车牌识别技术统计进入停车场的数量，并判断出空余车位，通过手机 App 向附近有停车需求的客户自动推送空车资源，并向车位主人支付临时资源转让费。很显然，这肯定是一个市场前景看好的创业项目，目前我校学生正在做创业前的各项准备工作。

最后，还要补充谈谈教学监督和质量评价方面的想法。

教学监督包括教学秩序监督和教学质量评价两个方面，其中教学秩序是保障，教学质量是根本，二者不可偏废。各职业院校在其长期发展过程中形成了独具特色的教学秩序监督体系和教学质量保障体系。传统的教学监督类似于股票“盯盘”行为，通过终结性检查和形成性考核来监督教学单元的教学组织行为，所谓的实时监控和动态监控充其量也只是“粗调”，无法做到精准跟踪教学过程和适时纠偏与动态“微调”，当然更无法对疫情期间的线上教育秩序和教学质量进行有效管理和教学进度的动态调整。

基于大数据基础的各种人脸识别技术、语音识别技术、专家系统和规划控制等人工智能技术得以广泛应用，尤其近十年来，该技术在个性定制、空中课堂、智慧辅导、质量监控、协同育人等方面的应用空前高涨，在新冠疫情时期对于“防疫保学”的新教育形式也发挥了关键作用。《国务院关于印发新一代人工智能发展规划的通知》（国发〔2017〕35号）要求，在职业教育领域率先系统地利用“大数据+人工智能”技术推动人才培养模式、教学方法改革，构建了包含智能学习、交互式学习的新型人才培养体系——智慧职教。因此，创新大数据+人工智能技术条件的教学监督和质量评价体系是新时代职业教育创新的必由之路。

总之，通过研发建立“大数据+人工智能”的综合评价系统，既解决了教育评价的过程性、多元性和连续性问题；又解决了书证效力和岗位适应能力的一致性问题。客观动态的评价同时也增强了学习者的信心，激励了学习者锐意进取、精益求精的工匠精神，受到学生的一致好评。

专家点评

胡唐明

课堂教学创新点评

课堂教学可创新之处有很多，可以是方法上的，也可以是策略上的，还可以是模式上的，等等。省教学基本功一等奖获得者，泰州市扬子江小学孙友老师介绍的突破《认识有余数的除法》内容中的“理解余数的意义”难点问题，他应用学习掌握原理，设计体验情境，开展数学实践，既突破了难点，又建构了完整的知识结构，这样的创新可谓是意义重大。同样是省教学基本功一等奖得主，江苏省靖江高级中学奚晓滟说得好，她说“自己的每一节课都能成为素养随处生长的课堂”就是创新。创新德育，能引领学生价值认同；创新情境，能开阔学生视野格局；创新活动，能激发学生学习热情；创新评价，能促进学生全面发展。突破教学难点也是创新。课堂教学创新离不开模式的推进，模式的创新与前面所讲的方法与策略创新有所不同，方法和策略的创新针对的是教学思维和思路方面的创新问题，模式针对的是思想与理念的创新问题。荣获省教学基本功一等奖的兴化市昭阳湖初级中学的李君校长，他以复习课为例，向我们介绍了他研究的“四探四疑”课堂教学模式。模式的创新意义是什么？传统的教学方法讲究“挑疑—解疑”，学生“无疑”便是教学过程的结束，不利于批判性思维、创造性思维等培养。在“解疑”之后，有意让学生产生新的疑问，使教学过程在“有疑”中结束，就会激起学生去探索，去创造的欲望。——这就是模式的创新价值所在。

创新需要学习借鉴，可以在推广先进模式和经验中达成。兴化市安丰镇中心幼儿园和兴化市戴南镇中心幼儿园是教育部“安吉游戏推广计划”项目试点园，在董秀梅园长的案例分享中，不难发现，安吉游戏最大的创新就是“把游戏的自主权完全还给幼儿”，幼儿能在自由自主的真游戏中自在活动，使自身的潜能得到最大程度的发展。她以大班户外游戏活动《滚球场上的新鲜事》为例，向我们详细介绍了如何在“安吉游戏”中推进幼儿深度学习的研究与实践成果。促进幼儿深度学习，如果你从高层次目标、高阶思维等达成上去思考这个概念，恐怕不符合幼儿的认知。是什么呢？是呵护天性，是唤醒童心，是培养科学家精神，是挖掘发明家潜力。创新需要研究，需要基于教育科研，通过教育科研。张洁园长介绍的是“安吉游戏”理念下的研中行。研究的重点是策略创新：第一，研究学习环境的创新，保障幼儿游戏空间；第二，研究投放材料的创新，以支持幼儿持续探究；第三，研究作息创新，努力实现幼儿自主管理。

提及课堂教学创新，结合本期课程专家所讲内容，我想重点强调六组词，请大家重点关注一下。第一组是中国学生发展核心素养、课程核心素养；第二组是大概念、学科大概念；第三组是基本问题、引导性问题、启发性问题；第四组是任务群、情境教学、问题串、教学活动；第五组是教、学、评、教学评一致；第六组是自主学习、合作学习、探究性学习。

课堂教学立课程核心素养之意，大单元教学已成为必然，这一创新，更强调学生的体验、体悟，更强调学生的深度参与，更强调深度学习的作用和意义。大单元教学重视的是学科大概念，突出的是对课程内容的基本问题的询问，体现的是教学目标、教学内容、教学方法、教学手段、教学评价等要素的整体建构。近年来，国家对原版课程方案和各学科课程标准都作了修改，这其中本身就包含许多创新。

从关注三维目标转变到关注课程核心素养是目标创新；选择什么样的内容来达成目标？实现从关注学科概念到关注核心概念和跨学科概念的转变是内容创新；从关注探究转变为关注探究与实践，解决生产、生活中需要解决的实际问题，通过什么样的教学活动来完成教学内容是活动创新；创设真实而复杂的问题情境，设计挑战性的学习任务，提出思辨性、进阶性的系列问题，线上线下交互式混合学习，以上这些都属于方法上的创新；评价创新上有几个突显点，一是“逆向设计，评价先行”，二是教学评一致，通过评价去育人。作业也需要创新，从课时作业走向大单元视角下的整体作业分步实施，将大单元目标、评价、任务、情景、活动、作业、资源等进行系统思考，做好作业和目标、教学、评价等相互关系，共同发挥作业与教学、评价等的协同作用，而不是将作业孤立地进行设计；最后一点是信息技术与学科融合创新，借助大数据实现学情判断从感觉、经验、定性走向科学、定量化；借助微课程、翻转课堂等创新实现私人定制的个性化的学习模式。

关于逆向教学设计，许多人感觉到很难。难点主要反映在以终为始的“终”和教学评一致的“评”这两个方面，实践中如何突破这两个难题？也就是说，到底要教到或者说学到什么程度？如何保证教的和学的过程都很满意？这两个问题不解决，整个教学设计都会茫然，逆向教学设计就无法顺利进行。研究实践中，我总结出两种方法：第一是命题知“终”法，第二是评估知“评”法，这两个方法很管用，推进效果也很好，提出来供大家参考。

老师们，时代发展需要创新，社会进步需要创新，课程改革需要创新，课堂教学改革更需要创新，创新是研究和实践的常态，创新永远在路上。

新课标新教材新教学

新课标来了，新教材来了，新高考来了，我们的教学该往哪儿走？我们需要解读课标，我们需要认识高考，我们需要改革，我们需要指导大赛。用行动来探索，这就是答案。

李红蕾

徐州市教科院学前教育教研员，高级教师。

张　蕾

徐州市雍景幼儿园园长。

幼儿园《花园课程》开发的一些思考

张蕾园长：我想先分享两段视频给大家。第一段是我和朱迅老师的对话。

（播放视频剪辑 3 分钟）。

通过这段对话可以了解我们为什么会为孩子们打造《花园课程》，我们的课程是如何看待儿童、看待学习，是如何构建儿童主体的适宜性课程。

通过视频大家可以了解到，我们幼儿园是一所“花园”幼儿园，为什么要做“花园”幼儿园呢？

缘于两点：

第一，受“幼儿园”来源的启发。1840 年福禄贝尔先生创造了“幼儿园”一词，并提出：幼儿园是花园，儿童是花朵，教师是园丁，儿童的发展犹如植物的成长；福禄贝尔先生“顺应儿童的本性，满足本能需要”的教育思想深深影响着我。花园课程的开发与实施者认为，每一个幼儿就是具有自我发展规律的稚嫩花朵，保护、支持他们富有个性的生长是学前教育人的神圣职责。

第二，我们能够看到，现代社会就像一所水泥森林，越来越多的儿童远离自然、失去自然，他们无法领略一年四季多姿多彩的变化，无法领略空气、阳光、花开花落、草长莺飞。但“审美”与儿童的兴趣是紧密关联的，学习与儿童的动手操作是密不可分的，因此我们思考，依托幼儿园的户外园地以及我自身的园艺技术，为孩子们、也同孩子们共同创建一所“花园”幼儿园，通过挖掘、开拓丰富的自然资源，呈现审美的、真实的、现场的、开放的环境，支持孩子们主动浸入、体验、探索，在与自然、社会、同伴、成人的互动中主动成长。

带着以上两点思考，我们在建园初期就开始进行幼儿园场域的自然化、审美化改造，充分开发室内外场地，精心筛选能够激发幼儿探究兴趣，在不同季节和时段交替生长开放的国内外花卉植物，打造生态的、审美的自然环境。伴随着课程的进展，我们还拆除了花园的围栏，打破儿童与自然之间的间隔，让儿童能随时进入花园，在与自然环境的互动中，形成与自然有效、紧密的联结。

基于对儿童兴趣、需要的观察与评估，我们也不断地进行探究性、支持性地环境改造：设置问题墙收集孩子们的问题、提供线圈本支持孩子们进行记录，投放专门的观察探究、劳动实践工具包，激发幼儿与自然环境高频、自由、充分的互动。为课程开发积累素材。

随着课程的进展，我们发现在花园中除了发生学习，还有大量的交往，同时孩子们的学习过程及成果也以问题墙、展板、高潮活动等形式展现在花园中。花园为孩子们的学习提供了巨大的支持价值，魏教授支持我们将课程资源充分挖掘，整合人力、物力、自然、社会、信息技术资源，支持幼儿学习、交往、展示，并将这种支持幼儿全方面学习的场域研究指向博物馆课程的方向。明晰的方向使我们成功立项了江苏省十四期研究课题《花园博物馆：园本课程研究》。

回顾一路走来，我们的课程开发是举全园之力、将课程建设与幼儿园整体发展紧密联系的学习、反思、提升过程。

“花园”课程的开发历程：

一、成立园本课程开发小组

（1）组建由教研员、高校专家、骨干教师、家长、社区人员组建的学习共同体，成立课程规划小组和课程情报小组，从研究“花园”可见的和可理解的资源，到明晰“花园”课程的理念、目标、内容、实施、评价及制度保障等工作，逐一为课程开发作好理论上的准备。

（2）建立课程研发机制，形成相关的工作制度。如课程规划工作制度、教研活动制度、课程资源开发制度、课程开发审议制度、课程评价制度等。完善的制度为幼儿园课程开发提供了充足的保障。

二、明确“花园”课程理念

通过对相关文献的大量学习、对本园课程资源进行全面分析、对幼儿园研究基础进行回顾，我们与幼儿对话、与教师对话、与家长对话、与专家对话，逐渐明晰了“将幼儿园建在花园中”的办园理念。通过系统学习《规程》《纲要》《指南》，阅读幼儿心理学、教育学、课程类专业书籍、陈鹤琴教育思想，确定“全自然”“全面发展”“活教育”为课程的支持性理念，最终建构了为促进幼儿全面发展的“做活教育，育全儿童”的课程理念。

三、拟定“花园”课程目标

以《幼儿园教育指导纲要》为指导思想，以“育全儿童”为目标，我们制定了课程总目标：让儿童在自然中成为身体强健、性情积极、学习品质良好、热爱自然与生活的完整儿童。年龄段目标参照《3～6岁儿童学习与发展指南》制定。

四、审议“花园”课程内容

我们理性分析幼儿园教师队伍的专业水平，认识到幼儿园当下课程建设的起点应从借鉴课程蓝本为主、生成活动为辅，逐渐进行课程的园本化改造。我们选取南京师范大学出版的《幼儿园活动整合课程》，追随儿童在花园自然环境、社会环境中的兴趣、问题、需要，以主题、区域、领域、项目相结合的方式组织课程。通过全园、年级、班级等不同层次的课程审议来确保“花园”课程的科学性和有效性。

五、实施与评价“花园”课程

“花园”课程通过生活活动、游戏活动、教学活动、社会实践活动、节日活动等途径来实施，教师通过活动实施更加明晰一日生活皆课程的理念。

我们对于课程体系建构的思考，主要指向适宜、系统、平衡。一是横向上保持五大领域之间幼儿经验的平衡性，二是纵向上关注幼儿各年龄段经验的连续性。在此基础上，使各类活动定位清晰、比例适宜，共同指向课程目标的实现，实现促进幼儿全面发展的目标。对课程结构的优化，主要通过两个渠道来实施。一是以《3~6岁儿童学习与发展指南》为参照，通过访谈、观察、作品分析等途径评估幼儿发展现状，二是通过教师自评、课程建设核心团队他评、第三方定期评估三个角度评价。

花园课程是以主题课程为主，项目课程为辅的园本课程开发实施模式。这也体现了幼儿园课程学科课程、活动课程、经验课程相融合的发展阶段特征。

2019年，魏教授给我们提出开发实施项目课程的建议。项目课程是典型的经验课程，对教师的专业提出了比较高的要求，这也是我们在课程开发实施过程中的着力尝试与最大收获。我们在市教科院学前教研员的组织下，共读《小小探索家——幼儿教育中的项目课程》，以课程审议与教研活动为技术手段，陆续开发了《你好，郁金香》《发现地锦》等一系列项目课程。

下面向大家分享《你好，郁金香》（播放视频3分钟）

项目课程《你好，郁金香》开始于2021年3月份，历时一个多月。课程的关键事件是——孩子们种植的郁金香发芽了，他们因此生发了许多问题，诸如：郁金香的球根怎样种植？花园中有多少品种的郁金香，郁金香枯萎了怎么办？教师根据对问题清单的梳理进行了价值判断，和孩子们共同绘制了一期、二期的课程网络图。

在课程探究阶段，孩子们在花园里进行了对郁金香的多种探究：认领郁金香、保护郁金香、测量郁金香、统计郁金香、了解郁金香的价值等。这些活动贯穿在一日生活的各个环节，以个别化、小组、集体的形式进行，目的是解决探究过程中的各种问题。

随着郁金香的花期结束，项目活动也进入了高潮，幼儿和家长共同制作了以“我和郁金香的故事”为主题的小书，每位幼儿都将自己所获得的经验记录了下来，有的创编儿歌、有的记录郁金香的生长过程、有的续编故事……这都是幼儿很好的个别化学习。最后，孩子们创编了一个小话剧进行展示，成为郁金香课程的高潮阶段。

项目课程《你好，郁金香》结束之后，教师对课程进行了回顾总结与反思，对于课程资源的价值、幼儿的收获、教师的收获都作出了详细的梳理，同时也进行了反思与评价。这是幼儿园的老师第一次尝试项目课程，也是幼儿园课程建设的一个重要的里程碑。通过项目课程的开发与实施，教师对儿童的学习、资源的开发、家庭与幼儿园的密切协作都有了新的认识。目前我们幼儿园的课程建设依托于市规划办课题《幼儿园花园课程的研究》和省教研室课题《花园博物馆：园本课程的研究》不断完善，也借助于徐州市学前教研美术学科组、读书学科组的研究组织全市教师共同研讨。我们深信，课程建设是一个动态提升的过程，儿童的成长、教师的发展、幼儿园质量的提升都蕴含在其中，我们也将继续学习、实践、研究。

李红蕾老师：在雍景新城幼稚园《花园课程》开发的过程中，教师的专业化水平是关键要素，同时教师队伍的专业性包括对儿童发展的敏感性、对课程资源的开发及运用能力、对儿童发展的评估能力等，也在课程建设的过程中得到更好发展。所以我们一直强调幼儿园课程建设是一项完整工程，其最终实现的是幼儿发展、教师专业提升以及幼儿园整体质量的提高。在幼儿园课程开发过程中，教研员以研究伙伴的身份参与，并以“研究中的首席”身份发挥必要的作用。

科研引领。幼儿教师的科研有其自身特性：第一，幼儿教师的一日工作就是研究对象，工作中的问题就是研究选题，这是由幼儿教师工作性质所决定的；第二，幼儿教师的研究具有典型的行动研究特性，边研究、边解决、边调整优化研究方案；第三，幼儿教师自身就是研究者。因此，幼儿园课程建设的过程和幼儿园的研究本身就是一体，协调好研究与工作的关系，幼儿教师的工作会因为研究而更加有质量。所以在雍景新城幼稚园的课程开发最初阶段，我的建议就是从科研做起。2019 年幼儿园在梳理既往课程建设经验、研究成果的基础上，我们共同确立了开发园本课程的选题方向，并支持幼儿园申报了市教育规划课题《幼儿园花园课程的研究》，在课题申报的过程中，幼儿园系统地梳理了国内外幼儿园课程建设的经验、做法，反思了自身的研究历程，这个课题的研究，将幼儿园课程建设推上了新的起点。同时，幼儿园作为核心研究团队参加了徐州市学前专项课题《课程游戏化背景下园本教研组织策略的研究》，伴随着课程建设实施教研活动转型。切中实际、脚踏实地的科研工作，不但没有给幼儿园增加负担，还开阔了视野，占据了最先进的研究方向，实现了研究方向、研究方法、研究能力的同步提升。在这个过程中，幼儿园就是一个大的课题组，各个教研组、班级是小的研究共同体，教师将自己解决问题过程中的收获与反思提炼形成了论文、课程故事、案例集等。

教研保障。结合课题研究、课程建设的开展，我长期伴随幼儿园的园本教研活动，并与业务园长、教研组长围绕问题导向的教研计划制定、教研保障体系的建设、教研活动的备课、设计与组织、教研活动的评价进行了大量的实践。在这个过程中，幼儿园的教研活动实现了三个阶段的提升：第一阶段，聚焦问题，实现教研活动服务教师解决问题的功能；第二阶段，精准备课，实现教研活动研究质量的提升；第三阶段，精准靶向、灵活实施，解决问题的同时建设功能灵活的学习共同体、指向教研梯队培养。教研不但解决了教师日常实践中的问题，还促使教师在自我反思、同伴互助、专家引领的多样化活动中快速成长起来，完善了教研保障机制，建立了基于园本的多样化教研制度、教科研成果奖励制度，幼儿园教研文化初步形成。

阅读护航。幼儿园的阅读活动和覆盖徐州市市级的教师专业阅读是同步发展起来的。最初的阅读是为了解决课程建设中的难点——项目课程的开发。当魏教授提议幼儿园进行项目课程的开发和研究时，我们对项目课程还缺乏深入的研究，因此课程开发的起点是从专业领读开始的。我为幼儿园推荐了《小小探索家——幼儿教育中的项目课程》这本书进行全园性的领读共读活动，并担任了领读指导教师。但这次领读活动不仅是为了完成对项目课程的理论学习，还包含了集体阅读模式的探究、教师梯队的培养、阅读与教研结合的尝试多种目的。对《小小探索家》全书领读之后，幼儿园又陆续领读了《学前儿童行为观察》《学前儿童游戏》等，并在此基础上创新了个性化领读、领读与自修结合、阅读分享、阅读沙龙等多样化的教师专业阅读模式。历时三年的阅读工程，不但充实了教师的理论储备，而且形成了幼儿园管理、课程、教研独有的文化。因为专业阅读，书本成为伴随每一位教师工作的“指导老师”，成为教研活动前教师备课的依据，出现在教研活动研讨的现场。也因为幼儿园教师阅读工作的开展，刘园园园长担任了徐州市幼儿教师读书学科组组长，将这种阅读、教研、教师专业发展相结合的模式发展成为更多幼儿园、教师的学习方法。

资源支持。我对教研员角色“研究、指导、服务、管理”岗位职责的认识是：教研员自身应有研究的功底，有指导的能力，有服务的热情，有管理的技巧。因此对于幼儿园的课程建设与研究，如何提供适宜、及时、充分的资源，也是我思考的主要内容。以雍景新城幼稚园的发展为例，我认为教研员自身就是一个优秀的资源，我可以全程参与幼儿园的课程研发、教研活动组织、教师专业阅读，并在这种陪伴的过程中解决具体问题、帮助幼儿园调整发展的方向；同时，教研员以及市教科院背后的专家资源是幼儿园发展中解决重难点的技术资源；同时，幼儿园的研究发展又成为教研员可用的、可促进全市学前教育发展的有效资源，分析具体案例之前，先回顾我们国家学前教育课程在最近三十余年来的发展走向。

二十世纪八十年代，“幼儿园课程是幼儿园所设科目”的观念仍占主导地位，在这种学科倾向课程观作用下，教育部于1982年组织编写出版了新中国成立以来第一次全国统编幼儿园教材，教师的主要任务是把“教材”上的知识“教”给儿童，教师的职责是“忠实的教”，儿童的任务是“被动的学”，评估课程质量的标准是教师是否忠实执行教学计划，儿童是否全盘接受教学内容。被关注的是教材、课堂、如何提升教的技巧等，儿童作为一个活生生的个体，其兴趣、需要、问题被忽略在课程之外。此为我国幼儿园课程分科课程阶段。

1990年的“幼儿园课程结构改革”标志着课程改革进入新的阶段，1996年《幼儿园工作规程》的颁布以及同年《幼儿园课程指导丛书》的颁布，显示幼儿园课程从分科课程走向领域课程。

2001年《幼儿园教育指导纲要》颁布推进了课程改革进入多元化发展阶段，“综合教育课程”“主题探究活动课程”“安吉游戏课程”“渗透式领域课程”等中国化、科学化的本土幼儿园课程实践出现，体现出关注幼儿经验、兴趣、需要，尊重幼儿发展主体性的特点。2012年《3~6岁儿童学习与发展指南》颁布，为新时期幼教课程改革提供了政策支持。幼儿园活动课程、经验课程已经多元化呈现。回顾我们国家学前课程改革三十年的历程，是课程重心由学科向经验的转变、由教师向儿童的转变、由教材向学习者的转变、由静态向动态的转变。学前教育国家课程、地方课程、园本课程的三级课程管理体制，使幼儿园获得了课程开发的自主权。也促使幼儿园对课程建设有一些思考。

一、正确认识园本课程开发。建设园本课程是很多幼儿园的愿望，也有不少幼儿园希望能够在短时间内形成特色鲜明、理念明确、名称响亮的园本课程。因此，无论是课题申报、项目申报、成果奖申报，我们都能看到许多响亮、大气的幼儿园课程比如“野趣课程、趣玩课程、闪亮童年课程、泥乐课程、沙水课程、生态课程等”。但是如果问问幼儿园的园长和老师，幼儿园课程、园本课程、本园课程、课程园本化等概念的时候，并不是每一个人都能够讲清楚，也因此在形态各异的课程目标及理念之下，其课程内容、课程实施往往与幼儿园的现实资源、幼儿发展关联不大，给人以标题各异、内容趋同的感觉。造成这种原因的是幼儿园对课程的相关概念缺乏准确的认识。所以，幼儿园进行课程建设的第一步，是正确认识围绕园本课程开发的各种概念和关系；第二步是正确认识本园的课程开发基础，理性、实事求是地实施课程开发。

目前在我们国家居于主导地位的是活动倾向的界定，幼儿园课程是指在幼儿一日生活活动中，帮助幼儿获得有益的学习经验，促进其身心全面和谐发展的各种活动的总和。从静态视角看，幼儿园课程包含课程目标、课程内容、课程实施、课程评价四要素，从动态视角看，幼儿园课程是这四个要素组成的不断循环的动态循环过程。因此，课程园本化是将现行课程经过不同层级的审议使之适合于本园幼儿发展需要的动态过程；本园课程是本园目前正在实施、运行的课程；园本课程是基于对本园资源的开发与利用，基于对本园幼儿发展现状、需要、问题的了解而开发、实施的课程；厘清如上概念，理性看待，当下大部分幼儿园在做的课程应该是课程的园本化改造进程。也可以理解为幼儿园理性分析本园的研究基础，分析本园的课程资源，在科研、教研的助力下，逐渐完善课程，向着实现园本课程的目标稳步发展。

而这个发展的过程，起点应该是对本园课程建设基础的理性分析。包括：幼儿园课程开发的历史回溯、幼儿园课程资源分析：自然、社区、人力、专家、幼儿情况分析。

建立在对自身情况理性分析基础上，幼儿园课程开发便找到了起点。

二、正确认识儿童为本。幼儿园拥有了开发园本课程的自主权，并不意味着“课程选择上的自由”，而是一种责任与使命。幼儿园需要思考的不是“要教什么”而是“儿童的发展需要我们做什么”。这种认识是园本课程开发成功的关键，也是当下每一所幼儿园应该具有的正确儿童观。那么，老师还“要不要教？”，这又会成为一些幼儿园或老师的困惑，答案是“要教”。幼儿学习的拓展，既需要资源，更需要拓展建构经验的课程空间。这个拓展的过程，就体现了教师“教”的必要、“教”的智慧、“教”的技巧。我们在下面的案例中了解，教师如何通过困难驱动，让幼儿的“愿望”成为课程。幼儿在生活中会遇到各种各样的困难，有的困难例如幼儿口渴需要热水，烧水的问题幼儿不能解决，因此教师可以帮助。有些困难，教师可以放手教给幼儿，便为幼儿经验拓展带来了可能空间。这种教师“推卸困难”的行为，便成为一种课程“生发”的契机。而判断“生”与“不生”的关键，就在于教师的课程敏感性与经验意识。

在雍景新城幼稚园南操场有一个挖土堆成的小土坡，孩子们在土坡旁跑来跑去，逐渐生出了许多问题。他们经常围着老师问“这些土堆在这里干什么？”“我们可以在土里面挖一个山洞吗？”“这里能不能盖房子？”对土坡的问题越来越多了，并且集中在“能不能不要把土坡弄走，我们想在这里玩”。面对这个问题，教师认为这是一个很好的课程开发起点，她回答：“你们如果喜欢这个土坡，那就自己想、自己商量、自己画设计图。”于是从一个土坡开始，有了儿童的想象与设计，有了在线圈本上的设计图，有了对游乐场的憧憬，这是一个“我的游乐场”的设计活动，也是一个主题课程。在这个主题课程中，幼儿经历了想象、协商、绘图、倾听、表达等学习。最终，大家决定把小土坡变成一个下面钻洞、上面表演的城堡，园长爸爸用一个月的时间，把大家的设计图变成了真实的城堡。

针对这个案例，幼儿园老师在研讨中收获到：我们应尽可能让幼儿有问题可问、有事情可做。教师让幼儿有事可做，就是课程。

正确认识一日生活的价值。儿童的学习就在一日生活中，幼儿园课程建设离不开儿童的生活。提到儿童生活的价值，几乎每一位老师都能够脱口而出——一日生活皆课程。幼儿的一日生活都是课程吗？一日生活都能对儿童的发展提供支持吗？我们来看一个例子。初入园的小班幼儿，他有许多事情还不会自己去做。

例如：如何吃饭？饭后如何养成良好的洗漱习惯？这个时候，老师教给孩子正确的坐姿和自己吃饭的方法，提供大小不同的勺子让每个孩子都能够把饭吃到嘴里，通过少量多添帮助孩子建立自己吃饭的信心，通过班级环境的合理化布置形成餐前餐后的合理动线，通过三位老师的合理分工，让孩子在餐前、餐中、餐后都得到老师的指导。在这个过程中，生活为孩子提供了做事的机会、照顾自己的机会、动手动脑的机会、养成良好进餐习惯的机会，这种生活就是学习。孩子从身体到心理的发展，都得到了支持。当孩子们已经能够很好地完成进餐、餐后的自我服务，他们熟练地吃饭、漱口、收纳餐具，这些活动对他们不再具有挑战、不再有难度，同样的生活环节就不再具有学习的价值，只是满足生活的需要。那么，教师要做什么呢？幼儿园会逐渐地增加幼儿自主取餐、值日生、对餐点的介绍等，那么生活环节对幼儿来说，又具有了新的挑战，幼儿又需要去思考做什么、如何做、如何做得更好。因此，生活环节重新成为了学习。通过这个案例，我们就可以理解，生活成为课程、行为成为学习、资源成为经验，其关键在于教师的课程敏感度。教师要能够准确评估儿童当下的发展水平和可能达到的更高水平之间的距离，并且通过设置一些挑战、提出一下问题帮助幼儿向最近发展区发展。这就是课程。

幼儿园课程开发是一个漫长的历程，课程开发与幼儿的发展、教师队伍的成长、幼儿园保教质量的提升是一个整体。纵观我们国家的学前课程改革，成功的幼儿园课程建设如南京实验幼儿园的综合课程、南京太平巷幼儿园的田野课程、宁波一幼的新行为课程，都是在一代又一代人的研究中不断进步与完善。因此幼儿园课程开发应去功利心、抱平常态，树立生长的理念，尊重儿童、教师、课程发展的规律，潜心研究、静待花开。

扫描观看更多视频

魏本亚

江苏师范大学文学院教授、硕士生导师，基础教育研究中心副主任。

《义务教育语文课程标准》解读

2022 年 4 月 21 日，教育部颁布了《义务教育语文课程标准》。昭示核心素养导向的语文教学的开始。2001 年启动课程改革，颁布语文课程标准（试验）；2011 年，颁布义务教育语文课程标准（定稿）。十年一次修订，揭示了语文教育改革的周期。面对这个课程标准，我们一线老师应该注意些什么呢?

一、关注课标的基本内容

（一）课程性质的表述变化

2011 年义务教育语文课程标准表述是:“语文课程是一门学习语言文字运用的综合性、实践性的课程。”2022 年义务教育语文课程标准表述是:“语文课程是一门学习国家通用语言文字运用的综合性、实践性课程。工具性与人文性的统一，是语文课程的基本特点。”这次的调整，规范了学习对象，即国家通用语言文字，这是依照国家语言文字法作出的调整，使我们的课程性质表述更加规范化。两种表述都强调了“运用”，都强调了“综合性”“实践性”，这种表述与普通高中语文课程标准的表述一致。这里面强调的“综合性”就体现了这次课程改革的“跨学科特点”，这里的“实践性”强调的是学用结合。

（二）课程理念的变化

课程标准提出五大理念，与上一次的四大理念有较大的变化。认识这些变化，理解其理念的内涵对我们落实课程标准有现实意义。

1. 强调学科育人。发展学生核心素养，强化学科育人导向。提升学生的学科核心素养是基本内容，落实学科育人是目的。语文是一门人文性很强的学科，其中的学习内容本身就具有育人的条件，发掘三种文化的育人价值将是语文教师的责任。

2. 提出了学习任务群。这是一个突破，它将改变目前的语文课程基本结构，对课堂教学的影响将是巨大的。以生活为基础，以语文实践活动为主线，以学习主体为引导，以学习任务为载体，整合了学习内容、情境、方法和资源等要素。这就对语文教学提出了新的要求。

3. 明确了三大变化。一是内容整合的变化，以往的课程标准小学阶段与初中阶段是裂痕的，中间的衔接一直存在问题，这次一体化设计解决了这个问题。一是学习方式的变化，具体要求是继续强调自主、合作、探究学习，明确提出关注学习差异，关注学习习惯养成，关注学生学习力；学习方式转变将是课堂教学的必然选项。一是强调评价导向作用，过程评价与终结性评价结合将是常态。

（三）课程目标的变化

1. 语文学科核心素养有了新表达。自从高中语文课程标准颁布之后，语文核心素养的表述就成了公用术语，这次义务教育课程标准采取了新的表述，这种表述与高中有联系，但是又体现了义务教育的特殊性。文化自信、语言运用、思维能力、审美创造四大要素与高中的表达有明显的不一样：要求明显降低了，没有对要素提出更具体的要求；要素的顺序作了较大调整，“文化”本来放在四大要素的最后，现在排在了第一位。

2. 总目标表述有了调整。2011 年的 10 条目标是按照“知识与能力、过程与方法、情感态度与价值观”三维目标设计的，2022 年的 9 条目标是按照“语文学科核心素养”设计的。设计的理路发生了较大的变化。前两条目标关注了三观与对待文化的态度，中间三条关注的是学科内容——文化、语言、阅读与表达，后四条关注的是方法与资源。

3. 具体目标更具层次性。原来的学段目标是按照内容来切割的，识字与写字、阅读、写作、口语交际、语文综合性学习；现在的设计更加关注素养的提升，识字与写字、阅读与鉴赏、表达与交流、梳理与探究，后三个板块的要求明显提高了。小学三个阶段，7—9 年级一个阶段，四个阶段整体设计，具体目标的层次性就更加清晰且具有联系性。

（四）课程内容的新建构

与以往五大板块选择内容不同之处是，这次是按照学习任务群来设计课程内容。而这些学习任务群与高中的学习任务群有很大的区别，高中 18 个学习任务群是一个个模块，可以选择学习，义务教育的学习任务群是呈阶梯排列的，是属于必修内容。具体变化如下：

1. 明确了学习内容的载体。课标首次明确三种文化是课程内容的载体：中华优秀传统文化、革命文化、社会主义先进文化。三类文化都明确了内涵、特点与范围，语文教育的教材资源就清晰具体了。三种文化所占比例也规定了，占 60%～70%，科技、实用类、外国文化占 30%～40%。文化是内容的载体，也是语文学习的对象。

2. 明确了“三层六群”内容范围。所谓六群，是指义务教育阶段设计的六个学习任务群：（1）语言文字积累与梳理；（2）实用性阅读与交流；（3）文学阅读与创意表达；（4）思辨性阅读与表达；（5）整本书阅读；（6）跨学科学习。第一个任务群是公有的基础，称之为基础型学习任务群，所有学段都要落实，表现了语言运用的特殊性；第二个、第三个、第四个任务群为发展型学习任务群；第五个、第六个学习任务群为拓展性学习任务群。六个学习任务群涵盖了四个学段，但是每个学段的具体要求又有差异性、层递性。

（五）学业质量标准

这一板块是课程标准的创新举措，以往的课程标准没有这个板块。这种设计是对 2011 年课标的突破。学业质量与高中的学业水平质量标准是有差异的，高中划分了 5 个水平层级，义务教育语文学业质量强调的是基本标准，并没有划分出水平层次。

关于语言文字积累与梳理，四个阶段的要求是不一样的：第一学段，认识1600字，会写800字；第二学段，认识2500字，会写1600字；第三学段，认识3000字，会写2500字；第四学段，认识3500字，正确书写常用汉字。

关于交流与表达，四个学段也有差异：第一学段，与人交流注意倾听，能把自己的想法说清楚，把自己看到的东西写出来。第二学段，学生要乐于与别人交流，能够搞清楚事物之间的关联。第三学段，乐于参加讨论，并敢于发表自己的意见。第四学段，发言时有中心、有根据、有条理，知道用事实说服别人。

这一板块，它告诉教师要教什么、怎么教，告诉学生学什么、怎么学。这种要求对规范我们的教学有现实意义。

二、面对课程标准的变化，我们该如何实践

语文课程标准的修订，昭示着语文教育实践的新变化。我们一线语文老师在教学过程中该怎么做呢？

1. 语文教育要把学科育人当作重要任务。2001年的课程改革与2011年课标调整，都强调“为了学生的发展”，这一次课程改革强调“培养全面发展的人”。要全面发展就需要五育并举，就需要学科育人、课程思政。语文学科肩负育人的功能，语文教师责无旁贷。我们要借助教材资源做好育人工作，德育不是渗透而是贯彻于实践全过程，要让我们的学习者辨别真善美与假丑恶，形成正确的世界观、人生观、价值观。

2. 语文教育要把核心素养当作教学的重点。核心素养是学生在真实情境之中解决具体问题所表现出来的必备品格与关键能力。语文教师要明晰核心素养的要义，把这四大要素落实到自己的实践之中去。语文教学不能停留在简单地知识教学层面，而是要注意引导学生去解决语文学习中的具体问题，要让学生在运用知识的过程中形成学科核心素养。

3. 语文教学要由单篇走向综合。语文教学长期关注单篇教学，教师练就了单篇教学的本领，现在提出了学习任务群教学，许多老师开始发懵了，不去研究

就依然故我，用老办法教学习任务群，越教越难教。新课标适应时代的要求，强调综合学习、强调跨学科学习，这是适应社会生活变化提出的举措。现在提出三个层级六大学习任务群，这是新的内容结构，这个架构是有着内在的逻辑关系的。只有把这些东西搞明白了，才有可能落实到自己的课堂教学之中。

4. 语文教学要强化学业质量标准意识。这次课程标准在学业质量方面做出了较为细致的描述，每个学段学什么，怎么学，教师教什么、怎么教。这些要求将取代以往的考试说明，成为国家考察评价学科教学质量的依据。教师只有把这些东西研究清楚，你的课堂教学就会有的放矢。

5. 语文教学要改变教学方法。20 多年的课程改革，教学方法发生了很大的变化，对话教学、启发教学使用得很普遍，但是学生学习主体地位依然没有很好地确立。大家要知道，核心素养不是依靠简单的教授可以培养的，是需要在具体的学习活动中历练、体悟逐渐形成的。由教师的教转向学生的学说了多少年，一直没有落地，这一次将通过评价变革倒逼学习方式变革，这种变化要引起大家的关注。

20 年的语文教育改革，我们在双基的基础上不断创新，形成了“三维目标”阶段；而在“三维目标”的实践中我们不断创新，又形成了“核心素养”阶段。三个阶段的发展是大家努力的结果，是语文追求“高质量”发展的标志。而要让课标落地，还需要全体语文老师努力奋斗。

吴晓红

江苏师范大学教授。

“义务教育数学课程标准”的解读

《义务教育数学课程标准（2022 年版）》正式颁布。新课标为数学教育绘制了育人蓝图，为数学教学指明了方向。当前的一个重要工作就是理解和落实新课标。如何理解？当然可以从不同角度。

教学是落实课程标准的主要途径，为何教？教什么？怎么教？这是教学的三个核心问题，在课堂教学中具体表现为教学目标的制定、教学内容的选取以及教学方式的确定。以下重点从教学实施的角度，从教学目标、教学内容、教学方式等方面，谈一谈对新课标的认识。

一、教学目标：指向核心素养

目标既是导向也是结果。新时代教学目标如何制定？这是数学教学首先要思考的问题。

课程目标是制定教学目标的重要依据。新课标明确指出，通过义务教育阶段的学习，学生逐步会用数学的眼光观察现实世界，会用数学的思维思考现实世界，会用数学的语言表达现实世界（简称“三会”）。课程目标需要通过教学目标来实现，因此，教学目标就是要依据学情和教学内容，将“三会”具体化、灵活化。一句话，就是要制定指向核心素养的教学目标。具体体现为：

第一，要明确核心素养的具体体现，即培养什么核心素养。

每一个特定的学习内容都具有培养相关核心素养的作用，要注重建立具体内容与核心素养主要表现的关联，在制定教学目标时，将核心素养的主要表现体现在教学要求中。例如，确定小学阶段“数与运算”主题的教学目标时，要关注学生符号意识、数感、量感、运算能力等核心素养；确定初中阶段“图形的性质”主题的教学目标时，要关注学生空间观念、几何直观、推理能力等。

第二，要明确培养核心素养的载体，即依托于什么培养核心素养。

在课程目标中，“三会”具化为使学生能获得数学基础知识、基本技能、基本思想和基本活动经验（简称“四基”），能够发现问题、提出问题、分析问题和解决问题（简称“四能”）。

“四基”是培养学生数学核心素养的沃土，“四能”是培养学生数学核心素养的重要体现，可以说，“四基”“四能”是形成核心素养的有效载体。

例如，在“图形与几何”学习领域，如何认识图形？课标指出，学生经历从实际物体抽象出几何图形的过程，认识图形的特征，感悟点、线、面、体的关系，积累观察和思考的经验，逐步形成空间观念。这表明，空间观念的形成需要依托“四基”。又如，课标指出，要引导学生在发现问题、提出问题的同时，会用数学的眼光观察现实世界，在分析问题的同时，会用数学的思维思考现实世界，在用数学方法解决问题的过程中，会用数学的语言表达现实世界。

因此，教学目标要指明发展学生数学核心素养的“四基”“四能”。

第三，要明确培养核心素养的主体，即对谁培养核心素养。

核心素养在不同学段有不同的表现。比如在小学阶段，核心素养表现为：推理意识、数据意识、模型意识，而到初中阶段，则表现为：推理能力、数据观念、模型观念。小学阶段侧重对经验的感悟，初中阶段侧重对概念的理解。

相应地，教学目标要体现培养主体的特点，比如，关于距离的概念，第二学段要求“知道”两点间距离，体现对空间的感悟；第四学段，要求“理解”两点间距离的意义，“能”度量和表达两点间的距离，体现对空间的表达。

二、教学内容：整体把握结构化教学内容

新课程标准对教学内容又有怎样的要求?

《义务教育课程方案(2022年版)》指出,此次课程标准修订的一个重要变化,就是优化了课程内容结构。这一变化在数学课程标准中也有突出体现。

数学新课标“教学建议”是：整体把握教学内容，也就是说，为实现核心素养导向的教学目标，不仅要整体把握教学内容之间的关联，还要把握教学内容主线与相应核心素养发展之间的关联。可以从以下几个关键词进行理解：

第一，主题整合。

优化课程内容结构的重要工作就是主题整合。在“数与代数”领域，小学三个学段的主题，由 2011 年版的 6 个主题整合为 2 个主题：“数与运算”和“数量关系”。

在“图形与几何”领域,小学三个学段的主题整合为“图形的认识与测量”“图形的位置与运动”。

在“统计与概率”领域，小学三个学段的主题则调整为“数据分类”“数据的收集、整理与表达”和“随机现象发生的可能性”，重点强调数据的处理。

主题整合的基础是学科内容的一致性，可以更好凸显数学本质特征。例如，常见的数量关系、式与方程、正比例、反比例和探索规律等内容得到整合（方程移到第四学段），这些内容的本质都是数量关系。从数量关系的视角理解和把握这些内容的教学，有助于从整体上认识这些内容。

第二，内容关联。

整体把握教学内容实质上是为了避免学生简单孤立地学习知识与方法，使得学生在学习过程中建立起合理的结构体系，这是课程内容结构化的基本理念。因此，整体把握教学内容，就要明确不同数学知识之间的实质性关联。

例如，加法运算。整数和小数的加法是相同数位上的数相加，分数的加法是相同分母的分数直接相加，也就是分数单位相同的分数相加。整数、小数、分数

的加法计算都可以理解为相同计数单位的个数相加。这样，不仅有助于从整体上理解加法运算，也沟通了整数、小数、分数之间的联系。

又如，在初中阶段“数与代数”领域，应把握方程与方程组之间、方程与不等式，以及方程、不等式与函数之间的实质性联系，这样，不仅可以使学生能感受课程内容的整体性，也能体会数学方法的一般性。

第三，素养关联。

这种关联体现在两个方面：一方面要明确教学内容与哪些核心素养关联；另一方面要明确关联的核心素养达到什么程度。

也就是说，要结合具体的教学内容，将每节课的知识置于整体的知识体系中，找到数学核心素养在教学中的孕育点和生长点，把握教学内容与核心素养的关联，明确该部分内容与数学核心素养的关联以及对学生数学核心素养发展的贡献。

例如，在“图形的认识”这一主题中，第一学段的重点是认识立体图形和平面图形，形成初步的空间观念；第二学段，则是逐步形成空间观念和初步的几何直观；第三学段，在对图形测量和计算的过程中，进一步增强空间观念、量感和几何直观；第四学段，在对图形性质的研究过程中，核心素养的感悟由感性上升为理性，要求在建立空间观念几何直观的基础上，逐步形成推理能力。

三、教学方式：引发学生思考

课程标准的实施建议是，选择能引发学生思考的教学方式。那么，哪些是能够引发学生思考的教学方式？通过研读课标可以发现，能够引发学生思考的教学方式多种多样，实际上，任何教学方式都有一定的合理性，关键是如何引发学生思考。为此，需要做到：

第一，丰富教学方式。改变单一讲授式教学方式，注重启发式、探究式、参与式、互动式等，探索大单元教学。要积极开展跨学科的主题式学习和项目式学习等综合性教学活动。

第二，明确教学方式的适切性。同样的教学内容，采取不同的教学方式，会收到不同的教学效果；同样的教学方式，面对不同的学习任务或学习对象，也会产生不同的教学效果。因此，确定教学方式，就要根据不同的学习任务和学习对象，选择适合的教学方式或多种方式相结合。

第三，重视单元整体教学设计。改变过于注重以课时为单位的教学设计，推进单元整体教学设计。这与“整体把握教学内容”的理念是一致的。在单元整体教学设计中，要注意分析主题—单元—课时的数学知识和核心素养的主要表现，整体设计，分步实施。

第四，强化情境设计与问题提出。

新课标明确指出：注重发挥情境设计与问题提出对学生主动参与教学活动的促进作用。可以从以下几个方面理解：

一是情境的真实性。核心素养的培养需要让学生置身真实问题情境，亲历复杂的问题解决过程。特别是综合与实践领域的教学活动，应以解决实际问题为重点，以跨学科主题学习为主，以真实问题为载体。

需要注意的是，真实情境不等于现实情境。从数学知识的来源看，数学问题起源于两个方面：一是外部世界的需求；二是数学内部产生的问题。现实情境、数学情境、科学情境都可能是真实情境。

二是情境的多样性。真实情境创设可以从社会生活、科学和学生已有数学经验等方面入手，围绕教学任务，选择贴近学生生活经验，符合学生年龄特点和认知加工特点的素材。因此，情境具有多样性。实际上，应用的广泛性是数学学科的重要特点，注重情境的多样化，可以让学生感受数学在现实世界的广泛应用，体会数学的价值。

三是情境的问题性。问题是数学的心脏，指向数学核心素养的情境是与问题联系在一起的。一个情境是否合适并不仅仅取决于情境本身，而在于所提出的问题是否能够揭示数学的本质。因此，数学核心素养倡导隐含着数学问题的情境，更确切地说，创设情境的一个重要目的在于能够提出引发学生思考的数学问题。

四是情境的育人性。此次课程标准修订的一个重要变化就是强化了课程育人导向。情境育人是课程育人的具体体现，就是注重情境素材的育人功能，比如可以将《九章算术》《周髀算经》等中华优秀传统文化有机融入教学，帮助学生了解和领悟中华民族独特的数学智慧，以情育人。

李 箭

盐城师范学院外国语学院教授。

《义务教育英语课程标准》解读

今天我要分享的主题是关于刚刚颁布的《义务教育英语课程标准》的解读。我将从新课标的修订背景、新课标的继承与创新以及新课标的实施建议三个方面展开讨论。

首先是新课标的修订背景：二十一世纪以来，特别是十八大以后，中央对教育提出了一系列新要求：如推进教育强国建设，办好人民满意的教育，明确落实立德树人根本任务，发展素质教育，促进教育公平，提高教育质量，推进教育现代化，培养德智体美劳全面发展的社会主义建设者和接班人。为了适应教育发展新需要，新世纪义务教育由基本普及到全面普及，由以规模发展为主转向以内涵发展为主，必须进一步明确“培养什么人、怎样培养人、为谁培养人”，建立立德树人长效机制，优化育人蓝图，加强课程建设。同时，新世纪也迎来信息技术的新挑战，网络新媒体迅速普及，人工智能方兴未艾，生活、学习、工作方式不断改变，不同价值观念、不同文化相互碰撞，儿童青少年成长环境深刻改变，对人才培养提出了新要求、新挑战，因此深化课程改革，迫在眉睫。

《普通高中英语课程标准 2017 年版》《普通高中英语课程标准 2017 年版

2020年修订》以及《义务教育英语课程标准2022年版》相继颁布。新颁布的《义务教育英语课程标准2022年版》具有继承与创新的特点。具体体现为如下九点：

第一，新课标不仅坚持英语课程工具性和人文性统一的属性，重视培养学生的综合人文素养，还按能力分级的方式设计具有基础性、进阶性和适切性特点的课程结构，确立课程教学的多元评价体系。课程标准明确新时代义务教育英语课程的性质和理念，开启新时代英语教育新征程。

第二，提出树立人类命运共同体意识，坚定理想信念和文化自信、培养家国情怀、国际视野和跨文化沟通与交流能力的育人要求。

第三，依据《中国学生发展核心素养》，研制与英语学科育人本质和英语课程育人功能相吻合的、与普通高中相衔接的核心素养及其表现水平。

第四，提出指向英语课程学生核心素养发展的课程目标。

第五，建立按照英语能力发展进阶的九年义务教育英语分级体系。

第六，提出以发展核心素养为育人目标，以单元为基本载体，以促进主题、语篇、语言知识、文化知识、语言技能和学习策略六要素的整合性、实践性、成长性、综合性等特征为基本要求的英语课程内容。

第七，提出在体验中学习、在实践中运用、在迁移中创新的英语学习活动观及其实施方式。

第八，研制以素养立意、育人为本的课程内容、学业质量标准及评价考试要求。

第九，增强教学设计与实施、评价与考试命题、教材编写、课程资源开发与利用、教学研究与教师培训等方面指导性和可操作性的建议。

那么，新颁布的课程标准有哪些具体的变化呢?

首先，是课程理念的变化：具体体现在回答了“为什么教？教什么？怎么教？怎样评？”的问题。在课程目标方面，要发挥核心素养的统领作用；在课程结构方面，构建基于分级体系的课程结构；在课程内容方面，以主题为引领选择和组织课程内容；在教学途径方面，践行学思结合、用创为本的英语学习活动观；在课程评价方面，注重“教—学—评”一体化设计；在课程资源方面，积极推进信息技术与英语教学的深度融合。

第二，课程目标发生了三个变化。第一个是课程总目标的变化。新课标确定的课程总目标充分体现核心素养导向，突出了培养学生适应个人终身发展和社会发展需要的正确价值观、必备品格和关键能力的课程育人价值导向，其内容比上一版课标的目标表述更丰富，站位更高，与党的教育方针、社会发展、科技进步、环境变化、个人成长和综合素质提升密不可分，具有新的内涵和明显的时代特征。第二个变化表现为课程目标从简单加法走向关联整合。核心素养是义务教育英语课程育人价值的集中体现。课程目标从原来的语言能力单一维度拓展到四个维度，语言能力，文化意识，思维品质，学习能力。不仅丰富了目标内容，而且提升了课程目标的高度，拓宽了课程目标的视野。根据课标研制专家组核心专家程晓堂教授的解读，义务教育英语课程的学生核心素养，是指学生在学习英语课程的过程中发展的素养。语言能力或英语语言运用能力素养主要通过英语课程得到发展；文化意识素养与英语和英语学习有特殊的关联性，确切地说是跨文化意识。跨文化意识指的是不同文化之间的交流，或者来自不同文化背景的人之间交流时的意识。思维品质和学习能力素养的发展不局限于英语课程，可以通过英语课程的学习得到进一步发展。语言能力是基础要素，文化意识是价值取向，思维品质是心智特征，学习能力是发展条件，核心素养的这四个方面相互渗透、融合互动、协同发展。第三个是学段目标的变化。学段目标是对本学段结束时学生学习本课程应达到的学业成就的预设或期待，是总目标在各学段的具体化。义务教育英语课程分为三个学段，各学段目标设有相应的级别，即一级建议为 3 ~ 4 年级学段应达到的目标，二级建议为 5 ~ 6 年级学段应达到的目标，三级建议为 7 ~ 9 年级学段应达到的目标。各学段目标之间具有连续性、顺序性和进阶性。每一素养的三个维度作为素养的主要表现特征，是相互关联的一个整体，而每个表现维度遵循素养的进阶和连续发展的基本原则来进行描述，立体呈现核心素养在三个学段的层级水平差异。三个学段目标结构化地描述了核心素养四个方面在各个学段应该达成的目标要求，体现出学段目标之间的顺序性、连续性、进阶性。

下面我们来看看课标的第三个变化，课程结构的变化。课程结构的变化体现在重构分级课程体系，英语课程按照语言能力发展的进阶特点，建立了九年义务教育英语分级体系，在实行的“六三”学制中，以三年级为起始年级，延至九年级，设计了三个基本级别和三个“级别 +”等级，为以一年级为起始年级的学生设置了以听说为主的预备级，“五四”学制可以根据实际需要对接相应的级别或“级别+”等级。英语课程分级体系的设立体现了学段特点和要求，可以满足学生循序渐进和持续发展的不同需求，符合义务教育英语课程时代性、基础性、实践性、成长性、综合性和整体性的特点。分级制体现了小学英语与初中英语、初中英语与高中英语教学的有机衔接，体现了语言学习循序渐进、持续发展的特点，可以确保英语课程的整体性、渐进性和持续性。因此，我们教师应按照学生的英语语言水平及相应的等级要求来组织教学活动和开展评价活动。

第四是课程内容的变化：新课标规定了英语课程语言能力、文化意识、思维品质和学习能力四要素核心素养，也规定了主题、语篇、语言知识、文化知识、语言技能和学习策略的课程内容六要素。六个要素紧密关联。请看中间和右侧两张图，主题位于图的顶部，具有统领各要素的作用；语篇位于图的底部，作为载体发挥整合各要素的作用；主题和语篇上下呼应，统领和承载中间和左右位置的四项内容要素。在这四项内容要素中，语言知识和文化知识构成课程的核心知识要素。将语言知识和文化知识呈现在太极图中，表明二者是你中有我、我中有你、相互包含、相互转化、不可分割的关系。语言技能和学习策略构成课程的技能和方法类知识，具有动态特征，发挥盘活和促进语言知识及文化知识学习和习得的作用，同时发挥促进学习者对语篇类型和语篇结构特征知识的理解和把握，加深学习者对主题和对语篇背后文化内涵及其所传递的价值取向的认识，提高价值判断力的作用。语言技能和学习策略也是提高学习者理解和表达能力的主要途径。

第五是修订后的课程标准增加了学业质量描述和学业质量标准。学业质量标准是以核心素养为维度，结合课程内容，对学生学业成就具体表现特征的整体刻画。学业质量描述是以核心素养及其学段要求为基础，结合课程内容和学生英语学习的进阶情况，从学习结果的角度描述各学段学业成就的典型表现。学业评价遵循“教—学—评”一体化的原则，倡导形成性评价与终结性评价相结合的评价理念，探索评价主体多元、评价方式多样、素养导向的评价体系。终结性评价关注价值引导和命题方式创新，在考查学生语言能力的同时，重视考查学生的文化意识、思维品质和价值取向，确保评价目的与核心素养发展目标一致。通过评价，一方面发挥学生的主观能动性，引导他们监控和调整自己的学习目标、学习方式及学习进程，激发他们主动、高效地开展学习；另一方面，要求教师根据学生在学习过程中的表现，及时提供反馈与帮助，并持续反思和改进教学，推动以评促学、以评促教。

第六是课程实施的变化。2011 版课标的八条建议虽然面面俱到，但总体站位不高，未突出育人理念，各条目之间缺乏逻辑主线和有机关联，对教学指导性不强，语言表述也不够精炼。2022 版课程实施的七条建议都围绕“育人”主线展开，明确教学的组织方式、提出整合与把握内容的要求，引导教学方式、学习方式和评价方式的变革。各条目间有机关联，语言精炼，易读易懂，便于操作，为教师的有效教学提供全方位的支持。新课标的实施建议在四个方面有很大的变化。

首先，课标的实施建议明确英语课程的育人价值和导向，改变以往单纯聚焦综合语言运用能力培养的学科本位目标，确立落实核心素养课程目标。学习和运用英语有助于学生了解不同文化，比较文化异同，汲取文化精华，逐步形成跨文化沟通与交流的意识和能力，学会客观、理性看待世界，树立国际视野，涵养家国情怀，坚定文化自信，形成正确的世界观、人生观和价值观，为学生终身学习、适应未来社会发展奠定基础。

其次，实施建议强调要改变以词汇、语法知识为主要课程内容的教学，围绕核心素养综合表现精选学习内容，整体设计教学单元，规划单元育人蓝图。因此，也就明确了一线教师应至少践行以下四点：一要积极推动实施单元整体教学。教师要强化素养立意，围绕特定主题，充分挖掘单元主题的育人价值，确立单元育人目标和教学主线；结合学习主体的认知逻辑和生活经验，对单元内各语篇及相关教学资源进行深入的解读和分析，进行必要的整合或重组，建立各语篇内容之间及语篇育人功能之间的联系，形成具有整合性、关联性、发展性的单元育人蓝图；引导学生基于对各语篇子主题的学习和意义建构，逐步建构和生成围绕该单元主题的深层认知、态度和价值判断，形成核心素养综合表现。二要深入开展语篇研读。教师要充分了解各语篇的文体结构特征，把握组织和呈现信息的方式及语言特点，认识语篇在传递文化意涵、形成价值取向和思维方式、服务于意义表达等方面的重要作用。教师要对语篇的主题、内容、文体结构、语言特点、作者观点等进行分析；把握主题意义，提炼语篇中的结构化知识，建立文体特征、语言特点等与主题意义的关联，多层次、多角度分析语篇所传递的意义，挖掘文化内涵和育人价值，把握教学主线。根据学生的已知与未知，确定教学目标和教学重难点，为设计教与学的活动提供依据。

三要创新教学方式，践行英语学习活动观。改变脱离语境的碎片化知识教学，创新教学方式，践行英语学习活动观。学习活动观的核心思想是学习活动的主体是学生，是学习者发现、获取、概括、探究意义的过程，也是学生参与获取和学习心智过程。在体验中学习，在实践中运用，在迁移中创新。践行英语学习活动观的关键在于，为学生学习设置真实情境、真实问题，在情境中学用。还要激活学生已学，运用所学语言深入探究主题意义，达成深度学习。

四要树立“教—学—评”一体化的理念，改变以考试为主的单一评价方式，构建素养导向、主体多元、方式多样的评价体系，实施“教—学—评”一体化，以学定教，以教定评，以评促学，以评促教。教、学、评三者相互依存、相互影响、相互促进，三者必须一致起来才能发挥协同育人功能。教师要解决好教什么、为什么教、怎么教，以及怎么评等几个问题，建立相互间的关联。教师还要采用多种方式，收集学生学习是否真正发生的证据，如：学生“理解了什么”“能表达什么”“会做什么”“还不会做什么？”“是否体现了正确的价值观”等，根据问题和需要提供必要支架和及时反馈，帮助学生达成预设的教学目标。

新课程给我们教师带来了新的挑战，需要我们深入研学课标，转变理念，与新课程同步发展，引领英语教育改革，从碎片表层化教学转向素养立意、主题引领的整合性深度教学，从关注“教”走向关注“学”，从聚焦表层和碎片化知识的教学走向深层的概念化教学，从单一语篇教学走向单元整体教学，推进教—学—评一体化设计与实施；同时不忘开展新型教学研究和教学改进，实现从英语教学向英语教育的转型。

胡唐明

泰州市教科所副所长，正高级教师，江苏省特级教师。

《义务教育地理课程标准（2022 年版）》解读

2022 年版义务教育课程方案及各学科课程标准已经颁布，标志着义务教育课程改革已经进入了一个新的阶段。今天，我想跟大家一起探讨两个内容：一是新变化，二是新思考。

一、了解新变化

（一）关于新版课程方案

新方案：“新”在哪里？为什么要“新”？实践中体现怎么“新”？

向大家推荐一个精彩讲座：华东师范大学崔允漷教授的《新课程标准有四大突破》。讲座有四方面的内容，即课程修订的重要性、课程方案主要内容、课程标准四大突破、新教学与新评价的建构。他还总结了新方案的“四个突破”，具体体现在核心素养、学业质量、课程内容结构化突破、育人方式的学科实践四个关键词上。提醒一下，发现“新”，用比较法，即在 2011 年版与 2022 年版课程方案及课程标准的比较中发现；分析“新”，用文献研究法，即将比较得出的关键词输入文献检索系统，在大量文献中求解。

（二）关于新版课程标准

新标准:“新”在哪里？为什么要“新”？实践中体现怎么“新”？向大家推进阅读杨昕、段玉山、丁荣三位专家在2022年第9期《地理教学》上发表的《〈义务教育地理课程标准（2022年版）〉的变化》这篇文章。文章认为，与2011年版相比，2022年版在课程内容部分新增了课程内容结构、学业要求和跨学科主题学习，新增了学业质量内涵和学业质量描述，新增了教师培训与教学研究，新增了地理学习活动参考示例和地理跨学科主题学习活动设计参考示例等附录内容。接下来，我想强调以下七个议题，都是新重点。

第一，课程核心素养。提醒大家重点研读的内容是“2022版课标的地理课程核心素养内涵与表现”。2022版课标中不再提三维目标了，取之的是依据四大课程核心素养内涵的具体课程目标。有学者认为，核心素养是三维目标的提升与具体化，地理课程的四个核心素养表现分别指向地理学科的不同特性，各有其侧重点。以素养为导向的课程目标所要求的学习方式更加强调学生的主动性，从而要求课程内容与教学方式更加注重学生的主体性，重视地理实践和学生自主探究等活动的开展，落实课程理念要求。

第二，内容结构性的突破。2011年版的地理课程内容结构，包括地球与地图、世界地理、中国地理和乡土地理。2022年的新版地理课程内容结构中，包括两大认识内容，一是认识地球，二是认识区域。除了要借助地图工具认识外，还要依靠地理实践，地理实践体现的就是课程育人，涉及“学什么内容”“怎样学”“为什么学”等基本问题。需要强调的是地理实践，所有学科实践目的都是让学习像学科专家一样在思考、在行动。创设情境，运用学科的概念、思想和工具，整合心理过程与操控技能，解决真情境中的真问题，体现的是学习经验结构化。结构的核心是大概念，结构的支架是大单元、大情境、大任务。

第三，课程衔接和学科综合。课程衔接上，义教地理前与小学科学、小学道德与法治等课程相衔接，后直接与高中地理相衔接；学科综合上，义教地理几乎与初中所有课程都有相关性，具体体现许多真实复杂的情境中的问题解决之中。

第四，课程标准的内容增减与调整。这一点，主要体现在培育学生地理课程核心素养、降低课程内容难度、满足社会发展需求等方面，修订课程内容的主要变化及其缘由。各校教研组要组织全组教师研究“课程内容的主要变化”，了解变了什么？为什么要变？如何应对这些变化？

第五，研究课标在每一主题内容后都附有相应的学业要求与教学提示。学业要求作为学业质量标准制定的重要依据，对课程内容学习成果的检验具有重要的参考价值；教学提示基于 2011 年版课标的活动建议提出了更丰富、更全面的内容，对教师有针对性地开展本主题的学习具有重要的指导意义。此外，还用了较大的篇幅介绍了跨学科主题学习的作用、要求以及具体参考案例，明确了跨学科学习在本次义务教育地理课程改革中的重要性。

第六，地理学业质量。地理课程学业质量标准将地理课程核心素养与课程内容进行了有机统一，检测学生的知识掌握程度、运用知识的能力以及相应的价值观等。课程内容的五个主题分为“地球的宇宙环境”“地球的运动”“地球的表层”“认识世界与认识中国”三大部分，三个部分的学业质量描述均围绕人地协调观、区域认知、综合思维和地理实践力四大地理课程核心素养对学生的学业成就表现展开描述，既能作为地理考试命题的依据，也可用以指导日常教学活动。

第七，其他。课程实施部分还包括教学建议、评价与考试命题、教材编写要求、课程资源开发与利用、教师培训与教学研究等内容。其中，教师培训与教学研究为新增内容。我们要重点研究以下两个方面的内容：第一，教学中，要体现核心素养培育的整体性、教学设计突出重点、注重创设教学情境、组织地理实践活动等。第二，评价与考试命题中，评价目标的制定应定位于对核心素养形成状况与发展水平的诊断上，评价方法的选择与使用要符合诊断学生的学业质量和促进学生发展的基本要求；学业水平考试命题，要依据学业质量标准，充分体现基于核心素养的命题导向与立意。

总的来说，2022 版地理课标以培养“有理想、有本领、有担当”的人为目标，以立德树人为根本任务，坚持了三个导向：一是目标导向。目标是培养有理想、有本领、有担当的时代新人；二是问题导向。遵循学生身心发展规律，加强一体化设置，促进学段衔接，提升课程科学性和系统性。进一步精选对学生终身发展有价值的课程内容，减负提质；三是创新导向。强化课程综合性和实践性，推动育人方式变革，着力发展学生核心素养。凸显学生主体地位，关注学生个性化、多样化的学习和发展需求，增强课程适宜性。与时俱进，反映经济社会发展新变化、科学技术进步新成果。国家主持修改了课程方案、地理学科课程标准、新地理教材（教科书和地理图册等），国家要求我们做的是改课、改教和改考。

二、思考新应对

顺应新方案新标准我们应该有哪些新应对？教改的重点在课改，课改的重点在改课，改课的关键在改教，改教的关键在改考——这是基本逻辑。第一，改理念。地理教学要体现思想性、科学性、适宜性与时代性；第二，改教法。要增强教学吸引力，用小故事说明大道理，用生动案例阐释抽象概念。要加强情境创设和问题设计，引导学习方式变革。地理教学还要关注学生认知发展特点，要重视高初中地理衔接教学。要充分利用新技术的优势，探索数字化教材建设和教学应用；第三，改考观，即建立学业质量评价观。学业质量是学生完成课程阶段性学习后的学业成就综合表现。学业质量标准则是以核心素养为主要维度，结合课程内容，对学生学业成就表现的总体刻画。课程标准中的学业质量评价规定是所有过程评价、结果评价与考试命题的依据。

（一）改教

当前，我市师资短缺和浅教浅学问题是瓶颈问题，也是制约课改有效落实的重要因素。因此，改教显得尤其重要。改教，以“教正确的”和“正确的教”为标准，重点考虑“教什么”和“怎么教”。

改什么？课程改革的核心是落实立德树人根本任务，发展素质教育，遵循教育规律。课程改革的重点是树立关心每一个学生发展的改革立场，改革思路从重视学科知识转向关注“人”的发展。因此，所谓改教，就是绘制学校育人的蓝图——学校课程结构，以此为突破口推进学校育人方式改革。

怎么改？第一，要进一步深化地理课堂教学改革。课程改革承担立德树人这一根本任务，任务要明确到为“提高国民素质、面向大众”“促进学生全面而有个性的发展、为学生的终身发展奠定基础”的基本要求上来；第二，要切实转变地理教与学的方式。要大力推进地理课堂教学改革，积极探索互动式、启发式、探究式、体验式等教学方式；第三，加强地理实践教学；第四，要进一步推广应用优秀教学成果，推进信息技术与教育教学深度融合，提高课堂教学质量。

怎么行动？第一，建立大概念教学观。大概念教学观落实到具体的课程内容中，要求建立以“大单元”“大主题”“大任务”为线索的内容结构体系。传统教学“只见树木，不见森林”，大概念教学也重视基础知识、基本技能、基本经验和基本方法等“树木”，更重视经历复杂、体验真实、亲身探寻等“森林”，既有科学，又有探究，更有生活。大概念教学理念下的教师不是“教书匠”，而是“教学专家”，学生的学习都是“像科学家一样”探究。第二，重视情境教学。要使知识转化为核心素养，情境是重要的桥梁，要求教学中要构建熟悉的、真实的、复杂的、生动的、探究的问题情境，问题要有进阶性，问题对应的任务要有挑战性。教师要有目的地引入或创设具有一定情绪色彩的、以形象为主体的生动具体的场景，以引起学生一定的态度体验，从而帮助学生理解教学内容，并使学生的认知水平、智力状况、情感态度等得到优化与发展。第三，突出深度学习。深度学习并不深奥，简言之，就是把学生教得越来越聪明。深度学习极其重要，如果长期陷于错误的认知或习惯于轻度学习，一旦丧失深度学习能力，将很难打破知识阶层的限制，永远被困在认知低层。第四，强调项目学习任务群下教学。学习任务群是构成课程目标和内容的基本框架，与学科核心素养要求相匹配。以学习任务群方式来确定课程内容，需要教师根据学习任务群的特点、学生的学习程度以及自身的专业优势、教学风格，分阶段、分项目地设置任务群和任务群下的子任务（如课时任务），并根据任务整合学习情境、学习方法、学习资源，选择与之相契合的具体内容。

（二）改考

改考，重点考虑“考什么”和“怎么考”。改什么？评价体系倡导的“价值引领、素养导向、能力为重、知识为基”的评价理念将对义务教育教学改革起到积极的引导作用。首先要明晰考查目的，其次要明晰考查内容，再次要明晰考查要求。考查目的是改考核心，中考目的同样是“立德树人、服务选才、引导教学”，回答的是“为什么考”这一基本问题；考查内容是改考的重点，考查内容应放在核心价值、学科素养、关键能力、必备知识四个方面，回答的是“考什么”的问题；考查要求是关键，要求应放在基础性、综合性、应用性、创新性四个层面，回答的是“怎么考”的问题。如何命题？命题的重点应放在优化考试内容、创新试题形式、科学设置试题难度等方面，以终为始，推进课改。从泰州市情实际看，命题要“举重若轻”，即在毫不犹豫贯彻落实课程改革精神、理念及各项举措要求前提下，充分考虑到师资问题、首次中考问题、社会对本学科不重视等，在难度、区分度上适当降低，力争三年逐步到位。

各位老师，任何改革都不可能一蹴而就，需要在实践、认识、再实践和再认识的循环往复中凝练经验、提高认识、优化行动。

潘苏东

华东师范大学教师教育学院教授，博士生导师。

《义务教育物理课程标准（2022 版）》解读

我来给大家分析一下刚公布的《义务教育物理课程标准（2022 年版）》（以下简称新课标）。这个新课标包括六个部分：课程性质、课程理念、课程目标、课程内容、学业质量和课程实施。

我主要给大家介绍前面的四个部分。在介绍时，着重分析一下它和《义务教育物理课程标准（2011 年版）》（以下简称 11 年版课标）以及《高中物理课程标准（2017 年版）》（以下简称 17 年版课标）不太一样的地方。

一、课程性质

关于课程性质，我们重点关注一下其中的第四段话："增强社会责任感、民族自豪感；激发学生热爱党、热爱祖国、热爱人民的情感，为培养德智体美劳全面发展的社会主义建设者和接班人奠定基础。"

这条和 11 年版课标的表述不一样。11 年版是这么说的："要培养学生的社会责任感和正确的世界观。"讲得比较笼统。新课标就讲得比较具体，体现出立德树人的思想、物理学科的育人价值。这一点要提醒大家注意。

二、课程理念

课程理念共有五条，多数和 11 年版课标的理念差不多。

1. 面向全体学生，培养学生核心素养

这一条与 11 年版课标的“面向全体学生，提高学生科学素养”有所不同。

新课标说：“义务教育物理课程以习近平新时代中国特色社会主义思想为指导。”这就是立德树人的体现。要“以学生发展为本，以提升全体学生的核心素养为宗旨”。新课标对核心素养做了一些解释：“注重落实物理课程的育人价值，培养学生适应个人终身发展和社会发展需要的正确的价值观、必备品格和关键能力。”这就是物理课程的核心素养。

2. 从生活走向物理，从物理走向社会

这条没有变化，但是内容表述上有些差异。新课标是：“遵循初中学生身心发展规律，贴近学生生活，关注学习生长点，以具体事实、鲜活案例、生活经验和基本概念等引导学生进行理性思考。注重时代性，加强与生产生活、社会发展及科技进步的联系，凸显我国科技成就，引导学生增强文化自信，树立科技强国的远大理想。”11 年版是“贴近学生生活，符合学生认知特点，激发并保持学生的学习兴趣，让学生通过学习和探索掌握物理学的基础知识与基本技能，并能将其应用于实践，为以后的学习、生活和工作打下基础。”

3. 以主题为线索，构建课程结构

这条变化很大。11 年版是这样的：“注意学科渗透，关心科技发展。”讲的是学科之间的渗透和关注科技的发展。

但是新课标中主要是要“注重课程结构”，也就是说对物理课程结构性更加强调。具体内容是这么说的：“依据物理学科内涵，遵循学生的认知规律，明确物理学习主题。”“主题内分级呈现，层层递进；主题间相互关联，各有侧重。”这里强调主题之间要相互联系，而且有各侧重。“注意‘知行合一、学以致用’，体现物理课程的基础性、实践性等特点。”这是要关注物理学科知识的应用，体现它的实践性的特点。与 11 年版相比，“结构性”是一个比较重要的变化。

4. 注重科学探究，倡导教学方式多样化

这一条理念内容是来回变化的。2001 年版课标是“注重科学探究，倡导学习方式多样化”，11 年版课标变成“提倡教学方式多样化，注重科学探究”。这次又把前后顺序进行了颠倒，改成“注重科学探究，倡导教学方式的多样化”。顺序的来回变化反映出对科学探究重要性看法的变化。与 11 年版相比，这次更强调了科学探究的重要性。具体内容表述的变化不大，新的变化主要是“强调真实问题情境”，还要求“提高分析问题、解决问题的实践本领和科学思维能力，发展核心素养”。也就是说，希望在科学探究时，强调科学思维能力，希望两者能够结合起来。

5. 发挥评价的育人功能，促进学生核心素养发展

这条和 11 版课标在表述上有比较大的变化，就是强调育人功能，与我前面讲的注重立德树人有很大的关系。新课标中要“促进学生的核心素养的发展”，而以前是促进学生的科学素养的发展。新课标提出“坚持核心素养导向，注重以评价促进学生发展，构建目标明确、主体多元、方式多样和功能全面的物理课程评价体系。不仅重视对学生学习过程的评价和终结性的学业成就的考核，而且要关注学生的个体差异，帮助学生建立自信，激发学生学习物理的兴趣和动机，充分发挥评价的育人功能。”11 年版是这么的：“以评价促进学生科学素养的提高、教师专业素质的发展和物理教学的改进。”这个表述是有一定变化的。

以上讨论的五个课程理念，反映出来有较大的继承性，但是也有一定的变化。最大的变化，第一个就是“核心素养”取代了“科学素养”，第二个就是注重了立德树人的思想。

三、课程目标

课程目标又分两个部分。

（一）核心素养的内涵

物理课程的核心素养是课程育人价值的集中体现，是学生通过课程学习逐步形成的适应个人终身发展和社会发展需要的正确价值观、必备品格和关键能力。在物理课程中要培养学生的核心素养主要包括四个成分：物理观念、科学思维、科学探究和科学态度与责任。

老师们可能对17年版高中课程标准有所了解，对核心素养和这四个成分也有一定的认识。但是，我要稍微多花点时间给大家再分析一下。

1．物理观念

第一个成分是物理观念。我要解释一下为什么上面讲到将核心素养的内涵从原来的"价值观念"改为"价值观"。我认为，就是要防止和这里的"物理观念"混淆。实际上这两个观念的含义是不一样的，为了防止造成不必要的误解，就把核心素养内涵改成了价值观。价值观比较容易理解，就是我们平时所说的三观（人生观、世界观和价值观）之一。

物理观念主要是指"从物理学的视角形成的关于物质、运动和相互作用、能量等内容的总体认识"，在17版中把这个叫基本认识。总体认识比基本认识要稍微粗一点，"是物理概念和规律等在头脑中的提炼与升华"，是学生"从物理学视角解释自然现象和解决实际问题的基础"。

"物理观念主要包括物质观念、运动和相互作用观念、能量观念等要素"，物理观念包括了三个要素。

我们如何理解物理观念？我们可以把物理观念粗略地分成大的物理观念、中等的物理观念和小的物理观念。小的物理观念就是我们在讲某一个物理概念和物理规律时，把它的内涵、公式、含义、表达形式、物理意义等等，都讲得很清楚。同时，要把它的外延也讲得很清楚，比如，和其他的物理概念、规律之间有什么样的关系。把这个物理概念和规律能挖掘的东西都尽量挖掘出来。在这种情况下，学生可以形成一个小的物理观念。

当几个小的物理观念形成后，学生就可以形成一个中等的物理观念。若干个中等的物理观念形成后，就可以形成一个大的物理观念。

举个例子，我们把重力、弹力、摩擦力等都讲得很清楚了，学生也学明白了，那么学生形成了一个一个小的物理观念：重力的小观念、弹力的小观念、摩擦力的小观念……然后，这几个小观念形成以后，再弄清楚几个小观念之间的联系，就可以形成一个力的中观念。将来我们再讲电磁力、讲核相互作用力等等，形成几个中等的观念，和力的中观念一起，就可以形成一个大的“运动和相互作用”的大观念。这是我的一种理解。

2. 科学思维

第二个成分是科学思维。“科学思维是从物理学的视角对客观事物的本质属性、内在规律及相互作用关系的认识方式；是建构物理模型的抽象概括的过程”。括号里边的“基于经验事实”是17年版课标中的表述，新课标比较笼统地说“建构物理模型的抽象概括过程”。“是分析综合、推理论证等方法在科学领域的具体运用；是基于事实证据和科学推理对不同信息、观点和结论进行质疑和批判，予以检验和修正，进而提出创造性的见解的品格与能力。”17年版课标是“品质与能力”，这样修改可能使这个表述更准确吧。

科学思维包括模型建构、科学推理、科学论证、质疑创新等四个要素。和高中课标完全一样。第一个是建模，第二个就是推理，我想大家对这两个应该都比较熟悉。大家对科学论证可能不太熟悉。如果说，推理是“因为……所以……”，那么，我们可以把论证简单地理解为“之所以……是因为……”。一个好的科学论证主要包括四个步骤：第一提出一个观点或者主张；第二给出证据，就是什么样的证据能支持你的观点；第三就是理由，就是为什么这个证据能够支持你的主张；第四是反证，就是反驳对方跟你不一样的观点或者主张。

质疑和创新，就是为了培养学生的质疑能力和创新能力，有质疑才可能有创新。

3. 科学探究

第三个成分是科学探究。“科学探究是指基于观察和实验提出物理问题、形成猜想与假设、设计实验与制订方案、获取与处理信息、基于证据得出结论并作出解释，以及对科学探究过程和结果进行交流、评估、反思的能力。”这里把科学探究落实到若干种能力上。

科学探究包括了四个要素：问题、证据、解释和交流等要素。大家比较熟悉的是11年版和01年版课标中的七个要素：提出问题、猜想与假设、设计实验与制定计划、进行实验与收集证据、分析与论证、评估以及交流与合作。这次表述变化还是较大的。我们可以这样来理解，“问题”主要包括原来的“提出问题、猜想与假设”；“设计实验与制定这个计划”“进行实验与收集证据”这两个合并到“证据”这个要素；“分析与论证”及“评估”这两个合并到“解释”里；原来的“交流与合作”归到“交流”，因为科学探究可以多人来完成，同时也可以独立来完成，就把“合作”去掉了。

大家也可以关注一下生物课程标准，它们的科学探究还是原来的 7 个，没有变化。这就提醒我们，科学探究的理解跟过去没有本质性的变化。

4. 科学态度与责任

第四个成分是科学态度与责任。“科学态度与责任是指，在认识科学本质和了解……”高中课标是理解，了解和理解是有层次差别的。“科学、技术、社会、环境之间关系……”17 年版课标是 STSE（科学·技术·社会·环境）。在这个“基础上所形成的，探索自然的内在动力，严谨认真、实事求是、持之以恒的品质，热爱自然、……”“热爱自然”，高中课标中没有，从小学到初中强调要热爱自然。“保护环境、遵循科学伦理的自觉行为，以及推动可持续发展可实现中华民族伟大复兴的使命担当。”

科学态度与责任主要包括三个要素：一个是科学本质，一个是科学态度，一个是社会责任。

与原来的情感·态度·价值观相比，增加了科学本质，这个是最大的变化。

科学本质实际上就是我们如何看待科学、科学研究、科学事业，如何看待科学和人类社会之间的关系等。大家感兴趣的话，可以去关注一下科学本质观，这儿就不展开了。

核心素养的内涵和四个组成部分都讲完了，请大家来思考一下：核心素养的四个成分和过去的三维目标的三个维度之间有哪些关联？又有哪些不同？

我认为最大的不同就是把科学思维专门提炼出来。过去的三维目标中，在知识中有思维，在技能中有思维，在过程与方法中也有思维，情感·态度·价值观里面也有一定的思维。但是在这些维度中，思维都是隐含的，没有特别强调。而新课标，最大的变化就是把科学思维单独给拿出来。

我的理解是核心素养跟过去的科学素养相比，最大的差别是两点：第一个是物理观念，而过去只是讲物理知识；第二个就是强调科学思维。我认为，体现核心素养的中学物理教学重点应该放在这两个成分上。

（二）目标要求

课程目标的第二部分是目标要求，实际上就是对核心素养四个成分的具体描述，这个我就不展开说了。

四、课程内容

课程内容主要有五个主题：物质、运动与相互作用、能量、实验探究和跨学科实践。与 11 年版相比，增加了两个，一个是实验探究，一个是跨学科实践。五个一级主题下面有二级主题，二级主题下面还有三级主题，还包括了活动建议和样例等。这三个一级主题，和 11 年版的差别不大，只不过把 11 年版中“1.4 新材料及其应用”放到新课标的跨学科实践中去了。

这里我就着重给大家介绍一下最后两个主题。

实验探究这个主题明显看得出来要强调探究和实验之间的联系，通过实验来提高学生的科学探究的能力。

一是注重科学探究，二是重视物理实验。“实验探究”这个主题旨在强调物理课程的实践性，突出物理实验整体设计，明确学生必做实验的要求。

“实验探究”又包括了两个部分，一个是测量类学生必做实验，一个是探究类学生必做实验，在培养学生的动手能力，收集数据的能力，分析和处理数据的能力，解释数据能量表达和交流的能力等方面各有侧重。

1. 测量类学生必做的实验

共有 9 个：

· 用托盘天平测量物体的质量（3）

· 测量固体和液体的密度

· 用常见温度计测量温度（4）

· 用刻度尺测量长度，用表测量时间（1）

· 测量物体运动的速度（7）

·用弹簧测力计测量力（2）

·用电流表测量电流（5）

·用电压表测量电压（6）

·用电流表和电压表测量电阻（小灯泡的电功率）（20）

每个实验括号内标注的数字是11年版中学生必做实验的序号。可以看出，多数实验是和11年版学生必做实验一样的。最后一个实验在11版中是“测量小灯泡的电功率”，考虑到电功率测量比较复杂，新课标改成了用电流表和电压表测量电阻。

2. 探究类学生必做实验

共12个：

·探究水在沸腾前后温度变化的特点（12）

·探究滑动摩擦力大小与哪些因素有关（测量）（8）

·探究液体压强与哪些因素有关

·探究浮力大小与哪些因素有关（10）

·探究杠杆的平衡条件（11）

·探究光的反射定律（规律）（13）

·探究平面镜成像的特点（像与物的关系）（14）

·探究凸透镜成像的规律（15）

·探究通电螺线管外部磁场的方向（18）

·探究导体在磁场中运动时产生感应电流的条件（19）

·探究串联电路和并联电路中电流、电压的特点。

·探究电流与电压、电阻的关系（17）

有的是2011版中原有的，也有的是由2011版中测量类改成了探究类的。

新课标要求，这21个实验学生都要做，必须做。测量类的实验主要是培养学生的动手能力等，探究类的实验侧重于培养学生的探究能力。

（五）跨学科实践

这是新增加出来的主题。义务教育课程方案要求每门课程必须留出10%的时间用于跨学科实践。

跨学科实践侧重体现“物理学与日常生活”与“工程实践”和“社会发展”等方面的联系。这个“跨学科”跟我们通常所理解的跨学科不完全一样，我们通常理解的跨学科主要是，比如说物理跟生物、物理跟化学、物理跟数学等关联。新课标中的跨学科，主要是物理学和学生生活、和工程、和社会之间的关联，不一定要求我们去和其他学科关联。

跨学科实践包括了三个二级主题：物理学与日常生活、物理学与工程实践和物理学与社会发展。内容具有跨学科性和实践性的特点。我们可以看出，不管是实验探究还是跨学科实践，都特别注重培养学生的实践能力。

“与日常生活、工程实践及社会热点问题密切相关”这部分内容的设计旨在发展学生的跨学科应用知识的能力，分析解决问题的综合能力。这里也有分析和解决问题能力，但此处是一种综合能力。还要培养学生的动手操作的实践能力，培养学生积极认真的学习态度和乐于实践、勇于创新的精神。在培养各种各样能力的同时，还希望在情感、科学态度与责任方面有一定的培养。

张春华

无锡市教育科学研究院副院长，正高级教师，
江苏省特级教师，江苏省人民教育家培养对象。

解读情境化命题　应对素养化考试

今天，我想分享两个问题：第一，新高考语文有哪些“新”特点？第二，如何通过“新教学”应对新情境下的新高考？

第一，新高考有哪些“新”特点？

教育部考试中心出版了《中国高考评价体系》《中国高考评价体系说明》，这两个文件与2017年版、2022年修订的课程标准、高考试题等，三位一体，是高三后期复习与研究的指导纲领。《中国高考评价体系》对高考的核心功能、考查内容、考查要求进行了明确，提出“一核”“四层”和“四翼”的评价体系，这是高考所有学科的“指南针”，围绕它进行教学，才能跳出试题看命题。

1.“一核”“四层”：将“立德树人”和语文素养的培养落地落实。

语文承担着“立德树人”的重要使命，如何将“立德树人”落地生根？我认为要重点把握好两个内容：

一是在学材选择上要有时代思维。作文要在学材的选择上下功夫，选择政治性、思想性、指导性融为一体的素材实施教学。例如，指导学生积累写作素材时，既要引导学生关注和积累反映时代精神的有价值的宏大素材，也要关注体现时代精神的以小见大的鲜活素材。

备课组教师分工合作，帮助学生选择一些有价值的阅读素材，减轻学生的负担。在优秀作文的选择上，要注意体现“立德树人”的优秀素材。要通过范文给学生正确的“信号”，避免用华而不实的作文误导学生。

二是要指导学生既要用语文的眼睛看材料，也要用“立德树人”的尺子判断试题导向，要学会揣摩命题者的“命题意图”，也就是说，要在思想价值和语文素养两方面思考命题与答题。

所谓“四层”，即必备知识、关键能力、学科素养和核心价值。对教师而言，要对知识内容上加以甄别，所谓“必备”，就是要突出“重要性”和“必要性”。老师们要加强试题选择的责任心和使命感，努力选择好题，编制好作业，给学生提质增效。特别要避免好心办坏事，试题“满天飞”。

所谓“关键”，主要是指语文学科本质的关键能力，教师要有自信。老师们要根据学生最近的练习和考试，查找知识和能力的薄弱点。例如有的学生阅读理解能力较强，但是表达能力跟不上。教学就要因生施策，对症下药。不要被漫天试卷遮住眼，不能主次不分，“抓了芝麻，丢了西瓜”。

2. 面对“四翼”，要以积极心态应对试题命制的不确定性。

所谓“四翼”，即基础性、综合性、应用性和创新性。基础性知识和能力的考查不等于死记硬背的知识，要避免把死记硬背当作夯实基础的法宝。在情境默写复习时要特别注意，例如“王孙”“三秦”“杜康”“落木”“日边”等诗词名句的考查，内容上呈现开放性，答案具有不唯一性。题目区分度较大，体现了高考“服务选才”的选拔功能。

综合性、应用性和创新性，都体现了语文试题的“活”与“用”，命题要求“加强对关键能力和学科素养的考查，引导减少死记硬背和机械刷题现象”，引导学生用所学知识解决真实情境的问题，而不是直接考查知识。

一是情境化命题，让语文更贴近时代生活。从全国高考甲卷、乙卷以及新高考Ⅰ卷和Ⅱ卷来看，语言运用题已经充分体现了情境化命题的特点，让“死知识”变活了。非连续性文本，无论是论述类还是新闻、评论等文段，都紧贴时代脉搏。比如，全国甲卷《水的密码》、全国乙卷“关于粮食安全”的非连续性文本、新高考Ⅱ卷“关于网络文明”等，都要求考生运用文本内容解决生活实际问题。

二是要理解应用性命题的素养考查。情境化命题让语文素养考查变得可能。创新性试题既包括情境创新，也包括题型创新。从高考考查的语言运用试题看，主要是词语辨析、病句、连贯、修辞、句式等，但是，语用题一直是高考的“试验田”，所以不要只满足于既有试题的几种固定题型和内容进行训练，不妨在图表、实用文体表达等方面做一些创新。现代文阅读1的主观题考查，要有创新思维，例如比较“论证特点”与“论证思路”的区别和联系。

第二，如何通过“新教学”应对新情境下的新高考？

1. 面对情境化试题，要从题海战术回归阅读熏陶。

新高考给人最明显的感觉是：题海战术不灵了。温儒敏先生早就说过，新高考试题“专治不读书”。即使到后期，仍然要坚持让学生阅读积累，不能只刷题。强调阅读积累，不断拓展学生的阅读视野，训练提升阅读的速度，培养学生语言的敏感。后期给学生一点自主阅读的时空，也是缓解焦虑、激发学生学习兴趣的有效方法。

2. 面对不确定性情境，要从题海战术转向思维能力训练。

情境本身就具有“不确定性”，既包括命题情境的不确定性，也包括命题形式和内容的不确定性，甚至包括试题答案的开放性。要引导学生在具体的情境中思考运用知识，联系所学用于情境答题。如新高考卷Ⅰ第3题“结合材料内容，下列最能支持莱辛‘诗画异质’的观点的一项是”，在命题内容和提问方式上已经体现了较大的开放性和不确定性。不仅考查信息获取与加工的能力，还重点考查学生的逻辑推理与判断能力。

教学不要刻意追求“完美”而要追求“进步”，不必追求“标准答案”的讲解，也不要指望学生“百分之百”的正确，更要宽容学生学习表现的“不完美”。

指导学生做题、讲题时，尤其要避免把具体题目的内容和形式固化。方法的“固化”跟不上情境的变化。教师教的方法再全面、再系统、再正确，也只是“纸上谈兵”。方法是学生在训练、体验和反思中自我发现和建构出来的。后期要特别重视试题“变形”训练，要和学生一起比较辨析题目变形后的区别和联系，引导学生探究试题和答案的关系，激活学生的思维，这样更有利于应对不确定性的情境化试题。

3. 面对“三反”的命题思路，要指导学生向材料自身探究答案。

高考命题转型的基本表现就是“反套路、反刷题、反死记硬背”，力求突破固定的“答题模式”，试题答案的开放性也越来越高。例如文学类文本阅读《石门阵》的“反复”手法的运用，答案已经突破了原来以修辞为主的答题模式，转而向文本内在的“阅读”文本中找答案，而不是向原有套路要答案。要引导学生真阅读、真懂文本内涵。

要引导学生开阔答题思路和视野，多个维度、多个视角思考问题，避免思维单一造成答案的重复表达。还要把握好规范表达和灵活运用的关系。坚持“动笔为王”：该写的文字要写出来才知深浅。切忌“自以为会”，切忌眼高手低。

教学要在“辨”和“辩”上“做文章”。前一个“辨”强调辨析的方法、思辨的能力；后一个“辩”强调用辩论的方法进行教学，在变化的情境下，用辨析的眼光看试题，用辩论的方法探究问题，让学生活起来，让问题活起来，让课堂活起来。

石志群

泰州市教研室主任，正高级教师，
江苏省特级教师。

对“三新”背景下的数学高考命题的初步探讨

“三新”指新课标、新教材、新高考，“三新”背景就是课程改革的理念背景、教学改革的实践背景和高考改革的评价背景。

一、“三新”背景的逻辑起点与逻辑关系

教育部于2014年发布了《教育部关于全面深化课程改革落实立德树人根本任务的意见》（教基二【2014】4号），首次提出“立德树人”是教育的“根本任务”。这是新一轮课程改革的理念背景：将人的全面而有个性的发展作为教育的终极目标，各门学科在课程设计、教学实施的过程中都要以“立德树人”为基点，最终，对教育质量的评价也以“立德树人”为标准。而在我们以高考成绩作为遴选人才的重要依据的现实条件下，高考改革就必然将重点测试考生在以德为先的基础上的素养与能力。所以，“立德树人”应该是我们今天谈论的“三新”这个话题的逻辑起点。

2016年，为将“立德树人”的教育根本任务具体化，教育部又发布了“中国学生核心素养体系”，即学生应具备能够适应终身发展和社会发展需要的必备品格和关键能力：文化基础（人文底蕴、科学精神）、社会参与（责任担当、实践创新）、自主发展（学会学习、健康生活）。所谓“立德树人”就是将核心素养作为教育教学的育人目标，厚植文化基础，重视社会参与，促进自主发展。

学校教育的主阵地在课堂，因此，为了让发展学生核心素养的目标得以落地、落实，2017年发布的高中各学科课程标准又提出了学科核心素养的概念与内容，从而明确了学科育人的具体目标，并以此为依据确定了各学科的课程内容、课程体系、课程实施方案和课程评价标准，从教学层面设计了学科育人的基本路径。各种版本的新教材就是落实学科课程标准的教学载体。

2019年，教育部公布了《中国高考评价体系》，核心内容就是一核（立德树人、服务选才、引导教学）、四层（核心价值、学科素养、关键能力）、四翼（基础性、综合性、应用性、创新性）。这就建构了课程与教学实施的评价体系。

这四个文件或标准体现的是课程改革与评价制度改革的配套，是发挥高考指挥棒的正确导向作用，以评价制度改革推动课程教学改革，体现了从教育根本任务到学科教学目标的内在关系。几十年的实践证明，作为指挥棒的高考政策是实现目标达成的必要条件，因为“怎么考就怎么教”的实践惯性倒逼我们必须选择这样的改革路径。

那么，从数学学科的高考命题改革看，如何将立德树人、核心素养、学科素养等进行有效的测试，从而实现引导教学的目的？下面我们通过近几年的高考试题进行初步探讨。

二、“三新”背景下的高考数学命题

1. 载体创新

运用现实背景、文化背景的材料作为试题的载体，其具有丰富的德育、体育、劳动教育、健康教育、人文教育等教育价值，试题本身就是“立德树人”的教育素材，考试过程就是实现教育根本任务的有机组成部分，当然这样的命题方式对数学教育落实五育并举的教育要求也是具有较强的引导作用的。

案例 1：2020 年全国卷

某沙漠地区经过治理，生态系统得到很大改善，野生动物数量有所增加，为调查该地区某种野生动物的数量，将其分为面积相近的 200 个地块，从这些地块中用简单随机抽样的方法抽取 20 个作为样区，调查得到样本数据(x_i, y_i)(i=1,2,⋯,20)，其中 x_i 和 y_i 分别表示第 i 个样区的植物覆盖面积（单位：公顷）和这种野生动物的数量，并计算得数据（数据略）。

（1） 求该地区这种野生动物数量的估计值（这种野生动物数量的估计值等于样区这种野生动物数量的平均数乘以地块数）；

（2） 求样本（x_i，y_i）（i=1, 2, ⋯，20）的相关系数（精确到 0.01）；

（3） 根据现有统计资料，各地块间植物覆盖面积差异很大，为提高样本的代表性以获得该地区这种野生动物数量更准确的估计，请给出一种你认为更合理的抽样方法，并说明理由。

这道题将考题赋予现实背景，在考查数学知识的同时，也是对环境保护、动物保护，人与自然和谐共生的教育。

案例 2：2020 年全国新课程卷（山东卷）

15. 某中学开展劳动实习，学生加工制作零件，零件的截面如图所示. O 为圆孔及轮廓圆弧 AB 所在圆的圆心，A 是圆弧 AB 与直线 AG 的切点，B 是圆弧 AB 与直线 BC 的切点，四边形 $DEFG$ 为矩形，$BC \perp DG$，垂足为 C，$\tan\angle ODC=\frac{3}{5}$，$BH \parallel DG$，$EF$=12 cm，$DE$=2 cm，$A$ 到直线 DE 和 EF 的距离均为 7 cm，圆孔半径为 1 cm，则图中阴影部分的面积为________cm^2.

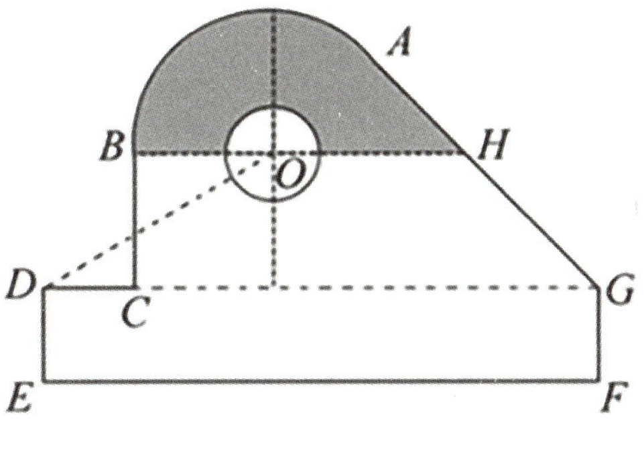

将试题赋予劳动实习的背景，在不经意之中潜移默化地渗透了劳动教育，同时，也对学校教育起到了良好的导

向作用：如果学生有过这种实践的经历，并且在实践的过程中真实经历从现实背景到数学问题的抽象概括，那么经历过这种完整的提出问题、解决问题的过程，对其高考成绩的提升也是大有裨益的。

案例 3：2020 年全国新课程卷（山东卷）

4. 日晷是中国古代用来测定时间的仪器，利用与晷面垂直的晷针投射到晷面的影子来测定时间。把地球看成一个球(球心记为 O)，地球上一点 A 的纬度是指 OA 与地球赤道所在平面所成角，点 A 处的水平面是指过点 A 且与 OA 垂直的平面。在点 A 处放置一个日晷，若晷面与赤道所在平面平行，点 A 处的纬度为北纬 $40°$ ，则晷针与点 A 处的水平面所成角为（　）

A. $20°$　　B. $40°$　　C. $50°$　　D. $90°$

一方面，将实际问题抽象到数学模型（图形），是对数学素养的有机测试，另一方面，素材本身就是传统文化教育、爱国主义教育的极好素材。本题还具有学科综合的特点，在数学试题中考查了地理知识。

这类试题在最近的全国卷中出现的频率很高，如 2021 年全国新课程卷第 16 题的剪纸问题，既是中国传统文化的展示，又是美的艺术呈现；2020 年全国新课程卷第 6 题的新冠肺炎的背景，既是生命教育，又考了数学建模的核心素养。

这些题目充分体现了多样化的情型命题的新趋势。这是这一轮课程改革的基本课程观所决定的：面对真实情境，培养发现和提出问题、分析和解决问题的能力。

2. 题型创新

创新题型，丰富能力考查的维度，对素养的测试功能更加全面。

案例 4：2020 年全国新课程卷（山东卷）

17. 在① $ac=\sqrt{3}$，② $c\sin A=3$，③ $c=\sqrt{3}b$ 这三个条件中任选一个，补充在下面问题中，若问题中的三角形存在，求 c 的值；若问题中的三角形不存在，说明理由。

问题：是否存在△ ABC，它的内角 A，B，C 的对边分别为 a，b，c，且 $\sin A=\sin\sqrt{3}B$，$C=\dfrac{\pi}{6}$ ，____ ？

这是一个非常规试题结构的问题，条件的选择本身就是对学生的综合思维、逻辑思维能力的一次测试。当然，这种试题对学生也是一种人文关怀：为不同学生提供了适合自己已有学习经验的机会选择。

本题的设问方式也是一种创新：结论不是确定的，要由学生自己研究确定。这种开放的设问方式对理性思维能力的要求更高。

案例 5：2020 年全国新课程卷（山东卷）

11.“杨辉三角”是中国古代数学杰出的研究成果之一。如图所示，由杨辉三角的左腰上的各数出发，引一组平行线，从上往下每条线上各数之和依次为：1，1，2，3，5，8，13，…，则

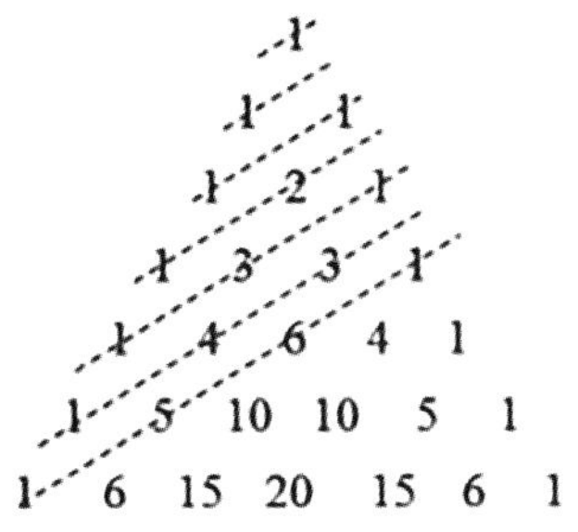

A. 在第 9 条斜线上，各数之和为 55

B. 在第 $n(n \geqslant 5)$ 条斜线上，各数自左往右先增大后减小

C. 在第 n 条斜线上共有 $\frac{2n+1-(-1)^n}{4}$ 个数

D. 在第 11 条斜线上，最大的数是 C_7^3

这是一道多选题，是新课程卷新增加的一种题型，它使一道题所承载的测试内容得到了充分的拓展，也为不同层次的学生提供了展现自己的机会，同时还让学生学会在人生选择时需严谨、负责。

3. 立意创新

即突破了“已知条件—解决的问题”的结构形式，条件的立意更加新颖，呈现形式更加丰富，测试目的的立意更加多元。

案例 6：2021 年 8 省适应性考试

20. 北京大兴国际机场的显著特点之一是各种弯曲空间的运用。刻画空间的弯曲性是几何研究的重要内容。用曲率刻画空间弯曲性，规定：多面体顶点的曲率等于 2π 与多面体在该点的面角之和的差（多面体的面的内角叫作多面体的面角，角度用弧度制），多面体面上非顶点的曲率均为零，多面体的总曲率等于该多面体各顶点的曲率之和。例如：正四面体在每个顶点有 3 个面角，每个面角是

$\frac{\pi}{3}$，所以正四面体在各顶点的曲率为 $2\pi-3\times\frac{\pi}{3}=\pi$，故其总曲率为 4π。（1）求四棱锥的总曲率；（2）若多面体满足：顶点数 − 棱数 + 面数 =2，证明：这类多面体的总曲率是常数。

这类试题先呈现一段材料，让学生在阅读、理解的基础上学习没有见识过的数学知识，再运用已有的数学知识或新数学知识研究提出的数学问题，这样的题目能够有效测试学生的学习能力、学以致用的能力，同时，由于是全新的背景、全新的内容，解决的也是全新的问题，其在应用性的基础上突出了综合性、创新性的考查要求。

案例 7：2021 年南通模拟题

12. 如图，某校测绘兴趣小组为测量河对岸直塔 AB(A 为塔顶，B 为塔底）的高度，选取与 B 在同一水平面内的两点 C 与 D(B,C,D 不在同一直线上），测得 $CD=s$。测绘兴趣小组利用测角仪可测得 $\angle ACB, \angle ACD, \angle BCD, \angle ADB, \angle ADC, \angle BDC$. 则根据下列各组中的测量数据可计算出塔 AB 的高度的是

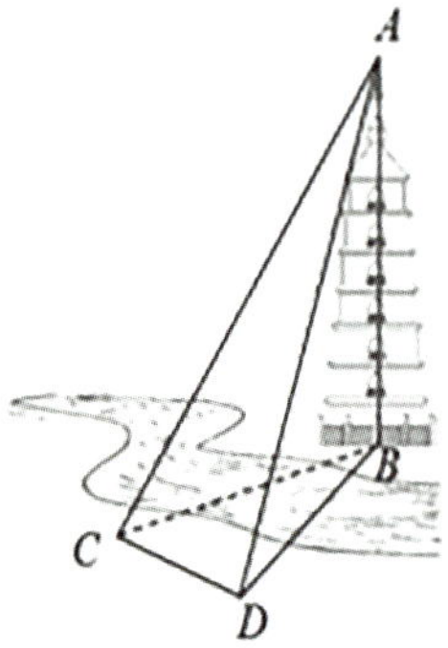

A. $s, \angle ACB, \angle BCD, \angle BDC$

B. $s, \angle ACB, \angle BCD, \angle ACD$

C. $s, \angle ACB, \angle ACD, \angle ADC$

D. $s, \angle ACB, \angle BCD, \angle ADC$

这道题不是根据已知条件求塔的高度，而是研究确定由哪些条件能够求出塔的高度，这种立意不是做一道数学题，而是测试了在面对实际问题时，如何设计合理的解决问题的方案，即哪些量可能测量？测量哪些量可以间接地求出塔高？即能够测试数学的核心素养，又能够测试出解决实际问题的能力，是对“应用性"综合性”进行测试的非常有效的方法。

案例 8：2020 年全国新课程卷

2. $\frac{2-i}{1+2i}=$

A. 1　　B. –1　　C. i　　D. $-i$

这是一个非常基础的题目，体现的当然是基础性，只要直接运算就可以得到答案（分子分母同时乘以分母的共轭复数），但是，基础题也能测试出思维能力、水平的差异。如果审视一下四个选择支即可发现，A，B 显然不可能：因为分子与分母既不相等，也不是互为相反数；那么，只要将分子提出因子 i，既可通过直接约分的运算得到结果。

这个题目用简单题考出了综合思维能力、观察中的直觉思维意识、思维的敏捷性和深刻性，对于目前全国卷题量大、考试时间紧的实际情况，这样的优化思维过程、提高解题速度的能力就显得尤其重要。

结论开放也是值得注意的一种命题立意，如 2021 年 8 省适应性测试的第 11 题，要求写出一个周期为 2 的奇函数，其结论不唯一，可以是三角函数，也可以是由分段函数组成的、图象为折线代数函数，即使是三角函数，也不是唯一的。这种题目突破了传统的由条件推出结论的线性思维模式，开放的结构、新颖的形式为学生提供了宽阔的思维空间。

4. 技术创新

即构题的技术过程的创新，这样命制的题目意境优美而富有新意，不太容易出陈题，且对思维能力要求较高。

案例 9：2021 年全国新课程卷

15. 函数 $f(x)=|2x-1|-2\ln x$ 的最小值为______。

案例 10：2021 年全国新课程卷

17. 已知数列 $\{a_n\}$ 满足 $a_1=1$，$a_{n+1}=$

$$\begin{cases} a_n+1，n\text{为奇数，} \\ a_n+2，n\text{为偶数。} \end{cases}$$

（1）记 $b_n=a_{2n}$，写出 b_1，b_2，并求数列 $\{b_n\}$ 的通项公式；

（2）求 $\{a_n\}$ 的前 20 项的和。

这两道题的命题技术都是“组合”，前者运用两个基本函数进行组合、运算构造新的函数，后者事实上是分别运用两种运算方式交叉计算数列中的项。这样的命题技术构造的题目让学生没有现成模式可套，需要运用数学的一般思维方式进行探索，发现规律，找到思路。另外，通过函数的复合构造综合性问题也是重要的命题技术，这样的例子很多，就不再枚举了。

案例 11：2021 年全国乙卷理科

12. 设 $a=2\ln1.01$，$b=\ln1.02$，$c=\sqrt{1.04}-1$，则

A. $a<b<c$　　B. $b<c<a$　　C. $b<a<c$　　D. $c<a<b$

a, b 都是对数形式，可以转化为同底数的对数比较大小（$a>b$），体现的是基础性。由 $a>b$ 可知正确答案在 B, C 两个选择支中，故就是要比较 a, c 的大小。

因为 c 的形式与 a 的形式截然不同，这时就要构造出一个既有对数形式又有根式形式的函数，将两者联系起来。注意到自变量的关系，容易想到，借助 1.01 与 1.04，即 $1+x$ 与 $1+4x$ 进行构造：$f(x)=2\ln(1+x)-(\sqrt{1+4x}-1)$。

命题者可能就是根据这个函数性质得到 a, c 的大小关系进行命题的，应对这样的问题就要“倒”过来进行构造，这是对创新性考查要求的最好体现，也是对学生创新能力的较高层次的测试：这是数学上的高阶思维。

从解题方法上看，结构同化基础上的构造、主元构造也是一种新的命题趋势，它测试的不仅是数学的高阶思维技巧，更能够测试考生的数学观念、数学意识。还有，通过反例否定命题结论也是通过解题方法创新命题技术的新方向，值得重视。

上面介绍的是“三新”背景下高考数学命题的一些创新举措。事实上，新课程卷在试卷题型与题量结构、难度分布、知识点分布等方面也都发生了较大变化，总体上看，试卷长度增加明显，考试时间比较紧张；很容易的题与很难的题都非常少，几乎所有的题都有一定难度和区分度；知识模块考查的题型、在试卷上所处位置不固化。这样几个特点使得命题者的设计空间很大，而所谓的针对性复习的难度也就加大了。

三、对数学教学的建议

因为新高考方案是新一轮课程改革的整体方案的组成部分，“三新”是一个有机整体，所以，针对“三新”背景下高考命题的新特点，必须基于新课程标准、

《中国高考评价体系》，特别是新教材，充分落实课程改革的任务、要求。下面对高中数学教学提几点建议，供参考。

1. 数学教学要重视情境设计

情境化的命题趋势必然需要在情境化的教学过程中培养学生的相应数学能力与素养。教学中，要通过现实情境、科学情境或数学情境，让学生经历完整的数学问题解决的过程，培养学生发现和提出问题、分析和解决问题的能力。

新教材中提供了大量情境型、探究性问题，具有文化背景的问题，阅读题、写作题等，这些都体现了新课改的理念，是培养学生解决高考创新题能力的好素材。

2. 数学教学要充分暴露思维过程

数学能力关键是思维能力。从上面的分析可以看出，解决高考数学题的能力其实就是从情境中发现、理解、明晰相关的问题，并将要解决的问题用数学语言加以表示，再运用数学知识、方法和思想加以解决；数学内部问题的解决就是运用一般的思维方法、思维策略（如分析、综合、抽象、概括、特殊化、一般化等）及数学的知识、方法和思想（数形结合、函数思想、解析思想、逻辑推理、变形转化、分解转化、构造转化等）加以解决。因此，数学教学必须重视充分暴露学生的思维过程，基于学生认知基础和认知规律进行思路分析，揭示思路的探究与发现的过程，既知其然，又知其所以然，更知其何以所以然，培养学生分析解决问题的能力。

3. 强化数学基础知识教学

高考就是考解题，为了提高学生的解题能力，一些教师都“节约”了数学基础知识教学的时间，“挤压”着数学基础知识生成的空间，以便“腾”出足够的时间进行解题教学。从现状来看，这种“就题论题”的做法效果甚微，绝大多数学生的解题能力停留在“模式识别”的初始阶段，遇到稍有点新意的问题就束手无策。

不重视基础知识教学的弊端很多。首先，没有经历数学知识产生的过程，就难以做到真正的理解，更不可能深刻理解，对数学概念、数学原理（定理、公式）、数学方法不理解，数学解题就成了无源之水、无本之木；其次，数学知识形成过程中需要广泛运用到抽象与概括、分析与综合、特殊化与一般化、联想与想象、分类讨论、归纳与类比等一般性思维方法，这些对数学解题都是非常重要的能力基础；第三，基础知识的学习过程中大量运用到逻辑思维、直觉思维、发散思维、聚合思维、形象思维等思维形式，数学解题的过程其实就是思维的过程；第四，数学基础知识的探索、建构过程中蕴涵着丰富的、体现数学本质的数学思想、数学观念，符号化、构造性、模型化、公理化……都是数学的基本思维方式，这些对发展学生数学意识、数学能力（包括解题能力）有着巨大的作用；最后，基础知识的学习过程中也包含着大量的数学方法、技能、技巧，数学思维的基本原则和策略，这些都对学生的解题能力有着至关重要的影响。当然，如果我们将数学基础知识的学习作为以问题解决的方式进行完整的研究，就会使学生逐步积累丰富的解题经验，这也是解题能力的重要方面。

4. 强化思维能力的培养，提升思维品质

从最近两年的全国高考新课程卷看，背景新颖，能力要求高，题量较大，要求考生思维敏捷（速度：反应迅速），思维灵活（宽度：最优化），思维深刻（深度：理解本质），因此，数学教学，特别是解题教学要精心选题，精讲精练，全面、深刻分析各种思路，讲清每个思路的来龙去脉，做到讲深讲透。重视解后总结、反思，重视思维过程的优化，比较优劣，让学生学会审题、学会择优选择方法，提高思维监控能力，培养学生结构分析、结构联想的能力。

当然，解题是一种技能，技能都需要充分练习，所以，高质量的训练对提高解题能力非常重要。为此，系统化、体系化编制教学资料，保证讲、练、测的一致性、训练过程中的滚动性与循环性、习题的变式递进性、题组式讲练结合，都是重要的优化训练的策略，要合理运用。

总之，对新高考试题的命题特点、思路的研究，要从高考试题与《中国高考评价体系》的比对分析开始，发现体现一核、四层、四翼的命题技术，发现如何在数学学科中考核德智体美劳全面发展的，也就是如何考核学生的核心素养及学科素养的。

以上谈了自己对“三新”背景下高考命题的初步探索、思考，还很不成熟，仅供大家参考。

魏本亚

中等职业教育教学面临新的转型

2021 年 4 月 14 日，习近平总书记批示指出：“推动职普融通，增强职业教育适应性，加快构建现代职业教育体系，培养更多高素质技术技能人才、能工巧匠、大国工匠。”李克强总理批示：“职业教育是培养技术技能人才、促进就业创业创新、推动中国制造和服务上水平的重要基础……要瞄准技术变革和产业优化升级的方向，推进产教融合、校企合作，吸引更多青年接受职业技能教育，促进教育链、人才链与产业链、创新链有效衔接。”遵照领导指示，国务院、教育部等部门出台了一系列文件，诸如《国务院关于印发国家职业教育改革实施方案的通知》《教育部等四部门印发〈关于在院校实施“学历证书＋若干职业技能等级证书”制度试点方案〉的通知》《教育部等四部门关于印发〈深化新时代职业教育“双师型”教师队伍建设改革实施方案〉的通知》《教育部办公厅 国家发展改革委办公厅 财政部办公厅关于推进 1+X 证书制度试点工作的指导意见》《教育部办公厅关于全面推进现代学徒制工作的通知》《国务院办公厅关于印发职业技能提升行动方案（2019—2021 年）的通知》。这些文件都有明确的指向，那就是提升职业学校办学质量，加快高质量人才培养速度。

为了加快构建中职教育教学体系建设，教育部于2020年1月20日教育部发布《中等职业学校数学课程标准》等5门课程课标，于2020年2月28日教育部首次颁布中职3科课程标准，于2020年3月9日教育部发布中等职业学校艺术、英语2科课程标准，中职10个学科的课程标准已经颁布，初步构建了中职的课程体系。2022年秋季，中等职业学校将使用部编本语文、思想政治、历史教科书。至此，具有中国特色的课程体系基本建设完成。

一、中职10门学科课程标准的共性特征

中职10门学科课程标准的制定，这是一件开创性的工作，它填补了中国有教学无标准的空白，是一件里程碑式的事件。作为新时期的改革举措，这些标准具有鲜明的时代特征。学科课程标准都由六个部分构成：分别是课程性质与任务、学科核心素养与课程目标、课程结构、课程内容、学业质量和课程实施。它们共同特点表现在以下几个方面。

1. 价值观教育与学科知识教学相结合。注重以学科知识为载体，充分挖掘学科本身独特的育人功能，在知识传授与培养学生学科能力的过程中，实现价值观的引导。目标导向与问题导向相结合，全面融入社会主义核心价值观，研制体现了马克思主义中国化的要求，注重反映习近平新时代中国特色社会主义思想，体现党和国家对职业教育的基本要求。

2. 凝练学科核心素养。立足中等职业教育实际，充分挖掘了中职公共基础课程的独特育人价值。这些课程标准包括：语文、思想政治、历史、数学、信息技术、体育与健康、物理、化学、英语、艺术。

每个学科的核心素养要素如下：

学科	核心素养要素
语文	语言理解与运用、思维发展与提升、审美发现与鉴赏、文化传承与参与
思想政治	政治认同、职业精神、法治意识、健全人格和公共参与

（续表）

历史	唯物史观、时空观念、史料实证、历史解释、家国情怀
英语	职场语言构思、思维差异感知、跨文化理解、自主学习
艺术	艺术感知、审美判断、创意表达、文化理解
数学	数学运算、直观想象、数据分析、逻辑推理、数学抽象和数学建模。
物理	物理观念及应用、科学思维与创新、科学实践与技能、科学态度与责任
化学	宏观辨识与微观探析、物质变化与平衡思想、现象观察与规律认知、实验探究与创新意识、科学态度与社会责任
体育与健康	运动能力、健康行为和体育品德
信息技术	信息意识、计算思维、数字化学习与创新、信息社会责任

每个学科都凝炼了 4 至 5 个具体的学科核心素养要素。这些要素都指向的是自主学习、社会参与、文化基础三大领域。而三大领域又都是为学生全面发展服务的。

3. 明确学业质量要求。强调提高学生解决问题的能力，为阶段性评价、学业水平考试等提供依据。10 大基础学科都制定了学业质量标准，一类水平标准为中职毕业水平标准，要求学生在规定时间内修习并完成相应的课程学习，考试合格。一类标准为具备升学需要的水平标准，要求学生具有广博的学科知识，能够学有专长，具有学习的潜质。为了强化质量要求，国家正在研究相关质量评价举措。

4. 体现高中阶段共性要求。充分发挥中职公共基础课育人优势，夯实中职学生文化基础，全面提高学生综合素质。中等职业学校公共基础课程的学时一般占总学时的 1/3，不低于 1000 学时。原则上每学时按 45 分钟计，18 学时为 1 学分。必修课程共计 48 学分，所有学生必须修满规定学分。以往中职学校重视专业课学习，轻视公共基础课学习，这种做法将成为历史。中职学生属于高中教育的一部分，必须具有高中生的共性基础。

5. 彰显职业教育特色。遵循技术技能人才成长规律，注重教学内容与社会生活、职业生活的联系，注重与专业课程相互配合，形成协同育人合力。10大学科都尽可能体现与职业教育结合的特点，语文学科就专门设置了“职业模块”。

二、中职三科部编教材的共性特征

教育部于2018年启动中职三科教材的编写工作，历时五年，语文、思想政治、历史将于2022年秋季正式使用。这些教材具有以下几个共性特征。

1. 明确的学科育人导向。立德树人是我们国家教育的根本任务，所有学科都要承担起学科育人的责任。长期以来，人们都有一个误区，德育是思想政治课的事情，是班主任的事情，是政教处的事情，这种认识是片面的。任何一个学科都不仅仅是传授知识，都有育人的责任。数学、物理、化学、生物属于自然科学学科，以前大家都会说科学无国界，但是我们不能忘记科学家有国家，科学家在哪个国家就会为哪个国家服务。三科教材在内容选择方面充分考虑了育人导向。

2. 明确的核心素养要求。三个学科都是围绕核心素养编写教材的。思想政治学科基础模块包括中国特色社会主义、心理健康与职业生涯、哲学与人生、职业道德与法治等四部分内容；拓展模块包括时事政策教育、法律与职业教育、国家安全教育等。语文学科包括：基础模块由实用性阅读与交流等8个专题构成，职业模块包括职场应用写作与交流等4个专题，拓展模块由古代科技著述选读等3个专题构成。历史学科基础模块包括中国历史、世界历史，拓展模块包括职业教育与社会发展、历史上的著名工匠。

3. 明确的质量评价指标。公共基础课也要确保学业质量标准，确保学生达到高中生的学业水平。每个学科教材，对每个板块学习内容的质量评价都有要求，学生只有认真学习且修习合格才能完成任务。教材都设置了“提示与练习”“拓展与提升”。

三、教学转型策略

中职教育不仅是简单地培养技能型人才，而是要立足实际培养具有工匠潜质的优秀人才。改革我们的教学，实现教学现代转型就是必然要求。

1. 学科育人将成为学科教学的新常态。中等职业学校就是要培养高质量的劳动者，他们要具有优秀劳动者的潜质。习近平总书记指出：中职学生要具有三种精神，劳模精神、劳动精神、工匠精神，具体是指："爱岗敬业、争创一流、艰苦奋斗、勇于创新、淡泊名利、甘于奉献的劳模精神""崇尚劳动、热爱劳动、辛勤劳动、诚实劳动的劳动精神""执着专注、精益求精、一丝不苟、追求卓越的工匠精神"。这些精神是需要各个学科在教学中完成的，不只是思想政治课的任务。

2. 落实核心素养将成为新常态。学科课程标准提出了具体的要素，教科书进行了有效的转换，而这些都需要教师进行校本化改造。我们以往关注中职生的知识量，却不太关注他们运用知识解决问题的能力。10 个学科在课程标准里面，在教科书中都非常注重情境的创设，学习任务的设计，强调问题驱动。实践表明，学科核心素养不是简单的教授可以培养的，学科核心素养是在实践中生成的，学中做，做中学，不仅是中职专业课的特点，也是公共课要采取的方式。

3. 转变学习方式将成为新常态。在中职学校，公共课不被重视，教师的教学压力大，采取教授式教学方式的比例较大。学生多处于被动接受知识地位，长此以往，就对学习失去了兴趣。现在情况不一样了，课标、教材都变了，学习方式也必须改变。大家知道，被动听讲效果最差，对话效果要好得多，而参与式学习、小先生制则可以大大提高学习效率。在这个方面，我们的中职老师已经在探索，项目化学习、任务驱动式学习、问题解决式学习，正在实践中出现。这就昭示，学习方式不变，就很难适应课程改革发展的需要。

4. 评价方式转变将成为新常态。新的课程标准都提出了学业水平测试标准，这将为教学提供重要的参照。新的测试标准，不仅仅强调纸笔测试，而且强调过程性评价。自评、互评与考试评价、技能表现性评价都将逐渐融合，都会成为评价的新常态。

王慧勤

扬州旅游商贸学校校长，高级讲师。

凸显职教特色　优化技能育人
——中职学校技能大赛指导工作实践举隅

江苏省扬州旅游商贸学校前身为明清扬州最高学府——梅花书院。1980 年我校创办职业教育，已有四十多年的历史。

近年来，职业学校技能大赛的成绩越来越成为衡量学校办学实力的重要标志，成为衡量教师教学能力和水平的重要标准。下面，我从大赛管理以及指导策略等方面与大家分享一些现有的做法。

一、领导重视，是技能大赛动车的牵引力

动车跑得快，全靠车头带。回顾技能大赛的管理历程，校领导的高度重视是成功的保障。我校积极组建技能大赛工作领导小组，一把手校长亲自挂帅担任领导小组组长，四位副校长担任副组长，成员由教务处、系部实训主任、教研组长组成，教务处是具体管理部门。

我校要求每个专业都要根据职业岗位技能和人才培养目标要求，研究、设计、确定几项技能大赛项目，把技能大赛与教学考试、实训考核及学生考工考级等工作结合起来，根据职业岗位技能要求变化和企业实际需求，不断充实、更新比赛内容与比赛标准。我校要求所有专业的教师都要参加技能大赛。通过组织教师直接参加技能大赛、聘请教师担任学生参赛教练以及组织指导学生参赛等方式，使技能大赛覆盖每位专业教师，逐步将技能大赛的经历和成绩作为专业教师考核考评的重要内容。

学校技能大赛工作领导小组，召集指导教师和参赛选手参加专题会议。所有的会议，严禁开成低效或者无效会议。强调细致解读上级文件，明确每个项目的参赛目标，明确争金夺银的路线图。既明确了领导的担当，也极大地鼓舞了指导教师与参赛选手的积极性，使技能大赛的组织工作得以顺利开展。

二、组团攻坚，是技能大赛冲顶的登山杖

我校技能大赛管理团队实行两级责任制。一是系部实训主任直接负责本系部所有竞赛项目的组织管理工作。校级领导分别挂靠各系部技能大赛管理团队，担任总支持、总协调。二是教务处负责全校技能大赛组织和管理工作，教务处主任是技能大赛的主要负责人。学校从行政与技术层面来选聘技能大赛指导团队的负责人，设定了三个选聘条件：一是可以由系部实训主任或教研组长担任；二是可以由省技能大赛参赛或指导经验，并获得省二等奖及以上的老师担任；三是可以由市级骨干称号的专业课老师担任。列出名单，实训主任与教研组长综合考虑，确立人选。

我校精心梳理联合办学的高校和企业的专家、能手资源，挖掘行业协会资源，调动校内名师资源，邀请高校学者、行业协会专家与本校专业教师组建成大赛指导团队，充分听取专家意见，把握行业最新信息和发展趋势。

学校积极组织参赛师生在寒暑假期间下企业锻炼。广延名师，拜师学艺，一批专业教师成长迅速，成为学校专业骨干，在省市国家级技能大赛中勇夺金牌、银牌，被聘请为省赛、国赛指导教师。各路高手云集，能帮助参赛的师生在较短

的时间内迅速突破专业技能训练的瓶颈，增强大赛获胜的胜面。

三、全员海选，是技能大赛选秀的大舞台

我校要求每位学生都要参加技能大赛。要将技能大赛与技能考试结合起来，将技能大赛与取得技术等级证书、职业资格证书结合起来，使技能大赛考试成为学生成长成才的重要平台和重要经历。

我校要求每位学生都要参加技能大赛，技能大赛的校内海选平台主要有三个：一是每年春学期的“双杯赛”。所谓“双杯赛”，即高一年级师生“成才杯”、高二年级师生“能手杯”技能大赛。二是每年的秋学期的“技能大比武月”。我校“技能大比武月”以系部为比赛单位，以班级、年级、系部、校级为选拔层次，层层赛，级级升，激发热情，选优培优。三是每周三的下午两节课下的“梦想秀”舞台。“梦想秀”融学生社团活动、才艺表演、技能展示于一体，完全由学生自主组织。这几个平台充分调动了学生勤练技能、巧练技能、乐练技能的激情，客观上也成了技能大赛校园选秀的大舞台。

“选好苗子就等于成功了一半”，不同赛项有不同的选拔要点，例如酒店赛项，英语口语是比赛内容，但英语底子薄是共性，同等条件下，优先选择英语基础好的学生；沙盘赛项，财务总监角色要求运算速度快、数字精确，必须由运算能力强的学生担任，优先选择中考数学成绩超过 135 分的学生；烹饪赛项，优先选择基本功扎实，吃苦耐劳的学生。

不同赛项有不同的选拔流程，例如烹饪赛项。省赛结束两周内，以高二学生为对象，采取三方推荐，即班主任推荐品学兼优学生，任课老师推荐专业技能拔尖学生，教练团队依据专业课课堂作品评分、期中期末成绩以及学生品行综合评定。初选通过的学生组建烹饪专业技能人才库，教练团队制定训练方案，观察并记录学生的训练状况，要求训练有反馈，每天有排名，此外每一周还要进行一次大考核。春学期 4 月份，选出第二轮晋级学生。在进行新一轮严格训练后，暑期再次淘汰，仅保留 8 人。从梯队建设角度考虑，会从原高一学生中选择 4 人，培养新生力量。秋学期教练团队对这 8 名老生与 4 名新生，按照比赛要求进行高标

准训练，在 11 月份，市赛前 2 周内进行选拔，最终明确市赛人选，当中包括 1–2 名新生，锻炼新人，为来年储备力量。

四、制度经费，是技能大赛远航的压舱石

我校将技能大赛内化到职业教育人才培养目标和教学过程中，实现了技能大赛由阶段性工作向常态性工作转变，由少数师生参与向全体师生参与转变，真正形成了师生全员参与的长效机制。

学校为校内技能大赛制定了科学合理的竞赛标准、规则和程序，明确命题、竞赛、评判、裁定等各个竞赛环节的要求，规范了选手、教练、裁判、后勤服务等各类参赛人员的职责行为，确保比赛项目设计及标准设定的科学性、比赛规则的严肃性、比赛过程的规范性、比赛程序的条理性和比赛结果的公正性。

我校每年都在经费中安排资金专项用于技能大赛，并积极争取有关行业、企业加大对技能大赛的经费支持力度。同时，充分利用校外企业生产性实训基地、兄弟院校的实训场所、国家建设的公共实训基地等，合理节约训练成本。我校还制定了切实可行的奖励激励机制，激发教师指导大赛、学生参加大赛的积极性和主动性。学校将大赛成绩作为教师评奖评优和职称聘任的一个优先条件；把奖项与职业资格证书紧密挂钩；获得一定奖项的学生同时可以获得相关课程的学分，在学业综合评定时获得奖励学分，成绩优秀者还可以在各项评优活动中优先考虑；把技能大赛成绩作为学生毕业、推荐就业的重要依据。

五、赛前集训，是技能大赛制胜的先手棋

指导教师的奉献精神是最重要的成功因素。指导教师需要从一开始就树立较高的、多层次的目标，这就是：视指导大赛为新的专业增长点——实现个人价值和业务水平的最大化；视大赛为学校新的荣誉增长点——实现为校争光的最大化；视大赛为学生成才的新途径——实现学生大赛成绩的最优化。

大赛所用到的知识、技能和设备，不一定与教师的常态教学完全吻合，竞赛

的综合性强、难度大、要求高，往往需要教师先学后教、边学边教，需要教师具有很高的自学能力和教育智慧。

师生学习共同体是有效的组织形式。比赛是按照项目进行的，由一名指导教师和 2—3 名学生组成，或单项或团体，再加上比赛前台比的是学生，幕后比的是老师，老师是导演，学生是演员。从组队之日起，老师和学生就已经组成了一个参赛共同体了。他们以项目为载体，始终捆绑在一起，共同学习研究，共同训练提高，共同克服困难，成绩荣誉上一荣俱荣、一损俱损。

走出去、请进来、钻进去是有效途径。国家、省市技能大赛是由政府部门、高校教授和行业、企业专家联合组织的，命题的原则是基于工作过程导向的，即面向生产、服务和管理第一线来命题，试题的实践性和开放性非常强。在备赛过程中，我校采取了“走出去，请进来”的策略，与高校对接，与企业衔接，与岗位连接，充分利用校内、校外两种资源，充分发挥专家引领指导的作用，把外部资源内化成了老师的智慧和才能。

练、考、赛是有效的备赛手段。技能就是通过不断地、反复地练习获得的能够完成一定任务的动作系统。而技能大赛更是一种实践性、综合性、创新性、竞争性很强的高难度的比赛活动，要把“练、考、赛”作为备赛的有效手段而常抓不懈。

集训初期指导团队要认真研读竞赛规程，划分模块，分阶段制定训练目标。以中职客房服务赛项为例，基础训练期可以采取模块训练，将中式铺床技能视为一个项目，可将它分解为床单、被子、枕头三个模块，然后以月为时间单位制定月度训练目标，进行模块过关训练。

集训中期积极开展强化训练，主要采取综合训练法，比如中式铺床，床单、被子、枕头的子模块训练目标达成后，可以进行组合训练，组合方式有：床单 + 被子组合练习、床单 + 枕头组合练习、被子 + 枕头组合练习以及床单 + 被套 + 枕头的全套练习。

集训后期属于模拟冲刺期，要参照竞赛流程，经常全程模拟，组织比赛。赛前指导团队要对比赛细节与注意事项进行指导，提高实战能力。对于在模拟赛中发现的问题，教练团队要研究提出改善训练技巧的策略。

六、师生共进，是技能大赛最美的愿景图

举办各级技能大赛的根本目的，不仅仅是让少数职校师生脱颖而出。更是要以大赛为平台，促进学校教师和学生这两支队伍技能水平的不断提升。

利用技能大赛的项目拉动效应，我校一方面参照大赛标准和人才培养方案，修订了各专业“分阶段达标标准”。对于不能达到阶段性技能水平的学生，形成了补测和帮扶机制，确保分阶段技能水平测试百分百过关。另一方面，要求教师全员加入技能大赛的支持体系。

我校还持续通过各种形式和途径，充分发挥校园网、公众号、宣传栏、广播台等多种载体的作用，组织开展形式多样的宣传活动，大力宣传党和国家关于技能型人才工作的方针政策，大力宣传技能型人才在经济建设和社会发展中的重要作用和突出贡献，宣传技能大赛对培养高素质技能人才的重要意义和价值，营造尊重劳动、崇尚技能的良好氛围。宣传参加技能大赛的教师、学生奋发向上、锐意进取、拼搏争先的业绩。学校树立一批先进典型，营造有利于技能型人才成长的良好氛围。

专家点评

魏本亚

《新课标、新教材、新教学》专题点评

2021 年 4 月 9 日，教育部公布《关于大力推进幼儿园与小学科学衔接的指导意见》，2022 年 2 月 15 日教育部发布《幼儿园保育教育质量评估指南》；2022 年 4 月 21 日，教育部颁布了 16 科义务教育课程标准，与相关教材共同构成了课标、教材体系；2020 年高中新课程标准颁布，新的教材、新的高考，构建了高中教学的新体系；2020 年教育部颁布了中职 10 科课程标准，2022 年，发布了中职三科统编教材，构建了中职教学新体系。经过几年的努力，从幼儿园到高中，新的教学体系已经构建完成。这就要我们解读新课标、研读新教材、研究新评价，最终改进我们的教学，推进基础教育高质量发展。

这一阶段教育部密集推出一系列政策文件，就是要加快中国基础教育高质量发展，就是要让中国的人才培养进入科学的快车道。这些文件突出了什么特点呢？

第一，完善了育人目标。习近平总书记提出要培养担当民族复兴大任时代新人，课程标准与相关文件中都强调要五育并举，培养全面发展的人。那么，全面发展的人有什么具体的要求吗，以前是不清晰的，现在用“有理想、有本领、有担当”概括就非常具体了。当然，这种新人不仅需要具备专业知识、专门技能，更需要能够不断探究、不断质疑、独立思考等创新品质和意识。

第二，优化了课程设置。注重“幼小衔接”，基于对学生在健康、语言、社会、科学、艺术领域发展水平的评估，合理设计小学一至二年级课程，注重活动化、游戏化、生活化的学习设计。依据学生从小学到初中在认知、情感、社会性等方面的发展变化，把握课程深度、广度的变化，体现学习目标的连续性和进阶性。了解高中阶段学生特点和学科特点，为学生进一步学习作好准备。

第三，研制了学业质量标准。依据核心素养发展水平，结合课程内容，整体刻画不同学段学生学业成就的具体表现，形成学业质量标准，引导和帮助教师把握教学深度与广度，为考试评价等提供依据。今后的考试评价，不再有考试大纲、考试说明，国家课程标准就是考试评价的依据。

面对这些变化，我们一线教师该如何应对呢？

第一，研究课程标准与相关文件。这些文件是我们教育教学的依据，它是规范我们教学行为的文件，我们每一位教师都要清楚其中的要素。课程标准都包括六大要素：课程目标、课程理念、课程目标、课程内容、学业质量、课程实施。每一个学科在具体的要素中都会有自己学科的表述，每个学科的老师要了解这些话语表述特点，并应用到自己的教学实践之中去。

第二，落实学科育人的目标。立德树人是我们国家教育的根本任务，每个学科都有承担育人目标的责任。育人不再是班主任的事、思政课老师的事，而是所有学科的事情。学科育人是全学段的、全学科的。有些老师认为，我教授的自然科学学科，不好强化学科育人？这种认识也是有偏颇的，自然学科研究的是自然百科，它反映我们对自然的情感态度，反应我们的价值观。以前我们讲“渗透”，今天我们不再这么表达，这就是变化。

第三，增强课程意识。以往教师们关注教学，一个学期我把教材教完就算完成任务，现在的课程标准发生了重要变化，各课程标准针对“内容要求”提出“学业要求”“教学提示”，细化了评价与考试命题建议，注重实现教、学、考的一致性，这些考虑都是基于课程的角度设计的。如果我们还停留在教学层面上，我们的教学就很难跟上改革的步伐。基于此开发课程将成为学科教学的新常态。

第四，注重学科的综合性。这次课程改革强化了学科综合要求，这一变化是适应新的社会变化提出的，随着科技的进步，学科的融合已经形成趋势。大到重大的科技创造，小到日常的生活细节，单一学科都无法完成这个任务。课程标准指出："任何一项创新、任何一个问题解决都不是单一知识、单一学科能完成的，一定是知识的综合运用。"跨学科教学将成为课堂教学的新常态。

第五，强化学科教学的实践性。核心素养不是简单地教授可以培养的，是要在具体的实践中生成的。加强实践教学就成了这次课程改革的重点，课标指出引导学生像科学家一样思考，经历发现问题、解决问题的过程，每学科拿出10%的时间开展实践活动。课外实践是学科教学的一部分，学科教师必须重视。

第六，强化了质量标准。学科教学要确保教学质量，这个质量不是简单的考试可以完成的，需要我们关注过程，要把表现性评价纳入质量评价体系之中。学业质量标准在这方面提出了新的要求。这是一个新的领域，需要我们在实践中去探索去总结。

在这个专题中，学前教育介绍了徐州雍景幼儿园课程创新的经验；小学、初中解读了义务教育课程标注，魏本亚教授解读了语文课程标准，李箭教授解读了英语课程标准，潘苏东教授解读了物理课程标准，吴星教授解读了化学课程标准，胡唐明老师解读了地理课程标准；张春华老师介绍了语文新高考的变化，石志群老师介绍了数学新高考的改革；魏本亚教授介绍了中职课程标准研制、教材编写与教学变革的进展情况，王慧勤校长介绍了中职职业技能大赛指导的经验。这些专家要么从质量标准入手、要么从课程标准解读角度、要么从新高考视角研究教学新变化、要么从具体的经验入手研究新问题。这些解读具有理论的高度和实践的深度，能够给一线老师实践的启迪。

名著导读

邂逅名著是一件幸事，如何读？如何读出自我？这是大家的追求，我们在这里邀请了一线教师、高校教授与我们一起共读，一起读出精彩。

展益华

靖江市第一实验幼儿园副园长，高级教师。

我读《学会教学》

人生有很多美丽的邂逅，很荣幸，我与《学会教学》一书有约，开启了一段美好的阅读之旅。“教”与“学”是教育者永恒的话题，如何教、怎样学，是教育者持续探究的内容。《学会教学》一书作为“新教师的启蒙读本”“资深教师的职业教练”不仅指引我们“如何教学”，更教会我们“学做教师”。本书的作者——理查德·I·阿兰兹，这位曾在小学、初中、高中任教的美国教学专家，为我们提供了一个从实践中认识教学的真实视角。

全书共四部分十三章，每章中的“读前反思”如江海中的航标灯，将我们引入其中，激起回顾与自省：我是否了解不同学生的学习风格？我是否会有意识地作出努力，给予每一位学生同等的关注与鼓励？等等。这些直击心灵的反思，让阅读更客观、更真实、更深入。初次翻阅，你可能会担心理论深奥、难以理解，但其中丰富的案例、清晰的导图，将你从深厚的理论中拉入生动的教学现场，让你在粗读、细读和精读的过程中有所思、有所悟、有所获。

通读全书，第十一章“基于问题的学习”是我所关注的重点之一，主要内容是“基于问题的学习（也称为 PBL）”和它在以问题为导向的情景中促进高阶思维发展的作用。本章节对于“PBL”的本质有着清晰的表达：它在于为学生呈现真实而有意义的问题情境，以此作为学生调查和探究的基础。

在我园江苏省前瞻性教学改革实验项目《指向深度学习游戏样态的创新与实践》研究过程中，“基于问题”是首要操作原则。在这样的理念下，我们一直探寻、梳理，并努力形成与之相匹配的操作模式。困惑之际，基于问题的学习教学模式为我呈现了一个清晰的教学构架，它包含“备课”“上课”“建立学习中心开展基于问题的学习”“为所有学生量身定做基于问题的学习”四大版块。这引发了我对这一教学模式在幼儿学习中创造性应用的思考。

为什么说是创造性应用，这源于学前教育不同的教学特点。基于问题的学习与其他互动性教学和以学生为中心的教学方法一样，要求教师在备课上多下功夫，以顺利达成教学目标。但值得注意的是，学前教育的备课区别于中小学等其他学段。以课程游戏化精神为引领，《纲要》《指南》为指导，活动来源、目标确定等，坚持“以幼儿为主体”的原则。内容源于幼儿的兴趣，结合教师的专业判断而确立；目标则是根据幼儿的活动进程、发展需要等进行阶段性调整。特别是围绕某个主题的游戏活动短则两三天，长则一周或更久。所以，预设与实施不是完全割裂的两个部分，而是不断调整、相互融合、循环往复的。因此，我们需要思考如何在这一章节指导下，探索适合学前教育的“基于问题的学习”这一教学模式。下面，我将结合大班建构游戏《造桥》和大家共同探讨。

首先是确定教学目标，设计问题情境。基于问题的学习旨在达成这样三个目标：提高学生的学习技能和调查技能；使学生学习成人的角色；帮助学生成为自主的学习者。当然，目标的达成离不开恰当的问题情境的支持。一个好的问题情境至少满足五条重要标准：问题应该是真实的，并与学生的经验紧密联系；问题应该比较模糊，不会只有一个简单的答案；问题应该有意义，适合学生的智力发展水平；问题范围应该足够宽泛，能使学生从团体的努力中获益。

“造桥”源于一次晨间游戏，晨晨用雪花片搭的“桥”，引发了同伴有关“是不是桥、像不像桥”的讨论。游戏分享时，大家各抒己见，教师顺势设问“怎么才能知道真正的桥是什么样的？”这不仅激发了幼儿看桥的愿望，还隐含了初期目标：感知桥的外形特征，了解桥的基本结构等等。

后期，他们不再满足于用雪花片、清水积木进行建构，逐渐产生“搭出能走人的桥”这样的想法。“怎样才能搭出能走人的桥？”教师的疑问引发幼儿产生“能走人的桥有多大？”“桥墩有多少？”等涉及数量、长度等方面的问题。

“用什么造桥？”为了找到合适的材料，他们尝试了轮胎、木梯、砖块、木板等，最终选择了相对稳固的砖块和木板。“怎么造呢？”孩子们又展开了技术性讨论“砖块要怎么搭才不倒塌？”“两个桥墩之间多远刚好放一块木板”等等。

由此，我们可以看出教师的目标预设初期是基于幼儿想搭像“桥”一样的“桥”，后期基于幼儿想搭“能走人的桥”。阶段性目标的产生都是基于“造什么桥”“怎么造”等真实的问题情境。值得注意的是，教师不能以预设代替或左右幼儿的学习，应观察和分析幼儿在学习中反映出怎样的发展水平，在此基础上，设计恰当的问题情境，激发幼儿的好奇心，引发他们在质疑、验证中不断探究。

其次，组织资源，做好“后勤”工作。基于问题的学习鼓励学生使用多种资源和工具进行学习，可以是园内资源，也可以是幼儿园周边资源。教师对可利用资源（环境资源、材料资源、人力资源等）进行梳理，为幼儿调查“桥”、建构“桥”做好“后勤”工作。丰富多样、富有层次的建构材料是游戏资源之一，在尝试搭建“能走人的桥”时，根据之前的建构经验，孩子们否决了雪花片、清水积木等材料，将目光转向室外，轮胎、木梯、砖块等丰富的材料为幼儿与材料的充分互动、深入探究提供可能。

活动中，应鼓励小组合作，形成学习共同体。基于问题的学习要求教师培养学生的合作技能，鼓励学生共同调查问题。在学生已经适应问题情境并组成学习小组后，确定具体的子主题。造桥时，他们有的运材料，有的搭桥墩和桥面，自然而然地分成材料组和建构组。造好后，有孩子自发对桥的牢固性进行检验，类似工程监理的角色，是“工程验收组”。尽管他们的发展水平不同，所承担的任务也不一样；尽管在建构过程中他们有分歧、有争议，但在反复验证、协商交流中达成共识。正如此章节所说：在“基于问题的学习”中让学生进行合作，鼓励他们共同探究、对话，发展思维能力和社会性技能。

活动后，制作作品并展示，举办展览。提到作品，我们更多想到的是幼儿所建构的各种造型的桥。细读这一章节，我发现它对“作品”的理解打破了我们的惯性思维：能够展示问题情境和问题解决方案的录像带或以实物形式展现的模型等都是作品。本活动中，除了各种材料建构的桥、两次看桥的调查表，有关桥的设计表征、建构桥的视频等都可以作为作品进行展示。当然，这样的展示不是成果汇报，不是以“像不像桥”为展示标准，而应保护每个孩子的奇思妙想，对整个活动推进过程进行回顾与总结，获得反思与提升。

活动的最后阶段是分析、评价问题解决的过程。本章节建议通过一些活动，帮助学生分析、评价自己的思考和调查过程，以及整个过程中使用的调查技能、学习技能。活动结束后，教师结合作品展示，引导幼儿回顾自己当时的发现、困惑和调整方法等，以促进他们问题解决能力、批判性思维、想象力和创造力等方面的发展。当然，在这个活动中，受益的不仅仅是孩子，还有老师。我们须分析自身问题情境的设计是否合理，是否有助于幼儿找到解决问题的方法，是否有利于科学、技术、工程、数学等领域的整合，甚至是否能够成为幼儿坚持不懈地持续学习的有力支撑。

当然，这一章节留给我的思考还有很多，如建立学习中心、学习环境的管理、评估和评价等。后续，我们将在“建立学习中心，开展基于问题的学习”等方面展开更为深入的探究，让幼儿园基于问题的学习更为系统化。《学会教学》是一本值得反复研读的书，它可以帮助教师掌握基本的教学模式、教学策略和教学机智，认识并理解有益于教学实践的理论基础，掌握观察、记录和反思等教学技能，助推教师成为理论、实践两个层面的教学专家。

胡晓燕

江苏师范大学教育科学学院教授。

《学会教学》（第九版）导读

今天，我们一起分享《学会教学》（第九版）阅读心得。

一、名著简介

《学会教学》秉承“教学既是科学也是艺术”的指导思想，倡导“学生本位”理念，为解决教学实践问题而提供支持教学原则与教学实践的深层理论基础。这本书不仅详细阐释教学艺术的科学基础，还阐明与之相关的教学原则或教学方法以及有效的机制和原理，从而架起教育学理论与教育实践的桥梁，弥补了理论与实践脱节的既存问题。

二、读书心得

《学会教学》告诉我们教师需要领悟和理解涵盖“教”和“学”的概念和关系的基础理论，同时，在不同教学场域中“互动”是缔结“教”与“学”的基本方式，这就是我们常常提到有关“教学模式”、“教学方法”和“教学策略”等实践知识。为此，我们重点阅读了《学会教学》第3部分教学互动内容，聚焦第十一章《基于问题的学习》核心观点，谈谈我们读书体会。

（一）什么是基于问题的学习

当看到“基于问题的学习”这个标题时，老师们可能会说，课堂上，我们给同学们提出问题，引导他们去思考，找到问题答案，这不就是基于问题的学习么？老师们的这种说法确实代表了一些教师们心声，究竟“什么是基于问题的学习呢？”这需要我们先厘清“基于问题学习”的概念和表征。《学会教学》这本书中明确指出：“基于问题的学习是通过让学生参与真实的生活问题情境，帮助他们掌握学科知识和解决问题的技能。”也就是说，基于问题的学习本质在于为学生呈现真实的、有意义的问题情境，并以此作为学生调查和探究的出发点。换句话说，问题激发是学习的起点，学科综合则是学习的基础，学生需要经过真实调查和研究，最后以作品制作和展示来呈现学习成果。学生们合作贯穿于问题的学习全过程，他们通过共同探究和对话，合作完成任务，并寻找出解决问题的办法，实现发展思维能力和社会性的技能。

（二）为什么要支持“基于问题的学习”

基于问题的学习以认知心理学为理论基石，聚焦学生正在思考什么，强调学生要学会思考，成为一名自主的学习者。杜威在《民主主义与教育》一书中提出：“学校应该像镜子一样反映全社会，教室是探究现实生活、解决实际问题的实验室。我们教师要让学生参与以问题为导向的活动，并帮助学生探究重要的社会问题和智力问题。”学校学习应该是有目的的，这种有目的或以问题为中心的学习点燃了学生天生具有的亲自探究有意义情境的愿望，让学生从事他们感兴趣的、自己选择的学习项目，达到最佳有效学习。

皮亚杰建构主义理论和维果茨基社会文化理论也都支持“基于问题的学习”。他们认为“当学生面对新的、令人困惑的体验，他们尽力解决这个体验带来的矛盾时，个人的智力就得到发展。”维果茨基还强调“个体在教师、父母或更优秀的同学帮助下能够达到的能力水平或取得的成就。”由此引出“最近发展区”概念。基于问题的学习为学生“最近发展区”实现创造条件。

杰尔姆·布鲁纳的“发现学习”也强调激发学生积极地参与到学习过程中，真正的学习必然经历个人发现的过程；成人或其他精通学业的人提供“支架”帮助学生解决一个超出他能力水平的问题。

上述理论支持“基于问题的学习”，也回答了实施该教学模式的重要问题。

（三）如何开展基于问题的学习活动

理解“基于问题的学习”的教学模式不难，但要有效实施确有很大困难，这需要教师进行大量的实践并做出具体的决策。

1. 计划、实施基于问题的学习

开展基于问题的教学，需要教师们设计恰当的问题情境。一个好的问题情境至少满足五条重要标准：第一，问题应该是真实的；第二，问题且能造成一种神秘或使人困惑的感觉；第三，问题对学生来说应该是有意义的，适合学生的智力发展水平；第四，问题范围应该足够宽泛；第五，一个好的问题应该能使学生从团体的努力中获益，而不是受到团体的阻碍。

实施基于问题的学习还需建立学习中心，实现合作学习。教师可围绕主题来组织学习中心，也可围绕学科、内容或具体的主题和相关感官经验来组织学习中心，尽可能给学生创造机会，让他们参与多样化的实验和互动活动，并在材料丰富的学习环境里选择自己感兴趣的内容而开展学习。

2. 基于问题的学习环境管理

教师不仅要制定明确的规则，还应该建立起规范，协调不同学习进度学生完成任务。同时，还应发挥强大的管理能力，去监控学生的学习，并管理学生的学习材料、教学设备以及学生作品，调控学生的课外活动，获得学生能力和技能提升。

3. 评估和评价基于问题的学习

基于问题的教学评估应该是多元的，它不仅仅由纸笔测验组成，更适合用成就性评估来展示、评价学生的理解力、学习潜能和小组合作能力。通常运用成就性评估工具、核对表和等级量表开展学生的学习成长评估，也可采用标准化测验、各种开发评估手段来测量学生某方面的具体知识、技能和学习潜能。

三、教学策略

我们就以南京市鼓楼幼儿园《老师新娘》课程为例，分析基于问题的学习需要实施的教学策略如下：

（一）创设学习情境

认知理论告诉我们，基于问题的学习路径涵盖了幼儿借助眼、耳等感官与周围环境展开互动，感知具体事物物质表征，在相应大脑执行功能区储存、积累，进而发展成为核心经验。如果说真实生活中问题是激发幼儿学习的源泉，那么，有效学习环境是幼儿持续开展探究活动的驱使力，它能为幼儿营造温暖、宽容、友好的氛围，带个儿童一种掌控感、主动性和积极投入到学习的勇气。《老师新娘》课程中偶发于主班教师请假拍婚纱照，小朋友们对“结婚”概念很好奇。通过他们回忆、参加亲戚朋友的婚礼，获得“结婚”的概念，由此，他们萌发了为老师办婚礼的想法，征得老师同意后，全班小朋友们围绕婚礼筹备展开一系列准备活动，有小朋友在手工区剪“喜”字贴在班级门窗上；也有小朋友包喜糖、做红包；还有小朋友在读写区写请柬、设计婚礼日程等等。小朋友们在轻松、愉悦氛围中自由探索，积极、主动与同伴和老师交流，大胆说出自己想法，获得语言、社会和健康等领域发展。

（二）提供发展适宜性材料

材料能激发幼儿的想象，发展幼儿相应的技能。对幼儿开展基于问题的学习也需要物质材料支持。当幼儿投入到游戏中，他们需要精心挑选的，具有发展适宜性，并且能满足幼儿年龄特点的高质量材料。如果投放过大、过复杂的材料难以给幼儿带来挑战学习的机会，甚至会阻碍幼儿学习的进程和发展。《老师新娘》课程中小朋友们在读写区随手可以拿取到书写的工具——各种彩笔和纸，让他们随时随地记录、设计和书写自己的想法和创意；手工区摆放红色亮光纸、皱纹纸和适合幼儿小手操作的塑料剪刀，方便小朋友剪出红“双喜”字、窗花和拉花。这些材料的有效性取决于它的设置、展示和组织，还需要定期调换、补全、照顾和维护，确保幼儿操作材料的安全性和可靠性。

（三）教师提供“支架”教学

基于问题的学习需要成人或有经验的人为幼儿搭建“支架”，帮助幼儿通过观察、探究、发现和验证即存的假设，获得解决问题的方法和经验，实现幼儿“最近发展区”目标达成。在班级教学、游戏和活动中，教师需要观察幼儿各种表现和行为，判断他们在学习过程中遇到困难或阻碍，通过对话、示范或参与活动或教学中提供问题可能解决的线索或思路，支持幼儿学习发生。在《老师新娘》生成课程中，带班教师肯定小朋友们要为主班教师筹划婚礼的想法，抓住机会引导小朋友们了解什么是“结婚”含义，并布置作业让小朋友们回家调查有关婚礼的内容，支持小朋友们组织、筹划和设计结婚典礼，最后让小朋友们亲自参与、主持完成老师婚礼。

名著导读分享接近尾声，就如《学会教学》中提到“学做一名教师是一个漫长而又复杂的旅程，其间充满着刺激与挑战，教师须怀有追求卓越的愿望，努力成为理论、实践两个层面的教学专家。”最后，借庄子那句话——“吾生也有涯，而知也无涯”送给屏幕前教师们共勉，期待老师们读名著、知名著、行名著，实现自身专业成长。

戎 敏

靖江外国语学校高级教师，江苏省特级教师。

《学会教学》导读

《学会教学》一经出版就受到了广大教师的欢迎：新手教师把它奉为上岗手册，资深教师将其誉为“有效教学”必读书目。读完此书的老师会感觉在教学时“心中有丘壑，眉间显学生”，课堂教学也会达到融“科学”“艺术”为一体的最佳境界。

《学会教学》是美国著名教学专家理查德·I·阿伦兹所著，他的研究专注于中小学教师教育、教师组织发展以及学校改革等方面。阿伦兹教授曾被评为马里兰州杰出的教师教育专家，出版了多部教育著作。《学会教学》是其中享誉盛名的一本书。

一线教师每天都在教学，有时候我们以为自己早已学会教学，其实“学会教学”是每一位教师的终身追求。就像阿伦兹教授在序言中所说：“学做一名教师是一个漫长而又复杂的旅程，其间充满着刺激与挑战。这个旅程在职业培训时达到顶峰，但实际上却贯穿于整个教学生涯。”

本书为我们展现了通常被称作“普通教学法”的课程，帮助我们熟练掌握专业知识和专业技能，促进常规教学工作散发出智慧的光芒。全书共分五个部分：第一部分，当今课堂上的教和学；第二部分，教学的领导；第三部分，以教师为中心的教学模式；第四部分，以学生建构为中心的教学模式；第五部分，教学的组织。每一部分都有精彩纷呈的内容，既有理论的阐述，又有实践的案例，还有教学法演变的历程，更有很多值得深入思考的问题，助力教师成为理论和实践两个层面的专家。

古人云，登高使人心旷，临流使人意远。读书于雨雪之夜使人神清。我个人感觉读《学会教学》这本书，于忙碌之余使我神往。不仅因为每一章的读前问题引起了我的阅读兴趣，还因为每一节后面的“检测 - 拓展”栏目别出心裁，教会我们如何阅读本书，并结合自己的教学实际去思考。最为神奇的是，每一章结束前有对课堂的反思和总结。这种感觉就像是在不知不觉中进入一间神奇的教室，有一位满腹经纶的智慧长者正笑容可掬地等着我们，他循循善诱地引导着我们进入教学的情境之中。没有居高临下的说教，没有枯燥理论的讲述，就像和知心朋友谈心一样娓娓道来。那些教学的理论似春风拂面，沁人心脾，让读者在不经意间对学会教学、对教师专业成长有了深刻的认识和深邃的见解。

我重点研读了本书第二部分的第四章《课堂共同体与学生动机》。这一章的主要内容是：把课堂建设成有效的学习共同体是教师最重要的工作之一，甚至比正式的教学行为还要重要。有效课堂共同体帮助教师减少挫败感，拓展教师的工作能力，最关键的是能激发学生强烈的内部学习动机。

研读这部分内容的收获，借用《论语》中一句话就是“仰之弥高，钻之弥坚”。对我二十年来的“唤醒教育”研究至少有三点启示：（1）充分运用积极的情调，为学生创设合适的学习情境；（2）激发学生的成长内驱力，相信每一个孩子都会成长；（3）关注学生发展需要，包括对自主权的需要。

根据马斯洛的需要层次理论，只有当个人最基本的生理需要和爱与自尊的需要得到满足后，个体才会有动力追求更高一级的需要。也就是说，我们对学生的教学必须建立在这样的基础上才有效果。以前我班上有一名学生，刚开学就顽劣不逊，大家头疼不已。后来，我侧面了解到，他之所以如此，很大程度上是因为家庭发生了重大变故。那么，家庭背景和童年经历几乎不能对这个学生的人格特质产生任何正面影响。如果从这个角度去进行教育，很难撼动他的心灵。

阿伦兹教授说，如果我们教师把精力集中到能够影响和改变的事情上面，学生就会取得更大的进步。教师应该相信每个学生都有学习能力，相信他们都能通过自己的思考理解这个世界，这样教师就不会把学生学习积极性低，学习情况落后归因于学生的家庭背景，而是找到真正的原因——课堂和学校对他们的理解不够，需要激发他们的内在成长动机。

当时我在工作手册上是这样写的：我相信他其实是个好孩子，我要帮助他。怎么帮助呢？我在班会课上成立读书小组，每天进行小组读书交流，保证全员参与；每周举行读书故事交流会，引导学生进行赏评式阅读分享，赏同学读书态度与方法，评书中人物精彩故事；每月评选读书明星，分享阅读方法……用芝加哥著名心理学家米哈伊的话说就是让行动者和行动合二为一，享受“沉浸式阅读体验”。

阿伦兹教授主张建立有效的学习共同体，鼓励学生参加有意义的学习活动，他说这是我们教学的主要目标。在这样的课堂上学生的心理需要会得到满足，当他们发现，学习是如此有趣和充满意义时，就会极大地增强自信，相信自己会成功。我借故事书给这个学生看，让他讲书中的故事给大家听，自习课时，把他拉到身边和他一起写日记。渐渐地，他敞开了心扉，竟喜欢上了阅读写作，人也变得乖巧起来，和同学们融洽相处，对老师彬彬有礼，与以前完全判若两人。这就是阿伦兹教授所说的相信学生的能力，关注可变因素的最好见证。

教学的艺术不仅在于传道，更在于激励。我认为，最好的激励就是唤醒。关注学生可变因素其实就是一种唤醒教学。唤醒学生的自信，唤醒学生的自我教育意识，唤醒学生的学习成长内驱力。助力每一个学生实现成为好学生的愿望。

学习共同体是一种环境和组织，每个成员拥有共同的目标、同样的情感取向和行为标准，每个成员之间相互欣赏，自己和别人的潜力都能得到发现和展示。阿伦兹教授在动机和学习共同体的相关研究中表明，在课堂集体中的影响力不仅来自教师，学生之间也会彼此影响，甚至会影响教师。

统编教材六年级上册第八单元的习作训练是《有你，真好》。习作要求中有这样一句话“假想这个你就在眼前，你在用文字和他对话。”当时我心中就迸发出这样一种想法，进行师生共写可能教学效果会更好。就像阿伦兹教授强调的那样，通过组织活动，促使学生完全投入到活动中去，享受“沉浸式成长体验”。

语文课上，我指导学生进行选材、构思，他们畅所欲言。有的说，有书真好，脚步到达不了的地方眼睛可以到达；还有的说，有老师真好，引领我们在读写花园中驰骋。

我顺势引导，同学们，有你们真好。我们一起在读写中聆听生命拔节的美妙声音，见证语文学习的快乐与幸福。然后当场和他们约定，师生共写这篇文章。当时正好是 2020 年 12 月底，我就写了《有你们，真好》，把它作为新年礼物送给学生。

开头我写：光阴有意，岁月有情。亲爱的孩子们，有一种珍贵的情，超越亲情、友情，那就是浓浓的师生情。新年第一天，戎老师最想对你们说的话就是：有你们，真好！

学生小乐写：迷茫时你是给我指路的导航，困难时你是鼓励我前行的阳光。成长路上，您在潜移默化中引领我们进行读写。戎老师，有您真好。

阿伦兹教授强调学习情境的重要性。积极的学习情境是愉快、安全和可信赖的，处于其中的学生愿意承担责任。课堂中整体的学习风气和氛围非常重要。他用“情调”一词描述学习情境的有关内容。我创设的充满真情、溢满温情的习作课堂情调，激发了所有学生的习作热情，解放了学生的“本质力量”，让他们在“情境成事”中“成文”“成人”，唤醒语言表达内驱力，遇见最美的自己，开启最独特的表达。

有的学生学习有障碍其实不是认知能力差，而是教师组织方式需要改进。还有部分学生的学习经历压制了他们的内在动机，使他们无法感受“沉浸体验”。

另外，过分注重外部规则、评价以及奖赏也会阻碍学生的“沉浸体验”。有的标准化的课程和教学使部分学生一直处于被动的地位，缺乏快乐的学习方式，妨碍了他们学习的主动性和专注性。只有以学生的兴趣和内在需要为基础，充分相信学生，使用恰当的策略和手段把传授内容和生活相联系，布置多元化的学习任务等，让学生获得更多的“沉浸体验”，他们就会在不经意间实现高效学习，教师把课堂建设成有效学习共同体的愿望就会实现。

总之，如果各位老师在阅读这本书时经常学习教学新技能，持续进行教学反思，不断改进教学策略，那么，它一定会成为你“学会教学”旅程中的一根拐杖，助你“扎根课堂练好本领，学会教学妙悟成长”，在“学会教学”的漫漫长路上走得更稳、更快！顺利抵达专业发展的诗和远方！

汤振纲

南京师范大学泰州学院人文学院院长，教授。

面向复杂，开放学习
——《学会教学》的两点阅读体会

美国中康涅狄格州立大学的理查德·I·阿伦兹的《学会教学》是一部内容丰富、特色鲜明的教学论著作。全书以“学会教学”为宗旨，以“有效教师”和“有效教学”为两个核心概念，全面考察和阐述了教学领域的各种问题。既有宏观层面的从不同历史时期的教学理论的深度阐释，又有中观层面的诸如学生管理、教学互动、家校沟通等策略的探究，还有微观层面的以教师为中心、以学生为中心的六种教学方法的具体论析。正如陈佑清教授所说，这本书的特点是以教师的日常行为为纽带来组织各种教学论知识，因而具有很突出的实践指导价值。不同学段的老师都可以从中获得具体可感的教学方法的引导。换言之，它既是新入职教师的工作指导手册，又可以作为熟手教师淬炼教学理论的“熔炉”、生成反思性教学智慧的“温床”。细读此书，对教师的专业发展一定大有助益。下面我谈谈阅读此书最突出的两点感受。

第一，要学会用复杂性思维看待教学。教学中的很多问题不是单方面的和简单的。教学理论也绝不是一成不变的，所谓教无定法，事实上我们看待任何一个问题，都必须考虑问题的语境和个体因素，其中任何一个变量都会导致相反的结论。这本书在提出问题摆明观点的同时，它往往会把相反的研究结论呈现出来供你思考。例如，关于合作学习，它指出合作学习中异质小组的学习是有益于所有的学生的，能力差的学生在小组中通过与能力强的学生一起学习会学得更多，而能力强的学生在作为指导者帮助能力差的同龄人的过程中也可以受益。但是，它又同时指出：有些研究者却认为在小组合作学习中，聪明的学生不一定能从异质小组的学习中获益，对于聪明的学生来说，合作学习反而是对他们权益的剥夺。这就提醒我们在使用合作学习时应注意可能出现有违初衷的结果。的确如此，时下我们小学课堂中的小组合作学习，如果学习任务对于那些程度好的学生不具有提升性，而只是在让他们原地踏步，或者成为教师的小助教的时候，我们是否应当重新考虑这种合作学习的效率与公平的问题。再比如关于课堂教师提问的研究，这本书就不是简单地进行问题分类、用法阐明，而是非常具体的从不同的研究结论中让我们看到教师提问的方式和问题类型对学生的学习可能产生的影响，比如事实性提问和高水平问题哪一种对学生的学习和思维会产生积极影响？传统的看法一直认为高水平问题比起具体的事实性问题更能促进认知发展。但是，该书却同时引用了巴拉克·罗森沙恩的研究结果对这一传统的看法提出了挑战，据他的研究，“狭隘”（事实性）问题实际上是最有用的，特别是在教师对正确和不正确的答案提供即时反馈的时候。这就让我们看到在高水平的提问和以事实性提问为主的“问—答”提问之间哪一个更有效？这显然不能一概而论，该书指出强调事实性问题对提升年幼儿童的成绩更有效，特别是在最初掌握基础知识和基本技巧的时候，而较高水平的认知性问题对于培养学生的独立思考更有效。据此反思我们的小学课堂教学，我们在设计提问的时候就不能一味追求高水平的问题而忽略了对基础知识和基本技能的掌握和运用，特别是当下在倡导对话式教学、生成式课堂的过程中，是不是有些课堂抛弃了基本训练，只是一味地启发诱导，课堂变成了教师和几个尖子生的对话秀呢？本书由教学提问的教学效用而起的讨论让我们形成了理性的教学反思。在如何学习优秀教师的教学经验方面，本书的观点也呈现出辩证的两难境地。一方面它指出一个成熟的教师就像陈年美酒，任教时间越久就越优秀。但另一方面，又指出：对自己喜爱的教师的模仿，不一定是发展自己教学风格的最好办法，因为这些教学可能没有他们看起来那么有效。讲到这里是不是颠覆了我们的原有认知？我们在小学观课的过程中也发现了这样一个现象，有的时候那些在成千上万教师崇拜的眼神中闪亮登场的示范课、公开课，如果细究其课程内容也并没有多少理性的收获，甚至会产生一种文本意蕴的遮蔽和误读。有位老师以读代讲，即便理念很新颖，但这种方法并不是所有的年轻教师都能够掌握并运用的，东施效颦，邯郸学步，教学中新手教师会犯这样的毛病，熟手教师也不一定能完全摆脱教学习惯的束缚和误导。所以该书指出：学会教学是一个复杂的过程，对一个资深教师有用的信息不一定对新手有价值，是为确论。当代法国思想家埃德加·莫兰提出了“复杂性教学”的理念，他在其《复杂性理论与教育问题》一书中指出要“超越简化的片段性的认识，这种认识看不见整体和部分之间的相互作用，把复杂性化解为简单性和遮蔽根本性的问题，还导致科学思想和人文思想的可悲的分裂。……教育的目标与其说是造就充满知识的头脑，不如说是造就构造得宜的头脑。”《学会教学》就是考虑到教学情境的复杂性而从不简单下结论的一本书，书中的这些相互质疑问难的讨论和矛盾悖谬情境的揭示，这种复杂性的思维范式，对于我们将来打开教育教学中的各种“黑洞”是最有帮助的。

第二，《学会教学》提倡的开放式的学习理念。这本书非常关注互联网的使用问题。在学习资源呈现、学习效果检测、教学问题延伸讨论等方面，它都提供网络资源以及在线学习平台，有分别针对教师和学生的在线学习中心，有智能课堂网站，还有帮助每一个教师创建个人教学资源的创新教学网站。这种开放式的学习理念，是我们急需学习、特别要借鉴的。众所周知，三年抗疫，已经让学校的教育生活发生了很大的改变，在线教学、“十八频道主播”、线上线下混合教学、网课、云直播……一夜之间，原先封闭的教室空间被动瓦解，原来还在实验和讨论中的E-Learning、智慧教学等新理念，乘着一波一波的“疫情”踏浪而来。我们每个教师都仿佛被迫加速进入了一个“新时代”。每一个教师都不得不变革传统的教学方式以应对如此复杂的现实困境，这本书前瞻性地指出：未来的教师“需要远离陈旧的、广播式的教学法（例如讲授和灌输）而向以学生为中心、多种模式融合的教学法过渡”，的确如此，面对“网络一代”，我们不能满足于只是做数据和信息的传递者，而是要成为学生个性化学习经验的指导者、创造性学习活动的组织者。在互联网使用问题上，这本书指出教师必须警惕三个问题：如何培养学生的信息检索技能；如何评估网络信息的准确性；如何面对负面网络信息。当前的小学生都已是网络时代的原住民，他们信息获取的渠道丰富但芜杂、有搜索技术但无搜索目的，因此我们在开展线上教学的时候，就既要注重培养学生信息检索的能力，更要注重提高学生的信息辨别和媒介识读的能力，我们的小学教学必须尽早考虑学生的媒介素养教育的问题。《学会教学》的每一章节都设计有“利用技术促进教学”栏目，编入了很多具体的技术运用指导方略，值得我们去学习领会。面对人工智能的飞速发展，当今每一个教师都应当有危机感，都要紧紧跟上时代前进的步伐，不能满足于能够通过在线直播或录播完成教学任务，而更要考虑如何运用各种在线教学时的教学手段和方法来调动每一个学生的学习积极性，例如在线问答技巧、如何在线完成教学训练，如何及时通过在线平台收集学生学习的反馈信息，在线上授课环境下如何监控和督导每一个学生的学习，在指导学生运用线上教育资源时，教师如何提供个性化的辅导，如何整合利用线上优秀教学资源，创新驱动性的教学任务，让学生动起来、学进去、有成果……上述种种全新的课题，都等待着我们从实践中去摸索、去总结。

总之，这本书有许多丰富生动的教学智慧，在对传统和现代六大教学模式优缺点的细致辨析中，融汇了面对复杂情境的教学反思。一方面你可以从中学到诸如如何跟家长沟通、怎么开家长会等等具体的教师操作指南，另一方面你更可以从中获得促使教师专业成长的源源不断的思想资源。尤其是复杂性教学理念和开放式的学习观念，将会使小学教师更加成熟，因为正像本书所言：学会教学的真正目的，是为了学会学习。

闵芳芳

兴化市昭阳湖初级中学教师，高级教师。

我读《学会教学》

今年寒假，我有幸研读了由美国著名的教育专家理查德·I·阿伦兹著作的《学会教学》这本书，深受启发。我们都知道，学做教师是一个漫长而又复杂的旅程，这中间充满了无数挑战。《学会教学》这本书开篇就积极回应了新时代对我们教师的各种要求和挑战，书中尤其重视信息技术和建构主义学习观对教学的影响；每个章节中都以具体的教学行为进行了教学框架结构设计；不仅通过具体的案例，告诉我们如何使用这些教学策略，还提供了设计实施课程、评估学生学习和创造管理有效学习环境的具体方法指导；翻开每一章，我发现其中都包含了“利用技术促进教学”的栏目，的确，对于我们教师来说，使用计算机、通信设备和智能技术来提高自己的教学质量、优化学生的学习过程，很重要。

《学会教学》这本书中给我们描述了利用技术促进教学的多种途径：比如，可以利用虚拟现实技术、增强现实技术创设教学情境；也可以利用网络学习空间、电子书包等网络资源和技术平台辅助教学；还可以利用人工智能和大数据进行学情分析、作业批改、学业诊断以及生成课堂教学评价。

然而，回顾传统课堂教学评价，可以发现，我们常热衷于对学生进行排名次、比高低，只有少数的那些学生能够体验成功的快乐；我们评价的内容和方式也比较单一，以笔试为主，偏重考查学生对学科知识的记忆和理解，却忽略了学生学习过程中的表现……围绕这些问题，《学会教学》这本书给出了解决方案：我们可以利用信息技术来促进课堂教学评价。

信息技术支持下的课堂教学评价是以培养具有高阶思维和创造力的人才为目标，借助智能信息技术与工具，采用相应的评价方法，对课堂中教与学的过程及其结果进行测量，并作出科学、精准的价值性判断的过程。这里更加关注的是，在课堂中针对学生学习过程和结果的评价。

我们兴化在利用技术支持课堂教学评价这方面也做了多年的探索，目前全市有 20 所学校建有“智慧教室”。我要分享的是一节由江苏省特级教师翟应品老师在智慧教室环境下执教的物理课——《物质的密度》。

在这之前，学生们已经学习了温度、长度、速度相关的知识，但这些都是他们在现实生活中早已经熟悉了的概念，可以说，“物质的密度”是初中物理真正意义上的第一节概念课。因此，如何让学生建立“密度”的概念、帮助他们理解物质的物理属性，并用它来解决生活中的实际问题，在初中物理教学中具有十分重要的意义。

翟老师在课前学习阶段，依托智慧教室的“云平台”统计了学生多次测试的成绩变化，捕捉了学生知识与方法的弱点和盲点，对学生学情进行了精准诊断，为课堂教学提供了科学的决策依据。具体的设计过程如下：

（一）确定评价目标。这节课选自八年级下册第六章第三节的内容，这一课要求学生达到的素养目标有以下方面：理解密度的物理意义，能用密度知识解决简单的实际问题；通过实验探究活动，找出同种物质的质量与体积成正比的关系，学习以物质的本质特性来定义密度概念的科学思维方法；通过探究活动，使学生对物质属性的认识有新的拓展，体验科学探究所带来的乐趣。

（二）构建评价指标。翟老师以导学型—学生自主创新实验作业为桥梁，搭建起了教科书与生活的联系，这一类作业不仅是课堂的“前奏曲”，也是学生建构新知识的重要“体验”与关键“经验”。翟老师依据学生外在学习特征和内在心理表征，预先建立了体现上述活动目标的评价指标体系，推送了密度相关的微课资源和课前学习任务，以此来诊断学生的预学情况。

（三）收集评价数据。翟老师利用智慧教室云平台的自动记录功能，收集了学生们课前学习过程和完成任务的详细数据，包括同种液体、不同种液体密度数值上的关系，以及这些关系在生活中可以派上什么用场。

（四）分析评价数据。翟老师借助云平台的自动批改功能生成的可视化结果，对学生的“密度”预习进行了精准分析，他从答题正确率了解了所有学生对知识的掌握程度，又从学生答题的速度分析了个别学生的学习情况，如有一位学生在解决密度相关的应用题时耗时较长，说明这位学生在这方面还存在疑惑。

（五）做出价值性判断。翟老师根据记录分析的数据图表情况，得出了以下诊断结果：从课前学习和实验实践的情况来看，学生对“密度”的基础知识和实践技能掌握较好，但也存在一些问题，如背后的重点社会问题，检测效果不佳；再有，学生实验方案设计情况差异也很明显。但是翟老师通过学生自身学习过程中的纵向对比，结合他们的实验过程、口头表达、书面记录等方面，对学生的学习成长进行了学习兴趣、创新能力等方面的表现性评价。

（六）进行智能学习决策。以上一系列的智能诊断，为教学提供了科学依据，翟老师有针对性地采取了相应课堂教学措施：一是针对重难点问题，他采取了合作探究的教学方式，其中有一个小组连续测到十几组数据，再把数据输入表格，用平台自带的可视化图表功能直观地展示了数据规律，他们即时上传后，面向全体学生进行了汇报，获得了同学们的一致好评。还有学生测到，像牛奶这样的物质加热到沸腾后，它的密度数值跟它是冷的状态时差别很大，等等。所有学生都表现出了极高的探究热情，展示的方法也层出不穷。二是针对差异显著问题，翟老师设计了互动答题，从教师端即时获取了学生答案，了解到每位学生的当堂学习情况，进而对不同层次的学生采取了分层教学，每位学生都在课堂中得到了关注。

从翟老师的这节课中我们可以看到，技术支持下的课堂教学评价比传统的教学评价更具活力、更关注学生核心素养的提升，尤其是创新能力、态度和习惯、学习兴趣等方面，智能信息技术的运用能够实现评价数据的智能收集、评价数据的可视化分析、评价结果的实时反馈，真正实现量化评价与质性评价的有机结合，这也是作者阿伦兹在《学会教学》中所强调的，我们应将技术用作励志工具，运用多元模式和个别差异教学来促进学生全面发展。

史成明

盐城师范学院文学院副院长，教授。

适应与求变——从《学会教学》看教学的五个回归

我们生活在三千年最大变局的时代，“学会教学”是教师的应有之义和底线要求。如何学会教学从而适应这个“唯变不变”“主动求变”的时代，更好地完成培育有理想、有本领、有担当的时代新人，很多老师都有困惑，而《学会教学》则给我们许多有益的启示。正如赫尔博斯所说：如果世界上有天堂，那一定是图书馆的模样。世界上有两种人：一种是读书的人，一种是不读书的人；世界上也有两种书：一种是不值得读、不必读的书；一种是值得读、必须读的书。在我看来，《学会教学》属于教师在大变局中应变、求变的必读之书。

《中国教育现代化 2035》提出了推进教育现代化的八大基本理念：更加注重以德为先，更加注重全面发展，更加注重面向人人，更加注重终身学习，更加注重因材施教，更加注重知行合一，更加注重融合发展，更加注重共建共享。

启示之一：回归教育教学常识

教育教学常识就是教育教学理念常识，教育教学过程常识，教的常识、学的常识、评价常识……。《学会教学》告诉我们，不管是讲授法，还是发现法、探究法，都没有绝对的好坏，哪怕是很多人认为“过时”“有罪”的讲授法，只要学会“返本开新”，同样会生机盎然。返本开新指的是以促进学生思维能力发展为出发点，以课堂教学的基质要素为建构点，以教师的语言素质为支撑点。

教师的语言是一种什么也代替不了的影响学生心灵的工具……在极大的程度上决定着学生在课堂上脑力劳动的效率（苏霍姆林斯基）。《学会教学》还指出了有效学校的六个特征：有效的管理、优良的学习环境和积极的学校氛围、高度重视教学和学习、有效的教学、共识与合作、准确评估与及时反馈，这里面的四个关键词：教学、学习、管理、评估，无一不是教育教学常识，只有抓住了这些常识，才有可能学会教学。

启示之二：回归教育教学本质

长期以来，教学是重视预设还是强调生成，一直是争论的焦点，《学会教学》这本书告诉我们：“目标”的价值不在于定位，即规定学生必须到达某一终点，因为固定的终点并不存在，因此我们必须改以前的“线性模式”为“非线性模式”；“目标”的价值在于定向，即明确教学过程中师生行为的性质和方向。有了这样的理解，我们就知道，无论是预设还是生成，只要是朝着一个相对明确的方向，就可以去主动预设，也可以在教学过程中作灵活的调整，而真正的目标只有一个，就是学生在教学过程中的生长或发展。

启示之三：回归教书育人本分

教好书育好人是教师的天职和本分。如何做好教书育人的本分工作呢？《学会育人》给了很多有益的建议，比如在课堂管理方面提出了琼斯模式、艾弗森和埃默模式、LEAST 模式三种模式，同时提出了“预防性课堂管理”的五点策略，极大地预防了突发性事件的发生，而“发展学生的责任感”则使我们耳目一新，醍醐灌顶，它直接指向了教学管理的本质。《学会教学》让我们明白，一个好的教师应该在观念上由控制转向关怀，行动上由教师主体转向平等对话；应该让学生感受到教师对他们的喜爱和尊重，从而表现出更加积极配合、努力完成的态度，最重要的是像内尔·诺丁斯那样把“学会关爱”当作教育的另一种模式。

启示之四：回归学生发展初心

教学改革的核心是从“教为中心”到“学为中心”。回归学生主体在本质上就是学习共同体的构建。而《学会教学》告诉我们，学习共同体不同于联合体，它是一个“环境”，处于学习共同体之中的个体拥有共同的目标、共同的关系，并相互关心。学习共同体是这样一个组织，其成员有共同的情感取向和行为标准。回归学生本体，建立学习共同体得到了教育家们的一致认可。

杜威《学校与社会》：“学校并不是专门去学习知识或技能的一个场所，而是一个社会组织。”博耶尔《基础学校：学习共同体》：“学校是学习的共同体”，学校教育最重要的是建立真正意义上的学习共同体。并把学习共同体定义为：所有人因共同的使命并朝共同的愿景一起学习的组织，共同体中的人共同分享学习的兴趣，共同寻找通向知识的旅程和理解世界运作的方式，朝着教育这一相同的目标相互作用和共同参与。日本学者佐藤学《作为对话性实践的学习：学习共同体的寻求》：“学习共同体就是要使学校成为儿童合作学习的场所，成为教师相互学习的场所，成为家长与市民参与学校教育并相互学习的场所。”

同时，《学会教学》帮我们从交往、控制、结构化、边界、场域、目标六个方面比较了合作学习小组和学习共同体的联系和区别，从而突出了学习共同体的更为明显的优势，也使得还在探索合作学习、还在认为合作学习是最佳学习方式的老师们有了一个新的探索领域和教改方向

《学会教学》还提供了激发学习动机和建立有效的学习共同体的策略：1. 相信学生的能力、关注可变因素；2. 避免过度强调外部动机；3. 运用积极的情调创设学习情境；4. 以学生的兴趣和内在需要为基础；5. 组织学习让学生获得“沉浸体验”；6. 运用回馈原则，不要为失败找借口；7. 关注学生需要，包括对自主权的需要；8. 注意学习目标的性质和教学任务的难度。

启示之五：回归适应求变趋势

学会创新，学会求变，学会发展是教师的必备素质和关键能力。《学会教学》主要从多元模式教学和“差异教学”进行了论述。

1. 多元模式教学

多样化教学方式（diversified teaching style）是指不同的教师或同一教师依据教学内容、教学情境和教学对象的不同特点，采取灵活的教学方法。教学方式是教材与学习者内部结构之间的桥梁。

简单而普遍的教学涉及八种方式：命令教学，任务教学，相互教学，使用同

伴，使用小组，个别化方案，指导发现，问题解决。（顾明远）多元模式教学的应用体现在四个方面：多角度教学方法的运用、多样教学手段的运用、多种教学评价的运用、分组学习方法的运用。

2. 差异教学

“差异教学”的理论依据：儿童发展理论、最近发展区理论、多元智能理论。

《学会教学》从“谁为中心、谁来规划、一元多元、单一丰富”等十个方面全面比较传统课堂和适合个别差异课堂，使教师对差异教学产生深深的认同感，同时从“关注基本要素、顾及学生差异、全员参与、有效调节、动态平衡”五个方面介绍了差异教学的相关教学策略，提供了为未来而教的支架和路径。

实际上，在教师专业发展上，最重要和最关键的是“态度”，又可以细分为四个方面：反思态度，发展态度，学习态度，创新态度。所以正如马克·扎克伯格所说的：没有人一开始就能想清楚，只有做起来，目标才会越来越清楚。

在我看来，实践加反思是教师专业发展的两根拐杖。

我们需要有精气神的优秀教师。作为优秀教师应该：少一点应酬，多一些服务；少一点空谈，多一些实干；少一点浮躁，多一些思考；少一点指责，多一些反省。

我们需要有情怀的优秀教师。人心必须珍藏某种信念，必须握住某种梦想和希望，必须有彩虹，必须有歌可唱，必须有高贵的事务可以投身。（杜威）教育其实很简单，一腔真爱，一份宽容，如此而已。（李希贵）我们需要有智慧的优秀教师。优秀的教师装不懂听学生讲，平庸的教师充大师讲给学生听。我们要学会倾听、欣赏、点拨，做悦纳型教师。

我们需要有勇气的优秀教师。（董卿）有远见的人，都愿意走笨路。（左宗棠）

梁启超先生曾经用无负今日勉励大家，我同样期待我们每一位教师都“无负今日，无负学生，无负国家，无负未来”。如此，就必须学会教学！相信每一位教师都会在学习完《学会教学》之后认为这是一本不得不读的有价值的好书。

于海祥

江苏省姜堰第二中学副校长，高级教师。

识得庐山真面目　方能畅游此山中

——《学会教学》的阅读与实践思考

苏子有诗云：“不识庐山真面目，只缘身在此山中。”作为在职教师，我们对自己所从事的教学工作是否也有“不识庐山真面目”之惑？如何才能识得庐山真面目？理查德·I·阿伦兹所著的《学会教学》一书，不仅能让我们站在高处纵观教学的领导、教学的模式、教学的组织等教学理论的全貌，更能促进我们在实践、反思中提升教学水平，享受教学带来的无限乐趣。

在具体的教学实践方面，《学会教学》从“以教师为中心”和“以学生建构为中心”两个方面介绍了七种教学模式，既可以给我们提供适合教学内容的策略选择，也能给我们提供有效教学的理论参照。与大多数单一阐述理论的教学专著不同的是，《学会教学》对每一种教学模式不仅有概念和理论的阐释，还有对该模式教学过程、环境管理、评估评价等应用方面的客观阐述。因此，在阅读这本书时，你不仅不会有被作者强加观点的压迫感，反而会有一种平等交流、心灵碰撞、启思促悟的愉悦感。

通读全书之后，我对“以教师为中心”的教学策略有了全面而客观的理解，其实，讲授与阐释、直接教学、概念与探究教学等“以教师为中心”的教学策略并非一无是处，只要使用恰当、适合，也有其独特的价值。此外，我对“以学生建构为中心”的教学策略也有了全面而深刻的认识，合作学习、基于问题的学习、课堂讨论等“以学生建构为中心”的教学策略并不只是在课堂上以小组为单位开展合作、探究活动的教学形式，而是把学生当作知识的建构者，通过师生以及生生之间围绕具体学习任务，以合作、探究、讨论等方式让学习真正发生。在诸多“以学生建构为中心”的教学策略中，我对“基于问题的学习”策略研读得格外认真，因为这种学习策略不仅可以推动我校一直在实践的“问题链·导学”教学策略进一步发展，也能引导我更好地将课程标准中情境任务教学的要求落到实处。

何谓“基于问题的学习”策略？阿伦兹在书中是这样阐释的，“基于问题的学习本质就在于呈现真实而有意义的情境，以此作为学生调查和探究的基础”，“基于问题的学习帮助学生发展思维能力和问题解决的技能，学习成人的真实角色，成为独立、自主的学习者。”由此可见，“基于问题的学习”策略是一种以真实问题为情境、以具体任务为驱动、以合作学习为方式、以提升能力为导向、以学会学习为目标的有效教学策略。我之所以说这是一种有效教学策略，一是因为书中认为这种教学策略有认知心理学和社会建构主义的理论基石，把杜威的教育哲学、维果茨基的“最近发展区”理论、布鲁纳的“支架式教学”等大咖的教育理论作为依据；二是因为我认为这种教学策略符合《普通高中课程方案》（2017年版2020年修订）中提出的“普通高中的培养目标是进一步提升学生综合素质，着力发展核心素养，使学生具有理想信念和社会责任感，具有科学文化素养和终身学习能力，具有自主发展能力和沟通合作能力”育人要求；三是因为这种教学策略目前已被多项关于“基于问题的学习”的元分析研究证实了它的有效性和优越性。

如何实施“基于问题的学习”策略？《学会教学》这本书从备课、上课、学习环境管理、评估与评价等操作层面作了具体的阐述，能够为我们结合教学实际实施“基于问题的学习”策略提供很有价值的参考。需要提醒大家的是，通过阅读这本书，理解“基于问题的学习”策略的基本观点非常简单，然而，要有效实施这一教学策略，对我们而言却有很大的挑战。首先，“基于问题的学习”策略的实施需要在备课环节下足功夫。与其他教学策略不同的是，“基于问题的学习”策略要求教师必须在具体教学目标的指导下设计恰当的问题情境，因为恰当的问题情境是推动课堂学习持续有效进行的原动力。阿伦兹认为：“好的问题情境应该真实、令人困惑、开放、便于合作，并对学生有意义。”因此，我们在设计问题情境时，必须要设计与学生密切相关、令学生感到有一定困惑并且能够引起学生学习兴趣的情境，才能激发学生的好奇心，自然而然地进入学习情境，开展学习活动。比如，在学习《氓》这篇课文时，我在“问题链·导学”的学案（学生可以提出问题）中发现一位同学提出了一个问题：“鲍鹏山老师说‘《诗经》里最完美的女性当属那位卫国女子’，那位卫国女子一定是最完美的吗？”基于此，我设计了如下问题情境：“陆九渊曾说‘为学患无疑，疑则有进，小疑则小进，大疑则大进’，我们班程某某同学在预习《氓》这篇课文时，敢于质疑大师观点，精神可嘉。文学大师鲍鹏山曾经评说‘《诗经》里最完美的女性当属那位卫国女子’，程某某同学对此观点表示怀疑，你对此怎么看？本节课我们一起来一探究竟。”通过设计这样的问题情境，同学们脑海里立即产生了一系列疑问：那位卫国女子究竟是一位什么样的女子？她身上有哪些别的女子身上不具备的特点？鲍鹏山为什么对她有如此高的评价？她真的有那么完美吗？在那个遥远的时代会有那么完美的女子吗？那么完美的女子为何会婚姻不幸？诸如此类的疑问成功激起了同学们研习文本、探究讨论的热情，为本节课的有效学习奠定了成功的基础。

其次，“基于问题的学习”策略的实施需要在课堂组织上下足功夫。当前，不少教师把课堂教学狭隘地理解为知识传授，殊不知课堂管理也是课堂教学不可或缺的一部分，因而出现教师拼尽全力、学生昏昏欲睡的低效课堂现象。在“基于问题的学习”策略的课堂教学中，课堂组织尤为重要，如果缺乏有效的课堂组织，课堂将会走向另一个极端——课上热闹纷纷、课后一事无成。因此，重视课堂组织并实施有效的课堂组织是实施“基于问题的学习”策略的关键环节。如何实施有效的课堂组织？阿伦兹认为，教师不仅要建立学习小组开展，还要特别重视“协调学生完成任务的不同进度、管理学生的作品、管理学习材料和设备、调控学生的课外活动”等课堂的管理。阿伦兹的观点是从大课程观的角度对此类课型管理提出的建议，具有宏观层面的指导意义。在具体某节课的教学中，我通过“问题链”驱动学习小组开展学习活动是一种行之有效的“基于问题的学习”的课堂组织方法。所谓“问题链”就是围绕课堂教学目标设计的一系列彼此之间有逻辑联系的切口较小的问题，这些问题就如同一个个踏板，它们环环相扣，最终构成通向教学目标的阶梯。比如，在学习《氓》这篇课文时，我围绕“鉴赏卫女形象，理解人物形象的文化意义”的课堂教学目标设计了如下问题链：“本文讲述了卫女婚姻的哪几个阶段？→从卫女的讲述中我们可以看出她是一位什么样女性？→《诗经》里最完美的女性是否当属这位卫国女子？”第一个问题引导学生在读懂文本的基础上梳理文章内容，通过自主学习的方式组织学习；第二个问题在解决第一个问题的基础上引导学生分析、鉴赏人物形象，概括人物形象特点，通过先自主学习、然后小组合作的方式组织学习；第三个问题在解决前两个问题的基础上引导学生探究卫女形象的文化意义，通过先给学生提供探究的背景、拓展资料，然后组织小组合作探究，最后进行班级观点争鸣的方式组织学习。这三个问题由浅入深，形成了实现教学目标的“问题链”，学生不仅能够在课堂上有步步为营的获得感，还能够在学习过程中发展思维、提高问题解决能力，在顺利达成教学目标的同时，自然而然地提升语文学科的核心素养。

第三，“基于问题的学习”策略的实施需要在评估评价时下足功夫。阿伦兹认为，“基于问题的学习”可以通过评估单、等级评定量表等多种方式对学生和学习小组进行评价。也许，我们在日常教学过程中更重视对学生个人的评价，因为这样的评价可以激起学生持续学习的愿望。但，千万不要忘记，在“基于问题的学习”策略的实施过程中，小组是一个学习共同体，对这个学习共同体的科学评价会让这个小组更加团结，也能为以后实施更有效的合作学习打下良好基础。此外，我们一定要重视对课堂教学的过程进行评估，并形成及时、客观、清晰的评价，因为这对课堂管理至关重要，是课堂有效教学的指挥棒。

以上陋见，只是我阅读《学会教学》的一点思考，不足以阐明本书之要，但愿能引起阅读之趣。“读书有游山，满目皆可悦”，曾任《四库全书》总纂官的纪晓岚把读书当作人生一大乐事。其实，教学又何尝不像游山，要想畅游庐山中，当然先要识得庐山真面目。《学会教学》作为一部教学理论的集大成者，是我们在职教师全面理解教学的百科全书，可以让我们识得教学的庐山真面目，值得我们深入研究，更值得我们结合实际加以实践。

潘庆玉

山东师范大学文学院教授，博士生导师。

激发内部动机，建设优质课堂
——《学会教学》第四章学习体会

我们从四个方面进行分享：学习目标、知识框架、学习重点、案例分享。

首先说一下学习目标，也就是如何激发学生的学习动机，建立有效的学习共同体。通过这一部分的学习我们主要掌握一些实用的教学策略。这本书对优秀的、良好的学习共同体进行了清晰的描述："充满希望，互助互爱，有旺盛的求知欲。学习共同体的形成不是自发的、偶然的过程，而是要经过老师精心的设计和实践的长期培育，才能达成好的效果。""学习共同体不同于联合体，它是一个环境，处于学习共同体中的个体拥有共同的目标、共同的关系，并且相互关心。其成员有共同的情感取向和行为标准。"

其次，了解一下这部分的知识框架。书中从概念、理论与实践的支持、具体的教学策略三个方面搭建知识框架，展开详细的论述和阐释。

再次，我们说一说今天学习的重点——教学策略。书中介绍了十种主要的激发学生内部学习动机的策略，这为我们建设优质课堂、培育良好的学习共同体提供了切实可行的路径。这十个策略是：相信学生的能力；不要过度强调外部动机；运用积极的情调；以学生的兴趣和内在需要为基础；让学生获得“沉浸体验”；运用回馈原则，同时不要为失败找借口；关注学生的需求；注意学习目标的体系和教学任务的难度；安排多元化的学习任务；促进集体的发展。我们下面对这十条策略作简要的分析。

第一，相信学生的能力。相信每个学生有学习的能力，相信每个学生都能通过他们自己的文化理解这个世界。第一条策略中最重要的，是要尊重和相信我们的学生。教师能控制的最重要的事情就是他们对学生的态度和看法。

第二，不要过度强调外部动机。动机主要分内部动力和外部动机，在教育实践中外部动机容易见效，所以运用的比较多。但是要让学生保持旺盛的学习兴趣和好奇心，就必须激发他们内部学习的愿望。特别强调，在不伤害内部动机时可以利用外部动机。使用外部动机时不应伤害学生的自主意识和自我控制。

第三，运用积极的情调，也就是营造良好的学习氛围。通过创设具有丰富学习要素的学习情境，激发学习愿望。课堂中的学习倾向和学习氛围非常重要，教师对具体学习情境的态度和倾向性会极大地影响学生对学习环境的反应方式。有人用情调这个词描述学习情境。学生在情调积极的环境中，会付出更多的努力。

第四，以学生的兴趣和内在需要为基础。应通过组织丰富多彩的语文活动来维持学生的兴趣，满足他们的需要。采用各种各样的活动，比如郊游、情景模拟、音乐欣赏、嘉宾演讲等，使学生保持上学和学习的兴趣。

第五，让学生获得沉浸体验。指通过我们的教学设计，可以使学生获得高峰体验。注重学习活动的内在价值，学生可以完全投入到活动中，获得沉浸体验。学习活动的挑战性要与学生的技能水平相匹配。提出清晰明确的目标。在参加活动的时候应得到相关的有意义的反馈。

第六，运用回馈原则，同时不要为失败找借口。这个主要是及时地对学生的学习进行评价与反馈。

第七，关注学生的需求。关注学生的内在学习需要，同时注意满足学生归属感和认知需求的同时，关注审美和自我实现的高级需求。

第八，注意学习目标的体系和教学任务的难度。指我们在教学设计时，关注学生间的竞争和合作，同时关注他们自我表现的需要，所以要因材施教，相机而教，难易适度。

第九，安排多元化的学习任务。通过多样化的学习任务的设计，激发学生动手解决问题的动机，如。任务本身要有趣，有挑战性，值得为之付出努力；问题答案是开放性的，解决的方案也是多种多样；允许不同层次的学生做出不同的贡献；运用多种媒介手段来调动学生的看、听和触摸等感觉方式；要求学生使用多种技能和行为方式；有读有写，有机结合。

第十，促进集体的发展。因为唤醒学生的学习动机的最终目的，就是建立一个良好的、优秀的学习共同体。所以，最后一个策略聚焦在如何建立一个相互包容、相互支持的学习共同体上。

下面我想通过一个具体的教学案例——高中语文群文阅读课例《大美兰亭》，对前面提到的策略进行阐述。《大美兰亭》是以《兰亭集序》这篇课文为基础，选择与之相关的文本组成的群文阅读教学课例。这个课例是笔者 2022 年 3 月在山东师范大学附属中学执教过的。我们来介绍下这个课例的设计思路。

这个群文的主线是什么呢？美的传承故事。因为《兰亭集序》是我国的书法瑰宝，影响巨大，围绕《兰亭集序》我们选择的这些文本都在讲美的传承。围绕这个主线，选择了以下文本：《兰亭集序》《兰亭序十三跋》《读帖》《王羲之传论》《论魏晋行草之美》和《书法的韵律之美》。根据这些选文之间的内在关系，设计如下的教学流程：一是赴兰亭之宴，二是解千古之忧，三是读兰亭之帖，四是传兰亭美学。

这样设计的理念是想通过“群文”阅读的设计，首先唤醒学生的审美意识。大家知道，审美的需要和自我实现的需要都属于比较高级的需要，在高中阶段我们除了要满足学生认知的需要以外，还应该进一步培养他们的审美意识，以及自我实现的理想。第二个是触发具身体验，因为书法作品是需要观摩和欣赏的，所以在整个课的设计里，我们借助一些视频、书画作品让学生去观察、研摹，触发他们实际的感受和体验。第三个是挑战想象和思维，围绕着《兰亭集序》，不仅设计文言文的学习内容，也设计了对书法的理解，还有对书法美学的思考，使学生的学习能从多个层面、多个角度来展开，所提出的问题也就有力地挑战了学生现有的认知经验和思维水平。最后一个是培植人文情趣，整个课堂通过对《兰亭集序》生命意识的省思阐发、对书法艺术的欣赏探究来培养学生的人文情趣。

下面我们看看这个课的具体流程。

课的导入部分是通过春晚舞蹈节目《只此青绿》进行导入的。让学生用词语、成语或诗句来表达他们的印象和感受。学生所使用的这些词语，其实也是我们评价其他的艺术形式时经常用到的词语。

舞蹈的这个创意来于王希孟的《千里江山图》，在我们的书画史上还有一个作品，甚至比《千里江山图》还有名，这就是王羲之的《兰亭集序》。我们讲“书画同源”，指的就是：无论是书法还是绘画，它们都是通过笔画、形象和书写来表达作者内心的思想和感受。

那么我们今天呢，就走进《兰亭集序》，来到兰亭雅集的现场。第一个环节，就是赴兰亭雅集。首先，让学生观看“国宝的故事”。相信学生观看完视频之后是感同身受的，会被带入到当时文人雅集的美好境界中。下面的时间是让他们自由地诵读，然后请同学们配音来读，配乐是《高山流水》。

接下来，“默写课文中的生字”，王羲之的“羲”，“修禊事也”的“禊”。“‘癸丑’年的下一年是哪年”则属于文化常识的考察。“《兰亭集序》的‘集’指什么”，这里的“集”不是“雅集”而是“文集”。

《兰亭集序》又名《兰亭宴集序》《三月三日兰亭诗序》《临河序》《禊序》和《禊帖》。你从这些别名中读出了哪些信息呢？学生通过分析标题勾连课文内容，实现阅读经验的关联与建构。

“这是一次什么样的集会呢？”我们通过读课文可以感受到集会时人们的心情特别畅快，做了很多的游戏，流觞曲水，吟诗作赋。下面，我们就模仿文中人，也通过一些游戏来体会春游之乐，我们玩“看图说课文”。根据图片的内容将课文中相关的语句说出来，依次呈现山、竹、溪流、流觞宴饮、惠风和畅的图片，学生边看边背诵课文。

这是用图片来让学生回忆、印证他读过的课文。那么，下面再换一个角度，通过“填表”的角度再一次地亲近文本，把课文的内容还原出来。

内容	原文
时间	
地点	
人物	
环境	
活动	
天气	
心情	

“信可乐也！”这一部分仅仅是让我们感受到快乐吗？在快乐的背后还有没有隐忧呢？由此，我们就把此话题引入到课文的第三、四段：解千古忧思。第三、四段写的正是王羲之在这篇文章里要表达出来的一种“乐极生忧”的情感。我们抓住两个基本问题“岂不痛哉”、“悲夫”赏析第三、四段。

在第三段，“夫人之相与，俯仰一世”，“古人云:‘死生亦大矣。’岂不痛哉！”通过首尾这两句，我们可以感受到王羲之想要表达的含义，即人生苦短。无论你有什么样的人生态度，无论你在生活中是得意还是失意，最后都不能够逃离这种“生死大限”。所以，最后他得出这样一种感慨——死生亦大矣，岂不痛哉！

在第四段，作者提到了“悲夫”，那么因何而悲呢？我们抓住的是几个表示时间的词：“后”“今”“昔”。王羲之把个人感受融入了整个历史中，所以这千古的忧思，因为有了历史的观照，而变得沉甸甸的，成为人类共同的一种忧思。

前面通过文本我们理解了作者的情感，但当时王羲之是把作品写在纸上的，我们要通过他的字迹来体会、追寻他当时的情感变化。观察一下（见图一：兰亭集序），这是拓本里面传承下来的《兰亭集序》，我们看到里面有大量的涂改，通过这些涂改之处我们可以感知王羲之当时的情感波动。

举一个例子，比如说：“暂得于己，快然自足”，但是你仔细看呢，这个地方写的不是“快”而是“怏”，“怏然自足”。所以现在有的学者仍然认为这个字没有写错，写的就是“怏然自足”。“怏”有自大的意思。我们如果把这个字理解为“快”的话，可能更能体现出王羲之在此时想要表达的人在得意之时忘乎所以的一种情形。再来看“岂不痛哉”，一开始时是另外一个字，可能后来感觉那个字不能表达他心里的那种伤痛，所以就改成了“痛”字。通过对这些涂改之处的分析，我们可以追寻作者当时思想情感的变化，体会他在书写的过程中涌现出来的细微、婉转的情意。

“后之览者，亦将有感于斯文”，前面是王羲之作品里表达的情感，那王羲之认为，后人在看到这个作品的时候，也会像他一样产生这样的感慨。所以我们今天学《兰亭集序》，也可以说是隔着时空与王羲之进行了关于生与死的对话。

下面呢，是读兰亭之帖。《兰亭集序》不仅是一个文学作品，它在历史上的影响主要是源于它在书法史上的重要地位。《兰亭集序》被称为“墨皇”。所以我们从字帖的角度，再来欣赏这篇文章。

这是赵孟頫题写《兰亭序十三跋》的故事，我们从里面选了他的两篇：第四跋和第十二跋。这两篇主要是写赵孟頫他阅读《兰亭集序》时的一些思考和体会。

我们给出了三个问题，通过这三个问题让学生形成对《兰亭集序》与《兰亭序十三跋》形成对比阅读，去探讨王羲之与赵孟頫之间的一种高山流水觅知音的关系。

思考与探究：

1. 比较赵孟頫的“信可乐也”和王羲之的“信可乐也”，两种乐有什么异同？

2. 赵孟頫北行三十二天，写了十三次（段）跋文，他有没有审美疲劳？你从中感受到了什么？

3. 从王羲之的《兰亭集序》到赵孟頫的《兰亭十三跋》谈谈你对“死生亦大矣，有感于斯文”的理解。

乾隆皇帝后来在《兰亭集序》这个作品的引首处，题写了四个字。这是哪四个字呢？“晋唐心印”，讲的是心心相印、薪尽火传。

这是赵孟頫临写的《兰亭集序》。

这是王国维用楷书临写的兰亭集序。

那么，我们可以通过后人所临写的《兰亭集序》，发现《兰亭集序》对后来的文人、墨客、书法家都有深刻影响。下面我们就进入“读帖实践”的环节。用自己的眼睛来观摩这个字帖，抬起手臂，通过书空的方式，去体会隐含在《兰亭集序》里面的美的足迹。

然后让学生交流他们的读帖心得。交流完之后，我们看一看书法家王文杰是怎么表达他对于读帖的感受的。

读帖

王文杰

我们总说，临帖之前要读帖，其实，读帖是一种有着鲜明特色的中国人特有的文化现象，是书法艺术领域审美现象中一种极其高雅的精神活动。中国书法，虽然是写出来的，但内功却在“读”。

得闲，找来部字帖，尽管字迹凋蚀，黑白交映、星星点点，有如老者寿斑，难以辨认，但读起来仍然让人感到一种浸润着文化色调的温煦。常人都不好理解：为何有人捧一本帖子能出神入化地看半天，手指还半空中划拉半天，一页帖子能目不转睛盯上一两小时，并且乐此不疲。确实，读帖能使人沉浸在一种艺术陶醉的快感和美不胜收的境界中。迷进帖子的人，常常是“静听不闻雷霆之声，熟视不睹泰山之形”，眼前一本帖子，便被引入另一个境界，政治上升迁沉浮，官场仕途上顺逆进退，绵亘不绝的个人。

读完这篇文章之后，我们帮助王文杰完成他的题目，给这篇文章加上一个副标题：读帖是怎样的一种状态、体验。那这样一个设计，就把自己读帖的感受和王文杰读帖的感受交织起来，形成一种抽象的高阶的认知。

下面再让学生读李世民的《王羲之传论》、宗白华的《论魏晋行草之美》、林语堂的《书法的韵律之美》三篇文章，概括每一篇的核心观点，谈一谈自己感受最深的一个观点。这是一个拓展性的阅读。

读完之后再来阅读王文杰这篇文章的最后部分，进行一个续写，“读帖似在干什么？”至此，又在拓展阅读的基础上，进一步地回扣到文本，回扣到自己头脑中已经形成的一种读帖的体验。所以这样读写的结合，是建立在多个学习层次之上的一种综合性的考查。这个设计带有一定的挑战性，能够激发学生内在的学习欲望，还有表达的欲望。

这是这一部分的课堂实录。我们看一看学生在课堂上所展示出来的他们对读帖的深刻的理性认知。

师：好，我们写多少就跟大家交流多少，接下来可以再接着写。请这位男同学为大家读一下，声音洪亮一点。

生：读帖似在饮酒，展卷就是醇香。在墨色的勾勒中痴狂，眼睛与心灵沉浸在与古人的对话中，感受其中饱满的深情。醉眼里看到行云流水，醉眼里看到似傻如狂。

师：（学生读完后，课堂内掌声响起）这我写不出来，这个醉意里面有真意。再请另一位同学给大家读一下。

生：读帖似在赏画，帖子中的一笔一划都游行自在，无法而有法，而我们这些读帖的人能从这些画中看到作者当年下笔时的风神潇洒，品味到当时或热情或含蓄或愉悦或悲苦的心情，就是一种独特的书法韵律之美。

师：欣赏一幅绘画杰作就像欣赏《千里江山图》一样。再请一位同学分享一下。

生：读帖似在感悟韵律，中国的书法家用毛笔来起承转合，通过尝试各种线条构造捕捉各种各样的韵律，训练了他们对美学欣赏力的同时，增强了读帖人对韵律感觉的精度，不同于常人随意读帖的麻木。赵孟頫拿着一张求得的字帖，赏玩了足足三十二天，余兴未尽。中国美学家总是敏感的，总是脆弱的，这也是他们异于常人之处。

师：这位同学很有哲理，可以说是汲取了我们前面几篇文章的观点。

交流完之后到了最后一个环节——传兰亭美学。这一环节意在将课堂教学内容与学生的现实生活联系起来。

首先让学生看这是什么标志（屏显：中国邮政的 logo）——中国邮政。那么它来自哪里呢？来自我们的钟鼎文，这是最早的“中国”两字的写法，（屏显：“中国”二字的钟鼎文，屏显：方巾图片）这是设计者设计的两个方巾，其中隐含着什么汉字呢？“风月”“风云”。（屏显：泰山石刻图片）这是泰山上的著名石刻，有人把上面的两字念成“虫二”，当然，这里面是有寓意的。有人请教郭沫若，这两个字到底是什么意思？郭沫若不愧是大才子，说“风月无边”，右的字是“风”去掉了周边笔画，左边的字是“月”去掉了周边笔画，只留下中间两横，这就是汉字所包含的丰富的文化内涵。（屏显：济南泉城广场标志图）这是山东济南泉城广场的标志，它的灵感来于什么呢？来于篆书的“泉”字（屏显：“泉”字篆体）。

（屏显：视频《国色天香》片段）

我们来看一下现代人舞蹈的灵感与书法的灵感是如何交汇的。视频中的两个人物，分别是草书大家张旭和公孙大娘，公孙大娘的剑法对张旭的书法有很大的影响和启发。

下面有一项工作需要同学们参加，《中国书法大会》想邀请你做一个策划，需要完成下面几个任务。

（屏显：设计任务：1. 写一段节目开场白；2. 写一句宣传标语；3. 设计一道书法文化试题；4. 写一段主题歌词……）。

《中国书法大会》是一个真实的报道，所以这个项目化的设计把课堂教学与课外实践结合起来，使学生的学习动机不仅在课堂上被唤醒，而且能够一直延伸到课外，让学生的课外实践仍然可以充满趣味。

在课后，该班的语文老师做了一个调查。通过这个调查我们可以看到这堂课深受学生欢迎，激发了他们的学习兴趣，唤醒了内部动机，释放了想象力和探究欲。

反馈分类	人数	关键词
对课的感受	13 人	紧张，开始思考
		体验，感受多
		对语文课产生新的认识

（续表）

“美”与生死	11（谈“美”）+6（谈“生死”）=17 人	“美”在真情
		“美”穿越时空
		“美”亦可有缺憾
		脑中多了一种关于生死的思考
		怎样度过自己的人生
对“群文”的感受	11 人	内容丰富多元
		要广泛多元地学习
对写作的启发	1 人	学以致用，群文中学到的观点用于写作

参与兰亭集雅集的文人是四十二人，这个班正好也是四十二人，所以说这一堂课也可以说是当代的“兰亭雅集”。这个案例是唤醒学生的内部动机、尤其是满足其审美和自我实现等高级需要而做的一个探索，希望对老师们能有所启发。

一个良好的学习共同体不是一个外在的、靠管理、靠一些具体的制度规范所能达成的，而应该主要靠学生们主动形成一种对高阶思维、高级需要、高层级价值的追求才可以实现，这样的学习共同体才能形成一种紧密的、亲密的、成长性的和谐共生关系。

管国华

江苏省高港中等专业学校医药化工工程系主任，
正高级讲师。

自主探究·学会思考·做好引路人
——《学会教学》阅读分享

今天和大家分享的题目是《自主探究·学会思考·做好引路人》，是我阅读理查德·阿兰德所著《学会教学》（第九版）一书的一点心得体会。《学会教学》全书分为“当今课堂上的教与学”“教学的领导”“以教师为中心的教学模式”“以学生为中心的教学模式”“教学的组织”五个部分。这本书将教学视作为科学与艺术的结合体，每部分都能在教学基础理论之上，再给出可操作性的教学建议。每读完一章一节，都让我受益匪浅，不自觉地去剖析自己二十多年的教师职业生涯，重新理解教学工作。

正如书中序言所说，学做一名教师是一个漫长而又复杂的旅程，其间充满着刺激与挑战，而学习将伴随着我们整个教学生涯。身为一线教师，课堂教学是我的主旋律，所以我对这本书格外关注。特别是书中对探究式教学的专题阐述，正好契合当前中职化学新课标提出的教学要求，下面我具体针对探究式教学和大家分享三个问题：探究式教学的理论基础是什么？如何实施探究式教学？

具体怎么做?

一、探究式教学的理论视角

在书中提到认知技能和身体技能是奠定学生高级学习活动的基础，教会学生如何思考是教育最重要的目的之一。这里的思考主要指高级思考、批判性思考、科学思考和推理及元认知思考，探究式教学就是用于提高学生思考能力的重要教学策略之一。

探究式教学是一种教授学生思考为目的而开发的一种教学模式。在安德森所著《教学和教育百科全书》中指出，探究式教学的本质不是将与教学目标有关的概念和认知策略直接告诉学生，而是在教师创设的教学情境之下，让学生通过自主探究的活动去发现。 可以理解为：探究式教学是在教师的组织和引导下，使学生发现问题、提出问题、确定研究问题方案、收集整理资料、解决问题这一系列过程中，亲身实践并获得直接经验，从而提高学生探究意识和能力的一种教学方式。

探究式教学模式从教育学角度最早可追溯到杜威的“实用主义教育理论”中主张的“从做中学”，到后来的约瑟夫·施瓦布提出的教师应当以探究方式将科学呈现给学生，学生则应通过探究活动学习科学知识。

再后来布鲁纳的认知发现说，皮亚杰的建构主义学习理论都在告诉我们，在学习活动中，学生是学习的主体，教师是学习环境和条件的创造者，学生通过自主活动在与环境交互过程中建构知识。

现代教育理论为探究式教学模式构建与实施提供了重要的依据，在课堂上开展探究式教学有利于学生主动构建知识框架，加深对知识的掌握，形成完善的知识体系，也有益于培养学生的思维能力和技能。

二、探究式教学模式的操作策略

与传统教学相比，探究式教学的根本性变化在于课堂主体的改变，学生从被动接受变为主动探究，教师变为合作探究的导演，师生交互，共同发展。整体教学设计中关注的核心是学习目标和探究的问题，实施的过程是探究。探究式教学的目标是让学生获得与探究任务相关的新知识，同时也要从探究过程中获得技能目标和积极探究态度。探究问题的设计应做到新颖性、科学性、启发性，与生活相关，并关注发展。

那如何组织实施呢？在书中将整体教学流程分成六个阶段：吸引注意力，说明探究过程；给出探究问题；帮助学生假设，解释问题情境；鼓励学生收集数据，测试假设；进行解释；反思问题情境和思维过程。我结合中职化学新课标及化学学科的特点，在具体实践中将探究式学习的教学模式具体归纳为五个步骤：

创设情境 · 发现问题 · 通过教学情境的创设激发学生的内在学习动机，由情境中提出或发现问题。为达到激发兴趣的效果，情境最好来源于生活，让学生“眼见为实”，并且问题提前预设，做到清晰明了、难度适中、层次鲜明并富有探究性。

收集信息 · 提出假设 · 教师通过营造民主的学习氛围，鼓励学生大胆想象，发散思维，根据提出的问题，联系生活经验，发挥信息化手段收集信息，提出解决问题的各种设想和方案，注意即使错误信息也不急于否定，来引导学生在探究中发现。

实验探究 · 验证结论 · 在探究式教学中，验证探究问题最好的方法就是开展探究实验，开展探究实验主要包括设计实验和进行实验两个过程。实验探究时教师应通过巡回指导参与小组方案设计、实验操作，防止困难影响学生探究积极性，但注意不能包办。当然基于学生学情，在方案设计困难时，教师应通过预设实验方案引导学生进行验证实验，通过对相关数据和信息的分析和整理得出初步结论。

分享交流 · 知识建构 · 本步骤的任务，对学生来说，就是各小组将各自初步结论汇总，并讨论、分析得出解释最初问题与假设的最终结论；对于教师来说，就是将知识与技能方面的重点、难点，探究过程中的错误点、内容与原有认知结构的关系等进行精讲精评，帮助已有探究体验的学生建构新的认知结构。

总结反思 · 思维升华 · 通过总结反思，对探究的各个环节和各方面因素进行评价，促进探究方法的内化和迁移，促进认知规律、方法、思路的提升升华。

三、探究式教学的实践样本

接下来分享我的一个具体教学案例：

中职《化学》课程内容《认识二氧化硫》。

授课对象为：中职一年级生物制药专业学生。

学情状况：基础相对较弱，学习兴趣不高，自主学习能力和归纳能力较弱，但动手能力较强。

教学目标定位：以中职《化学》新课标为主要依据，通过观察 SO_2 溶于水后酸碱性、还原性、漂白性等探究实验现象，认识 SO_2 为酸性氧化物，具有还原性、漂白性等性质，培养学生现象观察与规律认知能力的核心素养；通过体验合作实验探究过程，学会现象到本质的探索过程，初步形成性质决定用途的化学思维，培养学生实验探究与创新意识核心素养。

整个教学过程以实验探究 SO_2 的主要性质为主线。借助导学案，遵循五步骤教学流程，按照情境—问题—假设—探究—结论的逻辑顺序展开。

第一步：上课直接展示葡萄酒，让学生观察标签发现成份中有 SO_2，抛出问题：二氧化硫究竟扮演了什么角色？接着播放评酒师对葡萄酒中 SO_2 介绍并质疑的视频，借专家之口问出在葡萄酒中 SO_2 有哪些具体作用？导入新课。

第二步：学生带着疑问、借助电脑收集信息，探究获知在葡萄酒中的 SO_2 四个主要作用（增酸、抗氧化、调色、杀菌），借助性质决定用途的化学思想，提出来 SO_2 可能具有酸性、还原性、漂白性等性质的一系列假设。

第三步：依托导学案设计探究性实验方案：（1）观察 SO_2 气体及溶于水实验；（2）水溶液显酸性探究实验；（3）还原性探究实验；（4）漂白性探究实验。分组实验验证假设、观察现象完成导学案。

第四步：分组交流展示、解决葡萄酒中 SO_2 作用的本质，以此建构 SO_2 的主要物理性质和主要的知识结构。

第五步：出示生活中漂白银耳、酸雨等案例，归纳总结帮助学生建立一个关于二氧化硫性质和用途的知识体系。

几点感悟：

1. 探究式教学成功激发学生兴趣，学习态度有所变化

本节课从生活中发现问题，通过将 SO_2 性质的学习转化为葡萄酒中 SO_2 作用的探索，把知识的学习转化为问题的解决、实验操作与探究过程，成功点燃了学生的兴奋点，激发了学生的“兴趣点”，将学生成功吸引进课堂。

2. 探究式学习带动学生全程跟学，核心素养有效提升

课堂中，学生不再是被动接受知识，需全程参与探究活动，唤醒了学生主体意识；分组探究活动营造良好学习氛围，使学生参与度提高；通过实验方案设计，实验操作，调动了学生的思维和创新能力，锻炼了学生动手能力，核心素养有效提升。

3. 探究式教学中教师需把握住教学内容的“适宜性”

首先是内容难度的“适宜性”，探究式教学中，探究问题的开放性，学生探究的自主性，信息化手段的运用，都使课堂信息膨胀，教师应适时帮助过滤，比如本课中 SO_2 的漂白原理、SO_2 的杀菌原理，对于中职学生就偏难，所以“适宜”首先是要“学得会”；其次内容选择上不是所有知识内容都适合用探究式教学，如化学概念公式的学习采用直接讲授法则更为直观，要做到一切从实际出发，具体问题具体分析。

4. 探究式教学中教师需把握好“扶”与“放”的尺度

教学时，老师需充分了解学情，合理分组，避免学习困难，否则探究难以进行。本节课中借助导学案，帮助学生设计方案，还采用信息化技术手段如仿真实验，做到“扶”一把，效果明显。同时，老师要敢于放手，促进学生自主探究，不培养事事依赖老师的学生，本课中针对 SO_2 水溶液酸碱性的验证学生就设计了多种方案，鼓励学生全部实验验证，效果不错。教学中做到“扶得正、放得当”，不仅能取得满意的教学效果，还能提高学生的思维和创新能力，促进核心素养的形成。

各位老师，探究式教学只是《学会教学》的零光片羽，这本书的内容非常丰富，还有很多值得我们大家去学习的地方，比如“课堂管理”等。今天，我从中职化学学科的实践教学角度，跟大家分享了自己对探究式教学的一点认识。最后，用书中一句话结束我的分享：成为真正成熟的老师需要很长时间。要用“学会教学是一辈子的事”的态度来激励自己。

杨　亮

河南大学文学院教授，博士生导师。

谈教学活动中的有效性问题

一、何为“有效教学”

今天我们一起分享一本书《学会教学》，书中提到了一个很重要的概念，叫做“有效教学”。想要弄清“有效教学”这个概念和实施，我们有必要先想一想教育是什么？美国学者博比特出版过一本书叫做《课程》，这是教育史上第一本课程理论专著，他在里面提到过这样一句话，“教育实质上是一种显露人的潜在能力的过程，他与社会条件有着特殊的关系。”这也就是说教育是要通过种种教育活动促使学生为成人生活作好准备，这和《学会教学》这本著作所传达的意图应该是一致的。在这一过程中，教师作为教学实践的领导者、组织者、管理者，自然是实现这一教学理想的关键要素。那么“学会教学”就应该是我们教师团体的共同目标，“有效教学”就应该是我们一线教师的首要本领。当然这个过程不是一蹴而就的，就像阿伦兹在书中所提到的“学做一名教师是一个漫长而又复杂的旅程，期间充满着刺激与挑战。这个过程始于我们与父母和兄弟姐妹共处时的许多经历，继之以学生生涯期间我们对教师十多年的观察。从形式上说，这个旅程在职前培训时达到顶峰，但实际上却贯穿整个教学生涯。”

我曾经在一所高中从事了五年的语文教学工作。那五年，对我的一生都产生了重要影响，使我对人生的体验更加丰富，对人性的洞察更为深刻，对教学的认知更趋敏感。“有些教师就像陈年美酒，任教时间越久就越优秀，另一些教师虽然经过数年的实践，但教学技能并没有提升，仍旧停留在他们第一次进入课堂时所处的能力水平上。”这句话位于书中第29页，相信大家结合自己的教学实践，能够和我一样感同身受。这实际上就是从一个新手教师到成熟教师，从机械教学到有效教学的一个跨越，是一个值得我们所有一线教师穷尽毕生职业生涯所追求的教学理想。

二、实现“有效教学”需要做一个“有效教师”

有效教学必然离不开有效教师。所谓的“有效教师”就是教师应该是有知识的，对自己教授的科目能够熟练掌握，并且关心孩子和青年一代的幸福。他也要求教师要有成果产出，主要是指学生的学业成就和社会学习，除此之外，新时代对于有效教师的属性定义却呈现出更高的要求，比如有效教师应该能够与学生、家长、同事建立互相信赖的关系，为孩子们创造一种民主平等的课堂环境，对知识要有积极的态度，包括广泛的学科知识，人类发展和学习的知识，教育学知识等等，并能够运用这些知识指导其教学实践与研究，在掌握整套教学技能激发学生动机的基础上，善于反思、解决问题。当我们在阅读《学会教学》这本书的时候，我们会发现关于有效教师的属性定义或者说特征描述这一主题，在书中被反复提及，可以说它是贯穿整本书的一种价值导向。

如果我们一线老师足够细心或者对整个教育环境的感知比较敏感的话，我们可以发现，整个社会对于有效教师的属性定义越来越趋于多元化，再直白一点就是说社会对于老师的要求越来越严格。这是因为我们生活在一个多元的文化社会，教育领域中比较明显的就是家长的多元化、学生的多元化、学校管理的多元化，知识结构的多元化、社会需求的多元化等。这种多元的文化社会背景下必然又带来两个比较尖锐的问题，就是分化与差异，它不仅表现在学生的知识、能力、文化等方面的分化和差异，还包括教师自身的属性、教师本身的能力、教学实施技巧、教师的职责等方面的差异和分化，这是新时代教师团体普遍需要面对的挑战。

三、“有效教师”要在挑战中寻求突破

面对这一挑战，我们的一线老师应该怎样寻求突破呢？大家都知道国家去年颁布了一项非常重要的政策，就是双减政策。这一政策颁布以后，我相信我们很多教师第一个的感受就是学生在校时间和在家时间明显增多，很多老师对这一现象褒贬不一。但是，如果我们跳脱政策利弊这个思考维度，去考虑这一政策的初心，或者说教育的初心，也许会有不一样的收获。教育的主阵地应该在哪里？无可置疑应该是在学校和家庭。教学的终极目标为何？《学会教学》这本书给了我们一个很好的参照：教学的终极目标是帮助学生成为独立、自律的学习者。当下各种泛滥的教学目标实际上都是围绕这一中心衍生出来的。这就要求我们在实施教学的过程中，逐渐探索一种以学生建构为中心的教学模式。

以学生建构为中心的教学模式的探索与研究其实并不是一个新课题了。但在实际上教学中依然具有很深的挖掘空间和操作空间。如何适应这种以学生建构为中心的教学模式对我们一线的教师，特别是对中职教师来说，是一个不小的挑战。很多教师适应了传统的以教师为中心的教学模式，习惯于按预定的教学要求和目标，依循特定的程序来帮助学生掌握特定的知识。这种教学模式固然有自己的优势，但在以多元化社会为背景的今天，我们有必要转换思维，改变行为，勇于尝试。《学会教学》这本书很值得大家学习和阅读的地方就在于此。贯穿这本书的一个重要主题就是教师如何最大程度地关注学生的需要，帮助他们取得成功，并且被寄予期望去帮助所有学生学习。书中为我们提供了两种主要策略来满足这一要求或是期待。一个是多元模式的联合运用，一个是适合个别差异的教学。

所谓多元模式的联合运用指的是在一节课或者一个单元的教学中采取几种不同的模式展开教学。多年以来，不管是教育者、普通民众还是教育政策的制定者都一直在讨论到底哪一种教学方法是最有效的？但《学会教学》这本书开篇明义，它告诉我们没有某一种方法在任何情况下都比另一种好。教师必须准备好使用多

元的教学模式，在他们的一节课或者一个单元的教学中创造性地加以整合运用，这是对我们前面所提到的“有效教师”的要求。书中为我们列举了两个多元模式联合运用的案例：一个是科学课的教学单元，一个是语文课的教学单元。希望大家能够多多关注书中类似的课堂实例，这些实例是书中理论知识的“活化”，非常具有参考和学习价值。

适合个别差异的教学要求教师要将教学建立在学生的兴趣、需要和准备状态，也就是学生所处的水平上，采用不同的教学进度和教学安排来保证学生开展适合自己能力水平的学习。我们教师必须接受学生的认知水平、学习能力、学习态度是有差异的，人与人的智力也是多元的。所以我们在实施教学的过程中是不是可以让学生参与到计划的制定和问题的解决中去，然后采用合作学习、个人学习、配对学习等多种教学形式，根据学生的需要、能力、准备状态采取不同的评价标准，并把这种评价落实在经常性、随时性。

很多老师可能担心这样的模式会导致课堂失控，中职教师可能对此种方式更为忌惮。当然，我们的教学一定不能是无序的，更不能是失序的。这就涉及一个很重要的工作，就是教学管理或是课堂管理。这里我们可以从两个方面作一总结：一、教师要拥有一套非常清晰的课堂规则和惯例。教育本身就具有强制性，教师的权威还是要在某种程度上得到维护的。如果要保证授课能够平稳推进，不被干扰，就离不开规则的制定和遵守。我们要相信我们的学生，和学生建立一种“学习契约”，双方彼此都要遵守。二、课堂节奏的把控。在多元联合模式和适合个别差异的教学中，或许我们会同时开展几项学习任务。这就要求我们在课堂节奏上适当放慢或加快，尽可能扩大参与，关注到不同学生的不同层次需要，为大家提供一个目的明确且有助于提高学生学习能力的环境。最终，我们真正做一个“有效教师”，为“有效教学”和“有效学习”搭起一座桥梁。

《学会教学》这本书中提到一个非常让人感动也很震撼的观点：成为真正成熟的教师需要很长时间。要用“学会教学是一辈子的事”的态度来激励自己。前面说了很多，其实都是“术”这一层面的问题，这固然是这本书带给我们的很有价值的内容，但我相信如果我们能够秉持着这一心态、观念或是理想，各位老师一定能够在“道”的层面达到更大的突破。

专家点评

魏本亚

《学会教学》读书点评

《学会教学》（Learning to Teach）是由美国理查德·I·阿兰兹（Richard I. Arends）的力著。作者开篇指出："学做一名教师是一个漫长而又复杂的旅程，其间充满着刺激与挑战。这个过程始于我们与父母和兄弟姐妹共处时的许多经历，包括十多年学生生涯我们对老师的观察、学习。从形式上说，这个旅程在职业培训时达到顶峰，但实际上却贯穿于整个教学生涯。"这本书可圈可点指出很多，阅读者必须有所选择。

第一，关注"读前反思"

一般的反思都是放在正文的后边，这本书的反思却放在了前面，要求大家在读书之前，先结合自己的经验思考这些问题。这就将读者的教育经验与作者的经验形成对比，它能够给读者带来许多思考。

例如：第一章"读前反思"："也许你也像很多教师一样，在开始阅读本书时，感到既兴奋，却又似乎面临挑战，或许还有些担忧。你已经决定要做一名教师，但同时你也了解今天的教师面临怎样的挑战，并且知道如果要迎接这样的挑战，你将有很多东西要学。在阅读本章之前，先花几分钟时间，思考一下今天的教师、教学和教育。"

"回忆你曾经遇到过的最好的老师。你是否记得他们的名字？为什么说他们是好老师？他们是如何影响你的生活的？

回忆那些你觉得不是很好的老师。为什么你认为他们不是好老师？先不考虑他们到底好不好，他们是否对你的一生有任何影响？

你最期望的是哪方面的教学工作？你最关注的是哪个方面？你认为今天的教师遇到的最大的挑战是什么？

在一般意义上思考教育。你是否认为现在许多学校的工作做得很好？或者你认为学校存在很多问题，并且需要进行重大的改革？你是否认为自己能够有助于学校更好的改革？”

这些问题是教育实践中的真实问题，大家司空见惯，但是，这些问题又是大家都必须思考的问题。这就关系到大家对教育的理解，对教师职业的理解。

第二，关注“检测拓展”

作者在阐释自己的观点时，并不主观武断，而是把自己的想法提出来，与读者一起讨论，让读者借助自己的经验进行检测；又借助“拓展”引发你更广泛的思考。第 2 部分“教学的领导”的第 5 章“课堂管理”后面的“检测—拓展”是：

为什么大部分人认为课堂管理是新教师最重要的挑战？

课堂管理与其他教学要素的关系是什么？

大部分教育者认为课堂秩序是最为重要的。请举出一些例子对比进行说明。

拓展：

反思你在课堂管理问题上所经历的困惑和焦虑；

主张以儿童为中心的理论家认为人们过于强调对于学生的控制，你同意这种看法吗？……

检测与拓展就成为作者与读者对话的载体，借助这些载体，读者对教育问题的认识就会更加深刻。

当然，作者设置这些栏目，是为了与读者讨论如何才能“学会教学”。这本书就涉及两个重要的概念，“有效教学”“有效教师”。有效教学是课堂教学的追求，有效教师是教师的职业追求。

那么，有效教学要注意什么呢？

有效学习是发展学生的创新思维。大量的研究表明，探索性的、自主的、研究性的学习对发展学生的创新思维很有效果。有效学习主要是指学生自主的、探索性的、研究性的学习，这也是我们要着重发展的学生的学习活动。有效教学的理念，关注学生需求是重要核心，而关注的心理基础则是尊重，尊重是人文、平等的具体体现，是社会交往中的素质要求，是诚信，关爱，协作等品质的形成基础。

有效教师应该注意什么呢？

“有效教师”会通过“设置情境—呈现引导—讲授材料—拓展思维”的教学模式来使学生获得丰富的知识。“有效教师”不会忘记建立“民主课堂”的理想，“有效教师”需要重新理解学校的意义。

关于这本书的导读，10位专家各有各的理解。展益华园长从基于问题的学习角度把读书与自己幼儿园的实践结合起来谈读书，这种读书就是一种立足于实践的读书。戎敏老师在读书的时候把握住有效教学、有效教师这两个关键词，结合自己的唤醒教育畅谈认识，突出了个性特征。闵芳芳老师结合信息技术的特点，重点阐释了信息技术为教学提供的支持，凸显了教育“互联网 +”的特点。于海洋校长结合姜堰二中的教学改革与探索，重点谈了有效教学的校本实践，问题链导学就是有效教学的体现。管国华老师抓住了著作中的“探究式学习”，畅谈了自己的读书体会，这种教学方式符合中职的特点，有着明确的实践导向。江苏师范大学胡晓燕教授是一位学前教育博士、南京师范大学汤振刚教授是一位基础教育研究专家、盐城师范学院史成明教授是课程论专家、山东师范大学潘庆玉教授是课程论专家、河南大学杨亮教授是课程论专家，这些专家在各自的领域都有独特的贡献。这一次，他们结合学段特点引导老师阅读名著，每位专家的点都有自己的理解，都能够给一线教师许多启发。

《学会教学》看似简单，事实上却是异常的复杂。任何一位教师的成长都要从新手教师到熟手教师，到专家型教师，这个过程是一个漫长的过程。于漪老师是一位从教70年的名师，她始终说一辈子“学做教师”，表面上谦虚，实际上则是表明了教师成长的艰难。我们每位老师学会教学，就需要对教育、对教学有自己的理解。对教育、教学的实践要有自己方式方法，这些方式方法要符合教育的科学规律。

理论之光

理论是对实践的总结，是理性思考的结晶。面对当下基础教育的转型时期遇到的诸多问题，我们该寻找什么理论来思考实践呢？专家给我们提供了思路。

袁振国

华东师范大学教育学部主任，教授，博士生导师。

线上线下融合教育的重点在融合

我想和大家分享的一个题目，就是线上线下融合教育的重点在融合。

为什么要讲这个问题？一方面，我们看到线上线下的教育已经取得了很大的成绩。在一个十几亿人的大国，我们实现了停课不停学这样伟大的创举。可以这样说，在线上我们已经可以基本上甚至可以良好的贯彻完成我们基本的教学任务。但是另一方面，一旦线下的条件具备的时候，我们往往就会放弃线上教学。在线上和线下教育都同时具备的这个情况下，如果让家长、让学校来选择是在线上还是线下教学的话。那么我相信绝大多数人会选择线下。我们也做了一些小规模的调研，就是在线下教学恢复的时候，还保留着线上教学的教室和教学的行为有多少呢，那是非常少的，几乎可以忽略不计。

这说明什么问题呢？说明线上教育在全世界总体上来说，它还处于一个辅助的应急的阶段。

如何把线上教育和线下教育有机的融合，这是我们要持续努力的目标。我想说，线上教育不是线下教育的翻版，融合教育也不是线上教育和线下教育简单的相加。线上线下的融合教育，实际上是对线上和线下教育简单相加的超越，它的目标和可能性在于实现 1+1>2 的效益。它最大的最可能的贡献在于：促进教育的个性化，推动教育的深度变革。

所以我想今天就这个问题，我们已经取得了线上教育的很多的经验。在基础设施、在人员素养、在网络贯通方面，我们已经有了相当的成熟程度，也取得了很多的成绩和经验。在这样的背景下，如何推动线上线下教育实现融合，使得信息化教育走向一个新的阶段呢？这是我想和大家今天分享的内容。

我想要说的是线上线下的融合，它的表现和含义在于：第一个就是要能够一体化的设计。

当我们在考虑线下教育的时候，我们是非常地有经验的，也能够充分发挥线下教育的优势。当我们在进行线上教育的时候，我们现在也非常重视怎么能够发挥好线上教育的优势。但是这两者各自的优势，怎么能够同时发挥？实现他们的不可替代性？只有线上和线下有机融合以后，他们才能够释放出更加了不起的不可替代性。

那么这个就需要我们从内容、从形式、从程序、从方法等方面，来进行一体化的设计。我们不要把它看成是一种类型的教学，要把线上线下的教学看成是一件事。

现在很多的教学是在线上进行的，怎么能够把线下的优势发挥出来呢？当我们完全在线下进行教学的时候，又怎样利用线上的优势呢？这是我们今天要讨论的重点。

我们知道，线下的教育是有很多优势的。通过与线上教育的比较之后，这个优势就更加明显了。第一，线下教学的时候，我们是在一个特定的情景当中。这个情景感知非常现实、非常真实，是人和人的直接交流。正因为这个原因，我们的情感体验是充分的、是直接的，同时我们的交流是自如的，是没有障碍的。人和人的交流经常是没有设定目标的。我们最充分最自由的交流是在没有设定目标的情况下进行的。所以孔夫子说，他最崇尚的教育境界是，几个学生沐浴着春风，在水流旁边洗洗脚，唱唱歌，聊聊天，这是他认为最充分、最美好的一种教育境界。第二，线下教育可以及时的反馈。教师对学生、学生对教师、同学对同学相互之间的这种信息交流。情感体验是非常现实的。另外，就是可以有比较充分的互动。

所以我说，情境的感知、情感的体验、自如的交流，及时的反馈和充分的互动，是我们线下教育的明显优势。

正因为这样一种优势，我们已经习惯了，爱上了这个线下的教育。我们不愿意放弃这样一种习惯的场景，这样一种体验。

那么如果说我们在线上的教育不能够发挥这些优势，我们就会感到有欠缺。

那我们现在也体会到了线上教育也是有一些优势的，是线下教育所没有的。比如说，第一，海量的资源。线上教育有一个非常大的优势，我们可以获得无限量的资源。可以这样说，只怕你想不到，不怕你得不到。只要你想到的东西，线上都可以得到。第二，它可以反复获取。线下教育教完了，就过了，我们没有办法把这个教学活动再拉回来。不能让老师再讲一遍，也不能把同学的讨论再重复一遍。但是线上没有关系，我们可以反复的获取我们所需要的东西。如果你需要的话，可以把我们进行过的教学活动，无数若干次回放。第三，时空无限。线上教育不受时空的限制，可以在一年 365 天里，24 小时的任何一个时间，也不管外面下雨刮风或者下雪什么的，现在外面疫情在流行，也没有关系，我们可以照样进行教学。空间当然也没有关系了，天涯若比邻。在线上教学是个非常轻松的事。第四，我们可以自主的选择。 线下教育往往在学校，在班级里面。我们所有的教学活动，所有知识的获取，所有交流的人群，所有互动的对象，都是在一个特定的时间和特定的地点。我们没有办法选择我们所需要的内容，没有办法选择所喜欢的老师，也没有办法选择同学，但是线上教育可以。线上教育可以选择喜欢的老师，可以选择学习内容，可以选择学习的速度、学习的进度和学习的方法。这些是理论上说的，至于是不是提供各种各样的选择，是需要研究和讨论的问题。第五，线上教育是社区多元化的。我们可以有广泛的社区，可以有不同的年龄、不同的性格、不同的文化环境的组合。我们每个人的微信中总是有几十个、上百个，甚至更多的微信群吧。这些微信群可能是买菜的微信群，也可能是坐公交的微信群，也有可能是学习的微信群。这种多样性的组合在线下的教育是不可想象的。所以，在线上线下融合教育的时候，我们首先要研究，要了解线上和线下教育各自的优势。怎么把这些优势进行融合？在融合之前，首先要考虑的是怎么把它建立起来和怎么让他们发挥好。有了这个发挥，我们怎么把线上的教育融合到线下去。怎么把线上的教育融合进线下的这个教学的活动。这是我想要说的第一点，就是我们要推进这个线上线下的融合。首先我们要进行一体化的设计。江苏省在互动教学、情境化教学、情感性体验、项目式学习和研究性学习等方面已经有了很好的探索，也有了不少的经验，这是令人可喜的。

第二，要通过线上线下融合教育来促进教学方式的变革。

线下教学的教学方式主要是“老师讲”“学生听”，是教师主导的学习方式。学生是接收者、是被动者。尽管我们可以组织各种各样的讨论，发表意见，但是总体上是围绕着教师的设计，围绕着教学计划的活动，围绕着固定的目标在进行的。对于系统化的学习来说是非常必要的。但不是唯一好的方法，事实上它越来越会成为融合教育的阻碍力量。

线上教学，学生已经变成了一个独立的主体。每个人面对着不同的学习终端，不同的学习环境，不同的学习设备和手段，不同的学习兴趣和爱好，他们是怎样学习的呢？

一个人在教室里面，要按照他自己的兴趣爱好方式来选择内容这是不可能的。但是线上教育可能。所以我们要认识到用线上教育这种学习方式的变革来进行教学的变革。中央文件也不断强调，要促进线上线下的深度融合，促进教育教学的变革，为重塑未来教育形态作好准备。

什么叫未来教育形态？是线上线下的深度的融合，而不是把线上教育作为线下教育的补充。或者说作为一种翻版。

通过教学方式的变革，我们的教师要认真地备课。

备课是我们线下教育的常规动作和基本要求。我们的教研室、教学组很重视这项工作，以往讲要备教材、备学生、备方法，要吃透教材，要了解学生，要准备各种各样的教学仪器设施、工具等，那么现在我想要说的就是要增加一个“备”，就是“备人机协同”。在未来的教育形态当中，人机协同将会成为一种最重要的教学形态。人离不开机器，机器成为人的学习、人的生活、人的工作的一个基本形态。

人与机器的不可分离在实际生活中已经被充分的感觉到了。你现在没有手机的话，生活上会很难适应的。没有手机会影响我们的生活质量，而且会使我们做很多的事情。你现在买票、去银行、到医院看病、网上购物等等，都离不开手机。手机已不仅是一个通讯工具了，它已经成为人生活的一个中枢，是我们的手和臂膀、心脏器官、大脑器官的延伸。可以这么说，科技、机器已经成为人的一种生命中不可或缺的一部分。实际上，人的发展就是从最初的猿人到有了石头的工具，从机器的工具到现在有了智能设备的工具。智能设备已经不是一个辅助的问题，而是我们生命的组成部分，怎么利用好机器，人和机器怎么协同是我们要直面的问题。将来随着智能人的产生，智能机器的产生，我们的教学过程当中将会出现三个主体。通常教学有两个主体：一个是学生，一个是教师。第三个主体就是教学机器人。教学机器人是能把人们的思想意识储存的、能够与人进行沟通和交流的，可以对真实的人的行为、思想做出反应的，它们三个主体之间是互动的。

怎么从很好地单个使用电脑、iPad、手机，到很好协同使用它们？现在的小孩子是网络原住民，比我们成年人要成功。他们能够娴熟地运用这些东西。而我们的教育、我们的教师对机器的运用既欢迎又警戒，在某些方面还是恐惧的。我们教育部门的文件是严禁手机进入学校的，不让孩子们在学校期间使用手机。在我看来，这是不得已而为之的手段。如果我们把手机网络线上教育的优势和线下教育充分运用的话，手机恐怕是不能排除的，这对我们的管理来说是一个新的挑战。以前我们没碰到过这个问题，现在我们不得不面对了。因此，我们备课要备人机协同了。

另外，我们要重视知识学习的指导，更要重视学习方法的指导。在线上教学的背景下，怎样进行学习？我们以前没有很好的重视。从研究调查的情况来看，在网络学习的背景下，学生间的学习差异越来越大。有很多的人在网上学习变得非常自如，非常主动，非常具有选择性，可以按照这个需求采取更好的学习方式，但是也有相当一部分的同学不能自控，不能很好地利用网络教学的优势，学习显得很不顺利，甚至于碰到了很多的问题。这里，在网络背景下的学习方式应该是什么样态？是值得重视的，需要进行系统的研究。

最后一个就是关于教学资源的建设。

网络学习，线上线下的融合性学习，不能简单地把线下教学的内容移到网络上面，更不是搞一些线下教学的录像往网上一放。这个是不能解决问题的。我想提示大家考虑一个问题。大家现在一定会每天刷手机的，你们在刷什么？你们有没有发现，在这些刷手机的过程当中，你的学习行为是什么？你获取的行为是什么？你在不断地变换频道，不断的选择自己所喜欢的东西。现在平均一个人在手机上停留的时间是6小时，为什么不给你加分又不给你奖励，为什么你可以这样不断地在被它吸引呢？这是由它的内容和内容的提供方式所决定的。你看看抖音内容，它有几个很明显的特点：第一个短小，第二个快捷，第三个分众，第四个可以随意地选择。这些优势如果我们在线上线下融合的教育当中不借鉴，不使用，还是按照我们自己习惯了的传统教育的方式，来铺天盖地的呈现内容的话，当然会受到影响。

所以我说，这个线上线下教育的融合现在已经有了很好的基础，那怎么来推动这个真正的融合。这是一个非常令人向往的、非常激动人心的领域。是将来教育变革的、有着无限广阔前景的，也是实现大规模背景下的个性化教育的前景。我相信这个工作在大家共同努力下，一定能够不断地往前推进。

周文叶

华东师范大学课程所副所长，教授。

促进深度学习的表现性评价

很高兴跟大家一起来分享课堂评价的问题。我想跟大家一起探讨的是：促进深度学习的表现性评价。

一、当前课堂评价存在的问题

1. 课堂评价的地位和作用没有得到应有的重视。在课堂评价领域，有一个非常代表性的研究学者叫威金斯·斯蒂金斯。他有很多的书，也翻译到我们中国来了，中文版的书也有好几本。他指出：“如果评价不能在日常的课堂实践中有效地运行，那么其他层面上的评价完全是在浪费时间和金钱。”同时他也指出：“事实上我们老师在教学的这个时间，有超过 50% 的时间事实上在做与评价有关的事情，那么这个课堂评价的地位和作用是多么重要。”但事实上，在我们当前的中小学的课堂教学当中，课堂评价还是没有引起足够的重视。崔允漷教授在一篇文章中指出：“当前的我们的现实情况是，我们的评价实践事实上是非常的薄弱的，并且是非常非常的糟糕。那如何来讨论这个课堂评价呢？事实上它的实质应该是我们来收集信息，收集学生学习的信息，并且来分析和解释这些信息，也就是说我们老师怎么样来洞察学生的学习情况，并且使用这些信息来支持我们的教与学的过程，这才是课堂评价该有的实质和内涵。但是事实上，我们并没有做到这一点，或者说并没有很好地运用课堂评价这个抓手来洞察学生的学习情况，从而来促进我们的教与学。”我们说没有很好地做到，最突出的特点是什么呢？或者最突出的表现是什么呢？我想用“点式”这个特征来概括。我们在这里所说的“点式”的评价主要的特征或者表现是什么呢？首先，我们的老师引出学习证据的意识很淡薄，评价的目标停留在肤浅的比较零散的点上。

2. 课堂评价“点式”特征突出且普遍。课堂评价基本上是一问一答，用“点式”的方式来进行的。我们如果去听课，我们一堂课 35 分钟到 40 分钟，老师们一节课下来对这种提问，如果去记录的话，会发现至少有几十次甚至是上百次的这样的一问一答，所以我们收集学生学习的证据的方式非常单一：一个老师提问一个学生。所以我们这个在课堂上涉及的只是部分的学生，比如说我提问这个学生的时候，其他的学生在做什么，他有没有参与？ 这些都是很难保证的。所以这样的一个学生的参与面和参与度都是很浅的、很狭隘的。评价结果的运用，也是非常忽视的，就是说我们的一问一答更多的是为了这个课堂的推进，一问一答，拿回来收回来的这个证据，我们很少用这个证据来对我们下一步的教学作出决策 。

我们可以看到这个是 solo 的分类层级，这个层级分类的图，所以我们的点式评价更多的是停留在比较低一阶的点对点的、零散的层面上。可以说，我们当前这样的一种教学，更多的是停留在一种点式的评价上，这比较肤浅。

3. 我们的课堂评价是与教学分离的。我们刚才说点对点，“点式”的评价特征有关。事实上我们说理想的一种课堂，教学与评价的关系应该是左边这张图，就是我们这个 Pakita 和 Black 他们在 1994 年提出的，我们的教学学习和评价应该是什么？统一整合在一起，融合在一起，镶嵌在一起，它们要凝成一股绳，共同来促进，来提高我们课堂教学的质量。但是事实上，我们的课堂教学，目前教学、学习评价是相分离的。那么相分离也会有几个表现：第一个，就是我们教学管教学，评价管评价，就在教学结尾的时候，去看看学生做几道题目，是不是学生会了。第二个，评价和教学分离还表现在我们没有运用评价的结果来促进教与学，来对教与学做出下一步更好的决策依据，这些都是我们课堂教学与评价分离的最主要的表现。

随着我们基础教育课程改革的推进，尤其是基于核心素养的课程教学改革的推进，我们对评价也越来越重视，尤其对表现性评价，也越来越关心。

二、表现性评价的内涵与特征

1. 表现性评价是什么

从这张表中我们可以看到，表现性评价的位置在哪里。我们在这个领域里面的专家也经常说，表现性评价是什么，我们可能的确比较难说清楚。大家很多人都会提出不同的见解，但是我们说如果说它不是什么，那可能这个答案比较一致，事实上在这个表格当中的第一行，我们也可以看到，和表现性评价它并列的对吗？这个只有一个唯一标准答案的，让学生进行选答，反应的是一种标准化评价，所以我们是不是可以这样来界定，表现性评价就是和那个只有一个唯一标准答案的，让学生进行选答反应的标准化评价相对应的一种评价方式，所以表现性评价呢？它就是什么没有一个唯一标准答案的，需要学生自己去建构答案的。而这样的一种评价，它主要的类型有下面三种表现。第一种是行为表现，如表演、辩论；第二种，作品或者产品，如我们让学生进行项目式的学习，让他完成一个产品，又比如说我们让学生进行创作，完成一个作品；第三类是构答反应，比如说我们学完了一个单元，让学生以自己喜欢的方式，来表达自己对这个单元的理解，或者以概念地图的形式让他去建构自己对这个单元的理解，这个都属于构答反应。无论是哪一种类型的表现性评价，它的一个共同的特点都是它没有一个唯一标准的答案，需要学生去建构，所以我们去评价学生表现的时候，就不是对还是错了，而是要开发评分规则，基于评分规则来判断他的表现水平。我想这张图表，大致上来描述了表现性评价是什么。

2. 表现性评价要素的构成

它主要有这样三个要素构成：指向核心素养的目标，这个目标是居于我们课程核心的或者是跨学科的；情境当中的表现性任务，而这个表现性任务，就是让学生在情境当中运用知识和技能来解决问题去做事情；开发评价工具，去衡量和记录学生的表现水平。表现性评价就是这样三个要素。那老师们可能自己平常也有在尝试做这个表现性评价，

但是，可能会经常问自己：表现评价做得是怎么样呢？是不是好的呢？质量是不是高的呢？也有很多老师在探索这个问题，我觉得平常老师们也遇到这个困惑。

3. 高质量的表现性评价是怎样的

我们在《课程教材教法》上发表了《表现性评价质量框架的间隔和应用》，就是想回答高质量的表现性评价是什么样子的这个问题。

如果我们自己开发好一个评价，又怎样去分析和看待这个评价的质量。建构这样一个分析框架，有四个方面：第一个是学生学习中心，第二个是目标，第三个是任务，第四个是评分规则。然后在每一个要素上面，我们又提了几个方面的建议，一共是四个方面 10 条准则。希望对于老师们来开发表现性评价的时候提供参考。

当然在这三个要素之间，我们特别强调他们之间的一致性，这是我们最近做的一个尝试或者探索。事实上，在这个领域里面的研究成果也非常的多。大家来看右边这张图，右边这张图表是美国斯坦福大学教育学院 skill，他们这几年在聚焦研究这样一个问题，那么这是他们的观点。在他们看来，高质量的表现性评价应该有这样六个关键特征，那么我们会发现在每一个特征上他们都特别强调的一点是什么呢？第一个方面，他特别强调在开发表现性评价的时候，这个目标一定要怎么样让学生进行深度的理解，或者进行高阶思维技能的应用，在这个任务上，要求学生能展示他的深度学习，包括下面的任务，他能反映我们真实世界的这个任务，或者待解决的问题，然后还有一点，他在这个表现性评价的设计上，特别强调任务的材料，任务的设置，能吸引学生更深度地参与。所以一句话，高质量的表现性评价，一定是让学生去进行深度参与的能进行深度理解的评价。

三、表现性评价促进学生深度学习的策略

表现性评价促进学生深度学习的策略，主要有什么呢？主要讲两个方面：第一，就是要将表现性评价镶嵌在我们的教学当中；第二，是要确保学生深度卷入评价全过程。

（一）将表现性评价镶嵌在教学当中

1. 嵌入表现性评价的课程纲要。课程纲要就是开学前，规划这一个学期我教的这门课程，具体包括四个因素：课程目标、课程内容、课程实施和课程评价。

课程目标就是回答这个学期学生关键的学习结果是什么。我这个学期教三年级上册语文，那这个学期学生跟我学习，比如说 96 个课时，最关键的学习结果是什么，这个学期结束之后，他能带得走的这个语文素养是什么，能不能用 4 到 6 句话，把这个学期最关键的学习结果给描述出来，这就是一个学期的课程目标。

课程评价。这个评价首先要设计表现性评价，或者说这个大的学习任务的评价。那么除了表现性评价之外，我们还需要其他的一些评价，我们也在这个地方把它设计好，然后我们才来考虑怎么样用教材教，怎么样来设计和安排学习方式和学习活动。然后我们把前面设计表现性评价的任务，镶嵌在我们后面的这个课程实施当中。老师们在这样的课程纲要的结构当中，第一，他是检测我们这个学期的关键学习结果，检测我们这个学期居于课程核心的那些目标的。第二，为什么放在这个地方来设计，或者说为什么要逆向设计呢？是因为我们在这个地方把它设计好，然后下面怎么样镶嵌在后面的课程实施当中，怎么样把表现性评价镶嵌在我们每一个学期的课程的设计当中。

2. 嵌入表现性评价的单元学历案。我们说现在这个指向核心素养的教学倡导这个大单元大项目大任务，那我们现在在做学历案。很多学校的老师也在尝试这个单元学历案。我们这个团队建构出来了结构六要素。

六要素：单元名称、单元目标、单元评价、单元大任务（学生要在情境当中运用单元的知识和技能去做什么事情，去解决什么问题）评分规则、怎么样的评分规则、怎么样来引领，并且来衡量和记录学生的表现水平，评价设计好了之后，才进入学习的过程。学习过程的设计，事实上就是去回答学生怎么样一步一步经

历这样的学习过程。然后让他怎么样在评价任务当中有好的表现，所以我们说评价在前面设计，就是要引领我们后面的教与学过程的设计。我们要把评价怎样镶嵌在后面的教与学过程当中，所以我们也可以看到今天讲的表现性评价，在这个单元学历案当中的位置。然后我们说为什么我们这么重视它，为什么我们要在这个地方去设计，跟刚才的课程纲要的思路是一样的。也就是说我们如果不用这样的评价去评价，那么我们指向核心素养的目标怎么去落实或者是不是已经落实了。我们怎么知道呢？所以我们必须要用表现性评价去检测，去落实这样的素养目标。我们说为什么要放在这个地方设计，是因为他要引领后面的教与学的设计，同时只有在前面把它设计好，后面才能镶嵌在里面，镶嵌在我们后面的教与学的过程当中。

3. 嵌入表现性评价的项目式学习。现在我们非常关注这样的一种学习方式——项目式学习，项目式学习的方案的设计。你让学生去做一件什么事情，让学生去完成一个什么样的产品，或者作品，就是我们今天讲的表现性任务。然后这里的评价目标，就是我们今天讲的我们的核心素养的具体化。在这样一个项目式学习当中，到底是要落实什么样的目标。

我们怎么样把表现性评价在教学当中进行整体的运用呢？第一个层面，一个学期的课程的设计，我们把表现性评价镶嵌在其中；第二个层面，课堂层面指向核心素养的教学，单元的学习设计、单元的学案设计、以及项目式学习的设计。第三个层面，我们要把这些设计好的方案在课堂上实施，我们怎么样在课堂上嵌入表现性评价，来落实课堂教学，来确保指向核心素养的这样的课堂教学的质量，在期末考试的时候，我们怎么样来实施表现性评价，这就是我们表现性评价在课堂教学当中的整体的运用。

（二）确保学生深度卷入评价全过程

如果学生没有深度卷入，没有深度卷入在全过程当中，表现性评价促进学生的深度学习，可能也只是一句空话，或者只是停留在概念或者理念上。那怎么样让学生有可能深度地卷入评价的全过程呢？最主要的还是抓表现性评价的这些要素，最关键的第一个是表现性任务，怎么样来驱动学生的深度学习。运用评分规则来引领和促进学生的深度学习。

你是红太阳小学的一名四年级学生，当地的一家企业想要向你们学校投入资金来促进全体学生的身体素质，但资金量只够支付以下的一个项目，一个室外的体育健身课程，或者午餐式的水果沙拉吧，那么有的同学想要体育健身课程，而有的同学想要水果沙拉吧。那么我们学校，无法同时来满足这两个项目。你的校长小明先生，想请你帮他做出选择。

老师们，这个是什么？这是一个情境 。先来创造一个情境，学生在这个情境当中扮演 一个角色，扮演这个角色去做一件事情，他的受众是谁呢？他的受众是校长小明先生。

在这样的一个情境当中，他怎样去做一件事情，那么这件事情的具体要求是什么呢？学生又要进行什么样的挑战呢？他说你会收到一本小册子，手册上会列出学生容易在操场上受伤的项目，还有一篇有关水果沙拉吧好处的新闻，以及一则室外体育健身课程的广告，而且你还会收到以下的一些提示：就是下面一二这两点，就是要求学生具体去做什么好。你是有任务是有具体的要求的，而这个具体的要求，就是指向这个任务的目标。他怎么样要让学生进行批判性思维 ，信息放在那里，你怎么样去判断，它是正确的还是不正确的，它是可信的还是不可信的，它有没有误导你对吧，你要进行批判性的这个这个选择。

要完成这个任务，你要进行有效的沟通表达和交流，你用写信的方式去说服你的这个校长，让他去选择这个项目，对吧。希望学生们通过这个任务去解决这个问题，学校遇到这个问题 你怎么样运用这个单元所学的知识和技能，去解决这个问题，所以我们说，去完成这样的一个表现性任务对学生的要求是非常高的。我们老师设计一定是有非常明确的指向性的 要求。

我们说在这样的一个任务当中要有一个非常明确的作品。要求学生最终完成一个什么样的作品，那我们刚才这样的一个案例的一个分享，我们可以看到我们的表现性任务的构成主要有这些要素，就是学生在什么样的情境当中他扮演什么样的角色，然后去进行什么接受什么样的挑战，有什么样的要求，去完成一个什么样的作品和表现，这个作品和表现他的受众是谁？所以我们的表现性任务有这样的一些要素构成。老师们这样的一些要素从深度学习的视角来看，我们说这些要素缺一不可，或者说这些要素共同组成了深度学习。你比如说创设一个真实的情境，或者说这个去情境化的 ，这个情境对学生来说，他怎么样他就有可能更愿意学，他就觉得更有意思，更有意义他更想学对不对。他觉得学这些知识还这么有意思，

学这些知识原来可以解决我们这样的一些问题，他就更想学。第二个他扮演的角色，原来我们这种点对点的这样的点式的课堂评价，把学生当做一种什么被动的知识接受者，只是去接受知识去回忆知识的，或者说得更极端点，就是把学生当做机器的、机械化的，这样一问一答，他去复现他的这样的一种怎么样记下来的东西，而我们这样真实情境当中，让学生去扮演各种各样的角色，学生的这个怎么样兴致就来了，他的这种角色感就来了，他的这种驱动力就来了，我们说接下来的这个挑战和要求，一定是指向这个单元这个任务，这个学期他要落实的核心素养。基于课程核心的素养目标，让学生进行怎么样的批判性思维、问题解决、有效的交流和沟通，这个对学生来说，不是说越简单的他就越愿意做一定是在学生的最近发展区，让他要跳一跳，这样的任务他可能才会觉得有意思、有意义，所以叫做有挑战性的任务。最后我们说这个作品表现，它不只是一个唯一的标准答案，他要学生怎么样，以自己的理解去完成自己对这样一个任务的理解和建构，各个要素缺一不可，共同构成或者共同去促进他的目标，都是来促进学生的深度学习。

最后，运用评分规则来引领并促进学生的深度学习。老师们别小看这张表，这张表太有用了，有用在哪里我们首先来看它的构成吧，我们说左边这列，事实上就是讲的这个评价的维度，这个单元的任务，这个学期的这个大任务，我们会从哪些方面去评价学生的这个作品，学生的表现就是这个维度上面是评分等级。然后这个矩阵里每一个格子里的这个是怎么样描述。我们说这张工具它太有用了，用在哪里呢？它是如何引领和促进学生的深度学习呢？如果这张工具我们开发的好的话，应当帮助学生自己去回答下面几个问题，第一个在这个单元，在这个任务当中我表现是什么样子的，学生应该能自己回答。答案在哪里？答案在这张表格的最右边的这一列，“水平 4”回答的是什么呢？是学生对良好表现的内涵的理解，所以如果这个评分规则开发好的话，应该班上的大部分孩子自己应该能理解，能知道做得好是什么样子的，而不是怎么样。我们应该让班上更多的孩子自己去

回答我现在在哪里，能进行自评和互评。如果前面那两个问题都能回答，那他就会回答下面我们怎样缩短两者之间的距离，对我来说我下一步该怎么走，下一步关键的要从哪里走向哪里？才能怎么样把这个任务完成得更好，所以我们说，现在 ppt 上的这一张图表 ，也是我们这个领域里面，很多专家形成的共识，这就是表现性评价。

刚才讲的第一个理解，其良好表现的内涵，就是这个单元、这个任务我要到哪里去，做得好是什么样子。在完成任务的过程中，我就知道自己，能进行自评，能进行互评，知道我以及我的同伴现在在哪里。进行自我反思、自我监控，并且来规划自己下一步的学习 ，如何缩短这两者之间的距离，当然在这个过程当中，不是每一个孩子都能这样去做的，那我们说在这个时候，我们的同伴，我们的老师就显得特别重要。我们的同伴，我们的老师怎么样给这些需要帮助的同学给予及时的描述性的反馈，从而让他也能自己来理解来回答这些问题。这就是我们说这个工具 。它怎么样来引领呢？就是我们在做这个任务之前，在开展这个任务之前，我们就知道好是什么样子他又是怎么促进的，在整个过程当中，伴随着学生的学习，因此我们的同学可以进行自我评价、自我反思、自我监控，然后我们说做好了之后，可以运用这个工具来评价自己的表现，我们的同伴、我们的老师也可以运用这个工具，给予他们及时的描述性的反馈，帮助班上更多的同学进行深度学习。

我从这三个方面跟大家讨论了关于表现性评价怎么样来促进深度学习。最后，我想借用这个领域里非常有影响力的专家的话：

大量的证据表明表现性评价更适合检测高水平的复杂的思维能力，且更有可能促进这个能力的提升，同时能支持更具诊断性的教学实践，促进课程和教学。

刘正伟

浙江大学教育学院教授，博士生导师。

关于教育科学研究的几个问题

今天的交流与分享分为四个部分：一、教育科研的属性类别；二、教育科研的选题；三、教育科研选题的案例解析；四、教育科学研究有关注意事项。

一、教育科研的属性和类别

1945 年英国地理学家 R·J·约翰斯顿曾经对科学研究做过一个划分。他认为科学研究，一共有三种：一是经验科学，也是分析科学研究；二是人文科学研究；三是批判科学研究。他认为，经验科学是基于经验主义的世界观，认为知识直接来自于经验。因此，以感知，特别是以视觉观察为基础；在方法论上，要求观察和报道的准确性。这是一种自称为中性的，价值无涉的立场，提倡用事实说明本身的研究。

事实上，也有人提出反对。有学者指出，所有的观察、所有的记录实际上都有理论的背景；其背后隐含着人们想要知道什么和注重什么，对内容的分类本身就反映了预先选择的分类方法，所以经验主义工作所提供的不是无序的材料，而是按照先定的概念，预先设定的概念框架，所做的信息记录。

经验科学，其特殊形式就是实证主义。这是一种常常被假定为适合所有科学特点的研究方法。它的目标不仅是描述，而且是解释。描述就是那里有什么，解释就是它为什么在那里。这种解释的方式是以个别事物作为普遍规律的例证。因此，实证主义科学的目标是发现规律，不仅需要提供解释的方法，也要提供预测的方法。运用这些信息去建立特定的解释形式就是实证主义的经验科学。那么成功的实证主义的自然科学，通过运用所知的自然规律，可以对环境进行管理和控制。成功的实证主义社会科学呢，是运用所知的社会规律，可以对社会进行管理和控制。

第二种是人文主义科学。人文主义科学不承认有一个独立于观察者以外的经验世界。任何观察和描述都不可能是中性的，而是透过含义系统对于认知世界的阐释。它们是人造的结构，是每一个个人经过持续地与他人的社会交往、再交往的过程而建构出来的。

人文主义科学家认为，意义是个人自己的事，是他自己行为的基础。因此，人文主义科学不是提供解释，而是寻求理解。人文主义的研究是通过理解寻求意义，这有助于发展成熟的认识，使人们更好地理解自己和他人，从而使人类社会更加成熟和丰富。

第三种是批判科学。和前两种不一样，批判科学认为，人生活在社会里，社会是由人所创造的各种复杂的组织构成。它们既保障个人日常的发展，也保障集体世代的发展。所以社会组织是可以按照可操作的规则建立起来的，社会因此得到持续的发展。

R·J·约翰斯顿指出，一个社会最基本的问题是为全体成员确保足够的食物，但是在不同类型的社会里，做法各不相同。例如在资本主义社会，食物的生产只是为了销售和赢利；在社会主义社会里，它的生产是按照集体制订的计划。马克思主义对社会形态的研究，对社会的批判，实际就属于批判科学。

那么，我们教育科学在这三种科学研究里面究竟属于哪一种呢？我觉得，教育科学研究对象十分广泛，可能三种都兼而有之。三种科学研究的对象是不一样的，自然研究目标，研究的方法、研究的范式也不一样。教育科学研究应该根据研究对象、研究内容选择不同的研究范式去实现研究目标。

二、教育科研的选题

一切科学研究的本质都是求真、创新，都在于促进知识的生产及增值。所以创新是科研的重要特质。所有的科学研究都源于真实问题的研究。那么教育科学当然也是如此。中国教育科学研究院副院长刘贵华教授曾经指出，我们现在好多教育科学的研究，实际上不是真问题的研究。

他说，我们在教育教学实践中遇到的问题，实际上最先接触到的是话题，要把话题转化成课题，然后从课题里提炼出一个标题，最后再转化成研究的问题。这之间呢要经过专业化的改造，要把话题打磨成标题，要不断地提炼问题。这个提炼的过程，不光是我们对研究的问题澄清的过程，也是个规范的，寻找研究路径的一个过程。他举例说，以“立德树人”这个话题为例，怎么样把它变成一个课题呢？我们要对话题向上推进，向下分解。可把它分解成为“谁培养人？”“如何培养人？”“培养什么样的人？”通过这样三个问题的专业改造，破题解题，最终获得研究的问题。换句话说，要研究解决教育实践中的问题，不是简单的照抄政策，要经过专业化的改造，这就比我们原来确定的课题要深入得多，具体得多。

教育科学研究都是基于真问题的研究，真问题是在教育教学的实践中提炼出来的，我们要通过实例来验证和解决理论的问题，用理论去解决现实的问题，如像项目化学习，要在新的形式下聚焦一些老问题。

现在教育教学实践中涌现出的问题，也许在十年、二十年前已经有了，是一个老问题。但是我们怎么样在现实情况下再进行研究呢？我想，我们现在面临的问题的语境，遭遇的挑战、困难肯定是不一样的。我们必须把它放在当下的语境里面去做专业化的改造，要在理论中、在实践中提炼。

教育科学研究的课题不外乎三个维度、六个要素。所谓三个维度，就是理论和实践的维度、中国和外国的维度、历史和现实的维度。研究时要确定偏重于哪一个？理论的呢，实践的呢？外国的呢，还是本国的？是历史的，还是现实的、未来的呢？当我们确定了以上三个维度六个要素以后，我们就可以把研究课题的范围大致确定了。我们基础教育课题的研究大致有两种类型：一种是规划课题，一种是小课题。规划课题是相对宏观的、中观的，比较系统的研究，从全国教育科学规划、各省教育科学规划、到市一级教育科学规划的都有。小课题研究多为学科教育教学实践中遇到的具体问题，这是局部的，小型的，实用性的研究。

现在全国教育科学规划的课题，各省教育科学规划题分类是不一样的。全国教育科学规划课题分类更加详细，种类多，有的属于理论研究，有的属于政策解读，有的属于区域研究，有的是课堂教学的研究。

我们在设计和选报相关研究课题时应该注意课题所归属的类别。

目前，教育科学研究的选题与申报存在以下一些问题：第一，概念范畴不清楚。比如在对教育政策解读时，我们可能没有做比较深刻的辨析，就抄到课题里面去了，这个肯定不行；第二，理论的深度不够；第三，研究偏离主题；第四，逻辑结构混乱；第五，研究方法不当。

我们在申报选题时，第一要注意研究综述撰写，选择评述的文献要精要、有代表性；第二研究内容及框架要具体、明确、反应选题研究的主体；第三研究要有明确的问题意识；第四是研究基础要充分呈现理论基础和学养基础。

三、教育科学研究选题案例解析

以下面对教育科学选题来作一些简要的分析。

案例一："基于核心素养的普通高中化学系列教科书与课程标准的一致研究。"

2017 年，高中新课程标准颁布以后，课程标准、教材和教学的一致性问题，成为研究的重要问题。我觉得这个选题设计不错。这也是国际上在关注及研究的问题。

但课题设计一定要立足于高中化学系列教科书本身，在研究内容上要突出化学学科系列教科书内容的内在性和结构性问题，使之呈现出学科的独特性，这样，才能体现研究价值。

案例二："多主体协同的儿童美育支持系统与联动机制循证研究。"

这几年，我们教育科学研究转向实证，不再像以前那样做描述的、演绎的研究，我觉得非常好。不过，现在这个选题研究重心是儿童美育支持系统与联动机制的循证研究。这里"支持系统"和"联动机制"到底指的是什么？循证研究如何做？另外，这个课题申报时应该放在哪一个类别？应该深思熟虑，作准确研判。

案例三："书法训练对儿童专注力发展的动态影响及其神经机制。"

我觉得这个选题很好。这个课题应该属于教育心理学研究。这几年我们中小学重视书法训练。书法训练除了具有美学价值，还对儿童的心智发展有促进作用。但是，这个书法训练是指哪一个年龄段？小学的低段、中段还是高段？还有用什么样的字体，楷体、隶体还是篆书？我想，如果这个课题设计再具体一些、明确一些会更好。在设计的时候，要在课题的标题里面告诉别人，这样就更有价值。

案例四："'五育融合'视域下核心素养教育的建构研究。"

"'五育融合'视域下核心素养教育的命题是"非常宽泛、没有具体指向重大的教育政策问题，怎么落地呢？这个课题设计谁的核心素养？是学生呢？还是某学段呢？这是第一线普通老师可能很难做的课题。

案例五："新时代教师培训评价研究。"

这个课题设计非常笼统、非常宽泛。

案例六："'双减'背景下课堂教学'应教尽教'的内在机制及实践变革研究。"

从"以学定教"到"应教尽教"是认识上的一个非常大的飞跃，也是理论上需要解决的问题。"应教尽教"在教学上，其内涵为何？其提出教学论意义何在？如何探讨其内在机制和实践变革？在课题研究的结构和内容上应该有所呈现。

案例七："终身学习成果的分类、认定与运用。"

像这样的课题放到30年前是可以的，为什么？我们当时对终身学习还不了解。但是现在就有点不合时宜。我们对国外、国内的终身学习体系已经比较了解了。所以再做这样的研究就没有什么时代价值。当然，在理论上做探讨也不是不可以，那是高校专业学者所探讨的。

案例八："我国数学学科德育的形成与发展研究。"

数学学科德育很重要，但这个选题太大了，古今中外，上下五千年，在短短两三年之内，真的没有办法做好这个课题。课程思政是每个学科研究的题中应有之义，也是时代赋予学科教学的新使命，这个课题可以往这个方向改造。

小课题研究主要是解决教育教学中实际问题。这种问题非常具体，所以在概念设计上、在研究任务的划定方面、目标的设置方面都要注意，要具体解决局部的问题。

下面列举一些区域申报的小课题。

案例一：“农耕园：PBL 视野以下小学生劳动教育载体的设计与实施。”

一定要集中在劳动教育的载体设计与实施方面。

案例二：“基于美术特色的幼儿园‘三专基地’的创建与运作。”

这里的美术特色到底是指什么？“三专基地”的“三专”指什么？指向不明确。

案例三：“艺术创作场：基于‘唤醒幼儿审美意识’的载体设计与实践研究。”

这个题目未能明确指示研究方法，难以用实践案例验证“审美意识”的现状及变化；科学性不足，说服力不强。同时强调“设计”与“实践”两个方面，重心不够突出，一个课题难以清晰呈现如此大体量的研究内容。

既然要在教育教学实践中运用，一定要针对我们学校教育实践或者是学生存在的问题去设计课题。

案例四：“基于情绪调节的幼儿社会退缩音乐教育的干预研究。”

这个课题应该属于教育心理学研究类别。我觉得这个就比我们简单的讲幼儿的音乐教育要好得多，非常具体，有针对性，研究方法科学。

四、教育科学研究有关注意事项

第一，就是选题的确定与提炼。课题名称要提炼，不宜过长。

发表论文，一般期刊、杂志规定题目不能超过 20 个字，课题也是如此，与论文不同的是，课题不宜用副标题。

最近几年，教育科研管理与规划部门都不再提倡在课题中出现副标题，但是专家学者、第一线的老师还习惯用。他们的目的就是为了使所研究任务或主体内容更明确。我们对教育科学研究课题的认识，对课题的探究，实现的路是什么？

这些都可以在标题里面显现出来，所以要提炼，不宜过长。这就需要在破题和解题上多下功夫。课题里面应该蕴含着我们要破题、问题的路径或者方法。

案例一：“中小学教师教学述评制度构建与设计研究。”

中央《深化新时代教育评价改革总体方案》出台以后，提出要探索建立中小学教师教学述评制度。这个选题很好，但如果我们再仔细推敲一下，就会发现，这个题目是把深化新时代教育改革总体方案中的内容略作改动，研究内容明确没有破题和解题。

第二，研究综述要抓住要害和核心文献，要对核心概念和代表性文献作概述，不能泛泛而论，评述要得当。

我们现在非常注重研究综述这一块，研究综述是你对这个课题学术史的了解。这个在叙述时，在有限的文字里面要把有代表性的成果梳理出来，然后在评论。

现在资讯非常发达，搜集文献也非常方便。一定要找出那个有代表性的文献，重点的关键性的文献。对关键性的文献已有的成果做一个评述。不要肆意的抬高自己，不要把人家否定的一无是处，评述要克制、中立，要客观。

这样我们研究就有基础了。实事求是的去评论已有的成果，然后找到前人研究中没有解决的问题。库恩在《科学革命的结构》里面就讲到，作为一个共同体，我们研究的问题是要用同样的概念工具，同样的研究范式，在同样一个研究领域对相关科学问题进行深入研究。

我们在进行教育科学规划课题选题与申报的时候，在寻找已有研究文献的时候，实际上就寻找一个共同体。以前人们做过的研究，还有哪些尚待解决问题的研究。我们设计、申报研究选题，就是在前人研究的基础上作进一步深入的研究。所以要交代清楚已有的基础、所取得的成果，然后作进一步的开拓。

案例二：“走向循证：视频图像时代的教师学习研究。”

教师学习研究是教师专业化问题，它是指在现代的网络图像时代，怎么样通过图像网络这样的一种现代化的媒介进行集体学习，取得专业上共同进步的这样一个问题。

通过视频学习实际上也是国际上教师教育教学研究关注的问题。在这样的一个网络媒介的时代进行教师的专业化发展的设计，特别是在单位、区域进行专业共同体的建设及研究。

这个课题的设计、评述都很充分。它对教育科学在20世纪后期到21世纪前期视频化转向做了一个翔实的综述。然后把国际国内的关于视频图像为教师学习的这样一个研究成果都概括了。最后找到一个自己的研究路径。这个研究路径体现在课题中设计的几个问题：如何进行循证决策的问题，循证实施的问题等。这样把研究的内容主体呈现出来。

第三，研究内容设计明晰，体现课题研究的主体内容、呈现出课题研究的结构与问题。

能不能在课题里面包含研究主体的内容，课题本身所研究的结构和需要研究的问题很重要。比如上面的案例二，《走向循证：视觉视频图像时代的教师学习研究》。实际上是把主体内容、课题研究结构和问题都包含在里面了。

第四，已有的研究基础交待要充分、有关联性。

一个课题选择好，顺利通过立项，除了评判研究内容设计得好不好、科学不科学、逻辑性强不强、是不是解决真实问题之外，还要看你已有研究的成果，有没有代表性的成果和这个课题有没有关联性。关联性如果强，又发表在国内重要的学术期刊上，有代表性的成果。申报课题肯定会成功的。

李　梅

江苏师范大学教育科学学院教授。

心理压力的管理和心理建设

“与压力共舞，创幸福人生。”各位老师，大家好，今天我和大家一起来聊一聊“双减”和疫情之下，教师的压力管理和心理建设。我们常说，幸福生活源自阳光心态，在我们的课题当中，与压力共舞，就是我们不跟压力斗争，而是跟压力共同舞出我们的幸福人生。

疫情是从2020年开始的，那“双减”是从去年开始的，也就是在这三年来，我们已经经历了一个跟之前不一样的世界，这个时候，我们会感受到各种各样的压力。在十几年前，我经常去给别人做“减压辅导”，但是在这十几年来，特别是这两三年来，我们经常谈的话题是“压力管理”。因为减压靠的是别人，靠的是环境，甚至靠的是运气。比如在今年的疫情期间，我们江苏有一些地方就始终没有线上上课，但是有一些地方就一直在线上上课。那相对来讲，可能没有上线上课的运气就相对好一点，或者说，他的压力和上线上课的人相比可能就小一点，所以减压只能是靠外界，而压力管理靠的是我们自己、靠的是心态、靠的是方法。

首先，我们来看看压力和教师工作压力的来源。

有这样一个不太规范的量表，大家可以看一看，在您现在的状态下，您的压力是什么样的？有很多道题，这里边有三道题，我和大家共同来看一下：您目前所承受的最大压力是什么？我相信，无论是我们幼儿园老师、小学老师、初中老师还是高中老师，包括我们这些大学老师，我们在不同的学段，所承受的压力可能是不一样的，但是一定都有。那关键是后面两句话，什么时候你会有所感觉？比如有的老师是跟家长交流的时候，有的是收到学校领导的一个信息的时候……那么我们大学老师有时候可能会在考评科研成果的时候。那最后一句话是很重要的，我们感受到了压力，那么我们如何来跟它共舞呢？就是你必须要为此做些什么！事实上，各位老师能够从压力之下走到今天，其实已经在做着很多有意义的事情了。另外，您成长到今天，一定有过一些挫折、失败、不顺利，但是您也一定有过很多的高光时刻，所以我在这特别强调的是，各位要学着去找自己曾经有过的、让您有强烈心理感受的，同时又让您有非常大的力量的经验。最后一条，我们想停掉哪些事，不再去从事。比如说在这次疫情之后，很多人天天都在刷新闻，刷各种各样的消息，越刷越焦虑。这个时候，我们不妨把容易带给我们更糟糕的情绪体验的事情停下来，开始去做、学着去做一些新的事情，比如说是不是可以在这个期间，开始去读买来很久却一直没有来得及读的一些书……这些呢，都是我们可以考虑去做的事情。

那压力是什么呢？压力，它是你必须接受的生活变化或刺激，我们把它叫做客观的压力源。就像现在疫情来了、“双减”政策来了，需要我们进行延时服务了、需要我们在家办公了，这些都是你不想要，但是它确实存在的一些生活变化，我们一定要去面对它，这叫压力源。那么同样的压力源，为什么不同的人有不同的反应呢？这里边就看每个人的负荷能力和平衡能力了。当这样的一些客观的压力源打破了我们的负荷能力的时候，我们就会感受到压力，产生压力感，并且我们可能有一系列的反应。

好，那我们来看看教师的工作压力来源。通过全国范围内的调查，我们会发现教师的主要压力来源中最大的一个压力源，实际上是来自考核、管理部门、升学，甚至包括学生、家长、职称。那相对来讲，可能对于我们自身的成长这部分的压力不太多。其实大家有没有想过，恰恰是继续学习这一项，是最能够被我们自我把握的。学生和家长配合不配合、升学率最后都是由多方面来共同组成的。

管理部门有一些什么样的措施、教改有一些什么样的要求、职称有一些什么样的标准，这些往往还是靠的环境。而恰恰自我学习提高、继续成长，这个倒是我们自身压力的一个管理的方向。

我们知道“双减”的落地，实际上是为了让教书育人的主阵地回到学校，是为了给孩子提供高质量的教育，那么各位老师作为“双减”的执行者，特别是我们义务教育阶段的，尤其是小学阶段的老师会发现，这不到一年的时间带来的各种各样的压力，会导致我们的情绪状态发生变化，甚至有时候可能会出现比较崩溃的表现。我们团队在泰州做了1300多个教师的调查，统计了一下问卷中得到的问题，其中有39%来自小学老师，36%来自高中老师，还有一些初中老师、幼儿老师、职校老师。

那很显然呢，这个延时服务可能主要是小学老师的一些反馈，呈现在这样一些方面：教学设计方面、教学资源有限、管理能力不足。具体的内容，各位老师可以对应一下，看看是不是您也有类似方面的一些困扰。当您发现您和其他老师的困扰是一样的时候，您就会发现，跟您同样承受这样的压力的不止您一个，这样的一种团队的感觉可能让我们心理能稍微的踏实一点，甚至可以说会稍微平衡一点。

家长需求的层次性和多样化，也给老师带来了很多压力，所谓众口难调，很多的家长不理解与不配合。甚至有一些家长，干脆就理直气壮的当了“甩手掌柜”，觉得我交了钱将孩子放在这里，所有的事就应该全部都推给老师，那这让我们很无语，但是确实我们也没有办法去指望家长能够共情，能够配合学校，配合我们的工作。还有一点，那就是我们的时间是有限的，但是需要好的效果。在这种情况下，怎样平衡它们之间的关系，这些都是我们各位老师所面对的一些延时服务的压力。还有的老师发现延时服务不仅没有帮助到学生，反而让学生的正常作息受到了影响，浪费了时间，也浪费了人力。

也有一些家长反馈的是学生在校时间长了，容易疲劳、厌倦、没有耐心、浮躁；还有的家长就比较卷，让孩子在学校学完了之后，回家以后继续学习，那么这样就影响了孩子的身心健康。另外，老师们也会感觉到优生和差生实际上差异是比较大的，那我们在延时服务的时候，我们是顾及优生去提升，还是顾及差生去补差，这个也是让很多老师非常难以把握的。另外也有一些老师明显感觉到，他的付出和回报是不成正比的。我相信我们各位老师所要的回报不仅仅是一个金钱上的回报，更多的是想要一份成就感的回报。但是当我们花了很多的功夫，最后学生并没有出现辅导的效果的时候，实际上老师是很挫败的。那下面我们来看看教师的这些压力，对我们的心理健康会有些什么影响呢？

我们来看一下这个抛物线，这是我们大家都有所体会的。当我们的压力很小的时候，我们是没有动力的，但是当我们的压力爆棚的时候，可能就会出现各种各样的一些情绪问题、行为问题，甚至可能导致了事倍功半、劳而无功、适得其反。显然压力有最佳压力区，那到底什么是最佳压力区呢？这是因人而异的，有一些人他本身就是自加压力的，或者就是我们经常说的“不用扬鞭自奋蹄”的，这种老师的最佳压力区就要低一点；那还有一些平时就是比较佛系的老师，他的最佳压力区要稍微要高一点。

我们刚才讲到了，压力对我们每个人的心理健康都会有影响，对教师的心理健康的影响表现在情绪、行为，甚至有些会出现生理上的一些病变，严重则会导致教师的职业倦怠。

好，最后呢，我们来重点讲一讲教师压力管理的方法。

首先，我们说压力是可以被管理的。大家看一下这张图，当我们感受到压力的时候，我们就开始去寻找方法来处理这样一个问题。这个时候，有些人就期待着改变别人、改变环境。校长不要总给我这么多的指标，家长能够配合一点，学生们能够听话一点，家人都能够理解一点，这就是靠别人，也就是我们通常说的减少压力。前面我们说了这个很难，那么这个时候比较有效的方式就是改变自己，也就是压力管理。改变自己有两种结果：一种是你的方向错了，或者你的方法不合适，于是你又回到了下一轮的一个压力管理过程当中；还有一种压力的管理是有效的，于是你就适应了，那么这一轮的压力也就消除了。

前面我们说了，同样的压力源，不同的人他会有不同的反应，这跟什么有关呢？跟我们如何来看待这个压力有关。有一些人对健康卡打卡这件事情特别不理解，在不理解的情况之下，他就不做，结果就是受到了一些处分，甚至可能给自己添了更大的麻烦；但是另外一些人虽然也不理解，可是他评估了一下，不打卡比打卡付出的代价要更大，所以他就配合打卡，那么造成这两种人行为不同的原因是什么？是他们性格特征的不同。研究发现有些性格特征的人容易在同样的压力事件之后出现不良的反应。性格是在我们的神经类型基础之上，通过后天的生活经历的影响之下逐渐形成的。压力管理的第一条是了解自己，各位呢，您要知道，如果您属于下面的一些性格，这不是这一两年形成的，一定跟您从前的成长经历是有关的。第一种人，从小被打击、被批评、被指责的人，缺乏自信心，碰到事情就容易焦虑、抑郁；第二种人，是别人家的孩子，从小方方面面都追求完美，所以始终处于一种精神不能放松的状态；第三种人，就是太乖了，什么事情都听别人的，或者说老大不小了还是有很强的依赖性，那么他对于变化的任何环境，比如突然告诉你明天不能上线上课或者突然告诉你马上要去报一个材料，很多人在这个时候都不适应；第四种人，是活在别人嘴里的、活在别人眼睛里的，整天想着别人怎么看我。那实际上您想想看，您有多少时间和精力去关注别人是什么样子呢？同样的，别人也没有那么多时间和精力去关注您是什么样？因为我们每个人的注意力总是放在我们更在乎的人和事上面；第五种人，就凡事都自己扛。我们经常说的一句话，越是竞争的环境，越需要合作，所以在这样的一个高压力的环境之下，您要学会跟别人去共同承担一件事情，做好分工合作才能实现共赢。

压力管理的第二条就是认识环境，前面我们说了，一个人为什么成为今天这个样子跟他之前的一份选择有关，成年人有一个很大的优势就是我们有选择的能力。同时，当我们选择的时候，我们也就准备好了承担这个选择所带给我们的一系列压力。那您为什么选择当教师呢？当时您为什么就报了师范？或者说您在报了师范之后您为什么就直接考了教师证呢？或者您原来虽然学的不是师范，但是您后来考了教师编制，这一定是您作为一个成年人自己选择的。当您选择的时候，其实您已经准备好了承受这个职业给您带来的各种压力了。然后我们说新常态，既然是新，就不应该是常态，但是新常态现在几乎已经成为一个大家耳熟能详的说法。那在新环境之下，教师的职业压力就比之前要大的多了，比如从两年前疫情开始，随之就进入了动态管控状态，突然就告诉您明天不上课了、我们要线上教学了、考试推迟了……所以在这个时候确实就带给我们非常大的压力。还有在去年之后，国家开始了双减政策，那么就有一系列新的规定和措施，家长和老师会明显感觉到各自的压力，所以在这种情况下我们就要能接受这是一个新事物，但是它是一个常态。

好，我们来看看教师的角色。传统的教师角色要传授知识、要顾及学生的心理、要做班主任领导团队、要做生活的照顾者、家长的代言人、人生指导者。那在“双减”和疫情之后，我们又增加了新的一些角色，比如说盯着孩子写作业，盯着孩子打卡，了解孩子的行程等等，所以教师的角色确实是多重的。这个时候我们怎样调整好我们的状态，才能把我们的主要角色承担好？

压力管理的方法有四种：一是认知管理，即人生三大主题：我是谁，我从哪来，我到哪去。关于我是谁，跟我从哪来有关，首先你的父母给了你一个气质类型的基础，然后在气质类型基础之上，你经过后天的生活经历就形成了能力和性格。特别重要的就是你能利用的资源有哪些？那你为什么成为今天这个样子，跟你之前的一些生活经历有关。还有你在未来的生涯当中，在你没有退休之前，那么你要做好职业生涯规划去提升职业胜任力。

压力管理的方法二是情绪管理，这是最重要的一点。我们经常会在乎一个行为的结果，这个结果除了跟人的态度、方法、能力有关，还和情绪有关。健康的情绪是有原因、分场合、有限度的，即便是正性的情绪，过度了，也会容易引起一些不良反应。范进是怎么疯的呢？就是大喜过度了，所以我们要觉察到情绪的一些变化，特别是在延时服务当中或者是在疫情期间会出现的各种各样的情绪。尤其是疫情之后，我们产生的焦虑、愤怒、恐慌、委屈、绝望、崩溃等等，这些情绪，请大家注意，我们先觉察它，然后接纳它。因为什么？因为它们都是正常的，几乎所有人或多或少都会有这样那样的情绪感受，这些情绪感受可能会引起生理上的一些反应，可能导致行为上的一些改变，有的人甚至可能出现了职业倦怠。

我们经常会说智商很重要，情商呢？更难得。什么是情商呢？从自我和他人这两个方面来看，一方面是你能觉察出你现在的情绪是什么，比如你觉得你有点愤怒，那你要知道这个愤怒是从哪来的，是因为你的孩子不好好上网课，是因为你的学生、家长不配合。那接下来很重要的就是不要让自己的情绪失控，我们要把情绪控制在一个不引起对方更糟糕情绪的范围内，不给彼此造成情绪污染，这就是一个调控。当然，这个调控不是让你压抑，而是让你用一个合适的方式来表达。比如说最好的表达方式就是用语言表达出来，如果这个方式不太行，或者你没有足够的机会，那我们可以用一些不伤别人、不伤自己的行动表达，比如说运动、听音乐，这都是一些比较合适的行为表达。我们在日常生活当中更多的是要有一份自我鞭策，觉得自己是可以的！自己是行的！另一方面，对别人的情绪状态我们可以通过他的语音、语调、表情变化等等识别，比如说快要高考了，通过识别我们身边考生的情绪变化，我们就能知道他现在可能是个什么情绪状态，然后我们了解到情绪的来源之后，试着设身处地将心比心，这就是共情。

当我们能够感同身受的时候，就可以有一个合适的反应，就实现了一个共赢。管理压力的第三个方法是关系的管理。人是生活在关系当中的，关系的管理就是我们要善于利用资源。首先，这个资源是你的内部资源，人生能真正从始到终陪着你、帮助你的，只有你自己，所以我们一定要去激活我们的内在资源，你的资源不是别人注入的，而是你本身就有的。前面我们讲压力管理，其实人生来就在压力之下，生来就会管理压力。生下来为什么会哭？因为大气压力来了。那您怎么活下来的？因为您肺泡打开，自主呼吸了，这都是我们的资源啊！所以我们可以将成功的经历，也就是您的高光时刻，经常地回想一下；您应对事情和困难的有效方法，要将它们重复一下。我们还可以善用家人、朋友、亲戚的一些资源。实在不行，您记住，还有专业人士。

最后，关于压力管理的一个具体的方法是行动管理。没有一个结果不是行动导致的，你脑子里出来的东西它是不可能呈现一个结果的，所以我们要学会去管理我们的行动。这里给大家推荐一本书，叫做《搞定》，大家可以去看这本书，我自己的感受是非常实用的。

所谓管理的方法，实际上说白了就是我们要理性地去面对压力。当我们体验到压力的时候就告诉自己：我要重视了！接着要一定记住：改变自己比改变别人更容易！还有一个是对我们一生都有用的，就是学会与问题相处。人生不如意之事，十之八九，甚至有的时候出现的一些所谓暂时性的症状，我们也要学会跟它相处。

心理症状出现率，我们希望它越小越好，要想让它小，就要让分子小的同时分母大，但是前面我们说了压力很难减小，那我们就增大分母。心理弹性的增大就是事情来了，我们先接着，不要跟它斗，你跟它斗，事情依然在这，而且还让你有一个内耗，所以我们接着它，然后我们再去应对它。怎样应对呢？很简单的一个方法，就是想得开。所谓比上不足比下有余、酸葡萄心理，其实这都是想得开的表现。如果自己想不开，我们可以找找亲戚朋友。实在不行呢，记住我们要寻找专业人员。

最后给大家总结一下压力管理的一些小方法。首先，改变认知，想想您能成长到今天，您能坐到这儿听我讲这些，一定是您有过很多很成功的经验。您想想，在这个疫情当中，至少作为一个老师，我们风吹不着雨淋不着，我们还拿着工资，是不是可以让我们觉得这份工作还是不错的？其次，我们的情绪会有负性，但是它可能是合理的，比如说我们在疫情当中会出现一些焦虑和烦躁。接着，我们要抽空做做自己喜欢做的事情。最后，我们需要增加心理弹性来应对世界的变化。

最后和大家分享一首诗：从现在起做一个快乐的人！你不能改变容貌，但可以展示笑容。你不能左右天气，但可以改变心情。你不能控制他人，但可以把握自己。你不能预知明天，但可以利用今天。你不能阻止不幸的发生，但可以调整对它的态度。你不能决定生命的长度，但可以控制它的宽度和温度。

专家点评

胡唐明

理论之光点评

今年的“理论之光”课程，有四个关键词——“融合教育”“深度学习”“心理健康”和“教育科研”，四位专家给我们带来了前瞻性理论和丰富的初中案例，很有价值。

袁振国教授开讲的主题是《融合教育的重点在融合》。关于这一话题，带着几个基本问题，在思考中学习更有效果。第一，为什么要开展线上学习？除了疫情等特殊时期，仅线下不可以吗？第二，线上与线下教育为什么用“融合”这个词？“整合”“统合”“结合”不可吗？回到袁教授的报告中，袁振国认为，线上教育不是线下教育的翻版，融合教育也不是线上教育和线下教育的简单相加，融合教育期望的是“1+1 > 2”效益，实现促进教育个性化，推动教育的深度变革。什么是融合教育？教育是有目的、有计划地通过教来育人的活动，教育强调育全，也强调全育。信息化时代，线上和线下教育不可或缺，必须整体建构。何为融合？如果将“合”理解成目标，“融”就是实现一体化目标的手段、方法和策略，甚至是模式，“融”的关键是双向建构，线上和线下是相互作用、相互影响、互为一体的，是有机组成的关系，目标上是一体的，内容上是互补的，方法上互助的，行动上则需要统筹规划。

周文叶教授的开讲主题是《促进深度学习的表现性评价》。关于这一话题，所带的问题起码包括以下几个内容：第一，什么是深度学习？为什么要推进深度学习？第二，什么是表现性评价？为什么要开展表现性评价？第三，深度学习与表现性评价之间有哪些关联？怎样才能做到促进深度学习的表现性评价？其实，某种意义上，正确处理好教、学、评的关系是决定课改成败的关键。倡导教学评一致，要求的是，教师要明明白白地教，孩子要清清楚楚地学。报告中，首先分析了当前课堂评价存在的问题，介绍了表现性评价的内涵与特征，以及表现性评价怎么样做才能更好的促进深度学习。说老实话，我们课堂中最为突出的问题就是教学评不一致，跟着感觉教，随性教，随意评，直接导致孩子们随便学。反问一下，你的课上有没有做到有目的、有计划、有意识地收集学生的学习证据？有没有以此为据及时调整教和学？仅是一问一答的“点式”问题有没有发生在你的课上？如何认识并开展表现性评价？周教授告诉我们：一抓课程核心素养目标，二抓情境中的表现任务，三抓开发评价工具（用工具去衡量和记录学生的表现水平）。教学活动组织上，让学生在真实或模拟的生活环境中，运用先前获得的知识，解决某个新问题，或创造某种东西，为的是让深度学习发生。表现性评价就是及时了解学生知识与技能的掌握程度，以及实践、问题解决、交流合作和批判性思考等多种复杂能力的发展状况，为的是让深度学习真正发生。

江苏师大的李梅博士给我们分享的是《心理压力管理和心理建设》。的确，“双减”和疫情给我们带来了前所未有的心理负担和压力，有负担一定要释放，有压力一定要排解，否则一定会出问题。压力是可以被管理的，李梅老师说管理的方法有四种：一是认知管理，即人生三大主题：我是谁，我从哪来，我到哪去；二是情绪管理，这是最重要的一点；三是关系的管理，即要善于利用资源；四要学会去管理我们的行动。我有个经验，不管碰到什么麻烦事，我喜欢说一句“多大的事儿啊”，今天看上去重要得不得了的事，到明天，到下周，到明年，到几十年后，都不是事。要学会“放下”，该放的要放。心理问题绝不是小事，有了问题要用专业的手段和方法解决，如果病了，还要看医生，并且要及时求医，千万不能拖延，不要马虎。

刘正伟教授给我们开讲的是教育科学研究方面的问题。他讲了四个方面的内容，教育科研的属性类别、选题、案例简析、注意事项。说实话，当前泰州教育科研，问题很严重，目标、内容、过程、方法、手段等方面都有问题，所有问题都指向一点，那就是态度问题。不少学校的课题研究、课程基础建设、前瞻性实验项目、品质提升工程等偏向了，究其原因有二——一是持有应付心理，二是当作政绩工程。因此，当务之急，首先要解决的就是态度问题。接下来，我回应一下刘教授开讲中提及的“中央教科院副院长刘桂华教授曾经说，我们现在的好多教育科学的研究，实际上不是真问题的研究。”真问题需要真发现。一般说来，读的书越多，经验越丰富，看问题就越准确。确保“真”，第一要有相应的知识和技能支撑，第二要懂方法、讲策略以及有现代化的技术手段支持。这里，我想强调一下，刘教授所讲的“教育科学规划的课题有三个纬度和六要素”以及几个精彩案例都很重要，方法性强，操作性强，很适用。

理论是行动的指南，每年在“泰州师说”课程开发中都少不了“理论之光”课程，开发此课程的目的就是用理论来武装我们的头脑，提升我们发现问题、分析问题、解决问题的能力，更有实力为泰州教育高质量发展作贡献。

后记

2022年的“泰州师说”经历了前所未有的困难，在困境中度过了九岁的生日。今天“泰州师说”终于可以画上句号，迎来泰州的读者，我们项目组悬着的心可以放下来了。

2021年10月，我们项目组就广泛地征求了泰州43800名老师的意见。老师们对开发的课程满意度超过了95%，学习合格率达到了98%。这些数据就是教师对我们课题组最好的褒奖。在征求意见时，老师也提出如何落实新课标，如何面对新高考，如何面对“双减”，如何破解延时服务的焦虑，希望项目组能够有所作为。

2021年底，翁光明副局长主持了“泰州师说”鉴定会，会上听取了专家的批评，中央电教馆韩骏馆长认为“泰州师说”作为一个享誉全国的品牌，要深耕实践，把泰州的好经验总结出来。浙江大学的刘正伟教授指出“泰州师说”要面向全国，既顶天又立地，顶天就是要顺应国家改革的趋势及早行动，立地就是要发掘泰州教育之乡的区域经验。专家们统观全局，给予的建议具有前瞻价值与实践价值。

面对一线教师的需求，面对专家的期许，项目组开展了有效的调研论证工作。首先，对泰州教师的意见进行梳理，找出大家最想解决的问题，大家的意见一千多条，我们从中筛选最集中的10条。其次，我们组织研究生梳理近两年关于新课程、新高考的热点话题，选出10个热点话题。复次，我们在全国范围内，听取了50位专家意见，筛选出10个热点问题。三条线同时进行，最后把3个结果进行整合。可以说当我们把这些信息整理在一起时，我们发现意见高度相似。最终我们把调研的结果提供给泰州教育局：“双减”，延时服务，新高考，新课标，学科育人，课程思政，教学创新，大单元教学，名著导读，理论之光。泰州教育局经过多次协商，最终确定了八个主题：“双减”之作业设计，延时服务活动指导，新课标新高考新教学，学历单，课程思政，课程创新，名著导读，理论之光。八个主题反映了当下的教育热点，也集中在泰州基础教育的着力点上。

也就在我们紧锣密鼓地开展工作的时候，新冠疫情在中国的大地上多点发生，苏州出现疫情，徐州出现疫情，上海出现疫情，靖江出现疫情。小区封闭了，学校封闭了，学生停学了，城市静止了，交通中断了。焦急，恐惧，无奈。一个礼拜过去了，封闭；一个月过去了，封闭；4月初，江苏终于可以跨市流动，疫情得到了控制。利用这个窗口期，我们立刻开始拍摄，42位泰州的老师勇敢地来了。外地的专家来不了，不要紧，拿起手机自己拍，袁振国教授、周文叶教授、刘正伟教授、杨亮教授都是在艰难的情况下完成的，对这些支持我们工作的专家，我们心存感激。5月23号，我们终于在泰州教育局演播大厅拍完了最后的片段，84个视频终于在艰难的情况下完成了，不能不说这是一个奇迹！

当我们把视频拍摄完了之后，几场硬仗等着我们去打。7月1号是我们设定的时间节点，李念民老师的团队只有30天的时间，要剪辑所有视频，要及时转码上传，要完成这些不可能完成的任务只能通宵达旦。袁素屏的团队要争分夺秒了，今年的“泰州师说”要在“泰州教育”生活云上运转，平台需要开发，一切都要拼命。胡唐明团队要加油了，五个学段的考题，要一道道地设计，胡唐明团队默默地承受着压力。电教馆的张光耀馆长、赵炜老师则为宽带操心，在为教师上线而计算。李剑秋处长、王雪飞主任则在考虑如何指挥老师上线学习，如何协调各方力量有效运作。魏本亚教授在赶着编写《泰州师说2022》，挑灯夜战已成常态。这一切，在陆璐副局长的协调下，井然有序。感谢这些为之奋斗的人们！感恩这些可敬的伙伴！

疫情无情人有情，项目组各位成员每天都被深深地感动着。疫情不能线下交流，我们就线上开会，审稿，研讨；4月21号，教育部颁布义务教育课程标准，需要专家解读课标，潘苏东、吴晓红、李箭、胡唐明都责无旁贷。编写试题，制定试题库，年轻教师及时施以援手，万鑫艳、俞明为审读书稿不辞辛苦。万永良局长亲自过问，多方支持，给项目组极大的鼓舞。

2022年的《泰州师说2022》就要完成了，书稿就要交给出版社了，编辑团队又要开始加班了。我们感谢他们，也期待新书早些与读者见面。7月20日是“泰州师说”上线学习的日子，我们期待一切顺利、一切成功。

2022. 5. 31